Collection

Alexandre Dumas

1802 - 1870

57 - *Le Vicomte de Bragelonne*

Tome I

D1720308

ISBN : 978-2-37884-701-2

Éditions Ararauna, 34400 Lunel, France

Dépôt légal : Mai 2022

TABLE DES MATIÈRES

I

La lettre

Vers le milieu du mois de mai de l'année 1660, à neuf heures du matin, lorsque le soleil déjà chaud séchait la rosée sur les ravenelles du château de Blois, une petite cavalcade, composée de trois hommes et de deux pages, rentra par le pont de la ville sans produire d'autre effet sur les promeneurs du quai qu'un premier mouvement de la main à la tête pour saluer, et un second mouvement de la langue pour exprimer cette idée dans le plus pur français qui se parle en France :

– Voici Monsieur qui revient de la chasse.

Et ce fut tout.

Cependant, tandis que les chevaux gravissaient la pente raide qui de la rivière conduit au château, plusieurs courtauds de boutique s'approchèrent du dernier cheval, qui portait, pendus à l'arçon de la selle, divers oiseaux attachés par le bec.

À cette vue, les curieux manifestèrent avec une franchise toute rustique leur dédain pour une aussi maigre capture, et, après une dissertation qu'ils firent entre eux sur le désavantage de la chasse au vol, ils revinrent à leurs occupations. Seulement un des curieux, gros garçon joufflu et de joyeuse humeur, ayant demandé pourquoi Monsieur, qui pouvait tant s'amuser, grâce à ses gros revenus, se contentait d'un si piteux divertissement :

– Ne sais-tu pas, lui fut-il répondu, que le principal divertissement de Monsieur est de s'ennuyer ?

Le joyeux garçon haussa les épaules avec un geste qui signifiait clair comme le jour : « En ce cas, j'aime mieux être Gros-Jean que d'être prince. »

Et chacun reprit ses travaux.

Cependant Monsieur continuait sa route avec un air si mélancolique et si majestueux à la fois qu'il eût certainement fait l'admiration des spectateurs s'il eût eu des spectateurs ; mais les bourgeois de Blois ne pardonnaient pas à Monsieur d'avoir choisi cette ville si gaie pour s'y ennuyer à son aise ; et toutes les fois qu'ils apercevaient l'auguste ennuyé, ils s'esquivaient en bâillant ou rentraient la tête dans l'intérieur de leurs chambres, pour se soustraire à l'influence soporifique de ce long visage blême, de ces yeux noyés et de cette tournure languissante. En sorte que le digne prince était à peu près sûr de trouver les rues désertes chaque fois qu'il s'y hasardait.

Or, c'était de la part des habitants de Blois une irrévérence bien coupable, car Monsieur était, après le roi, et même avant le roi peut-être, le plus grand seigneur du royaume. En effet, Dieu, qui avait accordé à Louis XIV, alors régnant, le bonheur d'être le fils de Louis XIII, avait accordé à Monsieur l'honneur d'être le fils d'Henri IV. Ce n'était donc pas, ou du moins ce n'eût pas dû être un mince sujet d'orgueil pour la ville de Blois, que cette préférence à elle donnée par Gaston d'Orléans, qui tenait sa cour dans l'ancien château des États.

Mais il était dans la destinée de ce grand prince d'exciter médiocrement partout où il se rencontrait l'attention du public et son admiration. Monsieur en avait pris son parti avec l'habitude.

C'est peut-être ce qui lui donnait cet air de tranquille ennui. Monsieur avait été fort occupé dans sa vie. On ne laisse pas couper la tête à une douzaine de ses meilleurs amis sans que cela cause quelque tracas. Or, comme depuis l'avènement de M. Mazarin on n'avait coupé la tête à personne, Monsieur n'avait plus eu d'occupation, et son moral s'en ressentait.

La vie du pauvre prince était donc fort triste. Après sa petite chasse du matin sur les bords du Beuvron ou dans les bois de Cheverny, Monsieur passait la Loire, allait déjeuner à Chambord avec ou sans appétit, et la ville de Blois n'entendait plus parler, jusqu'à la prochaine chasse, de son souverain et maître.

Voilà pour l'ennui extra-muros ; quant à l'ennui à l'intérieur, nous en donnerons une idée au lecteur s'il veut suivre avec nous la cavalcade et monter jusqu'au porche majestueux du château des États.

Monsieur montait un petit cheval d'allure, équipé d'une large selle de velours rouge de Flandre, avec des étriers en forme de brodequins ; le cheval était de couleur fauve ; le pourpoint de Monsieur, fait de velours cramoisi, se confondait sous le manteau de même nuance avec l'équipement du cheval, et c'est seulement à cet ensemble rougeâtre qu'on pouvait reconnaître le prince entre ses deux compagnons vêtus l'un de violet, l'autre de vert. Celui de gauche, vêtu de violet, était l'écuyer ; celui de droite, vêtu de vert, était le grand veneur.

L'un des pages portait deux gerfauts sur un perchoir, l'autre un cornet de chasse dans lequel il soufflait nonchalamment à vingt pas du château. Tout ce qui entourait ce prince nonchalant faisait tout ce qu'il avait à faire avec nonchalance.

À ce signal, huit gardes qui se promenaient au soleil dans la cour carrée accoururent prendre leurs hallebardes, et Monsieur fit son entrée solennelle dans le château.

Lorsqu'il eut disparu sous les profondeurs du porche, trois ou quatre vauriens, montés du mail au château derrière la cavalcade, en se montrant l'un à l'autre les oiseaux accrochés, se dispersèrent, en faisant à leur tour leurs commentaires sur ce qu'ils venaient de voir ; puis, lorsqu'ils furent partis, la rue, la place et la cour demeurèrent désertes.

Monsieur descendit de cheval sans dire un mot, passa dans son appartement, où son valet de chambre le changea d'habits ; et comme Madame n'avait pas encore envoyé prendre les ordres pour le déjeuner, Monsieur s'étendit sur une chaise longue et s'endormit d'aussi bon cœur que s'il eût été onze heures du soir.

Les huit gardes, qui comprenaient que leur service était fini pour le reste de la journée, se couchèrent sur des bancs de pierre, au soleil ; les palefreniers disparurent avec leurs chevaux dans les écuries, et, à part quelques joyeux oiseaux s'effarouchant les uns les autres, avec des pépiements aigus, dans les touffes de giroflées, on eût dit qu'au château tout dormait comme Monseigneur.

Tout à coup, au milieu de ce silence si doux, retentit un éclat de rire nerveux, éclatant, qui fit ouvrir un œil à quelques-uns des hallebardiers enfoncés dans leur sieste.

Cet éclat de rire partait d'une croisée du château, visitée en ce moment par le soleil, qui l'englobait dans un de ces grands angles que dessinent avant midi, sur les cours, les profils des cheminées.

Le petit balcon de fer ciselé qui s'avançait au-delà de cette fenêtre était meublé d'un pot de giroflées rouges, d'un autre pot de primevères, et d'un rosier hâtif, dont le feuillage, d'un vert magnifique, était diapré de plusieurs paillettes rouges annonçant des roses.

Dans la chambre qu'éclairait cette fenêtre, on voyait une table carrée vêtue d'une vieille tapisserie à larges fleurs de Harlem ; au milieu de cette table, une fiole de grès à long col, dans laquelle plongeaient des iris et du muguet ; à chacune des extrémités de cette table, une jeune fille.

L'attitude de ces deux enfants était singulière : on les eût prises pour deux pensionnaires échappées du couvent. L'une, les deux coudes appuyés sur la table, une plume à la main, traçait des caractères sur une feuille de beau papier de Hollande ; l'autre, à genoux sur une chaise, ce qui lui permettait de s'avancer de la tête et du buste par-dessus le dossier et jusqu'en pleine table, regardait sa compagne écrire. De là mille cris, mille railleries, mille rires, dont l'un, plus éclatant que les autres, avait effrayé les oiseaux des ravenelles et troublé le sommeil des gardes de Monsieur.

Nous en sommes aux portraits, on nous passera donc, nous l'espérons, les deux derniers de ce chapitre.

Celle qui était appuyée sur la chaise, c'est-à-dire la bruyante, la rieuse, était une belle fille de dix-neuf à vingt ans, brune de peau, brune de cheveux, resplendissante, par ses yeux, qui s'allumaient sous des sourcils vigoureusement tracés, et surtout par ses dents, qui éclataient comme des perles sous ses lèvres d'un corail sanglant.

Chacun de ses mouvements semblait le résultat du jeu d'une mime ; elle ne vivait pas, elle bondissait.

L'autre, celle qui écrivait, regardait sa turbulente compagne avec un œil bleu, limpide et pur comme était le ciel ce jour-là. Ses cheveux, d'un blond cendré, roulés avec un goût exquis, tombaient en grappes soyeuses sur ses joues nacrées ; elle promenait sur le papier une main fine, mais dont la maigreur accusait son extrême jeunesse. À chaque éclat de rire de son amie, elle soulevait, comme dépitée, ses blanches épaules d'une forme poétique et suave, mais auxquelles manquait ce luxe de vigueur et de modelé qu'on eût désiré voir à ses bras et à ses mains.

– Montalais ! Montalais ! dit-elle enfin d'une voix douce et caressante comme un chant, vous riez trop fort, vous riez comme un homme ; non seulement vous vous ferez remarquer de messieurs les gardes, mais vous n'entendrez pas la cloche de Madame, lorsque Madame appellera.

La jeune fille qu'on appelait Montalais, ne cessant ni de rire ni de gesticuler à cette admonestation, répondit :

– Louise, vous ne dites pas votre façon de penser, ma chère ; vous savez que messieurs les gardes, comme vous les appelez, commencent leur somme, et que le canon ne les réveillerait pas ; vous savez que la cloche de Madame s'entend du pont de Blois, et que par conséquent je l'entendrai quand mon service m'appellera chez Madame. Ce qui vous ennuie, c'est que je ris quand vous écrivez ; ce que vous craignez, c'est que Mme de Saint-Remy, votre mère, ne monte ici, comme elle fait quelquefois quand nous rions trop ; qu'elle ne nous surprenne, et qu'elle ne voie cette énorme feuille de papier sur laquelle, depuis un quart d'heure, vous n'avez encore tracé que ces mots : *Monsieur Raoul*. Or vous avez raison, ma chère Louise, parce que, après ces mots, *Monsieur Raoul*, on peut en mettre tant d'autres, si significatifs et si incendiaires, que Mme de Saint-Remy, votre chère mère, aurait droit de jeter feu et flammes. Hein ! n'est-ce pas cela, dites ?

Et Montalais redoublait ses rires et ses provocations turbulentes.

La blonde jeune fille se courrouça tout à fait ; elle déchira le feuillet sur lequel, en effet, ces mots, *Monsieur Raoul,* étaient écrits d'une belle écriture, et, froissant le papier dans ses doigts tremblants, elle le jeta par la fenêtre.

– Là ! là ! dit Mlle de Montalais, voilà notre petit mouton, notre Enfant Jésus, notre colombe qui se fâche !... N'ayez donc pas peur, Louise ; Mme de Saint-Remy ne viendra pas, et si elle venait, vous savez que j'ai l'oreille fine. D'ailleurs, quoi de plus permis que d'écrire à un vieil ami qui date de douze ans, surtout quand on commence la lettre par ces mots : *Monsieur Raoul ?*

– C'est bien, je ne lui écrirai pas, dit la jeune fille.

– Ah ! en vérité, voilà Montalais bien punie ! s'écria toujours en riant la brune railleuse. Allons, allons, une autre feuille de papier, et terminons vite notre courrier. Bon ! voici la cloche qui sonne, à présent ! Ah ! ma foi, tant pis ! Madame attendra, ou se passera pour ce matin de sa première fille d'honneur !

Une cloche sonnait, en effet ; elle annonçait que Madame avait terminé sa toilette et attendait Monsieur, lequel lui donnait la main au salon pour passer au réfectoire.

Cette formalité accomplie en grande cérémonie, les deux époux déjeunaient et se séparaient jusqu'au dîner, invariablement fixé à deux heures.

Le son de la cloche fit ouvrir dans les offices, situées à gauche de la cour, une porte par laquelle défilèrent deux maîtres d'hôtel, suivis de huit marmitons qui portaient une civière chargée de mets couverts de cloches d'argent.

L'un de ces maîtres d'hôtel, celui qui paraissait le premier en titre, toucha silencieusement de sa baguette un des gardes qui ronflait sur un banc ; il poussa même la bonté jusqu'à mettre dans les mains de cet homme, ivre de sommeil, sa hallebarde dressée le long du mur, près de lui ; après quoi, le soldat, sans demander compte de rien, escorta jusqu'au réfectoire *la viande* de Monsieur, précédée par un page et les deux maîtres d'hôtel.

Partout où *la viande* passait, les sentinelles portaient les armes.

Mlle de Montalais et sa compagne avaient suivi de leur fenêtre le détail de ce cérémonial, auquel pourtant elles devaient être accoutumées. Elles ne regardaient au reste avec tant de curiosité que pour être sûres de n'être pas dérangées. Aussi marmitons, gardes, pages et maîtres d'hôtel une fois passés, elles se remirent à leur table, et le soleil, qui, dans l'encadrement de la fenêtre, avait éclairé un instant ces deux charmants visages, n'éclaira plus que les giroflées, les primevères et le rosier.

– Bah ! dit Montalais en reprenant sa place, Madame déjeunera bien sans moi.

– Oh ! Montalais, vous serez punie, répondit l'autre jeune fille en s'asseyant tout doucement à la sienne.

– Punie ? ah ! oui, c'est-à-dire privée de promenade ; c'est tout ce que je demande, que d'être punie ! Sortir dans ce grand coche, perchée sur une portière ; tourner à gauche, virer à droite par des chemins pleins d'ornières où l'on avance d'une lieue en deux heures ; puis revenir droit sur l'aile du château où se trouve la fenêtre de Marie de Médicis, en sorte que Madame ne manque jamais de dire : « Croirait-on que c'est par là que la reine Marie s'est sauvée... quarante-sept pieds de hauteur !... La mère de deux princes et de trois princesses ! » Si c'est là un divertissement, Louise, je demande à être punie tous les jours, surtout quand ma punition est de rester avec vous et d'écrire des lettres aussi intéressantes que celles que nous écrivons.

– Montalais ! Montalais ! on a des devoirs à remplir.

– Vous en parlez bien à votre aise, mon cœur, vous qu'on laisse libre au milieu de cette cour. Vous êtes la seule qui en récoltiez les avantages sans en avoir les charges, vous plus fille d'honneur de Madame que moi-même, parce que Madame fait ricocher ses affections de votre beau-père à vous ; en sorte que vous entrez dans cette triste maison comme les oiseaux dans cette tour, humant l'air, becquetant les fleurs, picotant les graines, sans avoir le moindre service à faire, ni le moindre ennui à supporter. C'est vous qui me parlez de devoirs à remplir ! En vérité, ma belle paresseuse, quels sont vos devoirs à vous, sinon d'écrire à ce beau Raoul ? Encore voyons-nous que vous ne lui écrivez pas, de sorte que vous aussi, ce me semble, vous négligez un peu vos devoirs.

Louise prit son air sérieux, appuya son menton sur sa main, et d'un ton plein de candeur :

– Reprochez-moi donc mon bien-être ! En aurez-vous le cœur ? Vous avez un avenir, vous ; vous êtes de la cour ; le roi, s'il se marie, appellera Monsieur près de lui ; vous verrez des fêtes splendides, vous verrez le roi, qu'on dit si beau, si charmant !

– Et de plus je verrai Raoul, qui est près de M. le prince, ajouta malignement Montalais.

– Pauvre Raoul ! soupira Louise.

– Voilà le moment de lui écrire, chère belle ; allons, recommençons ce fameux *Monsieur Raoul*, qui brillait en tête de la feuille déchirée.

Alors elle lui tendit la plume, et, avec un sourire charmant, encouragea sa main, qui traça vite les mots désignés.

– Maintenant ? demanda la plus jeune des deux jeunes filles.

– Maintenant, écrivez ce que vous pensez, Louise, répondit Montalais.

– Êtes-vous bien sûre que je pense quelque chose ?

– Vous pensez à quelqu'un, ce qui revient au même, ou plutôt ce qui est bien pis.

– Vous croyez, Montalais ?

– Louise, Louise, vos yeux bleus sont profonds comme la mer que j'ai vue à Boulogne l'an passé. Non, je me trompe, la mer est perfide, vos yeux sont profonds comme l'azur que voici là-haut, tenez, sur nos têtes.

– Eh bien ! puisque vous lisez si bien dans mes yeux, dites-moi ce que je pense, Montalais.

– D'abord, vous ne pensez pas *Monsieur Raoul ;* vous pensez *Mon cher Raoul.*

– Oh !

– Ne rougissez pas pour si peu. *Mon cher Raoul,* disons-nous, vous me suppliez de vous écrire à Paris, où vous retient le service de M. le prince. Comme il faut que vous vous ennuyiez là-bas pour chercher des distractions dans le souvenir d'une provinciale...

Louise se leva tout à coup.

– Non, Montalais, dit-elle en souriant, non, je ne pense pas un mot de cela. Tenez, voici ce que je pense.

Et elle prit hardiment la plume et traça d'une main ferme les mots suivants :

J'eusse été bien malheureuse si vos instances pour obtenir de moi un souvenir eussent été moins vives. Tout ici me parle de nos premières années, si vite écoulées, si doucement enfuies, que jamais d'autres n'en remplaceront le charme dans le cœur.

Montalais, qui regardait courir la plume, et qui lisait au rebours à mesure que son amie écrivait, l'interrompit par un battement de mains.

– À la bonne heure ! dit-elle, voilà de la franchise, voilà du cœur, voilà du style ! Montrez à ces Parisiens, ma chère, que Blois est la ville du beau langage.

– Il sait que pour moi, répondit la jeune fille, Blois a été le paradis.

– C'est ce que je voulais dire, et vous parlez comme un ange.

– Je termine, Montalais.

Et la jeune fille continua en effet :

Vous pensez à moi, dites-vous, monsieur Raoul ; je vous en remercie ; mais cela ne peut me surprendre, moi qui sais combien de fois nos cœurs ont battu l'un près de l'autre.

– Oh ! oh ! dit Montalais, prenez garde, mon agneau, voilà que vous semez votre laine, et il y a des loups là-bas.

Louise allait répondre, quand le galop d'un cheval retentit sous le porche du château.

– Qu'est-ce que cela ? dit Montalais en s'approchant de la fenêtre. Un beau cavalier, ma foi !

– Oh ! Raoul ! s'écria Louise, qui avait fait le même mouvement que son amie, et qui, devenant toute pâle, tomba palpitante auprès de sa lettre inachevée.

– Voilà un adroit amant, sur ma parole ! s'écria Montalais, et qui arrive bien à propos !

– Retirez-vous, retirez-vous, je vous en supplie ! murmura Louise.

– Bah ! il ne me connaît pas ; laissez-moi donc voir ce qu'il vient faire ici.

II

Le messager

Mlle de Montalais avait raison, le jeune cavalier était bon à voir.

C'était un jeune homme de vingt-quatre à vingt-cinq ans, grand, élancé, portant avec grâce sur ses épaules le charmant costume militaire de l'époque. Ses grandes bottes à entonnoir enfermaient un pied que Mlle de Montalais n'eût pas désavoué si elle se fût travestie en homme. D'une de ses mains fines et nerveuses il arrêta son cheval au milieu de la cour, et de l'autre souleva le chapeau à longues plumes qui ombrageait sa physionomie grave et naïve à la fois.

Les gardes, au bruit du cheval, se réveillèrent et furent promptement debout.

Le jeune homme laissa l'un d'eux s'approcher de ses arçons, et s'inclinant vers lui, d'une voix claire et précise, qui fut parfaitement entendue de la fenêtre où se cachaient les deux jeunes filles :

– Un messager pour Son Altesse Royale, dit-il.

– Ah ! ah ! s'écria le garde ; officier, un messager !

Mais ce brave soldat savait bien qu'il ne paraîtrait aucun officier, attendu que le seul qui eût pu paraître demeurait au fond du château, dans un petit appartement sur les jardins. Aussi se hâta-t-il d'ajouter :

– Mon gentilhomme, l'officier est en ronde, mais en son absence on va prévenir M. de Saint-Remy, le maître d'hôtel.

– M. de Saint-Remy ! répéta le cavalier en rougissant.

– Vous le connaissez ?

– Mais oui... Avertissez-le, je vous prie, pour que ma visite soit annoncée le plus tôt possible à Son Altesse.

– Il paraît que c'est pressé, dit le garde, comme s'il se parlait à lui-même, mais dans l'espérance d'obtenir une réponse.

Le messager fit un signe de tête affirmatif.

– En ce cas, reprit le garde, je vais moi-même trouver le maître d'hôtel.

Le jeune homme cependant mit pied à terre, et tandis que les autres soldats observaient avec curiosité chaque mouvement du beau cheval qui avait amené ce jeune homme, le soldat revint sur ses pas en disant :

– Pardon, mon gentilhomme, mais votre nom, s'il vous plaît ?

– Le vicomte de Bragelonne, de la part de Son Altesse M. le prince de Condé.

Le soldat fit un profond salut, et, comme si ce nom du vainqueur de Rocroi et de Lens lui eût donné des ailes, il gravit légèrement le perron pour gagner les antichambres.

M. de Bragelonne n'avait pas eu le temps d'attacher son cheval aux barreaux de fer de ce perron, que M. de Saint-Remy accourut hors d'haleine, soutenant son gros ventre avec l'une de ses mains, pendant que de l'autre il fendait l'air comme un pêcheur fend les flots avec une rame.

– Ah ! monsieur le vicomte, vous à Blois ! s'écria-t-il ; mais c'est une merveille ! Bonjour, monsieur Raoul, bonjour !

– Mille respects, monsieur de Saint-Remy.

– Que Mme de La Vall... je veux dire que Mme de Saint-Remy va être heureuse de vous voir ! Mais venez. Son Altesse Royale déjeune ; faut-il l'interrompre ? la chose est-elle grave ?

– Oui et non, monsieur de Saint-Remy. Toutefois, un moment de retard pourrait causer quelques désagréments à Son Altesse Royale.

– S'il en est ainsi, forçons la consigne, monsieur le vicomte. Venez. D'ailleurs, Monsieur est d'une humeur charmante aujourd'hui. Et puis, vous nous apportez des nouvelles, n'est-ce pas ?

– De grandes, monsieur de Saint-Remy.

– Et de bonnes, je présume ?

– D'excellentes.

– Venez vite, bien vite, alors ! s'écria le bonhomme, qui se rajusta tout en cheminant.

Raoul le suivit son chapeau à la main, et un peu effrayé du bruit solennel que faisaient ses éperons sur les parquets de ces immenses salles.

Aussitôt qu'il eut disparu dans l'intérieur du palais, la fenêtre de la cour se repeupla, et un chuchotement animé trahit l'émotion des deux jeunes filles ; bientôt elles eurent pris une résolution, car l'une des deux figures disparut de la fenêtre : c'était la tête brune ; l'autre demeura derrière le balcon, cachée sous les fleurs, regardant attentivement, par les échancrures des branches, le perron sur lequel M. de Bragelonne avait fait son entrée au palais.

Cependant l'objet de tant de curiosité continuait sa route en suivant les traces du maître d'hôtel. Un bruit de pas empressés, un fumet de vin et de viandes, un cliquetis de cristaux et de vaisselle l'avertirent qu'il touchait au terme de sa course.

Les pages, les valets et les officiers, réunis dans l'office qui précédait le réfectoire, accueillirent le nouveau venu avec une politesse proverbiale en ce pays ; quelques-uns connaissaient Raoul, presque tous savaient qu'il venait de Paris. On pourrait dire que son arrivée suspendit un moment le service.

Le fait est qu'un page qui versait à boire à Son Altesse, entendant les éperons dans la chambre voisine, se retourna comme un enfant, sans s'apercevoir qu'il continuait de verser, non plus dans le verre du prince, mais sur la nappe.

Madame, qui n'était pas préoccupée comme son glorieux époux, remarqua cette distraction du page.

– Eh bien ! dit-elle.

– Eh bien, répéta Monsieur, que se passe-t-il donc ?

M. de Saint-Remy, qui introduisait sa tête par la porte, profita du moment.

– Pourquoi me dérangerait-on ? dit Gaston en attirant à lui une tranche épaisse d'un des plus gros saumons qui aient jamais remonté la Loire pour se faire prendre entre Paimbœuf et Saint-Nazaire.

– C'est qu'il arrive un messager de Paris. Oh ! mais, après le déjeuner de Monseigneur, nous avons le temps.

– De Paris ! s'écria le prince en laissant tomber sa fourchette ; un messager de Paris, dites-vous ? Et de quelle part vient ce messager ?

– De la part de M. le prince, se hâta de dire le maître d'hôtel.

On sait que c'est ainsi qu'on appelait M. de Condé.

– Un messager de M. le prince ? fit Gaston avec une inquiétude qui n'échappa à aucun des assistants, et qui par conséquent redoubla la curiosité générale.

Monsieur se crut peut-être ramené au temps de ces bienheureuses conspirations où le bruit des portes lui donnait des émotions, où toute lettre pouvait renfermer un secret d'État, où tout message servait une intrigue bien sombre et bien compliquée. Peut-être aussi ce grand nom de M. le prince se déploya-t-il sous les voûtes de Blois avec les proportions d'un fantôme.

Monsieur repoussa son assiette.

– Je vais faire attendre l'envoyé ? demanda M. de Saint-Remy.

Un coup d'œil de Madame enhardit Gaston, qui répliqua :

– Non pas, faites-le entrer sur-le-champ, au contraire. À propos, qui est-ce ?

– Un gentilhomme de ce pays, M. le vicomte de Bragelonne.

– Ah ! oui, fort bien !... Introduisez, Saint-Remy, introduisez.

Et lorsqu'il eut laissé tomber ces mots avec sa gravité accoutumée, Monsieur regarda d'une certaine façon les gens de son service, qui, tous, pages, officiers et écuyers, quittèrent la serviette, le couteau, le gobelet, et firent vers la seconde chambre une retraite aussi rapide que désordonnée.

Cette petite armée s'écarta en deux files lorsque Raoul de Bragelonne, précédé de M. de Saint-Remy, entra dans le réfectoire.

Ce court moment de solitude dans lequel cette retraite l'avait laissé avait permis à Monseigneur de prendre une figure diplomatique. Il ne se retourna pas, et attendit que le maître d'hôtel eût amené en face de lui le messager.

Raoul s'arrêta à la hauteur du bas bout de la table, de façon à se trouver entre Monsieur et Madame. Il fit de cette place un salut très profond pour Monsieur, un autre très humble pour Madame, puis se redressa et attendit que Monsieur lui adressât la parole.

Le prince, de son côté, attendait que les portes fussent hermétiquement fermées ; il ne voulait pas se retourner pour s'en assurer, ce qui n'eût pas été digne, mais il écoutait de toutes ses oreilles le bruit de la serrure, qui lui promettait au moins une apparence de secret.

La porte fermée, Monsieur leva les yeux sur le vicomte de Bragelonne et lui dit :

– Il paraît que vous arrivez de Paris, monsieur ?

– À l'instant, monseigneur.

– Comment se porte le roi ?

– Sa Majesté est en parfaite santé, monseigneur.

– Et ma belle-sœur ?

– Sa Majesté la reine mère souffre toujours de la poitrine. Toutefois, depuis un mois, il y a du mieux.

– Que me disait-on, que vous veniez de la part de M. le prince ? on se trompait assurément.

– Non, monseigneur. M. le prince m'a chargé de remettre à Votre Altesse Royale une lettre que voici, et j'en attends la réponse.

Raoul avait été un peu ému de ce froid et méticuleux accueil ; sa voix était tombée insensiblement au diapason de la voix basse.

Le prince oublia qu'il était cause de ce mystère, et la peur le reprit.

Il reçut avec un coup d'œil hagard la lettre du prince de Condé, la décacheta comme il eût décacheté un paquet suspect, et, pour la lire sans que personne pût en remarquer l'effet produit sur sa physionomie, il se retourna.

Madame suivait avec une anxiété presque égale à celle du prince chacune des manœuvres de son auguste époux.

Raoul, impassible, et un peu dégagé par l'attention de ses hôtes, regardait de sa place et par la fenêtre ouverte devant lui les jardins et les statues qui les peuplaient.

– Ah ! mais, s'écria tout à coup Monsieur avec un sourire rayonnant, voilà une agréable surprise et une charmante lettre de M. le prince ! Tenez, madame.

La table était trop large pour que le bras du prince joignît la main de la princesse ; Raoul s'empressa d'être leur intermédiaire ; il le fit avec une bonne grâce qui charma la princesse et valut un remerciement flatteur au vicomte.

– Vous savez le contenu de cette lettre, sans doute ? dit Gaston à Raoul.

– Oui, monseigneur ; M. le prince m'avait donné d'abord le message verbalement, puis Son Altesse a réfléchi et pris la plume.

– C'est d'une belle écriture, dit Madame, mais je ne puis lire.

– Voulez-vous lire à Madame, monsieur de Bragelonne, dit le duc.

– Oui, lisez, je vous prie, monsieur.

Raoul commença la lecture à laquelle Monsieur donna de nouveau toute son attention.

La lettre était conçue en ces termes :

Monseigneur,

Le roi part pour la frontière ; vous aurez appris que le mariage de Sa Majesté va se conclure : le roi m'a fait l'honneur de me nommer maréchal des logis pour ce voyage, et comme je sais toute la joie que Sa Majesté aurait de passer une journée à Blois, j'ose demander à Votre Altesse Royale la permission de marquer de ma craie le château qu'elle habite. Si cependant l'imprévu de cette demande pouvait causer à Votre Altesse Royale quelque embarras, je la supplierai de me le mander par le messager que j'envoie, et qui est un gentilhomme à moi, M. le vicomte de Bragelonne. Mon itinéraire dépendra de la résolution de Votre Altesse Royale, et au lieu de prendre par Blois, j'indiquerai Vendôme ou Romorantin. J'ose espérer que Votre Altesse Royale prendra ma demande en bonne part, comme étant l'expression de mon dévouement sans bornes et de mon désir de lui être agréable.

– Il n'est rien de plus gracieux pour nous, dit Madame, qui s'était consultée plus d'une fois pendant cette lecture dans les regards de son époux. Le roi ici ! s'écria-t-elle un peu plus haut peut-être qu'il n'eût fallu pour que le secret fût gardé.

– Monsieur, dit à son tour Son Altesse, prenant la parole, vous remercierez M. le prince de Condé, et vous lui exprimerez toute ma reconnaissance pour le plaisir qu'il me fait.

Raoul s'inclina.

– Quel jour arrive Sa Majesté ? continua le prince.

– Le roi, monseigneur, arrivera ce soir, selon toute probabilité.

– Mais comment alors aurait-on su ma réponse, au cas où elle eût été négative ?

– J'avais mission, monseigneur, de retourner en toute hâte à Beaugency pour donner contrordre au courrier, qui fût lui-même retourné en arrière donner contrordre à M. le prince.

– Sa Majesté est donc à Orléans ?

– Plus près, monseigneur ; Sa Majesté doit être arrivée à Meung en ce moment.

– La cour l'accompagne ?

– Oui, monseigneur.

– À propos, j'oubliais de vous demander des nouvelles de M. le cardinal.

– Son Éminence paraît jouir d'une bonne santé, monseigneur.

– Ses nièces l'accompagnent sans doute ?

– Non, monseigneur ; Son Éminence a ordonné à Mlles de Mancini de partir pour Brouage ; elles suivent la rive gauche de la Loire pendant que la cour vient par la rive droite.

– Quoi ! Mlle Marie de Mancini quitte aussi la cour ? demanda Monsieur, dont la réserve commençait à s'affaiblir.

– Mlle Marie de Mancini surtout, répondit discrètement Raoul.

Un sourire fugitif, vestige imperceptible de son ancien esprit d'intrigues brouillonnes, éclaira les joues pâles du prince.

– Merci, monsieur de Bragelonne, dit alors Monsieur ; vous ne voudrez peut-être pas rendre à M. le prince la commission dont je voudrais vous charger, à savoir que son messager m'a été fort agréable, mais je le lui dirai moi-même.

Raoul s'inclina pour remercier Monsieur de l'honneur qu'il lui faisait.

Monseigneur fit un signe à Madame, qui frappa sur un timbre placé à sa droite.

Aussitôt M. de Saint-Remy entra, et la chambre se remplit de monde.

– Messieurs, dit le prince, Sa Majesté me fait l'honneur de venir passer un jour à Blois ; je compte que le roi, mon neveu, n'aura pas à se repentir de la faveur qu'il fait à ma maison.

– Vive le roi ! s'écrièrent avec un enthousiasme frénétique les officiers de service, et M. de Saint-Remy avant tous.

Gaston baissa la tête avec une sombre tristesse ; toute sa vie, il avait dû entendre ou plutôt subir ce cri de : « Vive le roi ! » qui passait au-dessus de lui. Depuis longtemps, ne l'entendant plus, il avait reposé son oreille, et voilà qu'une royauté plus jeune, plus vivace, plus brillante, surgissait devant lui comme une nouvelle, comme une plus douloureuse provocation.

Madame comprit les souffrances de ce cœur timide et ombrageux ; elle se leva de table, Monsieur l'imita machinalement, et tous les serviteurs, avec un bourdonnement semblable à celui des ruches, entourèrent Raoul pour le questionner.

Madame vit ce mouvement et appela M. de Saint-Remy.

– Ce n'est pas le moment de jaser, mais de travailler, dit-elle avec l'accent d'une ménagère qui se fâche.

M. de Saint-Remy s'empressa de rompre le cercle formé par les officiers autour de Raoul, en sorte que celui-ci put gagner l'antichambre.

– On aura soin de ce gentilhomme, j'espère, ajouta Madame en s'adressant à M. de Saint-Remy.

Le bonhomme courut aussitôt derrière Raoul.

– Madame nous charge de vous faire rafraîchir ici, dit-il ; il y a en outre un logement au château pour vous.

– Merci, monsieur de Saint-Remy, répondit Bragelonne. Vous savez combien il me tarde d'aller présenter mes devoirs à M. le comte mon père.

– C'est vrai, c'est vrai, monsieur Raoul, présentez-lui en même temps mes bien humbles respects, je vous prie.

Raoul se débarrassa encore du vieux gentilhomme et continua son chemin.

Comme il passait sous le porche tenant son cheval par la bride, une petite voix l'appela du fond d'une allée obscure.

– Monsieur Raoul ! dit la voix.

Le jeune homme se retourna surpris, et vit une jeune fille brune qui appuyait un doigt sur ses lèvres et qui lui tendait la main.

Cette jeune fille lui était inconnue.

III

L'entrevue

Raoul fit un pas vers la jeune fille qui l'appelait ainsi.

– Mais mon cheval, madame ? dit-il.

– Vous voilà bien embarrassé ! Sortez ; il y a un hangar dans la première cour, attachez là votre cheval et venez vite.

– J'obéis, madame.

Raoul ne fut pas quatre minutes à faire ce qu'on lui avait recommandé ; il revint à la petite porte, où, dans l'obscurité, il revit sa conductrice mystérieuse qui l'attendait sur les premiers degrés d'un escalier tournant.

– Êtes-vous assez brave pour me suivre, monsieur le chevalier errant ? demanda la jeune fille en riant du moment d'hésitation qu'avait manifesté Raoul.

Celui-ci répondit en s'élançant derrière elle dans l'escalier sombre. Ils gravirent ainsi trois étages, lui derrière elle, effleurant de ses mains, lorsqu'il cherchait la rampe, une robe de soie qui frôlait aux deux parois de l'escalier. À chaque faux pas de Raoul, sa conductrice lui criait un *chut !* sévère et lui tendait une main douce et parfumée.

– On monterait ainsi jusqu'au donjon du château sans s'apercevoir de la fatigue, dit Raoul.

– Ce qui signifie, monsieur, que vous êtes fort intrigué, fort las et fort inquiet ; mais rassurez-vous, nous voici arrivés.

La jeune fille poussa une porte qui, sur-le-champ, sans transition aucune, emplit d'un flot de lumière le palier de l'escalier au haut duquel Raoul apparaissait, tenant la rampe. La jeune fille marchait toujours, il la suivit ; elle entra dans une chambre, Raoul entra comme elle.

Aussitôt qu'il fut dans le piège, il entendit pousser un grand cri, se retourna, et vit à deux pas de lui, les mains jointes, les yeux fermés, cette belle jeune fille blonde, aux prunelles bleues, aux blanches épaules, qui, le reconnaissant, l'avait appelé Raoul !

Il la vit et devina tant d'amour, tant de bonheur dans l'expression de ses yeux, qu'il se laissa tomber à genoux tout au milieu de la chambre, en murmurant de son côté le nom de Louise.

– Ah ! Montalais ! Montalais ! soupira celle-ci, c'est un grand péché que de tromper ainsi.

– Moi ! je vous ai trompée ?

– Oui, vous me dites que vous allez savoir en bas des nouvelles, et vous faites monter ici Monsieur !

– Il le fallait bien. Comment eût-il reçu sans cela la lettre que vous lui écriviez ?

Et elle désignait du doigt cette lettre qui était encore sur la table. Raoul fit un pas pour la prendre ; Louise, plus rapide, bien qu'elle se fût élancée avec une hésitation classique assez remarquable, allongea la main pour l'arrêter. Raoul rencontra donc cette main toute tiède et toute tremblante ; il la prit dans les siennes et l'approcha si respectueusement de ses lèvres, qu'il y déposa un souffle plutôt qu'un baiser.

Pendant ce temps, Mlle de Montalais avait pris la lettre, l'avait pliée soigneusement, comme font les femmes, en trois plis, et l'avait glissée dans sa poitrine.

– N'ayez pas peur, Louise, dit-elle ; Monsieur n'ira pas plus la prendre ici, que le défunt roi Louis XIII ne prenait les billets dans le corsage de Mlle de Hautefort.

Raoul rougit en voyant le sourire des deux jeunes filles, et il ne remarqua pas que la main de Louise était restée entre les siennes.

– Là ! dit Montalais, vous m'avez pardonné, Louise, de vous avoir amené Monsieur ; vous, monsieur, ne m'en voulez plus de m'avoir suivie pour voir mademoiselle. Donc, maintenant que la paix est faite, causons comme de vieux amis. Présentez-moi, Louise, à M. de Bragelonne.

– Monsieur le vicomte, dit Louise avec sa grâce sérieuse et son candide sourire, j'ai l'honneur de vous présenter Mlle Aure de Montalais, jeune fille d'honneur de Son Altesse Royale Madame, et de plus mon amie, mon excellente amie.

Raoul salua cérémonieusement.

– Et moi ! Louise, dit-il, ne me présentez-vous pas aussi à Mademoiselle ?

– Oh ! elle vous connaît ! elle connaît tout !

Ce mot naïf fit rire Montalais et soupirer de bonheur Raoul, qui l'avait interprété ainsi : Elle connaît *tout notre amour.*

– Les politesses sont faites, monsieur le vicomte, dit Montalais ; voici un fauteuil, et dites-nous bien vite la nouvelle que vous nous apportez ainsi courant.

– Mademoiselle, ce n'est plus un secret. Le roi, se rendant à Poitiers, s'arrête à Blois pour visiter Son Altesse Royale.

– Le roi ici ! s'écria Montalais en frappant ses mains l'une contre l'autre ; nous allons voir la cour ! Concevez-vous cela, Louise ? la vraie cour de Paris ! Oh ! mon Dieu ! mais quand cela, monsieur ?

– Peut-être ce soir, mademoiselle, assurément demain.

Montalais fit un geste de dépit.

– Pas le temps de s'ajuster ! pas le temps de préparer une robe ! Nous sommes ici en retard comme des Polonaises ! Nous allons ressembler à des portraits du temps de Henri IV !... Ah ! monsieur, la méchante nouvelle que vous nous apportez là !

– Mesdemoiselles, vous serez toujours belles.

– C'est fade !... nous serons toujours belles, oui, parce que la nature nous a faites passables ; mais nous serons ridicules, parce que la mode nous aura oubliées... Hélas ! ridicules ! l'on me verra ridicule, moi ?

– Qui cela ? dit naïvement Louise.

– Qui cela ? vous êtes étrange, ma chère !... Est-ce une question à m'adresser ? *On*, veut dire tout le monde ; *on*, veut dire les courtisans, les seigneurs ; *on*, veut dire le roi.

– Pardon, ma bonne amie, mais comme ici tout le monde a l'habitude de nous voir telles que nous sommes...

– D'accord ; mais cela va changer, et nous serons ridicules, même pour Blois ; car près de nous on va voir les modes de Paris, et l'on comprendra que nous sommes à la mode de Blois ! C'est désespérant !

– Consolez-vous, mademoiselle.

– Ah ! baste ! au fait, tant pis pour ceux qui ne me trouveront pas à leur goût ! dit philosophiquement Montalais.

– Ceux-là seraient bien difficiles, répliqua Raoul fidèle à son système de galanterie régulière.

– Merci, monsieur le vicomte. Nous disions donc que le roi vient à Blois ?

– Avec toute la cour.

– Mlles de Mancini y seront-elles ?

– Non pas, justement.

– Mais puisque le roi, dit-on, ne peut se passer de Mlle Marie ?

– Mademoiselle, il faudra bien que le roi s'en passe. M. le cardinal le veut. Il exile ses nièces à Brouage.

– Lui ! l'hypocrite !

– Chut ! dit Louise en collant son doigt sur ses lèvres roses.

– Bah ! personne ne peut m'entendre. Je dis que le vieux Mazarino Mazarini est un hypocrite qui grille de faire sa nièce reine de France.

– Mais non, mademoiselle, puisque M. le cardinal, au contraire, fait épouser à Sa Majesté l'infante Marie-Thérèse.

Montalais regarda en face Raoul et lui dit :

– Vous croyez à ces contes, vous autres Parisiens ? Allons, nous sommes plus forts que vous à Blois.

– Mademoiselle, si le roi dépasse Poitiers et part pour l'Espagne, si les articles du contrat de mariage sont arrêtés entre don Luis de Haro et Son Éminence, vous entendez bien que ce ne sont plus des jeux d'enfants.

– Ah ça ! mais le roi est le roi, je suppose ?

– Sans doute, mademoiselle, mais le cardinal est le cardinal.

– Ce n'est donc pas un homme, que le roi ? Il n'aime donc pas Marie de Mancini ?

– Il l'adore.

– Eh bien ! il l'épousera ; nous aurons la guerre avec l'Espagne ; M. Mazarin dépensera quelques-uns des millions qu'il a de côté ; nos gentilshommes feront des prouesses à l'encontre des fiers Castillans, et beaucoup nous reviendront couronnés de lauriers, et que nous couronnerons de myrte. Voilà comme j'entends la politique.

– Montalais, vous êtes une folle, dit Louise, et chaque exagération vous attire, comme le feu attire les papillons.

– Louise, vous êtes tellement raisonnable que vous n'aimerez jamais.

– Oh ! fit Louise avec un tendre reproche, comprenez donc, Montalais ! La reine mère désire marier son fils avec l'infante ; voulez-vous que le roi désobéisse à sa mère ? Est-il d'un cœur royal comme le sien de donner le mauvais exemple ? Quand les parents défendent l'amour, chassons l'amour !

Et Louise soupira ; Raoul baissa les yeux d'un air contraint. Montalais se mit à rire.

– Moi, je n'ai pas de parents, dit-elle.

– Vous savez sans doute des nouvelles de la santé de M. le comte de La Fère, dit Louise à la suite de ce soupir, qui avait tant révélé de douleurs dans son éloquente expansion.

– Non, mademoiselle, répliqua Raoul, je n'ai pas encore rendu visite à mon père ; mais j'allais à sa maison, quand Mlle de Montalais a bien voulu m'arrêter ; j'espère que M. le comte se porte bien. Vous n'avez rien ouï dire de fâcheux, n'est-ce pas ?

– Rien, monsieur Raoul, rien, Dieu merci !

Ici s'établit un silence pendant lequel deux âmes qui suivaient la même idée s'entendirent parfaitement, même sans l'assistance d'un seul regard.

– Ah ! mon Dieu ! s'écria tout à coup Montalais, on monte !...

– Qui cela peut-il être ? dit Louise en se levant tout inquiète.

– Mesdemoiselles, je vous gêne beaucoup ; j'ai été bien indiscret sans doute, balbutia Raoul, fort mal à son aise.

– C'est un pas lourd, dit Louise.

– Ah ! si ce n'est que M. Malicorne, répliqua Montalais, ne nous dérangeons pas.

Louise et Raoul se regardèrent pour se demander ce que c'était que M. Malicorne.

– Ne vous inquiétez pas, poursuivit Montalais, il n'est pas jaloux.

– Mais, mademoiselle... dit Raoul.

– Je comprends... Eh bien ! il est aussi discret que moi.

– Mon Dieu ! s'écria Louise, qui avait appuyé son oreille sur la porte entrebâillée, je reconnais les pas de ma mère !

– Mme de Saint-Remy ! Où me cacher ? dit Raoul, en sollicitant vivement la robe de Montalais, qui semblait un peu avoir perdu la tête.

– Oui, dit celle-ci, oui, je reconnais aussi les patins qui claquent. C'est notre excellente mère !... Monsieur le vicomte, c'est bien dommage que la fenêtre donne sur un pavé et cela à cinquante pieds de haut.

Raoul regarda le balcon d'un air égaré, Louise saisit son bras et le retint.

– Ah çà ! suis-je folle ! dit Montalais, n'ai-je pas l'armoire aux robes de cérémonie ! Elle a vraiment l'air d'être faite pour cela.

Il était temps, Mme de Saint-Remy montait plus vite qu'à l'ordinaire ; elle arriva sur le palier au moment où Montalais, comme dans les scènes de surprises, fermait l'armoire en appuyant son corps sur la porte.

– Ah ! s'écria Mme de Saint-Remy, vous êtes ici, Louise ?

– Oui ! madame, répondit-elle, plus pâle que si elle eût été convaincue d'un grand crime.

– Bon ! bon !

– Asseyez-vous, madame, dit Montalais en offrant un fauteuil à Mme de Saint-Remy, et en le plaçant de façon qu'elle tournât le dos à l'armoire.

– Merci, mademoiselle Aure, merci ; venez vite, ma fille, allons.

– Où voulez-vous donc que j'aille, madame ?

Mais, au logis ; ne faut-il pas préparer votre toilette ?

– Plaît-il ? fit Montalais, se hâtant de jouer la surprise, tant elle craignait de voir Louise faire quelque sottise.

– Vous ne savez donc pas la nouvelle ? dit Mme de Saint-Remy.

– Quelle nouvelle, madame, voulez-vous que deux filles apprennent en ce colombier ?

– Quoi !... vous n'avez vu personne ?...

– Madame, vous parlez par énigmes et vous nous faites mourir à petit feu ! s'écria Montalais, qui, effrayée de voir Louise de plus en plus pâle, ne savait à quel saint se vouer.

Enfin elle surprit de sa compagne un regard parlant, un de ces regards qui donneraient de l'intelligence à un mur. Louise indiquait à son amie le chapeau, le malencontreux chapeau de Raoul qui se pavanait sur la table.

Montalais se jeta au-devant, et, le saisissant de sa main gauche, le passa derrière elle dans la droite, et le cacha ainsi tout en parlant.

– Eh bien ! dit Mme de Saint-Remy, un courrier nous arrive qui annonce la prochaine arrivée du roi. Çà, mesdemoiselles, il s'agit d'être belles !

– Vite ! vite ! s'écria Montalais, suivez Mme votre mère, Louise, et me laissez ajuster ma robe de cérémonie.

Louise se leva, sa mère la prit par la main et l'entraîna sur le palier.

– Venez, dit-elle.

Et tout bas :

– Quand je vous défends de venir chez Montalais, pourquoi y venez-vous ?

– Madame, c'est mon amie. D'ailleurs, j'arrivais.

– On n'a fait cacher personne devant vous ?

– Madame !

– J'ai vu un chapeau d'homme, vous dis-je ; celui de ce drôle, de ce vaurien !

– Madame ! s'écria Louise.

– De ce fainéant de Malicorne ! Une fille d'honneur fréquenter ainsi... fi !

Et les voix se perdirent dans les profondeurs du petit escalier. Montalais n'avait pas perdu un mot de ces propos que l'écho lui renvoyait comme par un entonnoir.

Elle haussa les épaules, et, voyant Raoul qui, sorti de sa cachette, avait écouté aussi :

– Pauvre Montalais ! dit-elle, victime de l'amitié !... Pauvre Malicorne !... victime de l'amour !

Elle s'arrêta sur la mine tragi-comique de Raoul, qui s'en voulut d'avoir en un jour surpris tant de secrets.

– Oh ! mademoiselle, dit-il, comment reconnaître vos bontés ?

– Nous ferons quelque jour nos comptes, répliqua-t-elle ; pour le moment, gagnez au pied, monsieur de Bragelonne, car Mme de Saint-Remy n'est pas indulgente, et quelque indiscrétion de sa part pourrait amener ici une visite domiciliaire fâcheuse pour nous tous. Adieu !

– Mais Louise... comment savoir ?...

– Allez ! allez ! le roi Louis XI savait bien ce qu'il faisait lorsqu'il inventa la poste.

– Hélas ! dit Raoul.

– Et ne suis-je pas là, moi, qui vaux toutes les postes du royaume ? Vite ! à votre cheval ! et que si Mme de Saint-Remy remonte pour me faire de la morale, elle ne vous trouve plus ici.

– Elle le dirait à mon père, n'est-ce pas ? murmura Raoul.

– Et vous seriez grondé ! Ah ! vicomte, on voit bien que vous venez de la cour : vous êtes peureux comme le roi. Peste ! à Blois, nous nous passons mieux que cela du consentement de papa ! Demandez à Malicorne.

Et, sur ces mots, la folle jeune fille mit Raoul à la porte par les épaules ; celui-ci se glissa le long du porche, retrouva son cheval, sauta dessus et partit comme s'il eût les huit gardes de Monsieur à ses trousses.

IV

Le père et le fils

Raoul suivit la route bien connue, bien chère à sa mémoire, qui conduisait de Blois à la maison du comte de La Fère.

Le lecteur nous dispensera d'une description nouvelle de cette habitation. Il y a pénétré avec nous en d'autres temps ; il la connaît. Seulement, depuis le dernier voyage que nous y avons fait, les murs avaient pris une teinte plus grise, et la brique des tons de cuivre plus harmonieux ; les arbres avaient grandi, et tel autrefois allongeait ses bras grêles par-dessus les haies, qui maintenant, arrondi, touffu, luxuriant, jetait au loin, sous ses rameaux gonflés de sève, l'ombre épaisse des fleurs ou des fruits pour le passant.

Raoul aperçut au loin le toit aigu, les deux petites tourelles, le colombier dans les ormes, et les volées de pigeons qui tournoyaient incessamment, sans pouvoir le quitter jamais, autour du cône de briques, pareils aux doux souvenirs qui voltigent autour d'une âme sereine.

Lorsqu'il s'approcha, il entendit le bruit des poulies qui grinçaient sous le poids des seaux massifs ; il lui sembla aussi entendre le mélancolique gémissement de l'eau qui retombe dans le puits, bruit triste, funèbre, solennel, qui frappe l'oreille de l'enfant et du poète rêveurs, que les Anglais appellent *splash*, les poètes arabes *gasgachau*, et que nous autres Français, qui voudrions bien être poètes, nous ne pouvons traduire que par une périphrase : *le bruit de l'eau tombant dans l'eau.*

Il y avait plus d'un an que Raoul n'était venu voir son père. Il avait passé tout ce temps chez M. le prince.

En effet, après toutes ces émotions de la Fronde dont nous avons autrefois essayé de reproduire la première période, Louis de Condé avait fait avec la cour une réconciliation publique, solennelle et franche. Pendant tout le temps qu'avait duré la rupture de M. le prince avec le roi, M. le prince, qui s'était depuis longtemps affectionné à Bragelonne, lui avait vainement offert tous les avantages qui peuvent éblouir un jeune homme. Le comte de La Fère, toujours fidèle à ses principes de loyauté et de royauté, développés un jour devant son fils dans les caveaux de Saint-Denis, le comte de La Fère, au nom de son fils, avait toujours refusé. Il y avait plus ; au lieu de suivre M. de Condé dans sa rébellion, le vicomte avait suivi M. de Turenne, combattant pour le roi. Puis, lorsque M. de Turenne, à son tour, avait paru abandonner la cause royale, il avait quitté M. de Turenne, comme il avait fait de M. de Condé. Il résultait de cette ligne invariable de conduite que, comme jamais Turenne et Condé n'avaient été vainqueurs l'un de l'autre que sous les drapeaux du roi, Raoul avait, si jeune qu'il fût encore, dix victoires inscrites sur l'état de ses services, et pas une défaite dont sa bravoure et sa conscience eussent à souffrir.

Donc Raoul avait, selon le vœu de son père, servi opiniâtrement et passivement la fortune du roi Louis XIV, malgré toutes les tergiversations, qui étaient endémiques et, on peut dire, inévitables à cette époque.

M. de Condé, rentré en grâce, avait usé de tout, d'abord de son privilège d'amnistie pour redemander beaucoup de choses qui lui avaient été accordées et, entre autres choses, Raoul. Aussitôt M. le comte de La Fère, dans son bon sens inébranlable, avait renvoyé Raoul au prince de Condé.

Un an donc s'était écoulé depuis la dernière séparation du père et du fils ; quelques lettres avaient adouci, mais non guéri, les douleurs de son absence. On a vu que Raoul laissait à Blois un autre amour que l'amour filial.

Mais rendons-lui cette justice que, sans le hasard et Mlle de Montalais, deux démons tentateurs, Raoul, après le message accompli, se fût mis à galoper vers la demeure de son père en retournant la tête sans doute, mais sans s'arrêter un seul instant, eût-il vu Louise lui tendre les bras.

Aussi, la première partie du trajet fut-elle donnée par Raoul au regret du passé qu'il venait de quitter si vite, c'est-à-dire à l'amante ; l'autre moitié à l'ami qu'il allait retrouver, trop lentement au gré de ses désirs.

Raoul trouva la porte du jardin ouverte et lança son cheval sous l'allée, sans prendre garde aux grands bras que faisait, en signe de colère, un vieillard vêtu d'un tricot de laine violette et coiffé d'un large bonnet de velours râpé. Ce vieillard, qui sarclait de ses doigts une plate-bande de rosiers nains et de marguerites, s'indignait de voir un cheval courir ainsi dans ses allées sablées et ratissées.

Il hasarda même un vigoureux *hum !* qui fit retourner le cavalier. Ce fut alors un changement de scène ; car aussitôt qu'il eut vu le visage de Raoul, ce vieillard se redressa et se mit à courir dans la direction de la maison avec des grognements interrompus qui semblaient être chez lui le paroxysme d'une joie folle. Raoul arriva aux écuries, remit son cheval à un petit laquais, et enjamba le perron avec une ardeur qui eût bien réjoui le cœur de son père.

Il traversa l'antichambre, la salle à manger et le salon sans trouver personne ; enfin, arrivé à la porte de M. le comte de La Fère, il heurta impatiemment et entra presque sans attendre le mot *Entrez !* que lui jeta une voix grave et douce tout à la fois.

Le comte était assis devant une table couverte de papiers et de livres : c'était bien toujours le noble et le beau gentilhomme d'autrefois, mais le temps avait donné à sa noblesse, à sa beauté, un caractère plus solennel et plus distinct. Un front blanc et sans rides sous ses longs cheveux plus blancs que noirs, un œil perçant et doux sous des cils de jeune homme, la moustache fine et à peine grisonnante, encadrant des lèvres d'un modèle pur et délicat, comme si jamais elles n'eussent été crispées par les passions mortelles ; une taille droite et souple, une main irréprochable mais amaigrie, voilà quel était encore l'illustre gentilhomme dont tant de bouches illustres avaient fait l'éloge sous le nom d'Athos. Il s'occupait alors de corriger les pages d'un cahier manuscrit, tout entier rempli de sa main.

Raoul saisit son père par les épaules, par le cou, comme il put, et l'embrassa si tendrement, si rapidement, que le comte n'eut pas la force ni le temps de se dégager, ni de surmonter son émotion paternelle.

– Vous ici, vous voici, Raoul ! dit-il, est-ce bien possible ?

– Oh ! monsieur, monsieur, quelle joie de vous revoir !

– Vous ne me répondez pas, vicomte. Avez-vous un congé, pour être à Blois, ou bien est-il arrivé quelque malheur à Paris ?

– Dieu merci ! monsieur, répliqua Raoul en se calmant peu à peu, il n'est rien arrivé que d'heureux ; le roi se marie, comme j'ai eu l'honneur de vous le mander dans ma dernière lettre, et il part pour l'Espagne. Sa Majesté passera par Blois.

– Pour rendre visite à Monsieur ?

– Oui, monsieur le comte. Aussi, craignant de le prendre à l'improviste, ou désirant lui être particulièrement agréable, M. le prince m'a-t-il envoyé pour préparer les logements.

– Vous avez vu Monsieur ? demanda le comte vivement.

– J'ai eu cet honneur.

– Au château ?

– Oui, monsieur, répondit Raoul en baissant les yeux, parce que, sans doute, il avait senti dans l'interrogation du comte plus que de la curiosité.

– Ah ! vraiment, vicomte ?... Je vous fais mon compliment.

Raoul s'inclina.

– Mais vous avez encore vu quelqu'un à Blois ?

– Monsieur, j'ai vu Son Altesse Royale, Madame.

– Très bien. Ce n'est pas de Madame que je parle.

Raoul rougit extrêmement et ne répondit point.

– Vous ne m'entendez pas, à ce qu'il paraît, monsieur le vicomte ? insista M. de La Fère sans accentuer plus nerveusement sa question, mais en forçant l'expression un peu plus sévère de son regard.

– Je vous entends parfaitement, monsieur, répliqua Raoul, et si je prépare ma réponse, ce n'est pas que je cherche un mensonge, vous le savez, monsieur.

– Je sais que vous ne mentez jamais. Aussi, je dois m'étonner que vous preniez un si long temps pour me dire oui ou non.

– Je ne puis vous répondre qu'en vous comprenant bien, et si je vous ai bien compris, vous allez recevoir en mauvaise part mes premières paroles. Il vous déplaît sans doute, monsieur le comte, que j'aie vu...

– Mlle de La Vallière, n'est-ce pas ?

– C'est d'elle que vous voulez parler, je le sais bien, monsieur le comte, dit Raoul avec une inexprimable douceur.

– Et je vous demande si vous l'avez vue.

– Monsieur, j'ignorais absolument, lorsque j'entrai au château, que Mlle de La Vallière pût s'y trouver ; c'est seulement en m'en retournant, après ma mission achevée, que le hasard nous a mis en présence. J'ai eu l'honneur de lui présenter mes respects.

– Comment s'appelle le hasard qui vous a réuni à Mlle de La Vallière ?

– Mlle de Montalais, monsieur.

– Qu'est-ce que Mlle de Montalais ?

– Une jeune personne que je ne connaissais pas, que je n'avais jamais vue. Elle est fille d'honneur de Madame.

– Monsieur le vicomte, je ne pousserai pas plus loin mon interrogatoire, que je me reproche déjà d'avoir fait durer. Je vous avais recommandé d'éviter Mlle de La Vallière, et de ne la voir qu'avec mon autorisation. Oh ! je sais que vous m'avez dit vrai, et que vous n'avez pas fait une démarche pour vous rapprocher d'elle. Le hasard m'a fait du tort ; je n'ai pas à vous accuser. Je me contenterai donc de ce que je vous ai déjà dit concernant cette demoiselle. Je ne lui reproche rien, Dieu m'en est témoin ; seulement il n'entre pas dans mes desseins que vous fréquentiez sa maison. Je vous prie encore une fois, mon cher Raoul, de l'avoir pour entendu.

On eût dit que l'œil si limpide et si pur de Raoul se troublait à cette parole.

– Maintenant, mon ami, continua le comte avec son doux sourire et sa voix habituelle, parlons d'autre chose. Vous retournez peut-être à votre service ?

Non, monsieur, je n'ai plus qu'à demeurer auprès de vous tout aujourd'hui. M. le prince ne m'a heureusement fixé d'autre devoir que celui-là, qui était si bien d'accord avec mes désirs.

– Le roi se porte bien ?

– À merveille.

– Et M. le Prince aussi ?

– Comme toujours, monsieur.

Le comte oubliait Mazarin : c'était une vieille habitude.

– Eh bien ! Raoul, puisque vous n'êtes plus qu'à moi, je vous donnerai, de mon côté, toute ma journée. Embrassez-moi... encore... encore... Vous êtes chez vous, vicomte... Ah ! voici notre vieux Grimaud !... Venez, Grimaud, M. le vicomte veut vous embrasser aussi.

Le grand vieillard ne se le fit pas répéter ; il accourait les bras ouverts. Raoul lui épargna la moitié du chemin.

– Maintenant, voulez-vous que nous passions au jardin, Raoul ? Je vous montrerai le nouveau logement que j'ai fait préparer pour vous à vos congés, et, tout en regardant les plantations de cet hiver et deux chevaux de main que j'ai changés, vous me donnerez des nouvelles de nos amis de Paris.

Le comte ferma son manuscrit, prit le bras du jeune homme et passa au jardin avec lui.

Grimaud regarda mélancoliquement partir Raoul, dont la tête effleurait presque la traverse de la porte, et, tout en caressant sa royale blanche, il laissa échapper ce mot profond :

– Grandi !

V

Où il sera parlé de Cropoli, de Cropole
et d'un grand peintre inconnu

Tandis que le comte de La Fère visite avec Raoul les nouveaux bâtiments qu'il a fait bâtir, et les chevaux neufs qu'il a fait acheter, nos lecteurs nous permettront de les ramener à la ville de Blois et de les faire assister au mouvement inaccoutumé qui agitait la ville.

C'était surtout dans les hôtels que s'était fait sentir le contrecoup de la nouvelle apportée par Raoul.

En effet, le roi et la cour à Blois, c'est-à-dire cent cavaliers, dix carrosses, deux cents chevaux, autant de valets que de maîtres, où se caserait tout ce monde, où se logeraient tous ces gentilshommes des environs qui allaient arriver dans deux ou trois heures peut-être, aussitôt que la nouvelle aurait élargi le centre de son retentissement, comme ces circonférences croissantes que produit la chute d'une pierre dans l'eau d'un lac tranquille ?

Blois, aussi paisible le matin, nous l'avons vu, que le lac le plus calme du monde, à l'annonce de l'arrivée royale, s'emplit soudain de tumulte et de bourdonnement.

Tous les valets du château, sous l'inspection des officiers, allaient en ville quérir les provisions, et dix courriers à cheval galopaient vers les réserves de Chambord pour chercher le gibier, aux pêcheries du Beuvron pour le poisson, aux serres de Cheverny pour les fleurs et pour les fruits.

On tirait du garde-meuble les tapisseries précieuses, les lustres à grands chaînons dorés ; une armée de pauvres balayaient les cours et lavaient les devantures de pierre, tandis que leurs femmes foulaient les prés au-delà de la Loire pour récolter des jonchées de verdure et de fleurs des champs. Toute la ville, pour ne pas demeurer au-dessous de ce luxe de propreté, faisait sa toilette à grand renfort de brosses, de balais et d'eau.

Les ruisseaux de la ville supérieure, gonflés par ces lotions continues, devenaient fleuves au bas de la ville, et le petit pavé, parfois très boueux, il faut le dire, se nettoyait, se diamantait aux rayons amis du soleil.

Enfin, les musiques se préparaient, les tiroirs se vidaient ; on accaparait chez les marchands cires, rubans et nœuds d'épées ; les ménagères faisaient provision de pain, de viandes et d'épices. Déjà même bon nombre de bourgeois, dont la maison était garnie comme pour soutenir un siège, n'ayant plus à s'occuper de rien, endossaient des habits de fête et se dirigeaient vers la porte de la ville pour être les premiers à signaler ou à voir le cortège. Ils savaient bien que le roi n'arriverait qu'à la nuit, peut-être même au matin suivant. Mais qu'est-ce que l'attente, sinon une sorte de folie, et qu'est-ce que la folie, sinon un excès d'espoir ?

Dans la ville basse, à cent pas à peine du château des États, entre le mail et le château, dans une rue assez belle qui s'appelait alors rue Vieille, et qui devait en effet être bien vieille, s'élevait un vénérable édifice, à pignon aigu, à forme trapue et large ornée de trois fenêtres sur la rue au premier étage, de deux au second, et d'un petit œil-de-bœuf au troisième.

Sur les côtés de ce triangle on avait récemment construit un parallélogramme assez vaste qui empiétait sans façon sur la rue, selon les us tout familiers de l'édilité d'alors. La rue s'en voyait bien rétrécie d'un quart, mais la maison s'en trouvait élargie de près de moitié ; n'est-ce pas là une compensation suffisante ?

Une tradition voulait que cette maison à pignon aigu fût habitée, du temps de Henri III, par un conseiller des États que la reine Catherine était venue, les uns disent visiter, les autres étrangler. Quoi qu'il en soit, la bonne dame avait dû poser un pied circonspect sur le seuil de ce bâtiment.

Après le conseiller mort par strangulation ou mort naturellement, il n'importe, la maison avait été vendue, puis abandonnée, enfin isolée des autres maisons de la rue. Vers le milieu du règne de Louis XIII seulement, un Italien nommé Cropoli, échappé des cuisines du maréchal d'Ancre, était venu s'établir en cette maison. Il y avait fondé une petite hôtellerie où se fabriquait un macaroni tellement raffiné, qu'on en venait quérir ou manger là de plusieurs lieues à la ronde.

L'illustration de la maison était venue de ce que la reine Marie de Médicis, prisonnière, comme on sait, au château des États, en avait envoyé chercher une fois.

C'était précisément le jour où elle s'était évadée par la fameuse fenêtre. Le plat de macaroni était resté sur la table, effleuré seulement par la bouche royale.

De cette double faveur faite à la maison triangulaire, d'une strangulation et d'un macaroni, l'idée était venue au pauvre Cropoli de nommer son hôtellerie d'un titre pompeux. Mais sa qualité d'Italien n'était pas une recommandation en ce temps-là, et son peu de fortune soigneusement cachée l'empêchait de se mettre trop en évidence.

Quand il se vit près de mourir, ce qui arriva en 1643, après la mort du roi Louis XIII, il fit venir son fils, jeune marmiton de la plus belle espérance, et, les larmes aux yeux, il lui recommanda de bien garder le secret du macaroni, de franciser son nom, d'épouser une Française, et enfin, lorsque l'horizon politique serait débarrassé des nuages qui le couvraient – on pratiquait déjà à cette époque cette figure, fort en usage de nos jours dans les premiers Paris et à la Chambre, – de faire tailler par le forgeron voisin une belle enseigne, sur laquelle un fameux peintre qu'il désigna tracerait deux portraits de la reine avec ces mots en légende : *Aux Médicis.*

Le bonhomme Cropoli, après ces recommandations, n'eut que la force d'indiquer à son jeune successeur une cheminée sous la dalle de laquelle il avait enfoui mille louis de dix francs, et il expira.

Cropoli fils, en homme de cœur, supporta la perte avec résignation et le gain sans insolence. Il commença par accoutumer le public à faire sonner si peu l'*i* final de son nom, que, la complaisance générale aidant, on ne l'appela plus que M. Cropole, ce qui est un nom tout français.

Ensuite il se maria, ayant justement sous la main une petite Française dont il était amoureux, et aux parents de laquelle il arracha une dot raisonnable en montrant le dessous de la dalle de la cheminée.

Ces deux premiers points accomplis, il se mit à la recherche du peintre qui devait faire l'enseigne.

Le peintre fut bientôt trouvé.

C'était un vieil Italien émule des Raphaël et des Carrache, mais émule malheureux. Il se disait de l'école vénitienne, sans doute parce qu'il aimait fort la couleur. Ses ouvrages, dont jamais il n'avait vendu un seul, tiraient l'œil à cent pas et déplaisaient formidablement aux bourgeois, si bien qu'il avait fini par ne plus rien faire.

Il se vantait toujours d'avoir peint une salle de bains pour Mme la maréchale d'Ancre, et se plaignait que cette salle eût été brûlée lors du désastre du maréchal.

Cropoli, en sa qualité de compatriote, était indulgent pour Pittrino. C'était le nom de l'artiste. Peut-être avait-il vu les fameuses peintures de la salle de bains. Toujours est-il qu'il avait dans une telle estime, voire dans une telle amitié, le fameux Pittrino, qu'il le retira chez lui.

Pittrino, reconnaissant et nourri de macaroni, apprit à propager la réputation de ce mets national, et, du temps de son fondateur, il avait rendu par sa langue infatigable des services signalés à la maison Cropoli.

En vieillissant, il s'attacha au fils comme au père, et peu à peu devint l'espèce de surveillant d'une maison où sa probité intègre, sa sobriété reconnue, sa chasteté proverbiale, et mille autres vertus que nous jugeons inutile d'énumérer ici, lui donnèrent place éternelle au foyer, avec droit d'inspection sur les domestiques. En outre, c'était lui qui goûtait le macaroni, pour maintenir le goût pur de l'antique tradition ; il faut dire qu'il ne pardonnait pas un grain de poivre de plus, ou un atome de parmesan en moins. Sa joie fut bien grande le jour où, appelé à partager le secret de Cropole fils, il fut chargé de peindre la fameuse enseigne.

On le vit fouiller avec ardeur dans une vieille boîte, où il retrouva des pinceaux un peu mangés par les rats, mais encore passables, des couleurs dans des vessies à peu près desséchées, de l'huile de lin dans une bouteille, et une palette qui avait appartenu autrefois au Bronzino, ce *diou de la pittoure*, comme disait, dans son enthousiasme toujours juvénile, l'artiste ultramontain.

Pittrino était grandi de toute la joie d'une réhabilitation.

Il fit comme avait fait Raphaël, il changea de manière et peignit à la façon d'Albane deux déesses plutôt que deux reines. Ces dames illustres étaient tellement gracieuses sur l'enseigne, elles offraient aux regards étonnés un tel assemblage de lis et de roses, résultat enchanteur du changement de manière de Pittrino ; elles affectaient des poses de sirènes tellement anacréontiques, que le principal échevin, lorsqu'il fut admis à voir ce morceau capital dans la salle de Cropole, déclara tout de suite que ces dames étaient trop belles et d'un charme trop animé pour figurer comme enseigne à la vue des passants.

– Son Altesse Royale Monsieur, fut-il dit à Pittrino, qui vient souvent dans notre ville, ne s'arrangerait pas de voir Mme son illustre mère aussi peu vêtue, et il vous enverrait aux oubliettes des États, car il n'a pas toujours le cœur tendre, ce glorieux prince. Effacez donc les deux sirènes ou la légende, sans quoi je vous interdis l'exhibition de l'enseigne. Cela est dans votre intérêt, maître Cropole, et dans le vôtre, seigneur Pittrino.

Que répondre à cela ? Il fallut remercier l'échevin de sa gracieuseté ; c'est ce que fit Cropole.

Mais Pittrino demeura sombre et déçu.

Il sentait bien ce qui allait arriver.

L'édile ne fut pas plutôt parti que Cropole, se croisant les bras :

– Eh bien ! maître, dit-il, qu'allons-nous faire ?

– Nous allons ôter la légende, dit tristement Pittrino. J'ai là du noir d'ivoire excellent, ce sera fait en un tour de main, et nous remplacerons les Médicis par les *Nymphes* ou les *Sirènes*, comme il vous plaira.

– Non pas, dit Cropole, la volonté de mon père ne serait pas remplie. Mon père tenait...

– Il tenait aux figures, dit Pittrino.

– Il tenait à la légende, dit Cropole.

– La preuve qu'il tenait aux figures, c'est qu'il les avait commandées ressemblantes, et elles le sont, répliqua Pittrino.

– Oui, mais si elles ne l'eussent pas été, qui les eût reconnues sans la légende ? Aujourd'hui même que la mémoire des Blésois s'oblitère un peu à l'endroit de ces personnes célèbres, qui reconnaîtrait Catherine et Marie sans ces mots : *Aux Médicis ?*

– Mais enfin, mes figures ? dit Pittrino désespéré, car il sentait que le petit Cropole avait raison. Je ne veux pas perdre le fruit de mon travail.

– Je ne veux pas que vous alliez en prison et moi dans les oubliettes.

– Effaçons Médicis, dit Pittrino suppliant.

– Non, répliqua fermement Cropole. Il me vient une idée, une idée sublime... votre peinture paraîtra, et ma légende aussi... Médici ne veut-il pas dire médecin en italien ?

– Oui, au pluriel.

– Vous m'allez donc commander une autre plaque d'enseigne chez le forgeron ; vous y peindrez six médecins, et vous écrirez dessous : *Aux Médicis*... ce qui fait un jeu de mots agréable.

– Six médecins ! Impossible ! Et la composition ? s'écria Pittrino.

– Cela vous regarde, mais il en sera ainsi, je le veux, il le faut. Mon macaroni brûle.

Cette raison était péremptoire ; Pittrino obéit. Il composa l'enseigne des six médecins avec la légende ; l'échevin applaudit et autorisa.

L'enseigne eut par la ville un succès fou. Ce qui prouve bien que la poésie a toujours eu tort devant les bourgeois, comme dit Pittrino.

Cropole, pour dédommager son peintre ordinaire, accrocha dans sa chambre à coucher les nymphes de la précédente enseigne, ce qui faisait rougir Mme Cropole chaque fois qu'elle les regardait en se déshabillant le soir.

Voilà comment la maison au pignon eut une enseigne, voilà comment, faisant fortune, l'hôtellerie des Médicis fut forcée de s'agrandir du quadrilatère que nous avons dépeint. Voilà comment il y avait à Blois une hôtellerie de ce nom ayant pour propriétaire maître Cropole et pour peintre ordinaire maître Pittrino.

VI

L'inconnu

Ainsi fondée et recommandée par son enseigne, l'hôtellerie de maître Cropole marchait vers une solide prospérité.

Ce n'était pas une fortune immense que Cropole avait en perspective, mais il pouvait espérer de doubler les mille louis d'or légués par son père, de faire mille autre louis de la vente de la maison et du fonds, et, libre enfin, de vivre heureux comme un bourgeois de la ville.

Cropole était âpre au gain, il accueillit en homme fou de joie la nouvelle de l'arrivée du roi Louis XIV.

Lui, sa femme, Pittrino et deux marmitons firent aussitôt main basse sur tous les habitants du colombier, de la basse-cour et des clapiers, en sorte qu'on entendit dans les cours de l'Hôtellerie des Médicis autant de lamentations et de cris que jadis on en avait entendu dans Rama.

Cropole n'avait pour le moment qu'un seul voyageur.

C'était un homme de trente ans à peine, beau, grand, austère, ou plutôt mélancolique dans chacun de ses gestes et de ses regards.

Il était vêtu d'un habit de velours noir avec des garnitures de jais ; un col blanc, simple comme celui des puritains les plus sévères, faisait ressortir la teinte mate et fine de son cou plein de jeunesse ; une légère moustache blonde couvrait à peine sa lèvre frémissante et dédaigneuse.

Il parlait aux gens en les regardant en face, sans affectation, il est vrai, mais sans scrupule ; de sorte que l'éclat de ses yeux bleus devenait tellement insupportable que plus d'un regard se baissait devant le sien, comme fait l'épée la plus faible dans un combat singulier.

En ce temps où les hommes, tous créés égaux par Dieu, se divisaient, grâce aux préjugés, en deux castes distinctes, le gentilhomme et le roturier, comme ils se divisent réellement en deux races, la noire et la blanche, en ce temps, disons-nous, celui dont nous venons d'esquisser le portrait ne pouvait manquer d'être pris pour un gentilhomme, et de la meilleure race. Il ne fallait pour cela que consulter ses mains, longues, effilées et blanches, dont chaque muscle, chaque veine transparaissaient sous la peau au moindre mouvement, dont les phalanges rougissaient à la moindre crispation.

Ce gentilhomme était donc arrivé seul chez Cropole. Il avait pris sans hésiter, sans réfléchir même, l'appartement le plus important, que l'hôtelier lui avait indiqué dans un but de rapacité fort condamnable, diront les uns, fort louable, diront les autres, s'ils admettent que Cropole fût physiono-miste et jugeât les gens à première vue.

Cet appartement était celui qui composait toute la devanture de la vieille maison triangulaire : un grand salon éclairé par deux fenêtres au premier étage, une petite chambre à côté, une autre au-dessus.

Or, depuis qu'il était arrivé, ce gentilhomme avait à peine touché au re-pas qu'on lui avait servi dans sa chambre. Il n'avait dit que deux mots à l'hôte pour le prévenir qu'il viendrait un voyageur du nom de Parry, et recommander qu'on laissât monter ce voyageur.

Ensuite, il avait gardé un silence tellement profond, que Cropole en avait été presque offensé, lui qui aimait les gens de bonne compagnie.

Enfin, ce gentilhomme s'était levé de bonne heure le matin du jour où commence cette histoire, et s'était mis à la fenêtre de son salon, assis sur le rebord et appuyé sur la rampe du balcon, regardant tristement et opiniâtre-ment aux deux côtés de la rue pour guetter sans doute la venue de ce voya-geur qu'il avait signalé à l'hôte.

Il avait vu, de cette façon, passer le petit cortège de Monsieur revenant de la chasse, puis avait savouré de nouveau la profonde tranquillité de la ville, absorbé qu'il était dans son attente.

Tout à coup, le remue-ménage des pauvres allant aux prairies, des cour-riers partant, des laveurs de pavé, des pourvoyeurs de la maison royale, des courtauds de boutiques effarouchés et bavards, des chariots en branle, des coiffeurs en course et des pages en corvée ; ce tumulte et ce vacarme l'avaient surpris, mais sans qu'il perdît rien de cette majesté impassible et suprême qui donne à l'aigle et au lion ce coup d'œil serein et méprisant au milieu des hourras et des trépignements des chasseurs ou des curieux.

Bientôt les cris des victimes égorgées dans la basse-cour, les pas pressés de Mme Cropole dans le petit escalier de bois si étroit et si sonore, les al-lures bondissantes de Pittrino, qui, le matin encore, fumait sur la porte avec le flegme d'un Hollandais, tout cela donna au voyageur un commencement de surprise et d'agitation.

Comme il se levait pour s'informer, la porte de la chambre s'ouvrit. L'inconnu pensa que sans doute on lui amenait le voyageur si impatiem-ment attendu.

Il fit donc, avec une sorte de précipitation, trois pas vers cette porte qui s'ouvrait.

Mais au lieu de la figure qu'il espérait voir, ce fut maître Cropole qui apparut, et derrière lui, dans la pénombre de l'escalier, le visage assez gra-cieux, mais rendu trivial par la curiosité, de Mme Cropole, qui donna un coup d'œil furtif au beau gentilhomme et disparut.

Cropole s'avança l'air souriant, le bonnet à la main, plutôt courbé qu'incliné.

Un geste de l'inconnu l'interrogea sans qu'aucune parole fût prononcée.

– Monsieur, dit Cropole, je venais demander comment dois-je dire : Votre Seigneurie, ou Monsieur le comte, ou Monsieur le marquis ?...

– Dites « Monsieur », et dites vite, répondit l'inconnu avec cet accent hautain qui n'admet ni discussion ni réplique.

– Je venais donc m'informer comment Monsieur avait passé la nuit, et si Monsieur était dans l'intention de garder cet appartement.

– Oui.

– Monsieur, c'est qu'il arrive un incident sur lequel nous n'avions pas compté.

– Lequel ?

– Sa Majesté Louis XIV entre aujourd'hui dans notre ville et s'y repose un jour, deux jours peut-être.

Un vif étonnement se peignit sur le visage de l'inconnu.

– Le roi de France vient à Blois !

– Il est en route, monsieur.

– Alors, raison de plus pour que je reste, dit l'inconnu.

– Fort bien, monsieur ; mais Monsieur garde-t-il tout l'appartement ?

– Je ne vous comprends pas. Pourquoi aurais-je aujourd'hui moins que je n'ai eu hier ?

– Parce que, monsieur, Votre Seigneurie me permettra de le lui dire, hier je n'ai pas dû, lorsque vous avez choisi votre logis, fixer un prix quelconque qui eût fait croire à Votre Seigneurie que je préjugeais ses ressources... tandis qu'aujourd'hui...

L'inconnu rougit. L'idée lui vint sur-le-champ qu'on le soupçonnait pauvre et qu'on l'insultait.

– Tandis qu'aujourd'hui, reprit-il froidement, vous préjugez ?

– Monsieur, je suis un galant homme, Dieu merci ! et, tout hôtelier que je paraisse être, il y a en moi du sang de gentilhomme ; mon père était serviteur et officier de feu M. le maréchal d'Ancre. Dieu veuille avoir son âme !...

– Je ne vous conteste pas ce point, monsieur ; seulement, je désire savoir, et savoir vite, à quoi tendent vos questions.

– Vous êtes, monsieur, trop raisonnable pour ne pas comprendre que notre ville est petite, que la cour va l'envahir, que les maisons regorgeront d'habitants, et que, par conséquent, les loyers vont acquérir une valeur considérable.

L'inconnu rougit encore.

– Faites vos conditions, monsieur, dit-il.

– Je les fais avec scrupule, monsieur, parce que je cherche un gain honnête et que je veux faire une affaire sans être incivil ou grossier dans mes désirs... Or, l'appartement que vous occupez est considérable, et vous êtes seul...

– Cela me regarde.

– Oh ! bien certainement ; aussi je ne congédie pas Monsieur.

Le sang afflua aux tempcs de l'inconnu ; il lança sur le pauvre Cropole, descendant d'un officier de M. le maréchal d'Ancre, un regard qui l'eût fait rentrer sous cette fameuse dalle de la cheminée, si Cropole n'eût pas été vissé à sa place par la question de ses intérêts.

– Voulez-vous que je parte ? expliquez-vous, mais promptement.

– Monsieur, monsieur, vous ne m'avez pas compris. C'est fort délicat, ce que je fais ; mais je m'exprime mal, ou peut-être, comme Monsieur est étranger, ce que je reconnais à l'accent...

En effet, l'inconnu parlait avec le léger grasseyement qui est le caractère principal de l'accentuation anglaise, même chez les hommes de cette nation qui parlent le plus purement le français.

– Comme Monsieur est étranger, dis-je, c'est peut-être lui qui ne saisit pas les nuances de mon discours. Je prétends que Monsieur pourrait abandonner une ou deux des trois pièces qu'il occupe, ce qui diminuerait son loyer de beaucoup et soulagerait ma conscience ; en effet, il est dur d'augmenter déraisonnablement le prix des chambres, lorsqu'on a l'honneur de les évaluer à un prix raisonnable.

– Combien le loyer depuis hier ?

– Monsieur, un louis, avec la nourriture et le soin du cheval.

– Bien. Et celui d'aujourd'hui ?

– Ah ! voilà la difficulté. Aujourd'hui c'est le jour d'arrivée du roi ; si la cour vient pour la couchée, le jour de loyer compte. Il en résulte que trois chambres à deux louis la pièce font six louis. Deux louis, monsieur, ce n'est rien, mais six louis sont beaucoup.

L'inconnu, de rouge qu'on l'avait vu, était devenu très pâle.

Il tira de sa poche, avec une bravoure héroïque, une bourse brodée d'armes, qu'il cacha soigneusement dans le creux de sa main. Cette bourse était d'une maigreur, d'un flasque, d'un creux qui n'échappèrent pas à l'œil de Cropole.

L'inconnu vida cette bourse dans sa main. Elle contenait trois louis doubles, qui faisaient une valeur de six louis, comme l'hôtelier le demandait.

Toutefois, c'était sept que Cropole avait exigés.

Il regarda donc l'inconnu comme pour lui dire : Après ?

– Il reste un louis, n'est-ce pas, maître hôtelier ?

– Oui, monsieur, mais...

L'inconnu fouilla dans la poche de son haut-de-chausses et la vida ; elle renfermait un petit portefeuille, une clef d'or et quelque monnaie blanche.

De cette monnaie il composa le total d'un louis.

– Merci, monsieur, dit Cropole. Maintenant, il me reste à savoir si Monsieur compte habiter demain encore son appartement, auquel cas je l'y maintiendrais ; tandis que si Monsieur n'y comptait pas, je le promettrais aux gens de Sa Majesté qui vont venir.

– C'est juste, fit l'inconnu après un assez long silence, mais comme je n'ai plus d'argent, ainsi que vous l'avez pu voir, comme cependant je garde cet appartement, il faut que vous vendiez ce diamant dans la ville ou que vous le gardiez en gage.

Cropole regarda si longtemps le diamant, que l'inconnu se hâta de dire :

– Je préfère que vous le vendiez, monsieur, car il vaut trois cents pistoles. Un juif, y a-t-il un juif dans Blois ? vous en donnera deux cents, cent cinquante même, prenez ce qu'il vous en donnera, ne dût-il vous en offrir que le prix de votre logement. Allez !

– Oh ! monsieur, s'écria Cropole, honteux de l'infériorité subite que lui rétorquait l'inconnu par cet abandon si noble et si désintéressé, comme aussi par cette inaltérable patience envers tant de chicanes et de soupçons ; oh ! monsieur, j'espère bien qu'on ne vole pas à Blois comme vous le paraissez croire, et le diamant s'élevant à ce que vous dites...

L'inconnu foudroya encore une fois Cropole de son regard azuré.

– Je ne m'y connais pas, monsieur, croyez-le bien, s'écria celui-ci.

– Mais les joailliers s'y connaissent, interrogez-les, dit l'inconnu. Maintenant, je crois que nos comptes sont terminés, n'est-il pas vrai, monsieur l'hôte ?

– Oui, monsieur, et à mon regret profond, car j'ai peur d'avoir offensé Monsieur.

– Nullement, répliqua l'inconnu avec la majesté de la toute-puissance.

– Ou d'avoir paru écorcher un noble voyageur... Faites la part, monsieur, de la nécessité.

– N'en parlons plus, vous dis-je, et veuillez me laisser chez moi.

Cropole s'inclina profondément et partit avec un air égaré qui accusait chez lui un cœur excellent et du remords véritable.

L'inconnu alla fermer lui-même la porte, regarda, quand il fut seul, le fond de sa bourse, où il avait pris un petit sac de soie renfermant le diamant, sa ressource unique.

Il interrogea aussi le vide de ses poches, regarda les papiers de son portefeuille et se convainquit de l'absolu dénuement où il allait se trouver.

Alors il leva les yeux au ciel avec un sublime mouvement de calme et de désespoir, essuya de sa main tremblante quelques gouttes de sueur qui sillonnaient son noble front, et reporta sur la terre un regard naguère empreint d'une majesté divine.

L'orage venait de passer loin de lui, peut-être avait-il prié du fond de l'âme.

Il se rapprocha de la fenêtre, reprit sa place au balcon, et demeura là immobile, atone, mort, jusqu'au moment où, le ciel commençant à s'obscurcir, les premiers flambeaux traversèrent la rue embaumée, et donnèrent le signal de l'illumination à toutes les fenêtres de la ville.

VII

Parry

Comme l'inconnu regardait avec intérêt ces lumières et prêtait l'oreille à tous ces bruits, maître Cropole entrait dans sa chambre avec deux valets qui dressèrent la table.

L'étranger ne fit pas la moindre attention à eux.

Alors Cropole, s'approchant de son hôte, lui glissa dans l'oreille avec un profond respect :

— Monsieur, le diamant a été estimé.

— Ah ! fit le voyageur. Eh bien ?

— Eh bien ! monsieur, le joaillier de Son Altesse Royale en donne deux cent quatre-vingts pistoles.

— Vous les avez ?

— J'ai cru devoir les prendre, monsieur ; toutefois, j'ai mis dans les conditions du marché que si Monsieur voulait garder son diamant jusqu'à une rentrée de fonds... le diamant serait rendu.

— Pas du tout ; je vous ai dit de le vendre.

— Alors j'ai obéi ou à peu près, puisque, sans l'avoir définitivement vendu, j'en ai touché l'argent.

— Payez-vous, ajouta l'inconnu.

— Monsieur, je le ferai, puisque vous l'exigez absolument.

Un sourire triste effleura les lèvres du gentilhomme.

— Mettez l'argent sur ce bahut, dit-il en se détournant en même temps qu'il indiquait le meuble du geste.

Cropole déposa un sac assez gros, sur le contenu duquel il préleva le prix du loyer.

— Maintenant, dit-il, Monsieur ne me fera pas la douleur de ne pas souper... Déjà le dîner a été refusé ; c'est outrageant pour la maison des *Médicis*. Voyez, monsieur, le repas est servi, et j'oserai même ajouter qu'il a bon air.

L'inconnu demanda un verre de vin, cassa un morceau de pain et ne quitta pas la fenêtre pour manger et boire.

Bientôt l'on entendit un grand bruit de fanfares et de trompettes ; des cris s'élevèrent au loin, un bourdonnement confus emplit la partie basse de la ville, et le premier bruit distinct qui frappa l'oreille de l'étranger fut le pas des chevaux qui s'avançaient.

– Le roi ! le roi ! répétait une foule bruyante et pressée.

– Le roi ! répéta Cropole, qui abandonna son hôte et ses idées de délicatesse pour satisfaire sa curiosité.

Avec Cropole se heurtèrent et se confondirent dans l'escalier Mme Cropole, Pittrino, les aides et les marmitons.

Le cortège s'avançait lentement, éclairé par des milliers de flambeaux, soit de la rue, soit des fenêtres.

Après une compagnie de mousquetaires et un corps tout serré de gentilshommes, venait la litière de M. le cardinal Mazarin. Elle était traînée comme un carrosse par quatre chevaux noirs.

Les pages et les gens du cardinal marchaient derrière.

Ensuite venait le carrosse de la reine mère, ses filles d'honneur aux portières, ses gentilshommes à cheval des deux côtés.

Le roi paraissait ensuite, monté sur un beau cheval de race saxonne à large crinière. Le jeune prince montrait, en saluant à quelques fenêtres d'où partaient les plus vives acclamations, son noble et gracieux visage, éclairé par les flambeaux de ses pages.

Aux côtés du roi, mais deux pas en arrière, le prince de Condé, M. Dangeau et vingt autres courtisans, suivis de leurs gens et de leurs bagages, fermaient la marche véritablement triomphale.

Cette pompe était d'une ordonnance militaire.

Quelques-uns des courtisans seulement, et parmi les vieux, portaient l'habit de voyage ; presque tous étaient vêtus de l'habit de guerre. On en voyait beaucoup ayant le hausse-col et le buffle comme au temps de Henri IV et de Louis XIII.

Quand le roi passa devant lui, l'inconnu, qui s'était penché sur le balcon pour mieux voir, et qui avait caché son visage en l'appuyant sur son bras, sentit son cœur se gonfler et déborder d'une amère jalousie.

Le bruit des trompettes l'enivrait, les acclamations populaires l'assourdissaient ; il laissa tomber un moment sa raison dans ce flot de lumières, de tumulte et de brillantes images.

– Il est roi, lui ! murmura-t-il avec un accent de désespoir et d'angoisse qui dut monter jusqu'au pied du trône de Dieu.

Puis, avant qu'il fût revenu de sa sombre rêverie, tout ce bruit, toute cette splendeur s'évanouirent. À l'angle de la rue il ne resta plus audessous de l'étranger que des voix discordantes et enrouées qui criaient encore par intervalles : « Vive le roi ! »

Il resta aussi les six chandelles que tenaient les habitants de l'Hôtellerie des Médicis, savoir : deux chandelles pour Cropole, une pour Pittrino, une pour chaque marmiton.

Cropole ne cessait de répéter :

– Qu'il est bien, le roi, et qu'il ressemble à feu son illustre père !

– En beau, disait Pittrino.

– Et qu'il a une fière mine ! ajoutait Mme Cropole, déjà en promiscuité de commentaires avec les voisins et les voisines.

Cropole alimentait ces propos de ses observations personnelles, sans remarquer qu'un vieillard à pied, mais traînant un petit cheval irlandais par la bride, essayait de fendre le groupe de femmes et d'hommes qui stationnait devant les Médicis.

Mais en ce moment la voix de l'étranger se fit entendre à la fenêtre.

– Faites donc en sorte, monsieur l'hôtelier, qu'on puisse arriver jusqu'à votre maison.

Cropole se retourna, vit alors seulement le vieillard, et lui fit faire passage.

La fenêtre se ferma.

Pittrino indiqua le chemin au nouveau venu, qui entra sans proférer une parole.

L'étranger l'attendait sur le palier, il ouvrit ses bras au vieillard et le conduisit à un siège, mais celui-ci résista.

– Oh ! non pas, non pas, milord, dit-il. M'asseoir devant vous ! jamais !

– Parry, s'écria le gentilhomme, je vous en supplie... vous qui venez d'Angleterre... de si loin ! Ah ! ce n'est pas à votre âge qu'on devrait subir des fatigues pareilles à celles de mon service. Reposez-vous...

– J'ai ma réponse à vous donner avant tout, milord.

– Parry... je t'en conjure, ne me dis rien... car si la nouvelle eût été bonne, tu ne commencerais pas ainsi ta phrase. Tu prends un détour, c'est que la nouvelle est mauvaise.

– Milord, dit le vieillard, ne vous hâtez pas de vous alarmer. Tout n'est pas perdu, je l'espère. C'est de la volonté, de la persévérance qu'il faut, c'est surtout de la résignation.

– Parry, répondit le jeune homme, je suis venu ici seul, à travers mille pièges et mille périls : crois-tu à ma volonté ? J'ai médité ce voyage dix ans, malgré tous les conseils et tous les obstacles : crois-tu à ma persévérance ? J'ai vendu ce soir le dernier diamant de mon père, car je n'avais plus de quoi payer mon gîte, et l'hôte m'allait chasser.

Parry fit un geste d'indignation auquel le jeune homme répondit par une pression de main et un sourire.

– J'ai encore deux cent soixante-quatorze pistoles, et je me trouve riche ; je ne désespère pas, Parry ; crois-tu à ma résignation ?

Le vieillard leva au ciel ses mains tremblantes.

– Voyons, dit l'étranger, ne me déguise rien : qu'est-il arrivé ?

– Mon récit sera court, milord ; mais au nom du ciel ne tremblez pas ainsi !

– C'est d'impatience, Parry. Voyons, que t'a dit le général ?

– D'abord, le général n'a pas voulu me recevoir.

– Il te prenait pour quelque espion.

– Oui, milord, mais je lui ai écrit une lettre.

– Eh bien ?

– Il l'a reçue, il l'a lue, milord.

– Cette lettre expliquait bien ma position, mes vœux ?

– Oh ! oui, dit Parry avec un triste sourire... elle peignait fidèlement votre pensée.

– Alors, Parry ?...

– Alors le général m'a renvoyé la lettre par un aide de camp, en me faisant annoncer que le lendemain, si je me trouvais encore dans la circonscription de son commandement, il me ferait arrêter.

– Arrêter ! murmura le jeune homme ; arrêter ! toi, mon plus fidèle serviteur !

– Oui, milord.

– Et tu avais signé *Parry*, cependant ?

– En toutes lettres, milord ; et l'aide de camp m'a connu à Saint-James, et, ajouta le vieillard avec un soupir, à White Hall !

Le jeune homme s'inclina, rêveur et sombre.

– Voilà ce qu'il a fait devant ses gens, dit-il en essayant de se donner le change... mais sous main... de lui à toi... qu'a-t-il fait ? Réponds.

– Hélas ! milord, il m'a envoyé quatre cavaliers qui m'ont donné le cheval sur lequel vous m'avez vu revenir. Ces cavaliers m'ont conduit toujours courant jusqu'au petit port de Tenby, m'ont jeté plutôt qu'embarqué sur un bateau de pêche qui faisait voile vers la Bretagne et me voici.

– Oh ! soupira le jeune homme en serrant convulsivement de sa main nerveuse sa gorge, où montait un sanglot... Parry, c'est tout, c'est bien tout ?

– Oui, milord, c'est tout !

Il y eut après cette brève réponse de Parry un long intervalle de silence ; on n'entendait que le bruit du talon de ce jeune homme tourmentant le parquet avec furie.

Le vieillard voulut tenter de changer la conversation.

– Milord, dit-il, quel est donc tout ce bruit qui me précédait ? Quels sont ces gens qui crient : « Vive le roi ! »... De quel roi est-il question, et pourquoi toutes ces lumières ?

– Ah ! Parry, tu ne sais pas, dit ironiquement le jeune homme, c'est le roi de France qui visite sa bonne ville de Blois ; toutes ces trompettes sont à lui, toutes ces housses dorées sont à lui, tous ces gentilshommes ont des épées qui sont à lui. Sa mère le précède dans un carrosse magnifiquement incrusté d'argent et d'or ! Heureuse mère ! Son ministre lui amasse des millions et le conduit à une riche fiancée. Alors tout ce peuple est joyeux, il aime son roi, il le caresse de ses acclamations, et il crie : « Vive le roi ! vive le roi ! »

– Bien ! bien ! milord, dit Parry, plus inquiet de la tournure de cette nouvelle conversation que de l'autre.

– Tu sais, reprit l'inconnu, que ma mère à moi, que ma sœur, tandis que tout cela se passe en l'honneur du roi Louis XIV, n'ont plus d'argent, plus de pain ; tu sais que, moi, je serai misérable et honni dans quinze jours, quand toute l'Europe apprendra ce que tu viens de me raconter !... Parry... y a-t-il des exemples qu'un homme de ma condition se soit...

– Milord, au nom du Ciel !

– Tu as raison, Parry, je suis un lâche, et si je ne fais rien pour moi, que fera Dieu ? Non, non, j'ai deux bras, Parry, j'ai une épée...

Et il frappa violemment son bras avec sa main et détacha son épée accrochée au mur.

– Qu'allez-vous faire, milord ?

– Parry, ce que je vais faire ? ce que tout le monde fait dans ma famille : ma mère vit de la charité publique, ma sœur mendie pour ma mère, j'ai quelque part des frères qui mendient également pour eux ; moi, l'aîné, je vais faire comme eux tous, je m'en vais demander l'aumône !

Et sur ces mots, qu'il coupa brusquement par un rire nerveux et terrible, le jeune homme ceignit son épée, prit son chapeau sur le bahut, se fit attacher à l'épaule un manteau noir qu'il avait porté pendant toute la route, et serrant les deux mains du vieillard qui le regardait avec anxiété :

– Mon bon Parry, dit-il, fais-toi faire du feu, bois, mange, dors, sois heureux ; soyons bien heureux, mon fidèle ami, mon unique ami : nous sommes riches comme des rois !

Il donna un coup de poing au sac de pistoles, qui tomba lourdement par terre, se remit à rire de cette lugubre façon qui avait tant effrayé Parry, et tandis que toute la maison criait, chantait et se préparait à recevoir et à installer les voyageurs devancés par leurs laquais, il se glissa par la grande salle dans la rue, où le vieillard, qui s'était mis à la fenêtre, le perdit de vue après une minute.

VIII

Ce qu'était Sa Majesté Louis XIV
à l'âge de vingt-deux ans

On l'a vu par le récit que nous avons essayé d'en faire, l'entrée du roi Louis XIV dans la ville de Blois avait été bruyante et brillante, aussi la jeune majesté en avait-elle paru satisfaite.

En arrivant sous le porche du château des États, le roi y trouva, environné de ses gardes et de ses gentilshommes, Son Altesse Royale le duc Gaston d'Orléans, dont la physionomie, naturellement assez majestueuse, avait emprunté à la circonstance solennelle dans laquelle on se trouvait un nouveau lustre et une nouvelle dignité.

De son côté, Madame, parée de ses grands habits de cérémonie, attendait sur un balcon intérieur l'entrée de son neveu. Toutes les fenêtres du vieux château, si désert et si morne dans les jours ordinaires, resplendissaient de dames et de flambeaux.

Ce fut donc au bruit des tambours, des trompettes et des vivats, que le jeune roi franchit le seuil de ce château, dans lequel Henri III, soixante-douze ans auparavant, avait appelé à son aide l'assassinat et la trahison pour maintenir sur sa tête et dans sa maison une couronne qui déjà glissait de son front pour tomber dans une autre famille.

Tous les yeux, après avoir admiré le jeune roi, si beau, si charmant, si noble, cherchaient cet autre roi de France, bien autrement roi que le premier, et si vieux, si pâle, si courbé, que l'on appelait le cardinal Mazarin.

Louis était alors comblé de tous ces dons naturels qui font le parfait gentilhomme : il avait l'œil brillant et doux, d'un bleu pur et azuré ; mais les plus habiles physionomistes, ces plongeurs de l'âme, en y fixant leurs regards, s'il eût été donné à un sujet de soutenir le regard du roi, les plus habiles physionomistes, disons-nous, n'eussent jamais pu trouver le fond de cet abîme de douceur. C'est qu'il en était des yeux du roi comme de l'immense profondeur des azurs célestes, ou de ceux plus effrayants et presque aussi sublimes que la Méditerranée ouvre sous la carène de ses navires par un beau jour d'été, miroir gigantesque où le ciel aime à réfléchir tantôt ses étoiles et tantôt ses orages.

Le roi était petit de taille, à peine avait-il cinq pieds deux pouces ; mais sa jeunesse faisait encore excuser ce défaut, racheté d'ailleurs par une grande noblesse de tous ses mouvements et par une certaine adresse dans tous les exercices du corps.

Certes, c'était déjà bien le roi, et c'était beaucoup que d'être le roi à cette époque de respect et de dévouement traditionnels ; mais, comme jusque-là on l'avait assez peu et toujours assez pauvrement montré au peuple, comme ceux auxquels on le montrait voyaient auprès de lui sa mère, femme d'une haute taille, et M. le cardinal, homme d'une belle prestance, beaucoup le trouvaient assez peu roi pour dire : Le roi est moins grand que M. le cardinal.

Quoi qu'il en soit de ces observations physiques qui se faisaient, surtout dans la capitale, le jeune prince fut accueilli comme un dieu par les habitants de Blois, et presque comme un roi par son oncle et sa tante, Monsieur et Madame, les habitants du château.

Cependant, il faut le dire, lorsqu'il vit dans la salle de réception des fauteuils égaux de taille pour lui, sa mère, le cardinal, sa tante et son oncle, disposition habilement cachée par la forme demi-circulaire de l'assemblée, Louis XIV rougit de colère, et regarda autour de lui pour s'assurer par la physionomie des assistants si cette humiliation lui avait été préparée ; mais comme il ne vit rien sur le visage impassible du cardinal, rien sur celui de sa mère, rien sur celui des assistants, il se résigna et s'assit, ayant soin de s'asseoir avant tout le monde.

Les gentilshommes et les dames furent présentés à Leurs Majestés et à M. le cardinal.

Le roi remarqua que sa mère et lui connaissaient rarement le nom de ceux qu'on leur présentait, tandis que le cardinal, au contraire, ne manquait jamais, avec une mémoire et une présence d'esprit admirables, de parler à chacun de ses terres, de ses aïeux ou de ses enfants, dont il leur nommait quelques-uns, ce qui enchantait ces dignes hobereaux et les confirmait dans cette idée que celui-là est seulement et véritablement roi qui connaît ses sujets, par cette même raison que le soleil n'a pas de rival, parce que seul le soleil échauffe et éclaire.

L'étude du jeune roi, commencée depuis longtemps sans que l'on s'en doutât, continuait donc, et il regardait attentivement, pour tâcher de démêler quelque chose dans leur physionomie, les figures qui lui avaient d'abord paru les plus insignifiantes et les plus triviales.

On servit une collation. Le roi, sans oser la réclamer de l'hospitalité de son oncle, l'attendait avec impatience. Aussi cette fois eut-il tous les honneurs dus, sinon à son rang, du moins à son appétit.

Quant au cardinal, il se contenta d'effleurer de ses lèvres flétries un bouillon servi dans une tasse d'or. Le ministre tout-puissant qui avait pris à la reine mère sa régence, au roi sa royauté, n'avait pu prendre à la nature un bon estomac.

Anne d'Autriche, souffrant déjà du cancer dont six ou huit ans plus tard elle devait mourir, ne mangeait guère plus que le cardinal.

Quant à Monsieur, encore tout ébouriffé du grand événement qui s'accomplissait dans sa vie provinciale, il ne mangeait pas du tout.

Madame seule, en véritable Lorraine, tenait tête à Sa Majesté ; de sorte que Louis XIV, qui, sans partenaire, eût mangé à peu près seul, sut grand gré à sa tante d'abord, puis ensuite à M. de Saint-Remy, son maître d'hôtel, qui s'était réellement distingué.

La collation finie, sur un signe d'approbation de M. de Mazarin, le roi se leva, et sur l'invitation de sa tante, il se mit à parcourir les rangs de l'assemblée.

Les dames observèrent alors, il y a certaines choses pour lesquelles les femmes sont aussi bonnes observatrices à Blois qu'à Paris, les dames observèrent alors que Louis XIV avait le regard prompt et hardi, ce qui promettait aux attraits de bon aloi un appréciateur distingué. Les hommes, de leur côté, observèrent que le prince était fier et hautain, qu'il aimait à faire baisser les yeux qui le regardaient trop longtemps ou trop fixement, ce qui semblait présager un maître.

Louis XIV avait accompli le tiers de sa revue à peu près, quand ses oreilles furent frappées d'un mot que prononça Son Éminence, laquelle s'entretenait avec Monsieur.

Ce mot était un nom de femme.

À peine Louis XIV eut-il entendu ce mot, qu'il n'entendit ou plutôt qu'il n'écouta plus rien autre chose, et que, négligeant l'arc du cercle qui attendait sa visite, il ne s'occupa plus que d'expédier promptement l'extrémité de la courbe.

Monsieur, en bon courtisan, s'informait près de Son Éminence de la santé de ses nièces. En effet, cinq ou six ans auparavant, trois nièces étaient arrivées d'Italie au cardinal : c'étaient Mlles Hortense, Olympe et Marie de Mancini.

Monsieur s'informait donc de la santé des nièces du cardinal ; il regrettait, disait-il, de n'avoir pas le bonheur de les recevoir en même temps que leur oncle ; elles avaient certainement grandi en beauté et en grâce, comme elles promettaient de le faire la première fois que Monsieur les avait vues.

Ce qui avait d'abord frappé le roi, c'était un certain contraste dans la voix des deux interlocuteurs. La voix de Monsieur était calme et naturelle lorsqu'il parlait ainsi, tandis que celle de M. de Mazarin sauta d'un ton et demi pour lui répondre au-dessus du diapason de sa voix ordinaire.

On eût dit qu'il désirait que cette voix allât frapper au bout de la salle une oreille qui s'éloignait trop.

– Monseigneur, répliqua-t-il, Mlles de Mazarin ont encore toute une éducation à terminer, des devoirs à remplir, une position à apprendre. Le séjour d'une cour jeune et brillante les dissipe un peu.

Louis, à cette dernière épithète, sourit tristement. La cour était jeune, c'est vrai, mais l'avarice du cardinal avait mis bon ordre à ce qu'elle ne fût point brillante.

– Vous n'avez cependant point l'intention, répondait Monsieur, de les cloîtrer ou de les faire bourgeoises ?

– Pas du tout, reprit le cardinal en forçant sa prononciation italienne de manière que, de douce et veloutée qu'elle était, elle devint aiguë et vibrante ; pas du tout. J'ai bel et bien l'intention de les marier, et du mieux qu'il me sera possible.

– Les partis ne manqueront pas, monsieur le cardinal, répondait Monsieur avec une bonhomie de marchand qui félicite son confrère.

– Je l'espère, monseigneur, d'autant plus que Dieu leur a donné à la fois la grâce, la sagesse et la beauté.

Pendant cette conversation, Louis XIV, conduit par Madame, accomplissait, comme nous l'avons dit, le cercle des présentations.

– Mlle Arnoux, disait la princesse en présentant à Sa Majesté une grosse blonde de vingt-deux ans, qu'à la fête d'un village on eût prise pour une paysanne endimanchée, Mlle Arnoux, fille de ma maîtresse de musique.

Le roi sourit. Madame n'avait jamais pu tirer quatre notes justes de la viole ou du clavecin.

– Mlle Aure de Montalais, continua Madame, fille de qualité et bonne servante.

Cette fois ce n'était plus le roi qui riait, c'était la jeune fille présentée, parce que, pour la première fois de sa vie, elle s'entendait donner par Madame, qui d'ordinaire ne la gâtait point, une si honorable qualification.

Aussi Montalais, notre ancienne connaissance, fit-elle à Sa Majesté une révérence profonde, et cela autant par respect que par nécessité, car il s'agissait de cacher certaines contractions de ses lèvres rieuses que le roi eût bien pu ne pas attribuer à leur motif réel.

Ce fut juste en ce moment que le roi entendit le mot qui le fit tressaillir.

– Et la troisième s'appelle ? demandait Monsieur.

– Marie, monseigneur, répondait le cardinal.

Il y avait sans doute dans ce mot quelque puissance magique, car, nous l'avons dit, à ce mot le roi tressaillit, et, entraînant Madame vers le milieu du cercle, comme s'il eût voulu confidentiellement lui faire quelque question, mais en réalité pour se rapprocher du cardinal :

– Madame ma tante, dit-il en riant et à demi-voix, mon maître de géographie ne m'avait point appris que Blois fût à une si prodigieuse distance de Paris.

– Comment cela, mon neveu ? demanda Madame.

– C'est qu'en vérité il paraît qu'il faut plusieurs années aux modes pour franchir cette distance. Voyez ces demoiselles.

– Eh bien ! je les connais.

– Quelques-unes sont jolies.

– Ne dites pas cela trop haut, monsieur mon neveu, vous les rendriez folles.

– Attendez, attendez, ma chère tante, dit le roi en souriant, car la seconde partie de ma phrase doit servir de correctif à la première. Eh bien ! ma chère tante, quelques-unes paraissent vieilles et quelques autres laides, grâce à leurs modes de dix ans.

– Mais, sire, Blois n'est cependant qu'à cinq journées de Paris.

– Eh ! dit le roi, c'est cela, deux ans de retard par journée.

– Ah ! vraiment, vous trouvez ? C'est étrange, je ne m'aperçois point de cela, moi.

– Tenez, ma tante, dit Louis XIV en se rapprochant toujours de Mazarin sous prétexte de choisir son point de vue, voyez, à côté de ces affiquets vieillis et de ces coiffures prétentieuses, regardez cette simple robe blanche. C'est une des filles d'honneur de ma mère, probablement, quoique je ne la connaisse pas. Voyez quelle tournure simple, quel maintien gracieux ! À la bonne heure ! c'est une femme, cela, tandis que toutes les autres ne sont que des habits.

– Mon cher neveu, répliqua Madame en riant, permettez-moi de vous dire que, cette fois, votre science divinatoire est en défaut. La personne que vous louez ainsi n'est point une Parisienne, mais une Blésoise.

– Ah ! ma tante ! reprit le roi avec l'air du doute.

– Approchez, Louise, dit Madame.

Et la jeune fille qui déjà nous est apparue sous ce nom s'approcha, timide, rougissante et presque courbée sous le regard royal.

– M{ll e} Louise-Françoise de La Beaume Le Blanc, fille du marquis de La Vallière, dit cérémonieusement Madame au roi.

La jeune fille s'inclina avec tant de grâce au milieu de cette timidité profonde que lui inspirait la présence du roi, que celui-ci perdit en la regardant quelques mots de la conversation du cardinal et de Monsieur.

– Belle-fille, continua Madame, de M. de Saint-Remy, mon maître d'hôtel, qui a présidé à la confection de cette excellente daube truffée que Votre Majesté a si fort appréciée.

Il n'y avait point de grâce, de beauté ni de jeunesse qui pût résister à une pareille présentation. Le roi sourit. Que les paroles de Madame fussent une plaisanterie ou une naïveté, c'était, en tout cas, l'immolation impitoyable de tout ce que Louis venait de trouver charmant et poétique dans la jeune fille.

Mlle de La Vallière, pour Madame, et par contrecoup pour le roi, n'était plus momentanément que la belle-fille d'un homme qui avait un talent supérieur sur les dindes truffées.

Mais les princes sont ainsi faits. Les dieux aussi étaient comme cela dans l'Olympe. Diane et Vénus devaient bien maltraiter la belle Alcmène et la pauvre Io, quand on descendait par distraction à parler, entre le nectar et l'ambroisie, de beautés mortelles à la table de Jupiter.

Heureusement que Louise était courbée si bas qu'elle n'entendit point les paroles de Madame, qu'elle ne vit point le sourire du roi. En effet, si la pauvre enfant, qui avait tant de bon goût que seule elle avait imaginé de se vêtir de blanc entre toutes ses compagnes ; si ce cœur de colombe, si facilement accessible à toutes les douleurs, eût été touché par les cruelles paroles de Madame, par l'égoïste et froid sourire du roi, elle fût morte sur le coup.

Et Montalais elle-même, la fille aux ingénieuses idées, n'eût pas tenté d'essayer de la rappeler à la vie, car le ridicule tue tout, même la beauté.

Mais par bonheur, comme nous l'avons dit, Louise, dont les oreilles étaient bourdonnantes et les yeux voilés, Louise ne vit rien, n'entendit rien, et le roi, qui avait toujours l'attention braquée aux entretiens du cardinal et de son oncle, se hâta de retourner près d'eux.

Il arriva juste au moment où Mazarin terminait en disant :

– Marie, comme ses sœurs, part en ce moment pour Brouage. Je leur fais suivre la rive opposée de la Loire à celle que nous avons suivie, et si je calcule bien leur marche, d'après les ordres que j'ai donnés, elles seront demain à la hauteur de Blois.

Ces paroles furent prononcées avec ce tact, cette mesure, cette sûreté de ton, d'intention et de portée, qui faisaient de signor Giulio Mazarini le premier comédien du monde.

Il en résulta qu'elles portèrent droit au cœur de Louis XIV, et que le cardinal, en se retournant sur le simple bruit des pas de Sa Majesté, qui s'approchait, en vit l'effet immédiat sur le visage de son élève, effet qu'une simple rougeur trahit aux yeux de Son Éminence. Mais aussi, qu'était un tel secret à éventer pour celui dont l'astuce avait joué depuis vingt ans tous les diplomates européens ?

Il sembla dès lors, une fois ces dernières paroles entendues, que le jeune roi eût reçu dans le cœur un trait empoisonné. Il ne tint plus en place, il promena un regard incertain, atone, mort, sur toute cette assemblée. Il interrogea plus de vingt fois du regard la reine mère, qui, livrée au plaisir d'entretenir sa belle-sœur, et retenue d'ailleurs par le coup d'œil de Mazarin, ne parut pas comprendre toutes les supplications contenues dans les regards de son fils.

À partir de ce moment, musique, fleurs, lumières, beauté, tout devint odieux et insipide à Louis XIV. Après qu'il eut cent fois mordu ses lèvres, détiré ses bras et ses jambes, comme l'enfant bien élevé qui, sans oser bâiller, épuise toutes les façons de témoigner son ennui, après avoir inutilement imploré de nouveau mère et ministre, il tourna un œil désespéré vers la porte, c'est-à-dire vers la liberté.

À cette porte, encadrée par l'embrasure à laquelle elle était adossée, il vit surtout, se détachant en vigueur, une figure fière et brune, au nez aquilin, à l'œil dur mais étincelant, aux cheveux gris et longs, à la moustache noire, véritable type de beauté militaire, dont le hausse-col, plus étincelant qu'un miroir, brisait tous les reflets lumineux qui venaient s'y concentrer et les renvoyait en éclairs. Cet officier avait le chapeau gris à plume rouge sur la tête, preuve qu'il était appelé là par son service et non par son plaisir. S'il y eût été appelé par son plaisir, s'il eût été courtisan au lieu d'être soldat, comme il faut toujours payer le plaisir un prix quelconque, il eût tenu son chapeau à la main.

Ce qui prouvait bien mieux encore que cet officier était de service et accomplissait une tâche à laquelle il était accoutumé, c'est qu'il surveillait, les bras croisés, avec une indifférence remarquable et avec une apathie suprême, les joies et les ennuis de cette fête. Il semblait surtout, comme un philosophe, et tous les vieux soldats sont philosophes, il semblait surtout comprendre infiniment mieux les ennuis que les joies ; mais des uns il prenait son parti, sachant bien se passer des autres.

Or, il était là adossé, comme nous l'avons dit, au chambranle sculpté de la porte, lorsque les yeux tristes et fatigués du roi rencontrèrent par hasard les siens.

Ce n'était pas la première fois, à ce qu'il paraît, que les yeux de l'officier rencontraient ces yeux-là, et il en savait à fond le style et la pensée, car aussitôt qu'il eut arrêté son regard sur la physionomie de Louis XIV, et que, par la physionomie, il eut lu ce qui se passait dans son cœur, c'est-à-dire tout l'ennui qui l'oppressait, toute la résolution timide de partir qui s'agitait au fond de ce cœur, il comprit qu'il fallait rendre service au roi sans qu'il le demandât, lui rendre service presque malgré lui, enfin, et hardi, comme s'il eût commandé la cavalerie un jour de bataille :

– Le service du roi ! cria-t-il d'une voix retentissante.

À ces mots, qui firent l'effet d'un roulement de tonnerre prenant le dessus sur l'orchestre, les chants, les bourdonnements et les promenades, le cardinal et la reine mère regardèrent avec surprise Sa Majesté.

Louis XIV, pâle mais résolu, soutenu qu'il était par cette intuition de sa propre pensée qu'il avait retrouvée dans l'esprit de l'officier de mousquetaires, et qui venait de se manifester par l'ordre donné, se leva de son fauteuil et fit un pas vers la porte.

– Vous partez, mon fils ? dit la reine, tandis que Mazarin se contentait d'interroger avec son regard, qui eût pu paraître doux s'il n'eût été si perçant.

– Oui, madame, répondit le roi, je me sens fatigué et voudrais d'ailleurs écrire ce soir.

Un sourire erra sur les lèvres du ministre, qui parut, d'un signe de tête, donner congé au roi.

Monsieur et Madame se hâtèrent alors pour donner des ordres aux officiers qui se présentèrent.

Le roi salua, traversa la salle et atteignit la porte.

À la porte, une haie de vingt mousquetaires attendait Sa Majesté.

À l'extrémité de cette haie se tenait l'officier impassible et son épée nue à la main.

Le roi passa, et toute la foule se haussa sur la pointe des pieds pour le voir encore.

Dix mousquetaires, ouvrant la foule des antichambres et des degrés, faisaient faire place au roi.

Les dix autres enfermaient le roi et Monsieur, qui avait voulu accompagner Sa Majesté.

Les gens du service marchaient derrière.

Ce petit cortège escorta le roi jusqu'à l'appartement qui lui était destiné.

Cet appartement était le même qu'avait occupé le roi Henri III lors de son séjour aux États.

Monsieur avait donné ses ordres. Les mousquetaires, conduits par leur officier, s'engagèrent dans le petit passage qui communique parallèlement d'une aile du château à l'autre.

Ce passage se composait d'abord d'une petite antichambre carrée et sombre, même dans les beaux jours.

Monsieur arrêta Louis XIV.

– Vous passez, sire, lui dit-il, à l'endroit même où le duc de Guise reçut le premier coup de poignard.

Le roi, fort ignorant des choses d'histoire, connaissait le fait, mais sans en savoir ni les localités ni les détails.

– Ah ! fit-il tout frissonnant.

Et il s'arrêta.

Tout le monde s'arrêta devant et derrière lui.

– Le duc, sire, continua Gaston, était à peu près où je suis ; il marchait dans le sens où marche Votre Majesté ; M. de Loignes était à l'endroit où se trouve en ce moment votre lieutenant des mousquetaires ; M. de Sainte-Maline et les ordinaires de Sa Majesté étaient derrière lui et autour de lui. C'est là qu'il fut frappé.

Le roi se tourna du côté de son officier, et vit comme un nuage passer sur sa physionomie martiale et audacieuse.

– Oui, par-derrière, murmura le lieutenant avec un geste de suprême dédain.

Et il essaya de se remettre en marche, comme s'il eût été mal à l'aise entre ces murs visités autrefois par la trahison.

Mais le roi, qui paraissait ne pas mieux demander que d'apprendre, parut disposé à donner encore un regard à ce funèbre lieu.

Gaston comprit le désir de son neveu.

– Voyez, sire, dit-il en prenant un flambeau des mains de M. de Saint-Remy, voici où il est allé tomber. Il y avait là un lit dont il déchira les rideaux en s'y retenant.

– Pourquoi le parquet semble-t-il creusé à cet endroit ? demanda Louis.

– Parce que c'est à cet endroit que coula le sang, répondit Gaston, que le sang pénétra profondément dans le chêne, et que ce n'est qu'à force de le creuser qu'on est parvenu à le faire disparaître, et encore, ajouta Gaston en approchant son flambeau de l'endroit désigné, et encore cette teinte rougeâtre a-t-elle résisté à toutes les tentatives qu'on a faites pour la détruire.

Louis XIV releva le front. Peut-être pensait-il à cette trace sanglante qu'on lui avait un jour montrée au Louvre, et qui, comme pendant à celle de Blois, y avait été faite un jour par le roi son père avec le sang de Concini.

– Allons ! dit-il.

On se remit aussitôt en marche, car l'émotion sans doute avait donné à la voix du jeune prince un ton de commandement auquel de sa part on n'était point accoutumé.

Arrivé à l'appartement réservé au roi, et auquel on communiquait, non seulement par le petit passage que nous venons de suivre, mais encore par un grand escalier donnant sur la cour :

– Que Votre Majesté, dit Gaston, veuille bien accepter cet appartement, tout indigne qu'il est de la recevoir.

– Mon oncle, répondit le jeune prince, je vous rends grâce de votre cordiale hospitalité.

Gaston salua son neveu, qui l'embrassa, puis il sortit.

Des vingt mousquetaires qui avaient accompagné le roi, dix reconduisirent Monsieur jusqu'aux salles de réception, qui n'avaient point désempli malgré le départ de Sa Majesté.

Les dix autres furent postés par l'officier, qui explora lui-même en cinq minutes toutes les localités avec ce coup d'œil froid et dur que ne donne pas toujours l'habitude, attendu que ce coup d'œil appartenait au génie.

Puis, quand tout son monde fut placé, il choisit pour son quartier général l'antichambre dans laquelle il trouva un grand fauteuil, une lampe, du vin, de l'eau et du pain sec.

Il raviva la lampe, but un demi-verre de vin, tordit ses lèvres sous un sourire plein d'expression, s'installa dans le grand fauteuil et prit toutes ses dispositions pour dormir.

IX

Où l'inconnu de l'hôtellerie des
Médicis perd son incognito

Cet officier qui dormait ou qui s'apprêtait à dormir était cependant, malgré son air insouciant, chargé d'une grave responsabilité.

Lieutenant des mousquetaires du roi, il commandait toute la compagnie qui était venue de Paris, et cette compagnie était de cent vingt hommes ; mais, excepté les vingt dont nous avons parlé, les cent autres étaient occupés de la garde de la reine mère et surtout de M. le cardinal.

Monsignor Giulio Mazarini économisait sur les frais de voyage de ses gardes, il usait en conséquence de ceux du roi, et largement, puisqu'il en prenait cinquante pour lui, particularité qui n'eût pas manqué de paraître bien inconvenante à tout homme étranger aux usages de cette cour.

Ce qui n'eût pas manqué non plus de paraître, sinon inconvenant, du moins extraordinaire à cet étranger, c'est que le côté du château destiné à M. le cardinal était brillant, éclairé, mouvementé. Les mousquetaires y montaient des factions devant chaque porte et ne laissaient entrer personne, sinon les courriers qui, même en voyage, suivaient le cardinal pour ses correspondances.

Vingt hommes étaient de service chez la reine mère ; trente se reposaient pour relayer leurs compagnons le lendemain.

Du côté du roi, au contraire, obscurité, silence et solitude. Une fois les portes fermées, plus d'apparence de royauté. Tous les gens du service s'étaient retirés peu à peu. M. le prince avait envoyé savoir si Sa Majesté requérait ses bons offices et sur le *non* banal du lieutenant des mousquetaires, qui avait l'habitude de la question et de la réponse, tout commençait à s'endormir, ainsi que chez un bon bourgeois.

Et cependant il était aisé d'entendre, du corps de logis habité par le jeune roi, les musiques de la fête et de voir les fenêtres richement illuminées de la grande salle.

Dix minutes après son installation chez lui, Louis XIV avait pu reconnaître, à un certain mouvement plus marqué que celui de sa sortie, la sortie du cardinal, lequel, à son tour, gagnait son lit avec grande escorte des gentilshommes et des dames.

D'ailleurs, il n'eut, pour apercevoir tout ce mouvement, qu'à regarder par la fenêtre, dont les volets n'avaient pas été fermés.

Son Éminence traversa la cour, reconduite par Monsieur lui-même, qui lui tenait un flambeau ; ensuite passa la reine mère, à qui Madame donnait familièrement le bras, et toutes deux s'en allaient chuchotant comme deux vieilles amies.

Derrière ces deux couples tout défila, grandes dames, pages, officiers ; les flambeaux embrasèrent toute la cour comme d'un incendie aux reflets mouvants ; puis le bruit des pas et des voix se perdit dans les étages supérieurs.

Alors personne ne songeait plus au roi, accoudé à sa fenêtre et qui avait tristement regardé s'écouler toute cette lumière, qui avait écouté s'éloigner tout ce bruit ; personne, si ce n'est toutefois cet inconnu de l'hôtellerie des Médicis, que nous avons vu sortir enveloppé dans son manteau noir.

Il était monté droit au château et était venu rôder, avec sa figure mélancolique, aux environs du palais, que le peuple entourait encore, et voyant que nul ne gardait la grande porte ni le porche, attendu que les soldats de Monsieur fraternisaient avec les soldats royaux, c'est-à-dire sablaient le beaugency à discrétion, ou plutôt à indiscrétion, l'inconnu traversa la foule, puis franchit la cour, puis vint jusqu'au palier de l'escalier qui conduisait chez le cardinal.

Ce qui, selon toute probabilité, l'engageait à se diriger de ce côté, c'était l'éclat des flambeaux et l'air affairé des pages et des hommes de service.

Mais il fut arrêté net par une évolution de mousquet et par le cri de la sentinelle.

– Où allez-vous, l'ami ? lui demanda le factionnaire.

– Je vais chez le roi, répondit tranquillement et fièrement l'inconnu.

Le soldat appela un des officiers de Son Éminence, qui, du ton avec lequel un garçon de bureau dirige dans ses recherches un solliciteur du ministère, laissa tomber ces mots :

– L'autre escalier en face.

Et l'officier, sans plus s'inquiéter de l'inconnu, reprit la conversation interrompue.

L'étranger, sans rien répondre, se dirigea vers l'escalier indiqué.

De ce côté, plus de bruit, plus de flambeaux.

L'obscurité, au milieu de laquelle on voyait errer une sentinelle pareille à une ombre.

Le silence, qui permettait d'entendre le bruit de ses pas accompagnés du retentissement des éperons sur les dalles.

Ce factionnaire était un des vingt mousquetaires affectés au service du roi, et qui montait la garde avec la raideur et la conscience d'une statue.

– Qui vive ? dit ce garde.

– Ami, répondit l'inconnu.

– Que voulez-vous ?

– Parler au roi.

– Oh ! oh ! mon cher monsieur, cela ne se peut guère.

– Et pourquoi ?

– Parce que le roi est couché.

– Couché déjà ?

– Oui.

– N'importe, il faut que je lui parle.

– Et moi je vous dis que c'est impossible.

– Cependant...

– Au large !

– C'est donc la consigne ?

– Je n'ai pas de compte à vous rendre. Au large !

Et cette fois le factionnaire accompagna la parole d'un geste menaçant ; mais l'inconnu ne bougea pas plus que si ses pieds eussent pris racine.

– Monsieur le mousquetaire, dit-il, vous êtes gentilhomme ?

– J'ai cet honneur.

– Eh bien ! moi aussi je le suis, et entre gentilshommes on se doit quelques égards.

Le factionnaire abaissa son arme, vaincu par la dignité avec laquelle avaient été prononcées ces paroles.

– Parlez, monsieur, dit-il, et si vous me demandez une chose qui soit en mon pouvoir...

– Merci. Vous avez un officier, n'est-ce pas ?

– Notre lieutenant, oui, monsieur.

– Eh bien ! je désire parler à votre lieutenant.

– Ah ! pour cela, c'est différent. Montez, monsieur.

L'inconnu salua le factionnaire d'une haute façon, et monta l'escalier, tandis que le cri : « Lieutenant, une visite ! » transmis de sentinelle en sentinelle, précédait l'inconnu et allait troubler le premier somme de l'officier.

Traînant sa botte, se frottant les yeux et agrafant son manteau, le lieute-nant fit trois pas au-devant de l'étranger.

– Qu'y a-t-il pour votre service, monsieur ? demanda-t-il.

– Vous êtes l'officier de service, lieutenant des mousquetaires ?

– J'ai cet honneur, répondit l'officier.

– Monsieur, il faut absolument que je parle au roi.

Le lieutenant regarda attentivement l'inconnu, et dans ce regard, si ra-pide qu'il fût, il vit tout ce qu'il voulait voir, c'est-à-dire une profonde distinction sous un habit ordinaire.

– Je ne suppose pas que vous soyez un fou, répliqua-t-il, et cependant vous me semblez de condition à savoir, monsieur, qu'on n'entre pas ainsi chez un roi sans qu'il y consente.

– Il y consentira, monsieur.

– Monsieur, permettez-moi d'en douter ; le roi rentre il y a un quart d'heure, il doit être en ce moment en train de se dévêtir. D'ailleurs, la con-signe est donnée.

– Quand il saura qui je suis, répondit l'inconnu en redressant la tête, il lèvera la consigne.

L'officier était de plus en plus surpris, de plus en plus subjugué.

– Si je consentais à vous annoncer, puis-je au moins savoir qui j'annoncerais, monsieur ?

– Vous annonceriez Sa Majesté Charles II, roi d'Angleterre, d'Écosse et d'Irlande.

L'officier poussa un cri d'étonnement, recula, et l'on put voir sur son visage pâle une des plus poignantes émotions que jamais homme d'énergie ait essayé de refouler au fond de son cœur.

– Oh ! oui, sire : en effet, j'aurais dû vous reconnaître.

– Vous avez vu mon portrait ?

– Non, sire.

– Ou vous m'avez vu moi-même autrefois à la cour, avant qu'on me chassât de France ?

– Non, sire, ce n'est point encore cela.

– Comment m'eussiez-vous reconnu alors, si vous ne connaissiez ni mon portrait ni ma personne ?

– Sire, j'ai vu Sa Majesté le roi votre père dans un moment terrible.

– Le jour...

– Oui.

Un sombre nuage passa sur le front du prince ; puis, l'écartant de la main :

– Voyez-vous encore quelque difficulté à m'annoncer ? dit-il.

– Sire, pardonnez-moi, répondit l'officier, mais je ne pouvais deviner un roi sous cet extérieur si simple ; et pourtant, j'avais l'honneur de le dire tout à l'heure à Votre Majesté, j'ai vu le roi Charles Ier... Mais, pardon, je cours prévenir le roi.

Puis, revenant sur ses pas :

– Votre Majesté désire sans doute le secret pour cette entrevue ? demanda-t-il.

– Je ne l'exige pas, mais si c'est possible de le garder...

– C'est possible, sire, car je puis me dispenser de prévenir le premier gentilhomme de service ; mais il faut pour cela que Votre Majesté consente à me remettre son épée.

– C'est vrai. J'oubliais que nul ne pénètre armé chez le roi de France.

– Votre Majesté fera exception si elle le veut, mais alors je mettrai ma responsabilité à couvert, en prévenant le service du roi.

– Voici mon épée, monsieur. Vous plaît-il maintenant de m'annoncer à Sa Majesté ?

– À l'instant, sire.

Et l'officier courut aussitôt heurter à la porte de communication, que le valet de chambre lui ouvrit.

– Sa Majesté le roi d'Angleterre ! dit l'officier.

– Sa Majesté le roi d'Angleterre ! répéta le valet de chambre.

À ces mots, un gentilhomme ouvrit à deux battants la porte du roi, et l'on vit Louis XIV sans chapeau et sans épée, avec son pourpoint ouvert, s'avancer en donnant les signes de la plus grande surprise.

– Vous, mon frère ! vous à Blois ! s'écria Louis XIV en congédiant d'un geste le gentilhomme et le valet de chambre qui passèrent dans une pièce voisine.

– Sire, répondit Charles II, je m'en allais à Paris dans l'espoir de voir Votre Majesté, lorsque la renommée m'a appris votre prochaine arrivée en cette ville. J'ai alors prolongé mon séjour, ayant quelque chose de très particulier à vous communiquer.

– Ce cabinet vous convient-il, mon frère ?

– Parfaitement, sire, car je crois qu'on ne peut nous entendre.

– J'ai congédié mon gentilhomme et mon veilleur : ils sont dans la chambre voisine. Là, derrière cette cloison, est un cabinet solitaire donnant sur l'antichambre, et dans l'antichambre vous n'avez vu qu'un officier, n'est-ce pas ?

– Oui, sire.

– Eh bien ! parlez donc, mon frère, je vous écoute.

– Sire, je commence, et veuille Votre Majesté prendre en pitié les malheurs de notre maison.

Le roi de France rougit et rapprocha son fauteuil de celui du roi d'Angleterre.

– Sire, dit Charles II, je n'ai pas besoin de demander à Votre Majesté si elle connaît les détails de ma déplorable histoire.

Louis XIV rougit plus fort encore que la première fois, puis étendant sa main sur celle du roi d'Angleterre :

– Mon frère, dit-il, c'est honteux à dire, mais rarement le cardinal parle politique devant moi. Il y a plus : autrefois je me faisais faire des lectures historiques par La Porte, mon valet de chambre, mais il a fait cesser ces lectures et m'a ôté La Porte, de sorte que je prie mon frère Charles de me dire toutes ces choses comme à un homme qui ne saurait rien.

– Eh bien ! sire, j'aurai, en reprenant les choses de plus haut, une chance de plus de toucher le cœur de Votre Majesté.

– Dites, mon frère, dites.

– Vous savez, sire, qu'appelé en 1650 à Édimbourg, pendant l'expédition de Cromwell en Irlande, je fus couronné à Scone. Un an après, blessé dans une des provinces qu'il avait usurpées, Cromwell revint sur nous. Le rencontrer était mon but, sortir de l'Écosse était mon désir.

– Cependant, reprit le jeune roi, l'Écosse est presque votre pays natal, mon frère.

– Oui ; mais les Écossais étaient pour moi de cruels compatriotes ! Sire, ils m'avaient forcé à renier la religion de mes pères ; ils avaient pendu lord Montrose, mon serviteur le plus dévoué, parce qu'il n'était pas covenantaire, et comme le pauvre martyr, à qui l'on avait offert une faveur en mourant, avait demandé que son corps fût mis en autant de morceaux qu'il y avait de villes en Écosse, afin qu'on rencontrât partout des témoins de sa fidélité, je ne pouvais sortir d'une ville ou entrer dans une autre sans passer sur quelque lambeau de ce corps qui avait agi, combattu, respiré pour moi.

« Je traversai donc, par une marche hardie, l'armée de Cromwell, et j'entrai en Angleterre. Le Protecteur se mit à la poursuite de cette fuite étrange, qui avait une couronne pour but. Si j'avais pu arriver à Londres avant lui, sans doute le prix de la course était à moi, mais il me rejoignit à Worcester.

« Le génie de l'Angleterre n'était plus en nous, mais en lui. Sire, le 5 septembre 1651, jour anniversaire de cette autre bataille de Dunbar, déjà si fatale aux Écossais, je fus vaincu. Deux mille hommes tombèrent autour de moi avant que je songeasse à faire un pas en arrière. Enfin il fallut fuir.

« Dès lors mon histoire devint un roman. Poursuivi avec acharnement, je me coupai les cheveux, je me déguisai en bûcheron. Une journée passée dans les branches d'un chêne donna à cet arbre le nom de chêne royal, qu'il porte encore. Mes aventures du comté de Strafford, d'où je sortis menant en croupe la fille de mon hôte, font encore le récit de toutes les veillées et fourniront le sujet d'une ballade. Un jour j'écrirai tout cela, sire, pour l'instruction des rois mes frères.

« Je dirai comment, en arrivant chez M. Norton, je rencontrai un chapelain de la cour qui regardait jouer aux quilles, et un vieux serviteur qui me nomma en fondant en larmes, et qui manqua presque aussi sûrement de me tuer avec sa fidélité qu'un autre eût fait avec sa trahison. Enfin, je dirai mes terreurs ; oui, sire, mes terreurs, lorsque, chez le colonel Windham, un maréchal qui visitait nos chevaux déclara qu'ils avaient été ferrés dans le Nord.

– C'est étrange, murmura Louis XIV, j'ignorais tout cela. Je savais seulement votre embarquement à Brighelmsted et votre débarquement en Normandie.

– Oh ! fit Charles, si vous permettez, mon Dieu ! que les rois ignorent ainsi l'histoire les uns des autres, comment voulez-vous qu'ils se secourent entre eux !

– Mais dites-moi, mon frère, continua Louis XIV, comment, ayant été si rudement reçu en Angleterre, espérez-vous encore quelque chose de ce malheureux pays et de ce peuple rebelle ?

– Oh ! sire ! c'est que, depuis la bataille de Worcester, toutes choses sont bien changées là-bas ! Cromwell est mort après avoir signé avec la France un traité dans lequel il a écrit son nom au-dessus du vôtre. Il est mort le 5 septembre 1658, nouvel anniversaire des batailles de Worcester et de Dunbar.

– Son fils lui a succédé.

– Mais certains hommes, sire, ont une famille et pas d'héritier. L'héritage d'Olivier était trop lourd pour Richard. Richard, qui n'était ni républicain ni royaliste ; Richard, qui laissait ses gardes manger son dîner et ses généraux gouverner la république ; Richard a abdiqué le protectorat le 22 avril 1659. Il y a un peu plus d'un an, sire.

« Depuis ce temps, l'Angleterre n'est plus qu'un tripot où chacun joue aux dés la couronne de mon père. Les deux joueurs les plus acharnés sont Lambert et Monck. Eh bien ! sire, à mon tour, je voudrais me mêler à cette

70

partie, où l'enjeu est jeté sur mon manteau royal. Sire, un million pour corrompre un de ces joueurs, pour m'en faire un allié, ou deux cents de vos gentilshommes pour les chasser de mon palais de White Hall, comme Jésus chassa les vendeurs du temple.

– Ainsi, reprit Louis XIV, vous venez me demander...

– Votre aide ; c'est-à-dire ce que non seulement les rois se doivent entre eux, mais ce que les simples chrétiens se doivent les uns aux autres ; votre aide, sire, soit en argent soit en hommes ; votre aide, sire, et dans un mois, soit que j'oppose Lambert à Monck, ou Monck à Lambert, j'aurai reconquis l'héritage paternel sans avoir coûté une guinée à mon pays, une goutte de sang à mes sujets, car ils sont ivres maintenant de révolution, de protectorat et de république, et ne demandent pas mieux que d'aller tout chancelants tomber et s'endormir dans la royauté ; votre aide, sire, et je devrai plus à Votre Majesté qu'à mon père. Pauvre père ! qui a payé si chèrement la ruine de notre maison ! Vous voyez, sire, si je suis malheureux, si je suis désespéré, car voilà que j'accuse mon père.

Et le sang monta au visage pâle de Charles II, qui resta un instant la tête entre ses deux mains et comme aveuglé par ce sang qui semblait se révolter du blasphème filial.

Le jeune roi n'était pas moins malheureux que son frère aîné ; il s'agitait dans son fauteuil et ne trouvait pas un mot à répondre.

Enfin, Charles II, à qui dix ans de plus donnaient une force supérieure pour maîtriser ses émotions, retrouva le premier la parole.

– Sire, dit-il, votre réponse ? je l'attends comme un condamné son arrêt. Faut-il que je meure ?

– Mon frère, répondit le prince français à Charles II, vous me demandez un million, à moi ! mais je n'ai jamais possédé le quart de cette somme ! mais je ne possède rien ! Je ne suis pas plus roi de France que vous n'êtes roi d'Angleterre. Je suis un nom, un chiffre habillé de velours fleurdelisé, voilà tout. Je suis un trône visible, voilà mon seul avantage sur Votre Majesté. Je n'ai rien, je ne puis rien.

– Est-il vrai ! s'écria Charles II.

– Mon frère, dit Louis en baissant la voix, j'ai supporté des misères que n'ont pas supportées mes plus pauvres gentilshommes. Si mon pauvre La Porte était près de moi, il vous dirait que j'ai dormi dans des draps déchirés à travers lesquels mes jambes passaient ; il vous dirait que, plus tard, quand je demandais mes carrosses, on m'amenait des voitures à moitié mangées par les rats de mes remises ; il vous dirait que, lorsque je demandais mon dîner, on allait s'informer aux cuisines du cardinal s'il y avait à manger pour le roi. Et tenez, aujourd'hui que j'ai atteint l'âge des grandes majorités royales, aujourd'hui encore, aujourd'hui que j'ai vingt-deux ans, aujourd'hui que je devrais avoir la clef du trésor, la direction de la politique, la suprématie de la paix et de la guerre, jetez les yeux autour de moi, voyez ce qu'on me laisse : regardez cet abandon, ce dédain, ce silence, tandis que là-bas, tenez, voyez là-bas, regardez cet empressement, ces lumières, ces hommages ! Là ! là ! voyez-vous, là est le véritable roi de France, mon frère.

– Chez le cardinal ?

– Chez le cardinal, oui.

– Alors, je suis condamné, sire.

Louis XIV ne répondit rien.

– Condamné est le mot, car je ne solliciterai jamais celui qui eût laissé mourir de froid et de faim ma mère et ma sœur, c'est-à-dire la fille et la petite-fille de Henri IV, si M. de Retz et le Parlement ne leur eussent envoyé du bois et du pain.

– Mourir ! murmura Louis XIV.

– Eh bien ! continua le roi d'Angleterre, le pauvre Charles II, ce petit-fils de Henri IV comme vous, sire, n'ayant ni Parlement ni cardinal de Retz, mourra de faim comme ont manqué de mourir sa sœur et sa mère.

Louis fronça le sourcil et tordit violemment les dentelles de ses manchettes.

Cette atonie, cette immobilité, servant de masque à une émotion si visible, frappèrent le roi Charles, qui prit la main du jeune homme.

– Merci, dit-il, mon frère ; vous m'avez plaint, c'est tout ce que je pouvais exiger de vous dans la position où vous êtes.

– Sire, dit tout à coup Louis XIV en relevant la tête, c'est un million qu'il vous faut, ou deux cents gentilshommes, m'avez-vous dit ?

– Sire, un million me suffira.

– C'est bien peu.

– Offert à un seul homme, c'est beaucoup. On a souvent payé moins cher des convictions ; moi, je n'aurai affaire qu'à des vénalités.

– Deux cents gentilshommes, songez-y, c'est un peu plus qu'une compagnie, voilà tout.

– Sire, il y a dans notre famille une tradition, c'est que quatre hommes, quatre gentilshommes français dévoués à mon père, ont failli sauver mon père, jugé par un Parlement, gardé par une armée, entouré par une nation.

– Donc, si je puis vous avoir un million ou deux cents gentilshommes, vous serez satisfait, et vous me tiendrez pour votre bon frère ?

– Je vous tiendrai pour mon sauveur, et si je remonte sur le trône de mon père, l'Angleterre sera, tant que je régnerai, du moins, une sœur à la France, comme vous aurez été un frère pour moi.

– Eh bien ! mon frère, dit Louis en se levant, ce que vous hésitez à me demander, je le demanderai, moi ! ce que je n'ai jamais voulu faire pour mon propre compte, je le ferai pour le vôtre. J'irai trouver le roi de France, l'autre, le riche, le puissant, et je solliciterai, moi, ce million ou ces deux cents gentilshommes ; et nous verrons !

– Oh ! s'écria Charles, vous êtes un noble ami, sire, un cœur créé par Dieu ! Vous me sauvez, mon frère, et quand vous aurez besoin de la vie que vous me rendez, demandez-la-moi !

– Silence ! mon frère, silence ! dit tout bas Louis. Gardez qu'on ne vous entende ! Nous ne sommes pas au bout. Demander de l'argent à Mazarin ! c'est plus que traverser la forêt enchantée dont chaque arbre enferme un démon ; c'est plus que d'aller conquérir un monde !

– Mais cependant, sire, quand vous demandez...

– Je vous ai déjà dit que je ne demandais jamais, répondit Louis avec une fierté qui fit pâlir le roi d'Angleterre.

Et comme celui-ci, pareil à un homme blessé, faisait un mouvement de retraite :

– Pardon, mon frère, reprit-il, je n'ai pas une mère, une sœur qui souffrent ; mon trône est dur et nu, mais je suis bien assis sur mon trône. Pardon, mon frère, ne me reprochez pas cette parole : elle est d'un égoïste ; aussi la rachèterai-je par un sacrifice. Je vais trouver M. le cardinal. Attendez-moi, je vous prie. Je reviens.

X

L'arithmétique de M. de Mazarin

Tandis que le roi se dirigeait rapidement vers l'aile du château occupée par le cardinal, n'emmenant avec lui que son valet de chambre, l'officier de mousquetaires sortait, en respirant comme un homme qui a été forcé de retenir longuement son souffle, du petit cabinet dont nous avons déjà parlé et que le roi croyait solitaire. Ce petit cabinet avait autrefois fait partie de la chambre ; il n'en était séparé que par une mince cloison. Il en résultait que cette séparation, qui n'en était une que pour les yeux, permettait à l'oreille la moins indiscrète d'entendre tout ce qui se passait dans cette chambre.

Il n'y avait donc pas de doute que ce lieutenant des mousquetaires n'eût entendu tout ce qui s'était passé chez Sa Majesté.

Prévenu par les dernières paroles du jeune roi, il en sortit donc à temps pour le saluer à son passage et pour l'accompagner du regard jusqu'à ce qu'il eût disparu dans le corridor.

Puis, lorsqu'il eut disparu, il secoua la tête d'une façon qui n'appartenait qu'à lui, et d'une voix à laquelle quarante ans passés hors de la Gascogne n'avaient pu faire perdre son accent gascon :

– Triste service ! dit-il ; triste maître !...

Puis, ces mots prononcés, le lieutenant reprit sa place dans son fauteuil, étendit les jambes et ferma les yeux en homme qui dort ou qui médite.

Pendant ce court monologue et la mise en scène qui l'avait suivi, tandis que le roi, à travers les longs corridors du vieux château, s'acheminait chez M. de Mazarin, une scène d'un autre genre se passait chez le cardinal.

Mazarin s'était mis au lit un peu tourmenté de la goutte, mais comme c'était un homme d'ordre qui utilisait jusqu'à la douleur, il forçait sa veille à être la très humble servante de son travail. En conséquence, il s'était fait apporter par Bernouin, son valet de chambre, un petit pupitre de voyage, afin de pouvoir écrire sur son lit. Mais la goutte n'est pas un adversaire qui se laisse vaincre si facilement, et comme, à chaque mouvement qu'il faisait, de sourde la douleur devenait aiguë :

– Brienne n'est pas là ? demanda-t-il à Bernouin.

– Non, monseigneur, répondit le valet de chambre. M. de Brienne, sur votre congé, s'est allé coucher ; mais si c'est le désir de Votre Éminence, on peut parfaitement le réveiller.

– Non, ce n'est point la peine. Voyons cependant. Maudits chiffres !

Et le cardinal se mit à rêver tout en comptant sur ses doigts.

– Oh ! des chiffres ! dit Bernouin. Bon ! si Votre Éminence se jette dans ses calculs, je lui promets pour demain la plus belle migraine ! et avec cela que M. Guénaud n'est pas ici.

– Tu as raison, Bernouin. Eh bien ! tu vas remplacer Brienne, mon ami. En vérité, j'aurais dû emmener avec moi M. de Colbert. Ce jeune homme va bien, Bernouin, très bien. Un garçon d'ordre !

– Je ne sais pas, dit le valet de chambre, mais je n'aime pas sa figure, moi, à votre jeune homme qui va bien.

– C'est bon, c'est bon, Bernouin ! On n'a pas besoin de votre avis. Mettez-vous là, prenez la plume, et écrivez.

– M'y voici ; monseigneur. Que faut-il que j'écrive ?

– Là, c'est bien, à la suite des deux lignes déjà tracées.

– M'y voici.

– Écris. Sept cent soixante mille livres.

– C'est écrit.

– Sur Lyon...

Le cardinal paraissait hésiter.

– Sur Lyon, répéta Bernouin.

– Trois millions neuf cent mille livres.

– Bien, monseigneur.

– Sur Bordeaux, sept millions.

– Sept, répéta Bernouin.

– Eh oui, dit le cardinal avec humeur, sept.

Puis, se reprenant :

– Tu comprends, Bernouin, ajouta-t-il, que tout cela est de l'argent à dépenser ?

– Eh ! monseigneur, que ce soit à dépenser ou à encaisser, peu m'importe, puisque tous ces millions ne sont pas à moi.

– Ces millions sont au roi ; c'est l'argent du roi que je compte. Voyons, nous disions ?... Tu m'interromps toujours !

– Sept millions, sur Bordeaux.

– Ah ! oui, c'est vrai. Sur Madrid, quatre. Je t'explique bien à qui est cet argent, Bernouin, attendu que tout le monde a la sottise de me croire riche à millions. Moi, je repousse la sottise. Un ministre n'a rien à soi, d'ailleurs. Voyons, continue. Rentrées générales, sept millions. Propriétés, neuf millions. As-tu écrit, Bernouin ?

– Oui, monseigneur.

– Bourse, six cent mille livres ; valeurs diverses, deux millions. Ah ! j'oubliais : mobilier des différents châteaux...

– Faut-il mettre *de la Couronne ?* demanda Bernouin.

– Non, non, inutile ; c'est sous-entendu. As-tu écrit, Bernouin ?

– Oui, monseigneur.

– Et les chiffres ?

– Sont alignés au-dessous les uns des autres.

– Additionne, Bernouin.

– Trente-neuf millions deux cent soixante mille livres, monseigneur.

– Ah ! fit le cardinal avec une expression de dépit, il n'y a pas encore quarante millions !

Bernouin recommença l'addition.

– Non, monseigneur, il s'en manque sept cent quarante mille livres.

Mazarin demanda le compte et le revit attentivement.

– C'est égale dit Bernouin, trente-neuf millions deux cent soixante mille livres, cela fait un joli denier.

– Ah ! Bernouin, voilà ce que je voudrais voir au roi.

– Son Éminence me disait que cet argent était celui de Sa Majesté.

– Sans doute, mais bien clair, bien liquide. Ces trente-neuf millions sont engagés, et bien au-delà.

Bernouin sourit à sa façon, c'est-à-dire en homme qui ne croit que ce qu'il veut croire, tout en préparant la boisson de nuit du cardinal et en lui redressant l'oreiller.

– Oh ! dit Mazarin lorsque le valet de chambre fut sorti, pas encore quarante millions ! Il faut pourtant que j'arrive à ce chiffre de quarante-cinq millions que je me suis fixé. Mais qui sait si j'aurai le temps ! Je baisse, je m'en vais, je n'arriverai pas. Pourtant, qui sait si je ne trouverai pas deux ou trois millions dans les poches de nos bons amis les Espagnols ? Ils ont découvert le Pérou, ces gens-là, et, que diable ! il doit leur en rester quelque chose.

Comme il parlait ainsi, tout occupé de ses chiffres et ne pensant plus à sa goutte, repoussée par une préoccupation qui, chez le cardinal, était la plus puissante de toutes les préoccupations, Bernouin se précipita dans sa chambre tout effaré.

– Eh bien ! demanda le cardinal, qu'y a-t-il donc ?

– Le roi ! Monseigneur, le roi !

– Comment, le roi ! fit Mazarin en cachant rapidement son papier. Le roi ici ! le roi à cette heure ! Je le croyais couché depuis longtemps. Qu'y a-t-il donc ?

Louis XIV put entendre ces derniers mots et voir le geste effaré du cardinal se redressant sur son lit, car il entrait en ce moment dans la chambre.

– Il n'y a rien, monsieur le cardinal, ou du moins rien qui puisse vous alarmer ; c'est une communication importante que j'avais besoin de faire ce soir même à Votre Éminence, voilà tout.

Mazarin pensa aussitôt à cette attention si marquée que le roi avait donnée à ses paroles touchant Mlle de Mancini, et la communication lui parut devoir venir de cette source. Il se rasséréna donc à l'instant même et prit son air le plus charmant, changement de physionomie dont le jeune roi sentit une joie extrême, et quand Louis se fut assis :

– Sire, dit le cardinal, je devrais certainement écouter Votre Majesté debout, mais la violence de mon mal...

– Pas d'étiquette entre nous, cher monsieur le cardinal, dit Louis affectueusement ; je suis votre élève et non le roi, vous le savez bien, et ce soir surtout, puisque je viens à vous comme un requérant, comme un solliciteur, et même comme un solliciteur très humble et très désireux d'être bien accueilli.

Mazarin, voyant la rougeur du roi, fut confirmé dans sa première idée, c'est-à-dire qu'il y avait une pensée d'amour sous toutes ces belles paroles. Cette fois, le rusé politique, tout fin qu'il était, se trompait : cette rougeur n'était point causée par les pudibonds élans d'une passion juvénile, mais seulement par la douloureuse contraction de l'orgueil royal.

En bon oncle, Mazarin se disposa à faciliter la confidence.

– Parlez, dit-il, sire, et puisque Votre Majesté veut bien un instant oublier que je suis son sujet pour m'appeler son maître et son instituteur, je proteste à Votre Majesté de tous mes sentiments dévoués et tendres.

– Merci, monsieur le cardinal, répondit le roi. Ce que j'ai à mander à Votre Éminence est d'ailleurs peu de chose pour elle.

– Tant pis, répondit le cardinal, tant pis, sire. Je voudrais que Votre Majesté me demandât une chose importante et même un sacrifice... mais, quoi que ce soit que vous me demandiez, je suis prêt à soulager votre cœur en vous l'accordant, mon cher sire.

– Eh bien ! voici de quoi il s'agit, dit le roi avec un battement de cœur qui n'avait d'égal en précipitation que le battement de cœur du ministre : je viens de recevoir la visite de mon frère le roi d'Angleterre.

Mazarin bondit dans son lit comme s'il eût été mis en rapport avec la bouteille de Leyde ou la pile de Volta, en même temps qu'une surprise ou plutôt qu'un désappointement manifeste éclairait sa figure d'une telle lueur de colère que Louis XIV, si peu diplomate qu'il fut, vit bien que le ministre avait espéré entendre toute autre chose.

— Charles II ! s'écria Mazarin avec une voix rauque et un dédaigneux mouvement des lèvres. Vous avez reçu la visite de Charles II !

— Du roi Charles II, reprit Louis XIV, accordant avec affectation au petit-fils de Henri IV le titre que Mazarin oubliait de lui donner. Oui, monsieur le cardinal, ce malheureux prince m'a touché le cœur en me racontant ses infortunes. Sa détresse est grande, monsieur le cardinal, et il m'a paru pénible à moi, qui me suis vu disputer mon trône, qui ai été forcé, dans des jours d'émotion, de quitter ma capitale ; à moi, enfin, qui connais le malheur, de laisser sans appui un frère dépossédé et fugitif.

— Eh ! dit avec dépit le cardinal, que n'a-t-il comme vous, sire, un Jules Mazarin près de lui ! sa couronne lui eût été gardée intacte.

— Je sais tout ce que ma maison doit à votre Éminence, repartit fièrement le roi, et croyez bien que pour ma part, monsieur, je ne l'oublierai jamais. C'est justement parce que mon frère le roi d'Angleterre n'a pas près de lui le génie puissant qui m'a sauvé, c'est pour cela, dis-je, que je voudrais lui concilier l'aide de ce même génie, et prier votre bras de s'étendre sur sa tête, bien assuré, monsieur le cardinal, que votre main, en le touchant seulement, saurait lui remettre au front sa couronne, tombée au pied de l'échafaud de son père.

— Sire, répliqua Mazarin, je vous remercie de votre bonne opinion à mon égard, mais nous n'avons rien à faire là-bas : ce sont des enragés qui renient Dieu et qui coupent la tête à leurs rois. Ils sont dangereux, voyez-vous, sire, et sales à toucher depuis qu'ils se sont vautrés dans le sang royal et dans la boue covenantaire. Cette politique-là ne m'a jamais convenu, et je la repousse.

— Aussi pouvez-vous nous aider à lui en substituer une autre.

— Laquelle ?

— La restauration de Charles II, par exemple.

— Eh ! mon Dieu ! répliqua Mazarin, est-ce que par hasard le pauvre sire se flatterait de cette chimère ?

— Mais oui, répliqua le jeune roi, effrayé des difficultés que semblait entrevoir dans ce projet l'œil si sûr de son ministre ; il ne demande même pour cela qu'un million.

– Voilà tout. Un petit million, s'il vous plaît ? fit ironiquement le cardinal en forçant son accent italien. Un petit million, s'il vous plaît, mon frère ? Famille de mendiants, va !

– Cardinal, dit Louis XIV en relevant la tête, cette famille de mendiants est une branche de ma famille.

– Êtes-vous assez riche pour donner des millions aux autres, sire ? avez-vous des millions ?

– Oh ! répliqua Louis XIV avec une suprême douleur qu'il força cependant, à force de volonté, de ne point éclater sur son visage ; oh ! oui, monsieur le cardinal, je sais que je suis pauvre, mais enfin la couronne de France vaut bien un million, et pour faire une bonne action, j'engagerai, s'il le faut, ma couronne. Je trouverai des juifs qui me prêteront bien un million ?

– Ainsi, sire, vous dites que vous avez besoin d'un million ? demanda Mazarin.

– Oui, monsieur, je le dis.

– Vous vous trompez beaucoup, sire, et vous avez besoin de bien plus que cela. Bernouin !... Vous allez voir, sire, de combien vous avez besoin en réalité... Bernouin !

– Eh quoi ! cardinal, dit le roi, vous allez consulter un laquais sur mes affaires ?

– Bernouin ! cria encore le cardinal sans paraître remarquer l'humiliation du jeune prince. Avance ici, et dis-moi le chiffre que je te demandais tout à l'heure, mon ami.

– Cardinal, cardinal, ne m'avez-vous pas entendu ? dit Louis pâlissant d'indignation.

– Sire, ne vous fâchez pas ; je traite à découvert les affaires de Votre Majesté, moi. Tout le monde en France le sait, mes livres sont à jour. Que te disais-je de me faire tout à l'heure, Bernouin ?

– Votre Éminence me disait de lui faire une addition.

– Tu l'as faite, n'est-ce pas ?

– Oui, monseigneur.

– Pour constater la somme dont Sa Majesté avait besoin en ce moment ? Ne te disais-je pas cela ? Sois franc, mon ami.

– Votre Éminence me le disait.

– Eh bien ! quelle somme désirais-je ?

– Quarante-cinq millions, je crois.

– Et quelle somme trouverions-nous en réunissant toutes nos ressources ?

– Trente-neuf millions deux cent soixante mille francs.

– C'est bien, Bernouin, voilà tout ce que je voulais savoir ; laisse-nous maintenant, dit le cardinal en attachant son brillant regard sur le jeune roi, muet de stupéfaction.

– Mais cependant... balbutia le roi.

– Ah ! vous doutez encore ! sire, dit le cardinal. Eh bien ! voici la preuve de ce que je vous disais.

Et Mazarin tira de dessous son traversin le papier couvert de chiffres, qu'il présenta au roi, lequel détourna la vue, tant sa douleur était profonde.

– Ainsi, comme c'est un million que vous désirez, sire, que ce million n'est point porté là, c'est donc de quarante-six millions qu'a besoin Votre Majesté. Eh bien ! il n'y a pas de juifs au monde qui prêtent une pareille somme, même sur la couronne de France.

Le roi, crispant ses poings sous ses manchettes, repoussa son fauteuil.

– C'est bien, dit-il, mon frère le roi d'Angleterre mourra donc de faim.

– Sire, répondit sur le même ton Mazarin, rappelez-vous ce proverbe que je vous donne ici comme l'expression de la plus saine politique : « Réjouis-toi d'être pauvre quand ton voisin est pauvre aussi. »

Louis médita quelques moments, tout en jetant un curieux regard sur le papier dont un bout passait sous le traversin.

– Alors, dit-il, il y a impossibilité à faire droit à ma demande d'argent, monsieur le cardinal ?

– Absolue, sire.

– Songez que cela me fera un ennemi plus tard s'il remonte sans moi sur le trône.

– Si Votre Majesté ne craint que cela, qu'elle se tranquillise, dit vivement le cardinal.

– C'est bien, je n'insiste plus, dit Louis XIV.

– Vous ai-je convaincu, au moins, sire ? dit le cardinal en posant sa main sur celle du roi.

– Parfaitement.

– Toute autre chose, demandez-la, sire, et je serai heureux de vous l'accorder, vous ayant refusé celle-ci.

– Toute autre chose, monsieur ?

– Eh ! oui, ne suis-je pas corps et âme au service de Votre Majesté ? Holà ! Bernouin, des flambeaux, des gardes pour Sa Majesté ! Sa Majesté rentre dans ses appartements.

– Pas encore, monsieur, et puisque vous mettez votre bonne volonté à ma disposition, je vais en user.

– Pour vous, sire ? demanda le cardinal, espérant qu'il allait enfin être question de sa nièce.

– Non, monsieur, pas pour moi, répondit Louis, mais pour mon frère Charles toujours.

La figure de Mazarin se rembrunit, et il grommela quelques paroles que le roi ne put entendre.

XI

La politique de M. de Mazarin

Au lieu de l'hésitation avec laquelle il avait un quart d'heure auparavant abordé le cardinal, on pouvait lire alors dans les yeux du jeune roi cette volonté contre laquelle on peut lutter, qu'on brisera peut-être par sa propre impuissance, mais qui au moins gardera, comme une plaie au fond du cœur, le souvenir de sa défaite.

– Cette fois, monsieur le cardinal, il s'agit d'une chose plus facile à trouver qu'un million.

– Vous croyez cela, sire ? dit Mazarin en regardant le roi de cet œil rusé qui lisait au plus profond des cœurs.

– Oui, je le crois, et lorsque vous connaîtrez l'objet de ma demande...

– Et croyez-vous donc que je ne le connaisse pas, sire ?

– Vous savez ce qui me reste à vous dire ?

– Écoutez, sire, voilà les propres paroles du roi Charles...

– Oh ! par exemple !

– Écoutez. Et si cet avare, ce pleutre d'Italien, a-t-il dit...

– Monsieur le cardinal !...

– Voilà le sens, sinon les paroles. Eh ! mon Dieu ! je ne lui en veux pas pour cela, sire ; chacun voit avec ses passions. Il a donc dit : Et si ce pleutre d'Italien vous refuse le million que nous lui demandons, sire ; si nous sommes forcés, faute d'argent, de renoncer à la diplomatie, eh bien ! nous lui demanderons cinq cents gentilshommes...

Le roi tressaillit, car le cardinal ne s'était trompé que sur le chiffre.

– N'est-ce pas, sire, que c'est cela ? s'écria le ministre avec un accent triomphateur ; puis il a ajouté de belles paroles, il a dit : J'ai des amis de l'autre côté du détroit ; à ces amis il manque seulement un chef et une bannière. Quand ils me verront, quand ils verront la bannière de France, ils se rallieront à moi, car ils comprendront que j'ai votre appui. Les couleurs de l'uniforme français vaudront près de moi le million que M. de Mazarin nous aura refusé. Car il savait bien que je le refuserais, ce million. Je vaincrai avec ces cinq cents gentilshommes, sire, et tout l'honneur en sera pour vous. Voilà ce qu'il a dit, ou à peu près, n'est-ce pas ? en entourant ces paroles de métaphores brillantes, d'images pompeuses, car ils sont bavards dans la famille ! Le père a parlé jusque sur l'échafaud.

La sueur de la honte coulait au front de Louis. Il sentait qu'il n'était pas de sa dignité d'entendre ainsi insulter son frère, mais il ne savait pas encore comment on voulait, surtout en face de celui devant qui il avait vu tout plier, même sa mère. Enfin il fit un effort.

– Mais, dit-il, monsieur le cardinal, ce n'est pas cinq cents hommes, c'est deux cents.

– Vous voyez bien que j'avais deviné ce qu'il demandait.

– Je n'ai jamais nié, monsieur, que vous n'eussiez un œil profond, et c'est pour cela que j'ai pensé que vous ne refuseriez pas à mon frère Charles une chose aussi simple et aussi facile à accorder que celle que je vous demande en son nom, monsieur le cardinal, ou plutôt au mien.

– Sire, dit Mazarin, voilà trente ans que je fais de la politique. J'en ai fait d'abord avec M. le cardinal de Richelieu, puis tout seul. Cette politique n'a pas toujours été très honnête, il faut l'avouer ; mais elle n'a jamais été maladroite. Or, celle que l'on propose en ce moment à Votre Majesté est malhonnête et maladroite à la fois.

– Malhonnête, monsieur !

– Sire, vous avez fait un traité avec M. Cromwell.

– Oui ; et dans ce traité même M. Cromwell a signé au-dessus de moi.

– Pourquoi avez-vous signé si bas, sire ? M. Cromwell a trouvé une bonne place, il l'a prise ; c'était assez son habitude. J'en reviens donc à M. Cromwell. Vous avez fait un traité avec lui, c'est-à-dire avec l'Angleterre, puisque quand vous avez signé ce traité M. Cromwell était l'Angleterre.

– M. Cromwell est mort.

– Vous croyez cela, sire ?

– Mais sans doute, puisque son fils Richard lui a succédé et a abdiqué même.

– Eh bien ! voilà justement ! Richard a hérité à la mort de Cromwell, et l'Angleterre à l'abdication de Richard. Le traité faisait partie de l'héritage, qu'il fût entre les mains de M. Richard ou entre les mains de l'Angleterre. Le traité est donc bon toujours, valable autant que jamais. Pourquoi l'éluderiez-vous, sire ? Qu'y a-t-il de changé ? Charles II veut aujourd'hui ce que nous n'avons pas voulu il y a dix ans ; mais c'est un cas prévu. Vous êtes l'allié de l'Angleterre, sire, et non celui de Charles II. C'est malhonnête sans doute, au point de vue de la famille, d'avoir signé un traité avec un homme qui a fait couper la tête au beau-frère du roi votre père, et d'avoir contracté une alliance avec un Parlement qu'on appelle là-bas un Parlement Croupion ; c'est malhonnête, j'en conviens, mais ce n'était pas maladroit au point de vue de la politique, puisque, grâce à ce traité, j'ai sauvé à Votre Majesté, mineure encore, les tracas d'une guerre extérieure, que la Fronde... vous vous rappelez la Fronde, sire (le jeune roi baissa la tête), que la Fronde eût fatalement compliqués. Et voilà comme quoi je prouve à Votre Majesté que changer de route maintenant sans prévenir nos alliés serait à la fois maladroit et malhonnête. Nous ferions la guerre en mettant les torts de notre côté ; nous la ferions, méritant qu'on nous la fît, et nous aurions l'air de la craindre, tout en la provoquant ; car une permission à cinq cents hommes, à deux cents hommes, à cinquante hommes, à dix hommes, c'est toujours une permission. Un Français, c'est la nation ; un uniforme, c'est l'armée. Supposez, par exemple, sire, que vous avez la guerre avec la Hollande, ce qui tôt ou tard arrivera certainement, ou avec l'Espagne, ce qui arrivera peut-être si votre mariage manque (Mazarin regarda profondément le roi), et il y a mille causes qui peuvent faire manquer votre mariage ; eh bien ! approuveriez-vous l'Angleterre d'envoyer aux Provinces-Unies ou à l'infante un régiment, une compagnie, une escouade même de gentilshommes anglais ? Trouveriez-vous qu'elle se renferme honnêtement dans les limites de son traité d'alliance ?

Louis écoutait ; il lui semblait étrange que Mazarin invoquât la bonne foi, lui l'auteur de tant de supercheries politiques qu'on appelait des mazarinades.

– Mais enfin, dit le roi, sans autorisation manifeste, je ne puis empêcher des gentilshommes de mon État de passer en Angleterre si tel est leur bon plaisir.

– Vous devez les contraindre à revenir, sire, ou tout au moins protester contre leur présence en ennemis dans un pays allié.

– Mais enfin, voyons, vous, monsieur le cardinal, vous un génie si profond, cherchons un moyen d'aider ce pauvre roi sans nous compromettre.

– Et voilà justement ce que je ne veux pas, mon cher sire, dit Mazarin. L'Angleterre agirait d'après mes désirs qu'elle n'agirait pas mieux ; je dirigerais d'ici la politique d'Angleterre que je ne la dirigerais pas autrement. Gouvernée ainsi qu'on la gouverne, l'Angleterre est pour l'Europe un nid éternel à procès. La Hollande protège Charles II : laissez faire la Hollande ; ils se fâcheront, ils se battront ; ce sont les deux seules puissances maritimes ; laissez-les détruire leurs marines l'une par l'autre ; nous construirons la nôtre avec les débris de leurs vaisseaux, et encore quand nous aurons de l'argent pour acheter des clous.

– Oh ! que tout ce que vous me dites là est pauvre et mesquin, monsieur le cardinal !

– Oui, mais comme c'est vrai, sire, avouez-le. Il y a plus : j'admets un moment la possibilité de manquer à votre parole et d'éluder le traité ; cela se voit souvent, qu'on manque à sa parole et qu'on élude un traité, mais c'est quand on a quelque grand intérêt à le faire ou quand on se trouve par trop gêné par le contrat ; eh bien ! vous autoriseriez l'engagement qu'on vous demande ; la France, sa bannière, ce qui est la même chose, passera le détroit et combattra ; la France sera vaincue.

– Pourquoi cela ?

– Voilà ma foi un habile général, que Sa Majesté Charles II, et Worcester nous donne de belles garanties !

– Il n'aura plus affaire à Cromwell, monsieur.

– Oui, mais il aura affaire à Monck, qui est bien autrement dangereux. Ce brave marchand de bière dont nous parlons était un illuminé, il avait des moments d'exaltation, d'épanouissement, de gonflement, pendant lesquels il se fendait comme un tonneau trop plein ; par les fentes alors s'échappaient toujours quelques gouttes de sa pensée, et à l'échantillon on connaissait la pensée tout entière. Cromwell nous a ainsi, plus de dix fois, laissé pénétrer dans son âme, quand on croyait cette âme enveloppée d'un triple airain, comme dit Horace. Mais Monck ! Ah ! sire, Dieu vous garde de faire jamais de la politique avec M. Monck ! C'est lui qui m'a fait depuis un an tous les cheveux gris que j'ai ! Monck n'est pas un illuminé, lui, malheureusement, c'est un politique ; il ne se fend pas, il se resserre. Depuis dix ans il a les yeux fixés sur un but, et nul n'a pu encore deviner lequel. Tous les matins, comme le conseillait Louis XI, il brûle son bonnet de la nuit. Aussi, le jour où ce plan lentement et solitairement mûri éclatera, il éclatera avec toutes les conditions de succès qui accompagnent toujours l'imprévu.

« Voilà Monck, sire, dont vous n'aviez peut-être jamais entendu parler, dont vous ne connaissiez peut-être pas même le nom, avant que votre frère Charles II, qui sait ce qu'il est, lui, le prononçât devant vous, c'est-à-dire une merveille de profondeur et de ténacité, les deux seules choses contre lesquelles l'esprit et l'ardeur s'émoussent. Sire, j'ai eu de l'ardeur quand j'étais jeune, j'ai eu de l'esprit toujours. Je puis m'en vanter, puisqu'on me le reproche. J'ai fait un beau chemin avec ces deux qualités, puisque de fils d'un pêcheur de Piscina, je suis devenu Premier ministre du roi de France, et que dans cette qualité, Votre Majesté veut bien le reconnaître, j'ai rendu quelques services au trône de Votre Majesté. Eh bien ! sire, si j'eusse rencontré Monck sur ma route, au lieu d'y trouver M. de Beaufort, M. de Retz, ou M. le prince, eh bien, nous étions perdus. Engagez-vous à la légère, sire, et vous tomberez dans les griffes de ce soldat politique. Le casque de Monck, sire, est un coffre de fer au fond duquel il enferme ses pensées, et dont personne n'a la clef. Aussi, près de lui, ou plutôt devant lui, je m'incline, sire, moi qui n'ai qu'une barrette de velours.

– Que pensez-vous donc que veuille Monck, alors ?

– Eh ! si je le savais, sire, je ne vous dirais pas de vous défier de lui, car je serais plus fort que lui ; mais avec lui j'ai peur de deviner ; de deviner ! vous comprenez mon mot ? car si je crois avoir deviné, je m'arrêterai à une idée, et, malgré moi, je poursuivrai cette idée. Depuis que cet homme est au pouvoir là-bas, je suis comme ces damnés de Dante à qui Satan a tordu le cou, qui marchent en avant et qui regardent en arrière : je vais du côté de Madrid, mais je ne perds pas de vue Londres. Deviner, avec ce diable d'homme, c'est se tromper, et se tromper, c'est se perdre. Dieu me garde de jamais chercher à deviner ce qu'il désire ; je me borne, et c'est bien assez, à espionner ce qu'il fait ; or, je crois – vous comprenez la portée du mot je crois ? je crois, relativement à Monck, n'engage à rien –, je crois qu'il a tout bonnement envie de succéder à Cromwell. Votre Charles II lui a déjà fait faire des propositions par dix personnes ; il s'est contenté de chasser les dix entremetteurs sans rien leur dire autre chose que : « Allez-vous-en, ou je vous fais pendre ! » C'est un sépulcre que cet homme ! Dans ce moment-ci, Monck fait du dévouement au Parlement Croupion ; de ce dévouement, par exemple, je ne suis pas dupe : Monck ne veut pas être assassiné. Un assassinat l'arrêterait au milieu de son œuvre, et il faut que son œuvre s'accomplisse ; aussi je crois, mais ne croyez pas ce que je crois, je dis je crois par habitude ; je crois que Monck ménage le Parlement jusqu'au moment où il le brisera. On vous demande des épées, mais c'est pour se battre contre Monck. Dieu nous garde de nous battre contre Monck, sire, car Monck nous battra, et battu par Monck, je ne m'en consolerais de ma vie ! Cette victoire, je me dirais que Monck la prévoyait depuis dix ans. Pour Dieu ! sire, par amitié pour vous, si ce n'est par considération pour lui, que Charles II se tienne tranquille ; Votre Majesté lui fera ici un petit revenu ; elle lui donnera un de ses châteaux. Eh ! eh ! attendez donc ! mais je me rappelle le traité, ce fameux traité dont nous parlions tout à l'heure ! Votre Majesté n'en a pas même le droit, de lui donner un château !

– Comment cela ?

– Oui, oui, Sa Majesté s'est engagée à ne pas donner l'hospitalité au roi Charles, à le faire sortir de France même. C'est pour cela que vous ferez comprendre à votre frère qu'il ne peut rester chez nous, que c'est impossible, qu'il nous compromet, ou moi-même...

– Assez, monsieur ! dit Louis XIV en se levant. Que vous me refusiez un million, vous en avez le droit : vos millions sont à vous ; que vous me refusiez deux cents gentilshommes, vous en avez le droit encore, car vous êtes Premier ministre, et vous avez, aux yeux de la France, la responsabilité de la paix et de la guerre ; mais que vous prétendiez m'empêcher, moi le roi, de donner l'hospitalité au petit-fils de Henri IV, à mon cousin germain, au compagnon de mon enfance ! là s'arrête votre pouvoir, là commence ma volonté.

– Sire, dit Mazarin, enchanté d'en être quitte à si bon marché, et qui n'avait d'ailleurs si chaudement combattu que pour en arriver là ; sire, je me courberai toujours devant la volonté de mon roi ; que mon roi garde donc près de lui ou dans un de ses châteaux le roi d'Angleterre, que Mazarin le sache, mais que le ministre ne le sache pas.

– Bonne nuit, monsieur, dit Louis XIV, je m'en vais désespéré.

– Mais convaincu, c'est tout ce qu'il me faut, sire, répliqua Mazarin.

Le roi ne répondit pas, et se retira tout pensif, convaincu, non pas de tout ce que lui avait dit Mazarin, mais d'une chose au contraire qu'il s'était bien gardé de lui dire, c'était de la nécessité d'étudier sérieusement ses affaires et celles de l'Europe, car il les voyait difficiles et obscures.

Louis retrouva le roi d'Angleterre assis à la même place où il l'avait laissé.

En l'apercevant, le prince anglais se leva ; mais du premier coup d'œil il vit le découragement écrit en lettres sombres sur le front de son cousin.

Alors, prenant la parole le premier, comme pour faciliter à Louis l'aveu pénible qu'il avait à lui faire :

– Quoi qu'il en soit, dit-il, je n'oublierai jamais toute la bonté, toute l'amitié dont vous avez fait preuve à mon égard.

– Hélas ! répliqua sourdement Louis XIV, bonne volonté stérile, mon frère !

Charles II devint extrêmement pâle, passa une main froide sur son front, et lutta quelques instants contre un éblouissement qui le fit chanceler.

– Je comprends, dit-il enfin, plus d'espoir !

Louis saisit la main de Charles II.

– Attendez, mon frère, dit-il, ne précipitez rien, tout peut changer ; ce sont les résolutions extrêmes qui ruinent les causes ; ajoutez, je vous en supplie, une année d'épreuve encore aux années que vous avez déjà subies. Il n'y a, pour vous décider à agir en ce moment plutôt qu'en un autre, ni occasion ni opportunité ; venez avec moi, mon frère, je vous donnerai une de mes résidences, celle qu'il vous plaira d'habiter ; j'aurai l'œil avec vous sur les événements, nous les préparerons ensemble ; allons, mon frère, du courage !

Charles II dégagea sa main de celle du roi, et se reculant pour le saluer avec plus de cérémonie :

– De tout mon cœur, merci, répliqua-t-il, sire, mais j'ai prié sans résultat le plus grand roi de la terre, maintenant je vais demander un miracle à Dieu.

Et il sortit sans vouloir en entendre davantage, le front haut, la main frémissante, avec une contraction douloureuse de son noble visage, et cette sombre profondeur du regard qui, ne trouvant plus d'espoir dans le monde des hommes, semble aller au-delà en demander à des mondes inconnus.

L'officier des mousquetaires, en le voyant ainsi passer livide, s'inclina presque à genoux pour le saluer.

Il prit ensuite un flambeau, appela deux mousquetaires et descendit avec le malheureux roi l'escalier désert, tenant à la main gauche son chapeau, dont la plume balayait les degrés.

Arrivé à la porte, l'officier demanda au roi de quel côté il se dirigeait, afin d'y envoyer les mousquetaires.

– Monsieur, répondit Charles II à demi-voix, vous qui avez connu mon père, dites-vous, peut-être avez-vous prié pour lui ? Si cela est ainsi, ne m'oubliez pas non plus dans vos prières. Maintenant je m'en vais seul, et vous prie de ne point m'accompagner ni de me faire accompagner plus loin.

L'officier s'inclina et renvoya ses mousquetaires dans l'intérieur du palais.

Mais lui demeura un instant sous le porche pour voir Charles II s'éloigner et se perdre dans l'ombre de la rue tournante.

– À celui-là, comme autrefois à son père, murmura-t-il, Athos, s'il était là, dirait avec raison : « Salut à la Majesté tombée ! »

Puis, montant les escaliers :

– Ah ! le vilain service que je fais ! dit-il à chaque marche. Ah ! le piteux maître ! La vie ainsi faite n'est plus tolérable, et il est temps enfin que je prenne mon parti !... Plus de générosité, plus d'énergie ! continua-t-il. Allons, le maître a réussi, l'élève est atrophié pour toujours. Mordioux ! je n'y résisterai pas. Allons, vous autres, continua-t-il en entrant dans l'antichambre, que faites-vous là à me regarder ainsi ? Éteignez ces flambeaux et rentrez à vos postes ! Ah ! vous me gardiez ? Oui, vous veillez sur moi, n'est-ce pas, bonnes gens ? Braves niais ! je ne suis pas le duc de Guise, allez, et l'on ne m'assassinera pas dans le petit couloir. D'ailleurs, ajouta-t-il tout bas, ce serait une résolution, et l'on ne prend plus de résolutions depuis que M. le cardinal de Richelieu est mort. Ah ! à la bonne heure, c'était un homme, celui-là ! C'est décidé, dès demain je jette la casaque aux orties !

Puis, se ravisant :

– Non, dit-il, pas encore ! J'ai une superbe épreuve à faire, et je la ferai ; mais celle-là, je le jure, ce sera la dernière, mordioux !

Il n'avait pas achevé, qu'une voix partit de la chambre du roi.

– Monsieur le lieutenant ! dit cette voix.

– Me voici, répondit-il.

– Le roi demande à vous parler.

– Allons, dit le lieutenant, peut-être est-ce pour ce que je pense.
Et il entra chez le roi.

XII

Le roi et le lieutenant

Lorsque le roi vit l'officier près de lui, il congédia son valet de chambre et son gentilhomme.

– Qui est de service demain, monsieur ? demanda-t-il alors.

Le lieutenant inclina la tête avec une politesse de soldat et répondit :

– Moi, sire.

– Comment, encore vous ?

– Moi toujours.

– Comment cela se fait-il, monsieur ?

– Sire, les mousquetaires, en voyage, fournissent tous les postes de la maison de Votre Majesté, c'est-à-dire le vôtre, celui de la reine mère et celui de M. le cardinal, qui emprunte au roi la meilleure partie ou plutôt la plus nombreuse partie de sa garde royale.

– Mais les intérims ?

– Il n'y a d'intérim, sire, que pour vingt ou trente hommes qui se reposent sur cent vingt. Au Louvre, c'est différent, et si j'étais au Louvre, je me reposerais sur mon brigadier ; mais en route, sire, on ne sait ce qui peut arriver et j'aime assez faire ma besogne moi-même.

– Ainsi, vous êtes de garde tous les jours ?

– Et toutes les nuits, oui, sire.

– Monsieur, je ne puis souffrir cela, et je veux que vous vous reposiez.

– C'est fort bien, sire, mais moi, je ne le veux pas.

– Plaît-il ? fit le roi, qui ne comprit pas tout d'abord le sens de cette réponse.

– Je dis, sire, que je ne veux pas m'exposer à une faute. Si le diable avait un mauvais tour à me jouer, vous comprenez, sire, comme il connaît l'homme auquel il a affaire, il choisirait le moment où je ne serais point là. Mon service avant tout et la paix de ma conscience.

– Mais à ce métier-là, monsieur, vous vous tuerez.

– Eh ! sire, il y a trente-cinq ans que je le fais, ce métier-là, et je suis l'homme de France et de Navarre qui se porte le mieux. Au surplus, sire, ne vous inquiétez pas de moi, je vous prie ; cela me semblerait trop étrange, attendu que je n'en ai pas l'habitude.

Le roi coupa court à la conversation par une question nouvelle.

– Vous serez donc là demain matin ? demanda-t-il.

– Comme à présent, oui, sire.

Le roi fit alors quelques tours dans sa chambre ; il était facile de voir qu'il brûlait du désir de parler, mais qu'une crainte quelconque le retenait.

Le lieutenant, debout, immobile, le feutre à la main, le poing sur la hanche, le regardait faire ses évolutions, et tout en le regardant, il grommelait en mordant sa moustache :

« Il n'a pas de résolution pour une demi-pistole, ma parole d'honneur ! Gageons qu'il ne parlera point. »

Le roi continuait de marcher, tout en jetant de temps en temps un regard de côté sur le lieutenant.

« C'est son père tout craché, poursuivait celui-ci dans son monologue secret ; il est à la fois orgueilleux, avare et timide. Peste soit du maître, va ! »

Louis s'arrêta.

– Lieutenant ? dit-il.

– Me voilà, sire.

– Pourquoi donc, ce soir, avez-vous crié là-bas, dans la salle : « Le service du roi, les mousquetaires de Sa Majesté » ?

– Parce que vous m'en avez donné l'ordre, sire.

– Moi ?

– Vous-même.

– En vérité, je n'ai pas dit un seul mot de cela, monsieur.

– Sire, on donne un ordre par un signe, par un geste, par un clin d'œil, aussi franchement, aussi clairement qu'avec la parole. Un serviteur qui n'aurait que des oreilles ne serait que la moitié d'un bon serviteur.

– Vos yeux sont bien perçants alors, monsieur.

– Pourquoi cela, sire ?

– Parce qu'ils voient ce qui n'est point.

– Mes yeux sont bons, en effet, sire, quoiqu'ils aient beaucoup servi et depuis longtemps leur maître ; aussi, toutes les fois qu'ils ont quelque chose à voir, ils n'en manquent pas l'occasion. Or, ce soir ils ont vu que Votre Majesté rougissait à force d'avoir envie de bâiller ; que Votre Majesté regardait avec des supplications éloquentes, d'abord Son Éminence, ensuite Sa Majesté la reine mère, enfin la porte par laquelle on sort ; et ils ont si bien remarqué tout ce que je viens de dire, qu'ils ont vu les lèvres de Votre Majesté articuler ces paroles : « Qui donc me sortira de là ? »

– Monsieur !

– Ou tout au moins ceci, sire : « Mes mousquetaires ! » Alors je n'ai pas hésité. Ce regard était pour moi, la parole était pour moi ; j'ai crié aussitôt : « Les mousquetaires de Sa Majesté ! » Et d'ailleurs, cela est si vrai, sire, que Votre Majesté, non seulement ne m'a pas donné tort, mais encore m'a donné raison en partant sur-le-champ.

Le roi se détourna pour sourire ; puis, après quelques secondes, il ramena son œil limpide sur cette physionomie si intelligente, si hardie et si ferme, qu'on eût dit le profil énergique et fier de l'aigle en face du soleil.

– C'est bien, dit-il après un court silence, pendant lequel il essaya, mais en vain, de faire baisser les yeux à son officier.

Mais voyant que le roi ne disait plus rien, celui-ci pirouetta sur ses talons et fit trois pas pour s'en aller en murmurant : « Il ne parlera pas, mordioux ! il ne parlera pas ! »

– Merci, monsieur, dit alors le roi.

« En vérité, poursuivit le lieutenant, il n'eût plus manqué que cela, être blâmé pour avoir été moins sot qu'un autre. »

Et il gagna la porte en faisant sonner militairement ses éperons.

Mais arrivé sur le seuil, et sentant que le désir du roi l'attirait en arrière, il se retourna.

– Votre Majesté m'a tout dit ? demanda-t-il d'un ton que rien ne saurait rendre et qui, sans paraître provoquer la confiance royale, contenait tant de persuasive franchise, que le roi répliqua sur-le-champ :

– Si fait, monsieur, approchez.

« Allons donc ! murmura l'officier, il y vient enfin ! »

– Écoutez-moi.

– Je ne perds pas une parole, sire.

– Vous monterez à cheval, monsieur, demain, vers quatre heures du matin, et vous me ferez seller un cheval pour moi.

– Des écuries de Votre Majesté ?

– Non, d'un de vos mousquetaires.

– Très bien, sire. Est-ce tout ?

– Et vous m'accompagnerez.

– Seul ?

– Seul.

– Viendrai-je quérir Votre Majesté, ou l'attendrai-je ?

– Vous m'attendrez.

– Où cela, sire ?

– À la petite porte du parc.

Le lieutenant s'inclina, comprenant que le roi lui avait dit tout ce qu'il avait à lui dire.

En effet, le roi le congédia par un geste tout aimable de sa main.

L'officier sortit de la chambre du roi et revint se placer philosophiquement sur sa chaise, où, bien loin de s'endormir, comme on aurait pu le croire, vu l'heure avancée de la nuit, il se mit à réfléchir plus profondément qu'il n'avait jamais fait.

Le résultat de ces réflexions ne fut point aussi triste que l'avaient été les réflexions précédentes.

« Allons, il a commencé, dit-il ; l'amour le pousse, il marche, il marche ! Le roi est nul chez lui, mais l'homme vaudra peut-être quelque chose. D'ailleurs, nous verrons bien demain matin... Oh ! oh ! s'écria-t-il tout à coup en se redressant, voilà une idée gigantesque, mordioux ! et peut-être ma fortune est-elle dans cette idée-là ! »

Après cette exclamation, l'officier se leva et arpenta, les mains dans les poches de son justaucorps, l'immense antichambre qui lui servait d'appartement.

La bougie flambait avec fureur sous l'effort d'une brise fraîche qui, s'introduisant par les gerçures de la porte et par les fentes de la fenêtre, coupait diagonalement la salle. Elle projetait une lueur rougeâtre, inégale, tantôt radieuse, tantôt ternie, et l'on voyait marcher sur la muraille la grande ombre du lieutenant, découpée en silhouette comme une figure de Callot, avec l'épée en broche et le feutre empanaché.

« Certes, murmurait-il, ou je me trompe fort, ou le Mazarin tend là un piège au jeune amoureux ; le Mazarin a donné ce soir un rendez-vous et une adresse aussi complaisamment que l'eût pu faire M. Dangeau lui-même. J'ai entendu et je sais la valeur des paroles. "Demain matin, a-t-il dit, elles passeront à la hauteur du pont de Blois." Mordioux ! c'est clair, cela ! et surtout pour un amant ! C'est pourquoi cet embarras, c'est pourquoi cette hésitation, c'est pourquoi cet ordre : "Monsieur le lieutenant de mes mousquetaires, à cheval demain, à quatre heures du matin." Ce qui est aussi clair que s'il m'eût dit : "Monsieur le lieutenant de mes mousquetaires, demain, à quatre heures du matin, au pont de Blois, entendez-vous ?" Il y a donc là un secret d'État que moi, chétif, je tiens à l'heure qu'il est. Et pourquoi est-ce que je le tiens ? Parce que j'ai de bons yeux, comme je le disais tout à l'heure à Sa Majesté. C'est qu'on dit qu'il l'aime à la fureur, cette petite poupée d'Italienne ! C'est qu'on dit qu'il s'est jeté aux genoux de sa mère pour lui demander de l'épouser ! C'est qu'on dit que la reine a été jusqu'à consulter la cour de Rome pour savoir si un pareil mariage, fait contre sa volonté, serait valable ! Oh ! si j'avais encore vingt-cinq ans ! si j'avais là, à mes côtés, ceux que je n'ai plus ! si je ne méprisais pas profondément tout le monde, je brouillerais M. de Mazarin avec la reine mère, la France avec l'Espagne, et je ferais une reine de ma façon ; mais, bah ! »

Et le lieutenant fit claquer ses doigts en signe de dédain.

« Ce misérable Italien, ce pleutre, ce ladre vert, qui vient de refuser un million au roi d'Angleterre, ne me donnerait peut-être pas mille pistoles pour la nouvelle que je lui porterais. Oh ! mordioux ! voilà que je tombe en enfance ! voilà que je m'abrutis ! Le Mazarin donner quelque chose, ha ! ha ! ha ! »

Et l'officier se mit à rire formidablement tout seul.

« Dormons, dit-il, dormons, et tout de suite. J'ai l'esprit fatigué de ma soirée, demain il verra plus clair qu'aujourd'hui. »

Et sur cette recommandation faite à lui-même, il s'enveloppa de son manteau, narguant son royal voisin.

Cinq minutes après, il dormait les poings fermés, les lèvres entrouvertes, laissant échapper, non pas son secret, mais un ronflement sonore qui se développait à l'aise sous la voûte majestueuse de l'antichambre.

XIII

Marie de Mancini

Le soleil éclairait à peine de ses premiers rayons les grands bois du parc et les hautes girouettes du château, quand le jeune roi, réveillé déjà depuis plus de deux heures, et tout entier à l'insomnie de l'amour, ouvrit son volet lui-même et jeta un regard curieux sur les cours du palais endormi.

Il vit qu'il était l'heure convenue : la grande horloge de la cour marquait même quatre heures un quart.

Il ne réveilla point son valet de chambre, qui dormait profondément à quelque distance ; il s'habilla seul, et ce valet, tout effaré, arrivait, croyant avoir manqué à son service, lorsque Louis le renvoya dans sa chambre en lui recommandant le silence le plus absolu.

Alors il descendit le petit escalier, sortit par une porte latérale, et aperçut le long du mur du parc un cavalier qui tenait un cheval de main.

Ce cavalier était méconnaissable dans son manteau et sous son chapeau.

Quant au cheval, sellé comme celui d'un bourgeois riche, il n'offrait rien de remarquable à l'œil le plus exercé.

Louis vint prendre la bride de ce cheval ; l'officier lui tint l'étrier, sans quitter lui-même la selle, et demanda d'une voix discrète les ordres de Sa Majesté.

– Suivez-moi, répondit Louis XIV.

L'officier mit son cheval au trot derrière celui de son maître, et ils descendirent ainsi vers le pont.

Lorsqu'ils furent de l'autre côté de la Loire :

– Monsieur, dit le roi, vous allez me faire le plaisir de piquer devant vous jusqu'à ce que vous aperceviez un carrosse ; alors vous reviendrez m'avertir ; je me tiens ici.

– Votre Majesté daignera-t-elle me donner quelques détails sur le carrosse que je suis chargé de découvrir ?

– Un carrosse dans lequel vous verrez deux dames et probablement aussi leurs suivantes.

– Sire, je ne veux point faire d'erreur ; y a-t-il encore un autre signe auquel je puisse reconnaître ce carrosse ?

– Il sera, selon toute probabilité, aux armes de M. le cardinal.

– C'est bien, sire, répondit l'officier, entièrement fixé sur l'objet de sa reconnaissance.

Il mit alors son cheval au grand trot et piqua du côté indiqué par le roi. Mais il n'eut pas fait cinq cents pas qu'il vit quatre mules, puis un carrosse poindre derrière un monticule.

Derrière ce carrosse en venait un autre.

Il n'eut besoin que d'un coup d'œil pour s'assurer que c'étaient bien là les équipages qu'il était venu chercher.

Il tourna bride sur-le-champ, et se rapprochant du roi :

– Sire, dit-il, voici les carrosses. Le premier, en effet, contient deux dames avec leurs femmes de chambre ; le second renferme des valets de pied, des provisions, des hardes.

– Bien, bien, répondit le roi d'une voix tout émue. Eh bien ! allez, je vous prie, dire à ces dames qu'un cavalier de la cour désire présenter ses hommages à elles seules.

L'officier partit au galop.

– Mordioux ! disait-il tout en courant, voilà un emploi nouveau et honorable, j'espère ! Je me plaignais de n'être rien, je suis confident du roi. Un mousquetaire, c'est à en crever d'orgueil !

Il s'approcha du carrosse et fit sa commission en messager galant et spirituel.

Deux dames étaient en effet dans le carrosse : l'une d'une grande beauté, quoique un peu maigre ; l'autre moins favorisée de la nature, mais vive, gracieuse, et réunissant dans les légers plis de son front tous les signes de la volonté.

Ses yeux vifs et perçants, surtout, parlaient plus éloquemment que toutes les phrases amoureuses de mise en ces temps de galanterie.

Ce fut à celle-là que d'Artagnan s'adressa sans se tromper, quoique, ainsi que nous l'avons dit, l'autre fût plus jolie peut-être.

– Mesdames, dit-il, je suis le lieutenant des mousquetaires, et il y a sur la route un cavalier qui vous attend et qui désire vous présenter ses hommages.

À ces mots, dont il suivait curieusement l'effet, la dame aux yeux noirs poussa un cri de joie, se pencha hors de la portière, et, voyant accourir le cavalier, tendit les bras en s'écriant :

– Ah ! mon cher sire !

Et les larmes jaillirent aussitôt de ses yeux.

Le cocher arrêta ses chevaux, les femmes de chambre se levèrent avec confusion au fond du carrosse, et la seconde dame ébaucha une révérence terminée par le plus ironique sourire que la jalousie ait jamais dessiné sur des lèvres de femme.

– Marie ! chère Marie ! s'écria le roi en prenant dans ses deux mains la main de la dame aux yeux noirs.

Et, ouvrant lui-même la lourde portière, il l'attira hors du carrosse avec tant d'ardeur qu'elle fut dans ses bras avant de toucher la terre.

Le lieutenant, posté de l'autre côté du carrosse, voyait et entendait sans être remarqué.

Le roi offrit son bras à Mlle de Mancini, et fit signe aux cochers et aux laquais de poursuivre leur chemin.

Il était six heures à peu près ; la route était fraîche et charmante ; de grands arbres aux feuillages encore noués dans leur bourre dorée laissaient filtrer la rosée du matin suspendue comme des diamants liquides à leurs branches frémissantes ; l'herbe s'épanouissait au pied des haies ; les hirondelles, revenues depuis quelques jours, décrivaient leurs courbes gracieuses entre le ciel et l'eau ; une brise parfumée par les bois dans leur floraison courait le long de cette route et ridait la nappe d'eau du fleuve ; toutes ces beautés du jour, tous ces parfums des plantes, toutes ces aspirations de la terre vers le ciel, enivraient les deux amants, marchant côte à côte, appuyés l'un à l'autre, les yeux sur les yeux, la main dans la main, et qui, s'attardant par un commun désir, n'osaient parler, tant ils avaient de choses à se dire.

L'officier vit que le cheval abandonné errait çà et là et inquiétait Mlle de Mancini. Il profita du prétexte pour se rapprocher en arrêtant le cheval, et, à pied aussi entre les deux montures qu'il maintenait, il ne perdit pas un mot ni un geste des deux amants.

Ce fut Mlle de Mancini qui commença.

– Ah ! mon cher sire, dit-elle, vous ne m'abandonnez donc pas, vous ?

– Non, répondit le roi : vous le voyez bien, Marie.

– On me l'avait tant dit, cependant : qu'à peine serions-nous séparés, vous ne penseriez plus à moi !

– Chère Marie, est-ce donc d'aujourd'hui que vous vous apercevez que nous sommes entourés de gens intéressés à nous tromper ?

– Mais enfin, sire, ce voyage, cette alliance avec l'Espagne ? On vous marie !

Louis baissa la tête.

En même temps l'officier put voir luire au soleil les regards de Marie de Mancini, brillants comme une dague qui jaillit du fourreau.

– Et vous n'avez rien fait pour notre amour ? demanda la jeune fille après un instant de silence.

– Ah ! mademoiselle, comment pouvez-vous croire cela ! Je me suis jeté aux genoux de ma mère ; j'ai prié, j'ai supplié ; j'ai dit que tout mon bonheur était en vous ; j'ai menacé...

– Eh bien ? demanda vivement Marie.

– Eh bien ! la reine mère a écrit en cour de Rome, et on lui a répondu qu'un mariage entre nous n'aurait aucune valeur et serait cassé par le Saint-Père. Enfin, voyant qu'il n'y avait pas d'espoir pour nous, j'ai demandé qu'on retardât au moins mon mariage avec l'infante.

– Ce qui n'empêche point que vous ne soyez en route pour aller audevant d'elle.

– Que voulez-vous ! à mes prières, à mes supplications, à mes larmes, on a répondu par la raison d'État.

– Eh bien ?

– Eh bien ! que voulez-vous faire, mademoiselle, lorsque tant de volontés se liguent contre moi ?

Ce fut au tour de Marie de baisser la tête.

– Alors, il me faudra vous dire adieu pour toujours, dit-elle. Vous savez qu'on m'exile, qu'on m'ensevelit ; vous savez qu'on fait plus encore, vous savez qu'on me marie, aussi, moi !

Louis devint pâle et porta une main à son cœur.

– S'il ne se fût agi que de ma vie, moi aussi j'ai été si fort persécutée que j'eusse cédé, mais j'ai cru qu'il s'agissait de la vôtre, mon cher sire, et j'ai combattu pour conserver votre bien.

– Oh ! oui, mon bien, mon trésor ! murmura le roi, plus galamment que passionnément peut-être.

– Le cardinal eût cédé, dit Marie, si vous vous fussiez adressé à lui, si vous eussiez insisté. Le cardinal appeler le roi de France son neveu ! comprenez-vous, sire ! Il eût tout fait pour cela, même la guerre ; le cardinal, assuré de gouverner seul, sous le double prétexte qu'il avait élevé le roi et qu'il lui avait donné sa nièce, le cardinal eût combattu toutes les volontés, renversé tous les obstacles. Oh ! sire, sire, je vous en réponds. Moi, je suis une femme et je vois clair dans tout ce qui est amour.

Ces paroles produisirent sur le roi une impression singulière. On eût dit qu'au lieu d'exalter sa passion, elles la refroidissaient. Il ralentit le pas et dit avec précipitation :

– Que voulez-vous, mademoiselle ! tout a échoué.

– Excepté votre volonté, n'est-ce pas, mon cher sire ?

– Hélas ! dit le roi rougissant, est-ce que j'ai une volonté, moi !

– Oh ! laissa échapper douloureusement Mlle de Mancini, blessée de ce mot.

– Le roi n'a de volonté que celle que lui dicte la politique, que celle que lui impose la raison d'État.

– Oh ! c'est que vous n'avez pas d'amour ! s'écria Marie ; si vous m'aimiez, sire, vous auriez une volonté.

En prononçant ces mots, Marie leva les yeux sur son amant, qu'elle vit plus pâle et plus défait qu'un exilé qui va quitter à jamais sa terre natale.

– Accusez-moi, murmura le roi, mais ne me dites point que je ne vous aime pas.

Un long silence suivit ces mots, que le jeune roi avait prononcés avec un sentiment bien vrai et bien profond.

– Je ne puis penser, sire, continua Marie, tentant un dernier effort, que demain, après-demain, je ne vous verrai plus ; je ne puis penser que j'irai finir mes tristes jours loin de Paris, que les lèvres d'un vieillard, d'un inconnu, toucheraient cette main que vous tenez dans les vôtres ; non, en vérité, je ne puis penser à tout cela, mon cher sire, sans que mon pauvre cœur éclate de désespoir.

Et, en effet, Marie de Mancini fondit en larmes.

De son côté, le roi, attendri, porta son mouchoir à ses lèvres et étouffa un sanglot.

– Voyez, dit-elle, les voitures se sont arrêtées ; ma sœur m'attend, l'heure est suprême : ce que vous allez décider sera décidé pour toute la vie ! Oh ! sire, vous voulez donc que je vous perde ? Vous voulez donc, Louis, que celle à qui vous avez dit : « Je vous aime » appartienne à un autre qu'à son roi, à son maître, à son amant ? Oh ! du courage, Louis ! un mot, un seul mot ! dites : « Je veux ! » et toute ma vie est enchaînée à la vôtre, et tout mon cœur est à vous à jamais.

Le roi ne répondit rien.

Marie alors le regarda comme Didon regarda Énée aux Champs élyséens, farouche et dédaigneuse.

– Adieu, donc, dit-elle, adieu la vie, adieu l'amour, adieu le Ciel !

Et elle fit un pas pour s'éloigner ; le roi la retint, lui saisit la main, qu'il colla sur ses lèvres, et, le désespoir l'emportant sur la résolution qu'il paraissait avoir prise intérieurement, il laissa tomber sur cette belle main une larme brûlante de regret qui fit tressaillir Marie comme si effectivement cette larme l'eût brûlée.

Elle vit les yeux humides du roi, son front pâle, ses lèvres convulsives, et s'écria avec un accent que rien ne pourrait rendre :

– Oh ! sire, vous êtes roi, vous pleurez, et je pars !

Le roi, pour toute réponse, cacha son visage dans son mouchoir.

L'officier poussa comme un rugissement qui effraya les deux chevaux.

Mlle de Mancini, indignée, quitta le roi et remonta précipitamment dans son carrosse en criant au cocher :

– Partez, partez vite !

Le cocher obéit, fouetta ses chevaux, et le lourd carrosse s'ébranla sur ses essieux criards, tandis que le roi de France, seul, abattu, anéanti, n'osait plus regarder ni devant ni derrière lui.

XIV

Où le roi et le lieutenant font
chacun preuve de mémoire

Quand le roi, comme tous les amoureux du monde, eut longtemps et attentivement regardé à l'horizon disparaître le carrosse qui emportait sa maîtresse ; lorsqu'il se fut tourné et retourné cent fois du même côté, et qu'il eut enfin réussi à calmer quelque peu l'agitation de son cœur et de sa pensée, il se souvint enfin qu'il n'était pas seul.

L'officier tenait toujours le cheval par la bride, et n'avait pas perdu tout espoir de voir le roi revenir sur sa résolution.

« Il a encore la ressource de remonter à cheval et de courir après le carrosse : on n'aura rien perdu pour attendre. »

Mais l'imagination du lieutenant des mousquetaires était trop brillante et trop riche ; elle laissa en arrière celle du roi, qui se garda bien de se porter à un pareil excès de luxe.

Il se contenta de se rapprocher de l'officier, et d'une voix dolente :

– Allons, dit-il, nous avons fini... À cheval.

L'officier imita ce maintien, cette lenteur, cette tristesse et enfourcha lentement et tristement sa monture. Le roi piqua, le lieutenant le suivit.

Au pont, Louis se retourna une dernière fois. L'officier, patient comme un dieu qui a l'éternité devant et derrière lui, espéra encore un retour d'énergie. Mais ce fut inutilement, rien ne parut. Louis gagna la rue qui conduisait au château et rentra comme sept heures sonnaient.

Une fois que le roi fut bien rentré et que le mousquetaire eut bien vu, lui qui voyait tout, un coin de tapisserie se soulever à la fenêtre du cardinal, il poussa un grand soupir comme un homme qu'on délie des plus étroites entraves, et il dit à demi-voix :

– Pour le coup, mon officier, j'espère que c'est fini !

Le roi appela son gentilhomme.

– Je ne recevrai personne avant deux heures, dit-il, entendez-vous, monsieur ?

– Sire, répliqua le gentilhomme, il y a cependant quelqu'un qui demandait à entrer.

– Qui donc ?

– Votre lieutenant de mousquetaires.

– Celui qui m'a accompagné ?

– Oui, sire.

– Ah ! fit le roi. Voyons, qu'il entre.

L'officier entra.

Le roi fit signe, le gentilhomme et le valet de chambre sortirent.

Louis les suivit des yeux jusqu'à ce qu'ils eussent refermé la porte, et lorsque les tapisseries furent retombées derrière eux :

– Vous me rappelez par votre présence, monsieur, dit le roi, ce que j'avais oublié de vous recommander, c'est-à-dire la discrétion la plus absolue.

– Oh ! sire, pourquoi Votre Majesté se donne-t-elle la peine de me faire une pareille recommandation ? on voit bien qu'elle ne me connaît pas.

– Oui, monsieur, c'est la vérité ; je sais que vous êtes discret ; mais comme je n'avais rien prescrit...

L'officier s'inclina.

– Votre Majesté n'a plus rien à me dire ? demanda-t-il.

– Non, monsieur, et vous pouvez vous retirer.

– Obtiendrai-je la permission de ne pas le faire avant d'avoir parlé au roi, sire ?

– Qu'avez-vous à me dire ? Expliquez-vous, monsieur.

– Sire, une chose sans importance pour vous, mais qui m'intéresse énormément, moi. Pardonnez-moi donc de vous en entretenir. Sans l'urgence, sans la nécessité, je ne l'eusse jamais fait, et je fusse disparu, muet, et petit, comme j'ai toujours été.

– Comment, disparu ! Je ne vous comprends pas.

– Sire, en un mot, dit l'officier, je viens demander mon congé à Votre Majesté.

Le roi fit un mouvement de surprise, mais l'officier ne bougea pas plus qu'une statue.

– Votre congé, à vous, monsieur ? et pour combien de temps, je vous prie ?

– Mais pour toujours, sire.

– Comment, vous quitteriez mon service, monsieur ? dit Louis avec un mouvement qui décelait plus que de la surprise.

– Sire, j'ai ce regret.

– Impossible.

– Si fait, sire : je me fais vieux ; voilà trente-quatre ou trente-cinq ans que je porte le harnais ; mes pauvres épaules sont fatiguées ; je sens qu'il faut laisser la place aux jeunes. Je ne suis pas du nouveau siècle, moi ! j'ai encore un pied pris dans l'ancien ; il en résulte que tout étant étrange à mes yeux, tout m'étonne et tout m'étourdit. Bref ! j'ai l'honneur de demander mon congé à Votre Majesté.

– Monsieur, dit le roi en regardant l'officier, qui portait sa casaque avec une aisance que lui eût enviée un jeune homme, vous êtes plus fort et plus vigoureux que moi.

– Oh ! répondit l'officier avec un sourire de fausse modestie. Votre Majesté me dit cela parce que j'ai encore l'œil assez bon et le pied assez sûr, parce que je ne suis pas mal à cheval et que ma moustache est encore noire ; mais, sire, vanité des vanités que tout cela ; illusions que tout cela, apparence, fumée, sire ! J'ai l'air jeune encore, c'est vrai, mais je suis vieux au fond, et avant six mois, j'en suis sûr, je serai cassé, podagre, impotent. Ainsi donc, sire...

– Monsieur, interrompit le roi, rappelez-vous vos paroles d'hier, vous me disiez à cette même place où vous êtes que vous étiez doué de la meilleure santé de France, que la fatigue vous était inconnue, que vous n'aviez aucun souci de passer nuits et jours à votre poste. M'avez-vous dit cela, oui ou non ? Rappelez vos souvenirs, monsieur.

L'officier poussa un soupir.

– Sire, dit-il, la vieillesse est vaniteuse, et il faut bien pardonner aux vieillards de faire leur éloge que personne ne fait plus. Je disais cela, c'est possible ; mais le fait est, sire, que je suis très fatigué et que je demande ma retraite.

– Monsieur, dit le roi en avançant sur l'officier avec un geste plein de finesse et de majesté, vous ne me donnez pas la véritable raison ; vous voulez quitter mon service, c'est vrai, mais vous me déguisez le motif de cette retraite.

– Sire, croyez bien...

– Je crois ce que je vois, monsieur ; je vois un homme énergique, vigoureux, plein de présence d'esprit, le meilleur soldat de France, peut-être, et ce personnage-là ne me persuade pas le moins du monde que vous ayez besoin de repos.

– Ah ! sire, dit le lieutenant avec amertume, que d'éloges ! Votre Majesté me confond, en vérité ! Énergique, vigoureux, spirituel, brave, le meilleur soldat de l'armée ! mais, sire, Votre Majesté exagère mon peu de mérite, à ce point que si bonne opinion que j'aie de moi, je ne me reconnais plus en vérité. Si j'étais assez vain pour croire à moitié seulement aux paroles de Votre Majesté, je me regarderais comme un homme précieux, indispensable ; je dirais qu'un serviteur, lorsqu'il réunit tant et de si brillantes qualités, est un trésor sans prix. Or, sire, j'ai été toute ma vie, je dois le dire, excepté aujourd'hui, apprécié, à mon avis, fort au-dessous de ce que je valais. Je le répète, Votre Majesté exagère donc.

Le roi fronça le sourcil, car il voyait une raillerie sourire amèrement au fond des paroles de l'officier.

– Voyons, monsieur, dit-il, abordons franchement la question. Est-ce que mon service ne vous plaît pas, dites ? Allons, point de détours, répondez hardiment, franchement, je le veux.

L'officier, qui roulait depuis quelques instants d'un air assez embarrassé son feutre entre ses mains, releva la tête à ces mots.

– Oh ! sire, dit-il, voilà qui me met un peu plus à l'aise. À une question posée aussi franchement, je répondrai moi-même franchement. Dire vrai est une bonne chose, tant à cause du plaisir qu'on éprouve à se soulager le cœur, qu'à cause de la rareté du fait. Je dirai donc la vérité à mon roi, tout en le suppliant d'excuser la franchise d'un vieux soldat.

Louis regarda son officier avec une vive inquiétude qui se manifesta par l'agitation de son geste.

– Eh bien ! donc, parlez, dit-il ; car je suis impatient d'entendre les vérités que vous avez à me dire.

L'officier jeta son chapeau sur une table, et sa figure, déjà si intelligente et si martiale, prit tout à coup un étrange caractère de grandeur et de solennité.

– Sire, dit-il, je quitte le service du roi parce que je suis mécontent. Le valet, en ce temps-ci, peut s'approcher respectueusement de son maître comme je le fais, lui donner l'emploi de son travail, lui rapporter les outils, lui rendre compte des fonds qui lui ont été confiés, et dire : « Maître, ma journée est faite, payez-moi, je vous prie, et séparons-nous. »

– Monsieur, monsieur ! s'écria le roi, pourpre de colère.

– Ah ! sire, répondit l'officier en fléchissant un moment le genou, jamais serviteur ne fut plus respectueux que je ne le suis devant Votre Majesté ; seulement, vous m'avez ordonné de dire la vérité. Or, maintenant que j'ai commencé de la dire, il faut qu'elle éclate, même si vous me commandiez de la taire.

Il y avait une telle résolution exprimée dans les muscles froncés du visage de l'officier, que Louis XIV n'eut pas besoin de lui dire de continuer ; il continua donc, tandis que le roi le regardait avec une curiosité mêlée d'admiration.

– Sire, voici bientôt trente-cinq ans, comme je le disais, que je sers la maison de France ; peu de gens ont usé autant d'épées que moi à ce service, et les épées dont je parle étaient de bonnes épées, sire. J'étais enfant, j'étais ignorant de toutes choses excepté du courage, quand le roi votre père devina en moi un homme. J'étais un homme, sire, lorsque le cardinal de Richelieu, qui s'y connaissait, devina en moi un ennemi. Sire, l'histoire de cette inimitié de la fourmi et du lion, vous l'eussiez pu lire depuis la première jusqu'à la dernière ligne dans les archives secrètes de votre famille. Si jamais l'envie vous en prend, sire, faites-le ; cette histoire en vaut la peine, c'est moi qui vous le dis. Vous y lirez que le lion, fatigué, lassé, haletant, demanda enfin grâce, et, il faut lui rendre cette justice, qu'il fit grâce aussi. Oh ! ce fut un beau temps, sire, semé de batailles, comme une épopée du Tasse ou de l'Arioste ! Les merveilles de ce temps-là, auxquelles le nôtre refuserait de croire, furent pour nous tous des banalités. Pendant cinq ans, je fus un héros tous les jours, à ce que m'ont dit du moins quelques personnages de mérite ; et c'est long, croyez-moi, sire, un héroïsme de cinq ans ! Cependant je crois à ce que m'ont dit ces gens-là, car c'étaient de bons appréciateurs : on les appelait M. de Richelieu, M. de Buckingham, M. de Beaufort, M. de Retz, un rude génie aussi, celui-là, dans la guerre des rues ! enfin, le roi Louis XIII, et même la reine, votre auguste mère, qui voulut bien me dire un jour : Merci ! Je ne sais plus quel service j'avais eu l'honneur de lui rendre. Pardonnez-moi, sire, de parler si hardiment ; mais ce que je vous raconte là, j'ai déjà eu l'honneur de le dire à Votre Majesté, c'est de l'histoire.

Le roi se mordit les lèvres et s'assit violemment dans un fauteuil.

– J'obsède Votre Majesté, dit le lieutenant. Eh ! sire, voilà ce que c'est que la vérité ! C'est une dure compagne, elle est hérissée de fer ; elle blesse qui elle atteint, et parfois aussi qui la dit.

– Non, monsieur, répondit le roi ; je vous ai invité à parler, parlez donc.

– Après le service du roi et du cardinal, vint le service de la régence, sire ; je me suis bien battu aussi dans la Fronde, moins bien cependant que la première fois. Les hommes commençaient à diminuer de taille. Je n'en ai pas moins conduit les mousquetaires de Votre Majesté en quelques occasions périlleuses qui sont restées à l'ordre du jour de la compagnie. C'était un beau sort alors que le mien ! J'étais le favori de M. de Mazarin : Lieutenant par-ci ! lieutenant par-là ! lieutenant à droite ! lieutenant à gauche ! Il ne se distribuait pas un horion en France que votre très humble serviteur ne fût chargé de la distribution ; mais bientôt il ne se contenta point de la France, M. le cardinal ! il m'envoya en Angleterre pour le compte de M. Cromwell. Encore un monsieur qui n'était pas tendre, je vous en réponds, sire. J'ai eu l'honneur de le connaître, et j'ai pu l'apprécier. On m'avait beaucoup promis à l'endroit de cette mission ; aussi, comme j'y fis tout autre chose que ce que l'on m'avait recommandé de faire, je fus généreusement payé, car on me nomma enfin capitaine de mousquetaires, c'est-à-dire à la charge la plus enviée de la cour, à celle qui donne le pas sur les maréchaux de France ; et c'est justice, car qui dit capitaine de mousquetaires dit la fleur du soldat et le roi des braves !

– Capitaine, monsieur, répliqua le roi, vous faites erreur, c'est lieutenant que vous voulez dire.

– Non pas, sire, je ne fais jamais d'erreur ; que Votre Majesté s'en rapporte à moi sur ce point : M. de Mazarin m'en donna le brevet.

– Eh bien ?

– Mais M. de Mazarin, vous le savez mieux que personne, ne donne pas souvent ; et même parfois reprend ce qu'il donne : il me le reprit quand la paix fut faite et qu'il n'eut plus besoin de moi. Certes, je n'étais pas digne de remplacer M. de Tréville, d'illustre mémoire ; mais enfin, on m'avait promis, on m'avait donné, il fallait en demeurer là.

– Voilà ce qui vous mécontente, monsieur ? Eh bien ! je prendrai des informations. J'aime la justice, moi, et votre réclamation, bien que faite militairement, ne me déplaît pas.

– Oh ! sire, dit l'officier, Votre Majesté m'a mal compris, je ne réclame plus rien maintenant.

– Excès de délicatesse, monsieur ; mais je veux veiller à vos affaires et plus tard...

– Oh ! sire, quel mot ! Plus tard ! Voilà trente ans que je vis sur ce mot plein de bonté, qui a été prononcé par tant de grands personnages, et que vient à son tour de prononcer votre bouche. Plus tard ! voilà comment j'ai reçu vingt blessures, et comment j'ai atteint cinquante-quatre ans sans jamais avoir un louis dans ma bourse et sans jamais avoir trouvé un protecteur sur ma route, moi qui ai protégé tant de gens ! Aussi, je change de formule, sire, et quand on me dit : *Plus tard,* maintenant, je réponds : *Tout de suite.* C'est le repos que je sollicite, sire. On peut bien me l'accorder : cela ne coûtera rien à personne.

– Je ne m'attendais pas à ce langage, monsieur, surtout de la part d'un homme qui a toujours vécu près des grands. Vous oubliez que vous parlez au roi, à un gentilhomme qui est d'aussi bonne maison que vous, je suppose, et quand je dis plus tard, moi, c'est une certitude.

– Je n'en doute pas, sire ; mais voici la fin de cette terrible vérité que j'avais à vous dire : Quand je verrais sur cette table le bâton de maréchal, l'épée de connétable, la couronne de Pologne, au lieu de *plus tard,* je vous jure, sire, que je dirais encore *tout de suite.* Oh ! excusez-moi, sire, je suis du pays de votre aïeul Henri IV : je ne dis pas souvent, mais je dis tout quand je dis.

– L'avenir de mon règne vous tente peu, à ce qu'il paraît, monsieur ? dit Louis avec hauteur.

– Oubli, oubli partout ! s'écria l'officier avec noblesse ; le maître a oublié le serviteur, et voilà que le serviteur en est réduit à oublier son maître. Je vis dans un temps malheureux, sire ! Je vois la jeunesse pleine de découragement et de crainte, je la vois timide et dépouillée, quand elle devrait être riche et puissante. J'ouvre hier soir, par exemple, la porte du roi de France à un roi d'Angleterre dont moi, chétif, j'ai failli sauver le père, si Dieu ne s'était pas mis contre moi, Dieu, qui inspirait son élu Cromwell ! J'ouvre, dis-je, cette porte, c'est-à-dire le palais d'un frère à un frère, et je vois, tenez, sire, cela me serre le cœur ! et je vois le ministre de ce roi chasser le proscrit et humilier son maître en condamnant à la misère un autre roi, son égal ; enfin je vois mon prince, qui est jeune, beau, brave, qui a le courage dans le cœur et l'éclair dans les yeux, je le vois trembler devant un prêtre qui rit de lui derrière les rideaux de son alcôve, où il digère dans son lit tout l'or de la France, qu'il engloutit ensuite dans des coffres inconnus. Oui, je comprends votre regard, sire. Je me fais hardi jusqu'à la démence ; mais que voulez-vous ! je suis un vieux, et je vous dis là, à vous, mon roi, des choses que je ferais rentrer dans la gorge de celui qui les prononcerait devant moi. Enfin, vous m'avez commandé de vider devant vous le fond de mon cœur, sire, et je répands aux pieds de Votre Majesté la bile que j'ai amassée depuis trente ans, comme je répandrais tout mon sang si Votre Majesté me l'ordonnait.

Le roi essuya sans mot dire les flots d'une sueur froide et abondante qui ruisselait de ses tempes.

La minute de silence qui suivit cette véhémente sortie représenta pour celui qui avait parlé et pour celui qui avait entendu des siècles de souffrance.

– Monsieur, dit enfin le roi, vous avez prononcé le mot oubli, je n'ai entendu que ce mot ; je répondrai donc à lui seul. D'autres ont pu être oublieux, mais je ne le suis pas, moi, et la preuve, c'est que je me souviens qu'un jour d'émeute, qu'un jour où le peuple furieux, furieux et mugissant comme la mer, envahissait le Palais-Royal ; qu'un jour enfin où je feignais de dormir dans mon lit, un seul homme, l'épée nue, caché derrière mon chevet, veillait sur ma vie, prêt à risquer la sienne pour moi, comme il l'avait déjà vingt fois risquée pour ceux de ma famille. Est-ce que ce gentilhomme, à qui je demandai alors son nom, ne s'appelait pas M. d'Artagnan, dites, monsieur ?

– Votre Majesté a bonne mémoire, répondit froidement l'officier.

– Voyez alors, monsieur, continua le roi, si j'ai de pareils souvenirs d'enfance, ce que je puis en amasser dans l'âge de raison.

– Votre Majesté a été richement douée par Dieu, dit l'officier avec le même ton.

– Voyons, monsieur d'Artagnan, continua Louis avec une agitation fébrile, est-ce que vous ne serez pas aussi patient que moi ? est-ce que vous ne ferez pas ce que je fais ? voyons.

– Et que faites-vous, sire ?

– J'attends.

– Votre Majesté le peut, parce qu'elle est jeune ; mais moi, sire, je n'ai pas le temps d'attendre : la vieillesse est à ma porte, et la mort la suit, regardant jusqu'au fond de ma maison. Votre Majesté commence la vie ; elle est pleine d'espérance et de fortune à venir ; mais moi, sire, moi, je suis à l'autre bout de l'horizon, et nous nous trouvons si loin l'un de l'autre, que je n'aurais jamais le temps d'attendre que Votre Majesté vînt jusqu'à moi.

Louis fit un tour dans la chambre, toujours essuyant cette sueur qui eût bien effrayé les médecins, si les médecins eussent pu voir le roi dans un pareil état.

– C'est bien, monsieur, dit alors Louis XIV d'une voix brève ; vous désirez votre retraite ? vous l'aurez. Vous m'offrez votre démission du grade de lieutenant de mousquetaires ?

– Je la dépose bien humblement aux pieds de Votre Majesté, sire.

– Il suffit. Je ferai ordonnancer votre pension.

– J'en aurai mille obligations à Votre Majesté.

– Monsieur, dit encore le roi en faisant un violent effort sur lui-même, je crois que vous perdez un bon maître.

– Et moi, j'en suis sûr, sire.

– En retrouverez-vous jamais un pareil ?

– Oh ! sire, je sais bien que Votre Majesté est unique dans le monde ; aussi ne prendrai-je désormais plus de service chez aucun roi de la terre, et n'aurai plus d'autre maître que moi.

– Vous le dites ?

– Je le jure à Votre Majesté.

– Je retiens cette parole, monsieur.

D'Artagnan s'inclina.

– Et vous savez que j'ai bonne mémoire, continua le roi.

– Oui, sire, et cependant je désire que cette mémoire fasse défaut à cette heure à Votre Majesté, afin qu'elle oublie les misères que j'ai été forcé d'étaler à ses yeux. Sa Majesté est tellement au-dessus des pauvres et des petits, que j'espère...

– Ma Majesté, monsieur, fera comme le soleil, qui voit tout, grands et petits, riches et misérables, donnant le lustre aux uns, la chaleur aux autres, à tous la vie. Adieu, monsieur d'Artagnan, adieu, vous êtes libre.

Et le roi, avec un rauque sanglot qui se perdit dans sa gorge, passa rapidement dans la chambre voisine.

D'Artagnan reprit son chapeau sur la table où il l'avait jeté, et sortit.

XV

Le proscrit

D'Artagnan n'était pas au bas de l'escalier que le roi appela son gentil-homme.

– J'ai une commission à vous donner, monsieur, dit-il.

– Je suis aux ordres de Votre Majesté.

– Attendez alors.

Et le jeune roi se mit à écrire la lettre suivante, qui lui coûta plus d'un soupir, quoique en même temps quelque chose comme le sentiment du triomphe brillât dans ses yeux.

Monsieur le cardinal,

Grâce à vos bons conseils, et surtout grâce à votre fermeté, j'ai su vaincre et dompter une faiblesse indigne d'un roi. Vous avez trop habilement arrangé ma destinée pour que la reconnaissance ne m'arrête pas au moment de détruire votre ouvrage. J'ai compris que j'avais tort de vouloir faire dévier ma vie de la route que vous lui aviez tracée. Certes, il eût été malheureux pour la France, et malheureux pour ma famille, que la mésintelligence éclatât entre moi et mon ministre.

C'est pourtant ce qui fût certainement arrivé si j'avais fait ma femme de votre nièce. Je le comprends parfaitement, et désormais n'opposerai rien à l'accomplissement de ma destinée. Je suis donc prêt à épouser l'infante Marie-Thérèse. Vous pouvez fixer dès cet instant l'ouverture des conférences.

Votre affectionné, LOUIS.

Le roi relut la lettre, puis il la scella lui-même.

– Cette lettre à M. le cardinal, dit-il.

Le gentilhomme partit. À la porte de Mazarin, il rencontra Bernouin qui attendait avec anxiété.

– Eh bien ? demanda le valet de chambre du ministre.

– Monsieur, dit le gentilhomme, voici une lettre pour Son Éminence.

– Une lettre ! Ah ! nous nous y attendions, après le petit voyage de ce matin.

– Ah ! vous saviez que Sa Majesté...

– En qualité de Premier ministre, il est des devoirs de notre charge de tout savoir. Et Sa Majesté prie, supplie, je présume ?

– Je ne sais, mais il a soupiré bien des fois en l'écrivant.

– Oui, oui, oui, nous savons ce que cela veut dire. On soupire de bonheur comme de chagrin, monsieur.

– Cependant, le roi n'avait pas l'air fort heureux en revenant, monsieur.

– Vous n'aurez pas bien vu. D'ailleurs, vous n'avez vu Sa Majesté qu'au retour, puisqu'elle n'était accompagnée que de son seul lieutenant des gardes. Mais moi, j'avais le télescope de Son Éminence, et je regardais quand elle était fatiguée. Tous deux pleuraient, j'en suis sûr.

Eh bien ! était-ce aussi de bonheur qu'ils pleuraient ?

– Non, mais d'amour, et ils se juraient mille tendresses que le roi ne demande pas mieux que de tenir. Or, cette lettre est un commencement d'exécution.

– Et que pense Son Éminence de cet amour, qui, d'ailleurs, n'est un secret pour personne ?

Bernouin prit le bras du messager de Louis, et tout en montant l'escalier :

– Confidentiellement, répliqua-t-il à demi-voix, Son Éminence s'attend au succès de l'affaire. Je sais bien que nous aurons la guerre avec l'Espagne ; mais bah ! la guerre satisfera la noblesse. M. le cardinal d'ailleurs dotera royalement, et même plus que royalement, sa nièce. Il y aura de l'argent, des fêtes et des coups ; tout le monde sera content.

– Eh bien ! à moi, répondit le gentilhomme en hochant la tête, il me semble que voici une lettre bien légère pour contenir tout cela.

– Ami, répondit Bernouin, je suis sûr de ce que je dis ; M. d'Artagnan m'a tout conté.

– Bon ! et qu'a-t-il dit ? voyons !

– Je l'ai abordé pour lui demander des nouvelles de la part du cardinal, sans découvrir nos desseins, bien entendu, car M. d'Artagnan est un fin limier.

« – Mon cher monsieur Bernouin, a-t-il répondu, le roi est amoureux fou de Mlle de Mancini. Voilà tout ce que je puis vous dire.

« – Eh ! lui ai-je demandé, est-ce donc à ce point que vous le croyez capable de passer outre aux desseins de Son Éminence ?

« – Ah ! ne m'interrogez pas ; je crois le roi capable de tout. Il a une tête de fer, et ce qu'il veut, il le veut bien. S'il s'est chaussé dans la cervelle d'épouser Mlle de Mancini, il l'épousera.

« Et là-dessus il m'a quitté et est allé aux écuries, a pris un cheval, l'a sellé lui-même, a sauté dessus, et est parti comme si le diable l'emportait.

– De sorte que vous croyez... ?

– Je crois que M. le lieutenant des gardes en savait plus qu'il n'en voulait dire.

– Si bien qu'à votre avis, M. d'Artagnan...

– Court, selon toutes les probabilités, après les exilées pour faire toutes démarches utiles au succès de l'amour du roi.

En causant ainsi, les deux confidents étaient arrivés à la porte du cabinet de Son Éminence. Son Éminence n'avait plus la goutte, elle se promenait avec anxiété dans sa chambre, écoutant aux portes et regardant aux fenêtres.

Bernouin entra, suivi du gentilhomme qui avait ordre du roi de remettre la lettre aux mains mêmes de Son Éminence. Mazarin prit la lettre ; mais avant de l'ouvrir il se composa un sourire de circonstance, maintien commode pour voiler les émotions de quelque genre qu'elles fussent. De cette façon, quelle que fût l'impression qu'il reçût de la lettre, aucun reflet de cette impression ne transpira sur son visage.

– Eh bien ! dit-il lorsqu'il eut lu et relu la lettre, à merveille, monsieur. Annoncez au roi que je le remercie de son obéissance aux désirs de la reine mère, et que je vais tout faire pour accomplir sa volonté.

Le gentilhomme sortit. À peine la porte avait-elle été refermée, que le cardinal, qui n'avait pas de masque pour Bernouin, ôta celui dont il venait momentanément de couvrir sa physionomie, et avec sa plus sombre expression :

– Appelez M. de Brienne, dit-il.

Le secrétaire entra cinq minutes après.

– Monsieur, lui dit Mazarin, je viens de rendre un grand service à la monarchie, le plus grand que je lui aie jamais rendu. Vous porterez cette lettre, qui en fait foi, chez Sa Majesté la reine mère, et lorsqu'elle vous l'aura rendue, vous la logerez dans le carton B, qui est plein de documents et de pièces relatives à mon service.

Brienne partit, et comme cette lettre si intéressante était décachetée, il ne manqua pas de la lire en chemin. Il va sans dire que Bernouin, qui était bien avec tout le monde, s'approcha assez près du secrétaire pour pouvoir lire par-dessus son épaule. La nouvelle se répandit dans le château avec tant de rapidité, que Mazarin craignit un instant qu'elle ne parvînt aux oreilles de la reine avant que M. de Brienne lui remît la lettre de Louis XIV. Un moment après, tous les ordres étaient donnés pour le départ, et M. de Condé, ayant été saluer le roi à son lever prétendu, inscrivait sur ses tablettes la ville de Poitiers comme lieu de séjour et de repos pour Leurs Majestés.

Ainsi se dénouait en quelques instants une intrigue qui avait occupé sourdement toutes les diplomaties de l'Europe. Elle n'avait eu cependant pour résultat bien clair et bien net que de faire perdre à un pauvre lieutenant de mousquetaires sa charge et sa fortune. Il est vrai qu'en échange il gagnait sa liberté.

Nous saurons bientôt comment M. d'Artagnan profita de la sienne. Pour le moment, si le lecteur le permet, nous devons revenir à l'Hôtellerie des Médicis, dont une fenêtre venait de s'ouvrir au moment même où les ordres se donnaient au château pour le départ du roi.

Cette fenêtre qui s'ouvrait était celle d'une des chambres de Charles. Le malheureux prince avait passé la nuit à rêver, la tête dans ses deux mains et les coudes sur une table, tandis que Parry, informe et vieux, s'était endormi dans un coin, fatigué de corps et d'esprit. Singulière destinée que celle de ce serviteur fidèle, qui voyait recommencer pour la deuxième génération l'effrayante série de malheurs qui avaient pesé sur la première. Quand Charles II eut bien pensé à la nouvelle défaite qu'il venait d'éprouver, quand il eut bien compris l'isolement complet dans lequel il venait de tomber en voyant fuir derrière lui sa nouvelle espérance, il fut saisi comme d'un vertige et tomba renversé dans le large fauteuil au bord duquel il était assis.

Alors Dieu prit en pitié le malheureux prince et lui envoya le sommeil, frère innocent de la mort. Il ne s'éveilla donc qu'à six heures et demie, c'est-à-dire quand le soleil resplendissait déjà dans sa chambre et que Parry, immobile dans la crainte de le réveiller, considérait avec une profonde douleur les yeux de ce jeune homme déjà rougis par la veille, ses joues déjà pâlies par la souffrance et les privations.

Enfin le bruit de quelques chariots pesants qui descendaient vers la Loire réveilla Charles. Il se leva, regarda autour de lui comme un homme qui a tout oublié, aperçut Parry, lui serra la main, et lui commanda de régler la dépense avec maître Cropole. Maître Cropole, forcé de régler ses comptes avec Parry, s'en acquitta, il faut le dire, en homme honnête ; il fit seulement sa remarque habituelle, c'est-à-dire que les deux voyageurs n'avaient pas mangé, ce qui avait le double désavantage d'être humiliant pour sa cuisine et de le forcer de demander le prix d'un repas non employé, mais néanmoins perdu. Parry ne trouva rien à redire et paya.

– J'espère, dit le roi, qu'il n'en aura pas été de même des chevaux. Je ne vois pas qu'ils aient mangé à votre compte, et ce serait malheureux pour des voyageurs qui, comme nous, ont une longue route à faire de trouver des chevaux affaiblis.

Mais Cropole, à ce doute, prit son air de majesté, et répondit que la crèche des Médicis n'était pas moins hospitalière que son réfectoire.

Le roi monta donc à cheval, son vieux serviteur en fit autant, et tous deux prirent la route de Paris sans avoir presque rencontré personne sur leur chemin, dans les rues et dans les faubourgs de la ville.

Pour le prince, le coup était d'autant plus cruel que c'était un nouvel exil. Les malheureux s'attachent aux moindres espérances, comme les heureux aux plus grands bonheurs, et lorsqu'il faut quitter le lieu où cette espérance leur a caressé le cœur, ils éprouvent le mortel regret que ressent le banni lorsqu'il met le pied sur le vaisseau qui doit l'emporter pour l'emmener en exil. C'est apparemment que le cœur déjà blessé tant de fois souffre de la moindre piqûre ; c'est qu'il regarde comme un bien l'absence momentanée du mal, qui n'est seulement que l'absence de la douleur ; c'est qu'enfin, dans les plus terribles infortunes, Dieu a jeté l'espérance comme cette goutte d'eau que le mauvais riche en enfer demandait à Lazare.

Un instant même l'espérance de Charles II avait été plus qu'une fugitive joie. C'était lorsqu'il s'était vu bien accueilli par son frère Louis. Alors elle avait pris un corps et s'était faite réalité ; puis tout à coup le refus de Mazarin avait fait descendre la réalité factice à l'état de rêve. Cette promesse de Louis XIV sitôt reprise n'avait été qu'une dérision. Dérision comme sa couronne, comme son sceptre, comme ses amis, comme tout ce qui avait entouré son enfance royale et qui avait abandonné sa jeunesse proscrite. Dérision ! tout était dérision pour Charles II, hormis ce repos froid et noir que lui promettait la mort.

Telles étaient les idées du malheureux prince alors que, couché sur son cheval dont il abandonnait les rênes, il marchait sous le soleil chaud et doux du mois de mai, dans lequel la sombre misanthropie de l'exilé voyait une dernière insulte à sa douleur.

XVI

Remember !

Un cavalier qui passait rapidement sur la route remontant vers Blois, qu'il venait de quitter depuis une demi-heure à peu près, croisa les deux voyageurs, et, tout pressé qu'il était, leva son chapeau en passant près d'eux. Le roi fit à peine attention à ce jeune homme, car ce cavalier qui les croisait était un jeune homme de vingt-quatre à vingt-cinq ans, lequel, se retournant parfois, faisait des signes d'amitié à un homme debout devant la grille d'une belle maison blanche et rouge, c'est-à-dire de briques et de pierres, à toit d'ardoises, située à gauche de la route que suivait le prince.

Cet homme, vieillard grand et maigre, à cheveux blancs, nous parlons de celui qui se tenait près de la grille, cet homme répondait aux signaux que lui faisait le jeune homme par des signes d'adieu aussi tendres que les eût faits un père. Le jeune homme finit par disparaître au premier tournant de la route bordée de beaux arbres, et le vieillard s'apprêtait à rentrer dans la maison, lorsque les deux voyageurs, arrivés en face de cette grille, attirèrent son attention.

Le roi, nous l'avons dit, cheminait la tête baissée, les bras inertes, se laissant aller au pas et presque au caprice de son cheval ; tandis que Parry, derrière lui, pour se mieux laisser pénétrer de la tiède influence du soleil, avait ôté son chapeau et promenait ses regards à droite et à gauche du chemin. Ses yeux se rencontrèrent avec ceux du vieillard adossé à la grille, et qui, comme s'il eût été frappé de quelque spectacle étrange, poussa une exclamation et fit un pas vers les deux voyageurs.

De Parry, ses yeux se portèrent immédiatement au roi, sur lequel ils s'arrêtèrent un instant. Cet examen, si rapide qu'il fût, se refléta à l'instant même d'une façon visible sur les traits du grand vieillard ; car à peine eut-il reconnu le plus jeune des voyageurs, et nous disons reconnu, car il n'y avait qu'une reconnaissance positive qui pouvait expliquer un pareil acte ; à peine, disons-nous, eut-il reconnu le plus jeune des deux voyageurs, qu'il joignit d'abord les mains avec une respectueuse surprise, et, levant son chapeau de sa tête, salua si profondément qu'on eût dit qu'il s'agenouillait.

Cette démonstration, si distrait ou plutôt si plongé que fût le roi dans ses réflexions, attira son attention à l'instant même. Charles, arrêtant donc son cheval et se retournant vers Parry :

– Mon Dieu ! Parry, dit-il, quel est donc cet homme qui me salue ainsi ? Me connaîtrait-il, par hasard ?

Parry, tout agité, tout pâle, avait déjà poussé son cheval du côté de la grille.

– Ah ! sire, dit-il en s'arrêtant tout à coup à cinq ou six pas du vieillard toujours agenouillé, sire, vous me voyez saisi d'étonnement, car il me semble que je reconnais ce brave homme. Eh ! oui, c'est bien lui-même. Votre Majesté permet que je lui parle ?

– Sans doute.

– Est-ce donc vous, monsieur Grimaud ? demanda Parry.

– Oui, moi, dit le grand vieillard en se redressant, mais sans rien perdre de son attitude respectueuse.

– Sire, dit alors Parry, je ne m'étais pas trompé, cet homme est le serviteur du comte de La Fère, et le comte de La Fère, si vous vous en souvenez, est ce digne gentilhomme dont j'ai si souvent parlé à Votre Majesté, que le souvenir doit en être resté, non seulement dans son esprit, mais encore dans son cœur.

– Celui qui assista le roi mon père à ses derniers moments ? demanda Charles.

Et Charles tressaillit visiblement à ce souvenir.

– Justement, sire.

– Hélas ! dit Charles.

Puis, s'adressant à Grimaud, dont les yeux vifs et intelligents semblaient chercher à deviner sa pensée :

– Mon ami, demanda-t-il, votre maître, M. le comte de La Fère, habiterait-il dans les environs ?

– Là, répondit Grimaud en désignant de son bras étendu en arrière la grille de la maison blanche et rouge.

– Et M. le comte de La Fère est chez lui en ce moment ?

– Au fond, sous les marronniers.

– Parry, dit le roi, je ne veux pas manquer cette occasion si précieuse pour moi de remercier le gentilhomme auquel notre maison doit un si bel exemple de dévouement et de générosité. Tenez mon cheval, mon ami, je vous prie.

Et jetant la bride aux mains de Grimaud, le roi entra tout seul chez Athos, comme un égal chez son égal. Charles avait été renseigné par l'explication si concise de Grimaud, au fond, sous les marronniers ; il laissa donc la maison à gauche et marcha droit vers l'allée désignée. La chose était facile ; la cime de ces grands arbres, déjà couverts de feuilles et de fleurs, dépassait celle de tous les autres.

En arrivant sous les losanges lumineux et sombres tour à tour qui diapraient le sol de cette allée, selon le caprice de leurs voûtes plus ou moins feuillées, le jeune prince aperçut un gentilhomme qui se promenait les bras derrière le dos et paraissant plongé dans une sereine rêverie. Sans doute, il s'était fait souvent redire comment était ce gentilhomme, car sans hésitation Charles II marcha droit à lui. Au bruit de ses pas, le comte de La Fère releva la tête, et voyant un inconnu à la tournure élégante et noble qui se dirigeait de son côté, il leva son chapeau de dessus sa tête et attendit. À quelques pas de lui, Charles II, de son côté, mit le chapeau à la main ; puis, comme pour répondre à l'interrogation muette du comte :

– Monsieur le comte, dit-il, je viens accomplir près de vous un devoir. J'ai depuis longtemps l'expression d'une reconnaissance profonde à vous apporter. Je suis Charles II, fils de Charles Stuart, qui régna sur l'Angleterre et mourut sur l'échafaud.

À ce nom illustre, Athos sentit comme un frisson dans ses veines ; mais à la vue de ce jeune prince debout, découvert devant lui et lui tendant la main, deux larmes vinrent un instant troubler le limpide azur de ses beaux yeux.

Il se courba respectueusement ; mais le prince lui prit la main :

– Voyez comme je suis malheureux, monsieur le comte, dit Charles ; il a fallu que ce fût le hasard qui me rapprochât de vous. Hélas ! ne devrais-je pas avoir près de moi les gens que j'aime et que j'honore, tandis que j'en suis réduit à conserver leurs services dans mon cœur et leurs noms dans ma mémoire, si bien que sans votre serviteur, qui a reconnu le mien, je passais devant votre porte comme devant celle d'un étranger.

– C'est vrai, dit Athos, répondant avec la voix à la première partie de la phrase du prince, et avec un salut à la seconde ; c'est vrai, Votre Majesté a vu de bien mauvais jours.

– Et les plus mauvais, hélas ! répondit Charles, sont peut-être encore à venir.

– Sire, espérons !

– Comte, comte ! continua Charles en secouant la tête, j'ai espéré jusqu'à hier soir, et c'était d'un bon chrétien, je vous le jure.

Athos regarda le roi comme pour l'interroger.

– Oh ! l'histoire est facile à raconter, dit Charles II : proscrit, dépouillé, dédaigné, je me suis résolu, malgré toutes mes répugnances, à tenter une dernière fois la fortune. N'est-il pas écrit là-haut que, pour notre famille, tout bonheur et tout malheur viennent éternellement de la France ! Vous en savez quelque chose, vous, monsieur, qui êtes un des Français que mon malheureux père trouva au pied de son échafaud le jour de sa mort, après les avoir trouvés à sa droite les jours de bataille.

– Sire, dit modestement Athos, je n'étais pas seul, et mes compagnons et moi avons fait, dans cette circonstance, notre devoir de gentilshommes, et voilà tout. Mais Votre Majesté allait me faire l'honneur de me raconter...

– C'est vrai. J'avais la protection, pardon de mon hésitation, comte, mais pour un Stuart, vous comprendrez cela, vous qui comprenez toutes choses, le mot est dur à prononcer, j'avais, dis-je, la protection de mon cousin le stathouder de Hollande ; mais, sans l'intervention, ou tout au moins sans l'autorisation de la France, le stathouder ne veut pas prendre d'initiative. Je suis donc venu demander cette autorisation au roi de France, qui m'a refusé.

– Le roi vous a refusé, sire !

– Oh ! pas lui : toute justice doit être rendue à mon jeune frère Louis ; mais M. de Mazarin.

Athos se mordit les lèvres.

– Vous trouvez peut-être que j'eusse dû m'attendre à ce refus, dit le roi, qui avait remarqué le mouvement.

– C'était en effet ma pensée, sire, répliqua respectueusement le comte, je connais cet Italien de longue main.

– Alors j'ai résolu de pousser la chose à bout et de savoir tout de suite le dernier mot de ma destinée ; j'ai dit à mon frère Louis que, pour ne compromettre ni la France, ni la Hollande, je tenterais la fortune moi-même en personne, comme j'ai déjà fait, avec deux cents gentilshommes, s'il voulait me les donner, et un million, s'il voulait me le prêter.

– Eh bien ! sire ?

– Eh bien ! monsieur, j'éprouve en ce moment quelque chose d'étrange, c'est la satisfaction du désespoir. Il y a dans certaines âmes, et je viens de m'apercevoir que la mienne est de ce nombre, une satisfaction réelle dans cette assurance que tout est perdu et que l'heure est enfin venue de succomber.

– Oh ! j'espère, dit Athos, que Votre Majesté n'en est point encore arrivée à cette extrémité.

– Pour me dire cela, monsieur le comte, pour essayer de raviver l'espoir dans mon cœur, il faut que vous n'ayez pas bien compris ce que je viens de vous dire. Je suis venu à Blois, comte, pour demander à mon frère Louis l'aumône d'un million avec lequel j'avais l'espérance de rétablir mes affaires, et mon frère Louis m'a refusé. Vous voyez donc bien que tout est perdu.

– Votre Majesté me permettra-t-elle de lui répondre par un avis contraire ?

– Comment, comte, vous me prenez pour un esprit vulgaire, à ce point que je ne sache pas envisager ma position ?

– Sire, j'ai toujours vu que c'était dans les positions désespérées qu'éclatent tout à coup les grands revirements de fortune.

– Merci, comte, il est beau de retrouver des cœurs comme le vôtre, c'est-à-dire assez confiants en Dieu et dans la monarchie pour ne jamais désespérer d'une fortune royale, si bas qu'elle soit tombée. Malheureusement, vos paroles, cher comte, sont comme ces remèdes que l'on dit souverains et qui cependant, ne pouvant guérir que les plaies guérissables, échouent contre la mort. Merci de votre persévérance à me consoler, comte ; merci de votre souvenir dévoué, mais je sais à quoi m'en tenir. Rien ne me sauvera maintenant. Et tenez, mon ami, j'étais si bien convaincu, que je prenais la route de l'exil avec mon vieux Parry ; je retournais savourer mes poignantes douleurs dans ce petit ermitage que m'offre la Hollande. Là, croyez-moi, comte, tout sera bientôt fini, et la mort viendra vite ; elle est appelée si souvent par ce corps que ronge l'âme et par cette âme qui aspire aux cieux !

– Votre Majesté a une mère, une sœur, des frères ; Votre Majesté est le chef de la famille, elle doit donc demander à Dieu une longue vie au lieu de lui demander une prompte mort. Votre Majesté est proscrite, fugitive, mais elle a son droit pour elle ; elle doit donc aspirer aux combats, aux dangers, aux affaires, et non pas au repos des cieux.

– Comte, dit Charles II avec un sourire d'indéfinissable tristesse, avez-vous entendu dire jamais qu'un roi ait reconquis son royaume avec un serviteur de l'âge de Parry et avec trois cents écus que ce serviteur porte dans sa bourse !

– Non, sire ; mais j'ai entendu dire, et même plus d'une fois, qu'un roi détrôné reprit son royaume avec une volonté ferme, de la persévérance, des amis et un million de francs habilement employés.

– Mais vous ne m'avez donc pas compris ? Ce million, je l'ai demandé à mon frère Louis ; qui me l'a refusé.

– Sire, dit Athos, Votre Majesté veut-elle m'accorder quelques minutes encore à écouter attentivement ce qui me reste à lui dire ?

Charles II regarda fixement Athos.

– Volontiers, monsieur, dit-il.

– Alors je vais montrer le chemin à Votre Majesté, reprit le comte en se dirigeant vers la maison.

Et il conduisit le roi vers son cabinet et le fit asseoir.

– Sire, dit-il, Votre Majesté m'a dit tout à l'heure qu'avec l'état des choses en Angleterre un million lui suffirait pour reconquérir son royaume ?

– Pour le tenter du moins, et pour mourir en roi si je ne réussissais pas.

– Eh bien ! sire, que Votre Majesté, selon la promesse qu'elle m'a faite, veuille bien écouter ce qui me reste à lui dire.

Charles fit de la tête un signe d'assentiment. Athos marcha droit à la porte, dont il ferma le verrou après avoir regardé si personne n'écoutait aux environs, et revint.

– Sire, dit-il, Votre Majesté a bien voulu se souvenir que j'avais prêté assistance au très noble et très malheureux Charles Ier, lorsque ses bourreaux le conduisirent de Saint-James à White Hall.

– Oui, certes, je me suis souvenu et me souviendrai toujours.

– Sire, c'est une lugubre histoire à entendre pour un fils, qui sans doute se l'est déjà fait raconter bien des fois ; mais cependant je dois la redire à Votre Majesté sans en omettre un détail.

– Parlez, monsieur.

– Lorsque le roi votre père monta sur l'échafaud, ou plutôt passa de sa chambre à l'échafaud dressé hors de sa fenêtre, tout avait été pratiqué pour sa fuite. Le bourreau avait été écarté, un trou préparé sous le plancher de son appartement, enfin moi-même j'étais sous la voûte funèbre que j'entendis tout à coup craquer sous ses pas.

– Parry m'a raconté ces terribles détails, monsieur.

Athos s'inclina et reprit :

– Voici ce qu'il n'a pu vous raconter, sire, car ce qui suit s'est passé entre Dieu, votre père et moi, et jamais la révélation n'en a été faite, même à mes plus chers amis :

« – Éloigne-toi, dit l'auguste patient au bourreau masqué, ce n'est que pour un instant, et je sais que je t'appartiens ; mais souviens-toi de ne frapper qu'à mon signal. Je veux faire librement ma prière.

– Pardon, dit Charles II en pâlissant ; mais vous, comte, qui savez tant de détails sur ce funeste événement, de détails qui, comme vous le disiez tout à l'heure, n'ont été révélés à personne, savez-vous le nom de ce bourreau infernal, de ce lâche, qui cacha son visage pour assassiner impunément un roi ?

Athos pâlit légèrement.

– Son nom ? dit-il ; oui, je le sais, mais je ne puis le dire.

– Et ce qu'il est devenu ?... car personne en Angleterre n'a connu sa destinée.

– Il est mort.

– Mais pas mort dans son lit, pas mort d'une mort calme et douce, pas de la mort des honnêtes gens ?

– Il est mort de mort violente, dans une nuit terrible, entre la colère des hommes et la tempête de Dieu. Son corps percé d'un coup de poignard a roulé dans les profondeurs de l'océan. Dieu pardonne à son meurtrier !

– Alors, passons, dit le roi Charles II, qui vit que le comte n'en voulait pas dire davantage.

– Le roi d'Angleterre, après avoir, ainsi que j'ai dit, parlé au bourreau voilé, ajouta : « Tu ne me frapperas, entends-tu bien ? que lorsque je tendrai les bras en disant : *Remember !* »

– En effet, dit Charles d'une voix sourde, je sais que c'est le dernier mot prononcé par mon malheureux père. Mais dans quel but, pour qui ?

– Pour le gentilhomme français placé sous son échafaud.

– Pour lors à vous, monsieur ?

– Oui, sire, et chacune des paroles qu'il a dites, à travers les planches de l'échafaud recouvertes d'un drap noir, retentissent encore à mon oreille. Le roi mit donc un genou en terre.

« – Comte de La Fère, dit-il, êtes-vous là ?

« – Oui, sire, répondis-je.

« Alors le roi se pencha.

Charles II, lui aussi, tout palpitant d'intérêt, tout brûlant de douleur, se penchait vers Athos pour recueillir une à une les premières paroles que laisserait échapper le comte. Sa tête effleurait celle d'Athos.

– Alors, continua le comte, le roi se pencha.

« – Comte de La Fère, dit-il, je n'ai pu être sauvé par toi. Je ne devais pas l'être. Maintenant, dussé-je commettre un sacrilège, je te dirai : "Oui, j'ai parlé aux hommes ; oui, j'ai parlé à Dieu, et je te parle à toi le dernier. Pour soutenir une cause que j'ai crue sacrée, j'ai perdu le trône de mes pères et diverti l'héritage de mes enfants."

Charles II cacha son visage entre ses mains, et une larme dévorante glissa entre ses doigts blancs et amaigris.

« – Un million en or me reste, continua le roi. Je l'ai enterré dans les caves du château de Newcastle au moment où j'ai quitté cette ville.

Charles releva sa tête avec une expression de joie douloureuse qui eût arraché des sanglots à quiconque connaissait cette immense infortune.

– Un million ! murmura-t-il, oh ! comte !

« – Cet argent, toi seul sais qu'il existe, fais-en usage quand tu croiras qu'il en est temps pour le plus grand bien de mon fils aîné. Et maintenant, comte de La Fère, dites-moi adieu !

« – Adieu, adieu sire ! m'écriai-je.

Charles II se leva et alla appuyer son front brûlant à la fenêtre.

– Ce fut alors, continua Athos, que le roi prononça le mot « *Remember !* » adressé à moi. Vous voyez, sire, que je me suis souvenu.

Le roi ne put résister à son émotion. Athos vit le mouvement de ses deux épaules qui ondulaient convulsivement. Il entendit les sanglots qui brisaient sa poitrine au passage. Il se tut, suffoqué lui-même par le flot de souvenirs amers qu'il venait de soulever sur cette tête royale.

Charles II, avec un violent effort, quitta la fenêtre, dévora ses larmes et revint s'asseoir auprès d'Athos.

– Sire, dit celui-ci, jusqu'aujourd'hui j'avais cru que l'heure n'était pas encore venue d'employer cette dernière ressource, mais les yeux fixés sur l'Angleterre, je sentais qu'elle approchait. Demain j'allais m'informer en quel lieu du monde était Votre Majesté, et j'allais aller à elle. Elle vient à moi, c'est une indication que Dieu est pour nous.

– Monsieur, dit Charles d'une voix encore étranglée par l'émotion, vous êtes pour moi ce que serait un ange envoyé par Dieu ; vous êtes mon sauveur suscité de la tombe par mon père lui-même ; mais croyez-moi, depuis dix années les guerres civiles ont passé sur mon pays, bouleversant les hommes, creusant le sol ; il n'est probablement pas plus resté d'or dans les entrailles de ma terre que d'amour dans les cœurs de mes sujets.

– Sire, l'endroit où Sa Majesté a enfoui le million est bien connu de moi, et nul, j'en suis bien certain, n'a pu le découvrir. D'ailleurs le château de Newcastle est-il donc entièrement écroulé ; l'a-t-on démoli pierre à pierre et déraciné du sol jusqu'à sa dernière fibre ?

– Non, il est encore debout, mais en ce moment le général Monck l'occupe et y campe. Le seul endroit où m'attend un secours, où je possède une ressource, vous le voyez, est envahi par mes ennemis.

– Le général Monck, sire, ne peut avoir découvert le trésor dont je vous parle.

– Oui, mais dois-je aller me livrer à Monck pour le recouvrer, ce trésor ? Ah ! vous le voyez donc bien, comte, il faut en finir avec la destinée, puisqu'elle me terrasse à chaque fois que je me relève. Que faire avec Parry pour tout serviteur, avec Parry, que Monck a déjà chassé une fois ? Non, non, comte, acceptons ce dernier coup.

– Ce que Votre Majesté ne peut faire, ce que Parry ne peut plus tenter, croyez-vous que moi je puisse y réussir ?

– Vous, vous comte, vous iriez !

– Si cela plaît à Votre Majesté, dit Athos en saluant le roi, oui, j'irai, sire.

– Vous si heureux ici, comte !

– Je ne suis jamais heureux, sire, tant qu'il me reste un devoir à accomplir, et c'est un devoir suprême que m'a légué le roi votre père de veiller sur votre fortune et de faire un emploi royal de son argent. Ainsi, que Votre Majesté me fasse un signe, et je pars avec elle.

– Ah ! monsieur, dit le roi, oubliant toute étiquette royale et se jetant au cou d'Athos, vous me prouvez qu'il y a un Dieu au ciel, et que ce Dieu envoie parfois des messagers aux malheureux qui gémissent sur cette terre.

Athos, tout ému de cet élan du jeune homme, le remercia avec un profond respect, et s'approchant de la fenêtre :

– Grimaud, dit-il, mes chevaux.

– Comment ! ainsi, tout de suite ? dit le roi. Ah ! monsieur, vous êtes, en vérité, un homme merveilleux.

– Sire ! dit Athos, je ne connais rien de plus pressé que le service de Votre Majesté. D'ailleurs, ajouta-t-il en souriant, c'est une habitude contractée depuis longtemps au service de la reine votre tante et au service du roi votre père. Comment la perdrais-je précisément à l'heure où il s'agit du service de Votre Majesté ?

– Quel homme ! murmura le roi.

Puis, après un instant de réflexion :

– Mais non, comte, je ne puis vous exposer à de pareilles privations. Je n'ai rien pour récompenser de pareils services.

– Bah ! dit en riant Athos, Votre Majesté me raille, elle a un million. Ah ! que ne suis-je riche seulement de la moitié de cette somme, j'aurais déjà levé un régiment. Mais, Dieu merci ! il me reste encore quelques rouleaux d'or et quelques diamants de famille. Votre Majesté, je l'espère, daignera partager avec un serviteur dévoué.

– Avec un ami. Oui, comte, mais à condition qu'à son tour cet ami partagera avec moi plus tard.

– Sire, dit Athos en ouvrant une cassette, de laquelle il tira de l'or et des bijoux, voilà maintenant que nous sommes trop riches. Heureusement que nous nous trouverons quatre contre les voleurs.

La joie fit affluer le sang aux joues pâles de Charles II. Il vit s'avancer jusqu'au péristyle deux chevaux d'Athos, conduits par Grimaud, qui s'était déjà botté pour la route.

– Blaisois, cette lettre au vicomte de Bragelonne. Pour tout le monde, je suis allé à Paris. Je vous confie la maison, Blaisois.

Blaisois s'inclina, embrassa Grimaud et ferma la grille.

XVII

Où l'on cherche Aramis, et où
l'on ne retrouve que Bazin

Deux heures ne s'étaient pas écoulées depuis le départ du maître de la maison, lequel, à la vue de Blaisois, avait pris le chemin de Paris, lorsqu'un cavalier monté sur un bon cheval pie s'arrêta devant la grille, et, d'un *holà !* sonore, appela les palefreniers, qui faisaient encore cercle avec les jardiniers autour de Blaisois, historien ordinaire de la valetaille du château. Ce *holà !* connu sans doute de maître Blaisois lui fit tourner la tête et il s'écria :

– Monsieur d'Artagnan !... Courez vite, vous autres, lui ouvrir la porte !

Un essaim de huit ardélions courut à la grille, qui fut ouverte comme si elle eût été de plumes. Et chacun de se confondre en politesses, car on savait l'accueil que le maître avait l'habitude de faire à cet ami, et toujours, pour ces sortes de remarques, il faut consulter le coup d'œil du valet.

– Ah ! dit avec un sourire tout agréable M. d'Artagnan qui se balançait sur l'étrier pour sauter à terre, où est ce cher comte ?

– Eh ! voyez, monsieur, quel est votre malheur, dit Blaisois, quel sera aussi celui de M. le comte notre maître, lorsqu'il apprendra votre arrivée ! M. le comte, par un coup du sort, vient de partir il n'y a pas deux heures.

D'Artagnan ne se tourmenta pas pour si peu.

– Bon, dit-il, je vois que tu parles toujours le plus pur français du monde ; tu vas me donner une leçon de grammaire et de beau langage, tandis que j'attendrai le retour de ton maître.

– Voilà que c'est impossible, monsieur, dit Blaisois ; vous attendriez trop longtemps.

– Il ne reviendra pas aujourd'hui ?

– Ni demain, monsieur, ni après-demain. M. le comte est parti pour un voyage.

– Un voyage ! dit d'Artagnan, c'est une fable que tu me contes.

– Monsieur, c'est la plus exacte vérité. Monsieur m'a fait l'honneur de me recommander la maison, et il a ajouté de sa voix si pleine d'autorité et de douceur... c'est tout un pour moi : « Tu diras que je pars pour Paris. »

– Eh bien ! alors, s'écria d'Artagnan, puisqu'il marche sur Paris, c'est tout ce que je voulais savoir, il fallait commencer par là, nigaud... Il a donc deux heures d'avance ?

– Oui, monsieur.

– Je l'aurai bientôt rattrapé. Est-il seul ?

– Non, monsieur.

– Qui donc est avec lui ?

– Un gentilhomme que je ne connais pas, un vieillard, et M. Grimaud.

– Tout cela ne courra pas si vite que moi... Je pars...

– Monsieur veut-il m'écouter un instant, dit Blaisois, en appuyant doucement sur les rênes du cheval.

– Oui, si tu ne me fais pas de phrases ou que tu les fasses vite.

– Eh bien ! monsieur, ce mot de Paris me paraît être un leurre.

– Oh ! oh ! dit d'Artagnan sérieux, un leurre ?

– Oui, monsieur, et M. le comte ne va pas à Paris, j'en jurerais.

– Qui te fait croire ?

– Ceci : M. Grimaud sait toujours où va notre maître, et il m'avait promis, la première fois qu'on irait à Paris, de prendre un peu d'argent que je fais passer à ma femme.

– Ah ! tu as une femme ?

– J'en avais une, elle était de ce pays, mais Monsieur la trouvait bavarde, je l'ai envoyée à Paris : c'est incommode parfois, mais bien agréable en d'autres moments.

– Je comprends, mais achève : tu ne crois pas que le comte aille à Paris ?

– Non, monsieur, car alors Grimaud eût manqué à sa parole, il se fût parjuré, ce qui est impossible.

– Ce qui est impossible, répéta d'Artagnan tout à fait rêveur, parce qu'il était tout à fait convaincu. Allons, mon brave Blaisois, merci.

Blaisois s'inclina.

– Voyons, tu sais que je ne suis pas curieux... J'ai absolument affaire à ton maître... ne peux-tu... par un petit bout de mot... toi qui parles si bien, me faire comprendre... Une syllabe, seulement... je devinerai le reste.

– Sur ma parole, monsieur, je ne le pourrais... J'ignore absolument le but du voyage de Monsieur... Quant à écouter aux portes, cela m'est antipathique, et d'ailleurs, c'est défendu ici.

– Mon cher, dit d'Artagnan, voilà un mauvais commencement pour moi. N'importe, tu sais l'époque du retour du comte au moins ?

– Aussi peu, monsieur, que sa destination.

– Allons, Blaisois, allons, cherche.

– Monsieur doute de ma sincérité ! Ah ! Monsieur me chagrine bien sensiblement !

– Que le diable emporte sa langue dorée ! grommela d'Artagnan. Qu'un rustaud vaut mieux avec une parole !... Adieu !

– Monsieur, j'ai l'honneur de vous présenter mes respects.

« Cuistre ! se dit d'Artagnan. Le drôle est insupportable. »

Il donna un dernier coup d'œil à la maison, fit tourner son cheval, et partit comme un homme qui n'a rien dans l'esprit de fâcheux ou d'embarrassé.

Quand il fut au bout du mur et hors de toute vue :

– Voyons, dit-il en respirant brusquement, Athos était-il chez lui ?... Non. Tous ces fainéants qui se croisaient les bras dans la cour eussent été en nage si le maître avait pu les voir. Athos en voyage ?... c'est incompréhensible. Ah bah ! celui-là est mystérieux en diable... Et puis, non, ce n'est pas l'homme qu'il me fallait. J'ai besoin d'un esprit rusé, patient. Mon affaire est à Melun, dans certain presbytère de ma connaissance. Quarante-cinq lieues ! quatre jours et demi ! Allons, il fait beau et je suis libre. Avalons la distance.

Et il mit son cheval au trot, s'orientant vers Paris. Le quatrième jour, il descendait à Melun, selon son désir.

D'Artagnan avait pour habitude de ne jamais demander à personne le chemin ou un renseignement banal. Pour ces sortes de détails, à moins d'erreur très grave, il s'en fiait à sa perspicacité jamais en défaut, à une expérience de trente ans, et à une grande habitude de lire sur les physionomies des maisons comme sur celles des hommes.

À Melun, d'Artagnan trouva tout de suite le presbytère, charmante maison aux enduits de plâtre sur de la brique rouge, avec des vignes vierges qui grimpaient le long des gouttières, et une croix de pierre sculptée qui surmontait le pignon du toit. De la salle basse de cette maison un bruit, ou plutôt un fouillis de voix, s'échappait comme un gazouillement d'oisillons quand la nichée vient d'éclore sous le duvet. Une de ces voix épelait distinctement les lettres de l'alphabet. Une voix grasse et flûtée tout à la fois sermonnait les bavards et corrigeait les fautes du lecteur.

D'Artagnan reconnut cette voix, et comme la fenêtre de la salle basse était ouverte, il se pencha tout à cheval sous les pampres et les filets rouges de la vigne, et cria :

– Bazin, mon cher Bazin, bonjour !

Un homme court, gros, à la figure plate, au crâne orné d'une couronne de cheveux gris coupés court simulant la tonsure, et recouvert d'une vieille calotte de velours noir, se leva lorsqu'il entendit d'Artagnan. Ce n'est pas *se lever* qu'il aurait fallu dire, c'est *bondit*. Bazin bondit en effet et entraîna sa petite chaise basse, que des enfants voulurent relever avec des batailles plus mouvementées que celles des Grecs voulant retirer aux Troyens le corps de Patrocle. Bazin fit plus que bondir, il laissa tomber l'alphabet qu'il tenait et sa férule.

– Vous ! dit-il, vous, monsieur d'Artagnan !

– Oui, moi. Où est Aramis... non pas, M. le chevalier d'Herblay... non, je me trompe encore, M. Le vicaire général ?

– Ah ! monsieur, dit Bazin avec dignité, Monseigneur est en son diocèse.

– Plaît-il ? fit d'Artagnan.

Bazin répéta sa phrase.

– Ah çà ! mais, Aramis a un diocèse ?

– Oui, monsieur. Pourquoi pas ?

– Il est donc évêque ?

– Mais d'où sortez-vous donc, dit Bazin assez irrévérencieusement, que vous ignoriez cela ?

– Mon cher Bazin, nous autres païens, nous autres gens d'épée, nous savons bien qu'un homme est colonel, ou mestre de camp, ou maréchal de France ; mais qu'il soit évêque, archevêque ou pape... diable m'emporte ! si la nouvelle nous en arrive avant que les trois quarts de la terre en aient fait leur profit.

– Chut ! chut ! dit Bazin avec de gros yeux, n'allez pas me gâter ces enfants, à qui je tâche d'inculquer de si bons principes.

Les enfants avaient en effet tourné autour de d'Artagnan, dont ils admiraient le cheval, la grande épée, les éperons et l'air martial. Ils admiraient surtout sa grosse voix ; en sorte que, lorsqu'il accentua son juron, toute l'école s'écria : « Diable m'emporte ! » avec un bruit effroyable de rires, de joies et de trépignements qui combla d'aise le mousquetaire et fit perdre la tête au vieux pédagogue.

– Là ! dit-il, taisez-vous donc, marmailles !... Là... vous voilà arrivé, monsieur d'Artagnan, et tous mes bons principes s'envolent... Enfin, avec vous, comme d'habitude, le désordre ici... Babel est retrouvée !... Ah ! bon Dieu ! ah ! les enragés !

Et le digne Bazin appliquait à droite et à gauche des horions qui redoublaient les cris de ses écoliers en les faisant changer de nature.

– Au moins, dit-il, vous ne débaucherez plus personne ici.

– Tu crois ? dit d'Artagnan avec un sourire qui fit passer un frisson sur les épaules de Bazin.

– Il en est capable, murmura-t-il.

– Où est le diocèse de ton maître ?

– Mgr René est évêque de Vannes.

– Qui donc l'a fait nommer ?

– Mais M. le surintendant, notre voisin.

– Quoi ! M. Fouquet ?

– Sans doute.

– Aramis est donc bien avec lui ?

– Monseigneur prêchait tous les dimanches chez M. le surintendant, à Vaux ; puis ils chassaient ensemble.

– Ah !

– Et Monseigneur travaillait souvent ses homélies... non, je veux dire ses sermons, avec M. le surintendant.

– Bah ! il prêche donc en vers, ce digne évêque ?

– Monsieur, ne plaisantez pas des choses religieuses, pour l'amour de Dieu !

– Là, Bazin, là ! en sorte qu'Aramis est à Vannes ?

– À Vannes, en Bretagne.

– Tu es un sournois, Bazin, ce n'est pas vrai.

– Monsieur, voyez, les appartements du presbytère sont vides.

« Il a raison », se dit d'Artagnan en considérant la maison dont l'aspect annonçait la solitude.

– Mais Monseigneur a dû vous écrire sa promotion.

– De quand date-t-elle ?

– D'un mois.

– Oh ! alors, il n'y a pas de temps perdu. Aramis ne peut avoir eu encore besoin de moi. Mais voyons, Bazin, pourquoi ne suis-tu pas ton pasteur ?

– Monsieur, je ne puis, j'ai des occupations.

– Ton alphabet ?

– Et mes pénitents.

– Quoi ! tu confesses ? tu es donc prêtre ?

– C'est tout comme. J'ai tant de vocation !

– Mais les ordres ?

– Oh ! dit Bazin avec aplomb, maintenant que Monseigneur est évêque, j'aurai promptement mes ordres ou tout au moins mes dispenses.

Et il se frotta les mains.

« Décidément, se dit d'Artagnan, il n'y a pas à déraciner ces gens-là. »

– Fais-moi servir, Bazin.

– Avec empressement, monsieur.

– Un poulet, un bouillon et une bouteille de vin.

– C'est aujourd'hui samedi, jour maigre, dit Bazin.

– J'ai une dispense, dit d'Artagnan.

Bazin le regarda d'un air soupçonneux.

– Ah çà ! maître cafard, pour qui me prends-tu ? dit le mousquetaire ; si toi, qui es le valet, tu espères des dispenses pour commettre des crimes, je n'aurai pas, moi, l'ami de ton évêque, une dispense pour faire gras selon le vœu de mon estomac ? Bazin, sois aimable avec moi, ou, de par Dieu ! je me plains au roi, et tu ne confesseras jamais. Or, tu sais que la nomination des évêques est au roi, je suis le plus fort.

Bazin sourit hypocritement.

– Oh ! nous avons M. le surintendant, nous autres, dit-il.

– Et tu te moques du roi, alors ?

Bazin ne répliqua rien, son sourire était assez éloquent.

– Mon souper, dit d'Artagnan, voilà qu'il s'en va vers sept heures.

Bazin se retourna et commanda au plus âgé de ses écoliers d'avertir la cuisinière. Cependant d'Artagnan regardait le presbytère.

– Peuh ! dit-il dédaigneusement, Monseigneur logeait assez mal Sa Grandeur ici.

– Nous avons le château de Vaux, dit Bazin.

– Qui vaut peut-être le Louvre ? répliqua d'Artagnan en goguenardant.

– Qui vaut mieux, répliqua Bazin du plus grand sang-froid du monde.

– Ah ! fit d'Artagnan.

Peut-être allait-il prolonger la discussion et soutenir la suprématie du Louvre ; mais le lieutenant s'était aperçu que son cheval était demeuré attaché aux barreaux d'une porte.

– Diable ! dit-il, fais donc soigner mon cheval. Ton maître l'évêque n'en a pas comme celui-là dans ses écuries.

Bazin donna un coup d'œil oblique au cheval et répondit :

– M. le surintendant en a donné quatre de ses écuries, et un seul de ces quatre en vaut quatre comme le vôtre.

Le sang monta au visage de d'Artagnan. La main lui démangeait, et il contemplait sur la tête de Bazin la place où son poing allait tomber. Mais cet éclair passa. La réflexion vint, et d'Artagnan se contenta de dire :

– Diable ! diable ! j'ai bien fait de quitter le service du roi. Dites-moi, digne Bazin, ajouta-t-il, combien M. le surintendant a-t-il de mousquetaires ?

– Il aura tous ceux du royaume avec son argent, répliqua Bazin en fermant son livre et en congédiant les enfants à grands coups de férule.

– Diable ! diable ! dit une dernière fois d'Artagnan.

Et comme on lui annonçait qu'il était servi, il suivit la cuisinière qui l'introduisit dans la salle à manger, où le souper l'attendait.

D'Artagnan se mit à table et attaqua bravement le poulet.

– Il me paraît, dit d'Artagnan en mordant à belles dents dans la volaille qu'on lui avait servie et qu'on avait visiblement oublié d'engraisser, il me paraît que j'ai eu tort de ne pas aller chercher tout de suite du service chez ce maître-là. C'est un puissant seigneur, à ce qu'il paraît, que ce surintendant. En vérité, nous ne savons rien, nous autres à la cour, et les rayons du soleil nous empêchent de voir les grosses étoiles, qui sont aussi des soleils, un peu plus éloignés de notre terre, voilà tout.

Comme d'Artagnan aimait beaucoup, par plaisir et par système, à faire causer les gens sur les choses qui l'intéressaient, il s'escrima de son mieux sur maître Bazin ; mais ce fut en pure perte : hormis l'éloge fatigant et hyperbolique de M. le surintendant des finances, Bazin, qui, de son côté, se tenait sur ses gardes, ne livra absolument rien que des platitudes à la curiosité de d'Artagnan, ce qui fit que d'Artagnan, d'assez mauvaise humeur, demanda à aller se coucher aussitôt que son repas fut fini.

D'Artagnan fut introduit par Bazin dans une chambre assez médiocre, où il trouva un assez mauvais lit ; mais d'Artagnan n'était pas difficile. On lui avait dit qu'Aramis avait emporté les clefs de son appartement particulier, et comme il savait qu'Aramis était un homme d'ordre et avait généralement beaucoup de choses à cacher dans son appartement, cela ne l'avait nullement étonné. Il avait donc, quoiqu'il eût paru comparativement plus dur, attaqué le lit aussi bravement qu'il avait attaqué le poulet, et comme il avait aussi bon sommeil que bon appétit, il n'avait guère mis plus de temps à s'endormir qu'il n'en avait mis à sucer le dernier os de son rôti.

Depuis qu'il n'était plus au service de personne, d'Artagnan s'était promis d'avoir le sommeil aussi dur qu'il l'avait léger autrefois ; mais de si bonne foi que d'Artagnan se fût fait cette promesse, et quelque désir qu'il eût de se la tenir religieusement, il fut réveillé au milieu de la nuit par un grand bruit de carrosses et de laquais à cheval. Une illumination soudaine embrasa les murs de sa chambre ; il sauta hors de son lit tout en chemise et courut à la fenêtre.

« Est-ce que le roi revient, par hasard ? pensa-t-il en se frottant les yeux, car en vérité voilà une suite qui ne peut appartenir qu'à une personne royale. »

– Vive M. le surintendant ! cria ou plutôt vociféra à une fenêtre du rez-de-chaussée une voix qu'il reconnut pour celle de Bazin, lequel, tout en criant, agitait un mouchoir d'une main et tenait une grosse chandelle de l'autre.

D'Artagnan vit alors quelque chose comme une brillante forme humaine qui se penchait à la portière du principal carrosse ; en même temps de longs éclats de rire, suscités sans doute par l'étrange figure de Bazin, et qui sortaient du même carrosse, laissaient comme une traînée de joie sur le passage du rapide cortège.

– J'aurais bien dû voir, dit d'Artagnan, que ce n'était pas le roi ; on ne rit pas de si bon cœur quand le roi passe. Hé ! Bazin ! cria-t-il à son voisin qui se penchait aux trois quarts hors de la fenêtre pour suivre plus longtemps le carrosse des yeux, hé ! qu'est-ce que cela ?

– C'est M. Fouquet, dit Bazin d'un air de protection.

– Et tous ces gens ?

– C'est la cour de M. Fouquet.

– Oh ! oh ! dit d'Artagnan, que dirait M. de Mazarin s'il entendait cela ?

Et il se recoucha tout rêveur en se demandant comment il se faisait qu'Aramis fût toujours protégé par le plus puissant du royaume.

« Serait-ce qu'il a plus de chance que moi ou que je serais plus sot que lui ? Bah ! »

C'était le mot concluant à l'aide duquel d'Artagnan devenu sage terminait maintenant chaque pensée et chaque période de son style. Autrefois, il disait « Mordioux ! » ce qui était un coup d'éperon. Mais maintenant il avait vieilli, et il murmurait ce *bah !* philosophique qui sert de bride à toutes les passions.

XVIII

*Où d'Artagnan cherche Porthos
et ne trouve que Mousqueton*

Lorsque d'Artagnan se fut bien convaincu que l'absence de M. le vicaire général d'Herblay était réelle, et que son ami n'était point trouvable à Melun ni dans les environs, il quitta Bazin sans regret, donna un coup d'œil sournois au magnifique château de Vaux, qui commençait à briller de cette splendeur qui fit sa ruine, et pinçant ses lèvres comme un homme plein de défiance et de soupçons, il piqua son cheval pie en disant :

– Allons, allons, c'est encore à Pierrefonds que je trouverai le meilleur homme et le meilleur coffre. Or, je n'ai besoin que de cela, puisque moi j'ai l'idée.

Nous ferons grâce à nos lecteurs des incidents prosaïques du voyage de d'Artagnan, qui toucha barre à Pierrefonds dans la matinée du troisième jour. D'Artagnan arrivait par Nanteuil-le-Haudouin et Crépy. De loin, il aperçut le château de Louis d'Orléans, lequel, devenu domaine de la Couronne, était gardé par un vieux concierge. C'était un de ces manoirs merveilleux du Moyen Âge, aux murailles épaisses de vingt pieds, aux tours hautes de cent.

D'Artagnan longea ses murailles, mesura ses tours des yeux et descendit dans la vallée. De loin il dominait le château de Porthos, situé sur les rives d'un vaste étang et attenant à une magnifique forêt. C'est le même que nous avons déjà eu l'honneur de décrire à nos lecteurs ; nous nous contenterons donc de l'indiquer. La première chose qu'aperçut d'Artagnan après les beaux arbres, après le soleil de mai dorant les coteaux verts, après les longues futaies de bois empanachées qui s'étendent vers Compiègne, ce fut une grande boîte roulante, poussée par deux laquais et traînée par deux autres. Dans cette boîte il y avait une énorme chose vert et or qui arpentait, traînée et poussée, les allées riantes du parc. Cette chose, de loin, était indétaillable et ne signifiait absolument rien ; de plus près, c'était un tonneau affublé de drap vert galonné ; de plus près encore, c'était un homme ou plutôt un poussah dont l'extrémité inférieure, se répandant dans la boîte, en remplissait le contenu ; de plus près encore, cet homme, c'était Mousqueton, Mousqueton blanc de cheveux et rouge de visage comme Polichinelle.

– Eh pardieu ! s'écria d'Artagnan, c'est ce cher M. Mousqueton !

– Ah !... cria le gros homme, ah ! quel bonheur ! quelle joie ! c'est M. d'Artagnan !... Arrêtez, coquins !

Ces derniers mots s'adressaient aux laquais qui le poussaient et qui le tiraient. La boîte s'arrêta, et les quatre laquais, avec une précision toute militaire, ôtèrent à la fois leurs chapeaux galonnés et se rangèrent derrière la boîte.

– Oh ! monsieur d'Artagnan, dit Mousqueton, que ne puis-je vous embrasser les genoux ! Mais je suis devenu impotent, comme vous le voyez.

– Dame ! mon cher Mousqueton, c'est l'âge.

– Non, monsieur, ce n'est pas l'âge : ce sont les infirmités, les chagrins.

– Des chagrins, vous, Mousqueton ? dit d'Artagnan en faisant le tour de la boîte ; êtes-vous fou, mon cher ami ? Dieu merci ! vous vous portez comme un chêne de trois cents ans.

– Ah ! les jambes, monsieur, les jambes ! dit le fidèle serviteur.

– Comment, les jambes ?

– Oui, elles ne veulent plus me porter.

– Les ingrates ! Cependant, vous les nourrissez bien, Mousqueton, à ce qu'il me paraît.

– Hélas ! oui, elles n'ont rien à me reprocher sous ce rapport-là, dit Mousqueton avec un soupir ; j'ai toujours fait tout ce que j'ai pu pour mon corps ; je ne suis pas égoïste.

Et Mousqueton soupira de nouveau.

« Est-ce que Mousqueton veut aussi être baron, qu'il soupire de la sorte ? » pensa d'Artagnan.

– Mon Dieu ! monsieur, dit Mousqueton, s'arrachant à une rêverie pénible, mon Dieu ! que Monseigneur sera heureux que vous ayez pensé à lui.

– Bon Porthos, s'écria d'Artagnan ; je brûle de l'embrasser !

– Oh ! dit Mousqueton attendri, je le lui écrirai bien certainement, monsieur.

– Comment, s'écria d'Artagnan, tu le lui écriras ?

– Aujourd'hui même, sans retard.

– Il n'est donc pas ici ?

– Mais, non, monsieur.

– Mais est-il près ? est-il loin ?

– Eh ! le sais-je, monsieur, le sais-je ? fit Mousqueton.

– Mordioux ! s'écria le mousquetaire en frappant du pied, je joue de malheur ! Porthos si casanier !

– Monsieur, il n'y a pas d'homme plus sédentaire que Monseigneur... mais...

– Mais quoi ?

– Quand un ami vous presse...

– Un ami ?

– Eh ! sans doute ; ce digne M. d'Herblay.

– C'est Aramis qui a pressé Porthos ?

– Voici comment la chose s'est passée, monsieur d'Artagnan. M. d'Herblay a écrit à Monseigneur...

– Vraiment ?

– Une lettre, monsieur, une lettre si pressante qu'elle a mis ici tout à feu et à sang !

– Conte-moi cela, cher ami, dit d'Artagnan, mais renvoie un peu ces messieurs, d'abord.

Mousqueton poussa un « Au large, faquins ! » avec des poumons si puissants, qu'il eût suffi du souffle sans les paroles pour faire évaporer les quatre laquais. D'Artagnan s'assit sur le brancard de la boîte et ouvrit ses oreilles.

– Monsieur, dit Mousqueton, Monseigneur a donc reçu une lettre de M. le vicaire général d'Herblay, voici huit ou neuf jours ; c'était le jour des plaisirs... champêtres ; oui, mercredi par conséquent.

– Comment cela ! dit d'Artagnan ; le jour des plaisirs champêtres ?

– Oui, monsieur ; nous avons tant de plaisirs à prendre dans ce délicieux pays que nous en étions encombrés ; si bien que force a été pour nous d'en régler la distribution.

– Comme je reconnais bien l'ordre de Porthos ! Ce n'est pas à moi que cette idée serait venue. Il est vrai que je ne suis pas encombré de plaisirs, moi.

– Nous l'étions, nous, dit Mousqueton.

– Et comment avez-vous réglé cela, voyons ? demanda d'Artagnan.

– C'est un peu long, monsieur.

– N'importe, nous avons le temps, et puis vous parlez si bien, mon cher Mousqueton, que c'est vraiment plaisir de vous entendre.

– Il est vrai, dit Mousqueton avec un signe de satisfaction qui provenait évidemment de la justice qui lui était rendue, il est vrai que j'ai fait de grands progrès dans la compagnie de Monseigneur.

– J'attends la distribution des plaisirs, Mousqueton, et avec impatience ; je veux savoir si je suis arrivé dans un bon jour.

– Oh ! monsieur d'Artagnan, dit mélancoliquement Mousqueton, depuis que Monseigneur est parti, tous les plaisirs sont envolés !

– Eh bien ! mon cher Mousqueton, rappelez vos souvenirs.

– Par quel jour voulez-vous que nous commencions ?

– Eh pardieu ! commencez par le dimanche, c'est le jour du Seigneur.

– Le dimanche, monsieur ?

– Oui.

– Dimanche, plaisirs religieux : Monseigneur va à la messe, rend le pain bénit, se fait faire des discours et des instructions par son aumônier ordinaire. Ce n'est pas fort amusant, mais nous attendons un carme de Paris qui desservira notre aumônerie et qui parle fort bien, à ce que l'on assure ; cela nous éveillera, car l'aumônier actuel nous endort toujours. Donc le dimanche, plaisirs religieux. Le lundi, plaisirs mondains.

– Ah ! ah ! dit d'Artagnan, comment comprends-tu cela, Mousqueton ? Voyons un peu les plaisirs mondains, voyons.

– Monsieur, le lundi, nous allons dans le monde ; nous recevons, nous rendons des visites ; on joue du luth, on danse, on fait des bouts rimés, enfin on brûle un peu d'encens en l'honneur des dames.

– Peste ! c'est du suprême galant, dit le mousquetaire, qui eut besoin d'appeler à son aide toute la vigueur de ses muscles mastoïdes pour comprimer une énorme envie de rire.

– Mardi, plaisirs savants.

– Ah ! bon ! dit d'Artagnan, lesquels ? Détaille-nous un peu cela, mon cher Mousqueton.

– Monseigneur a acheté une sphère que je vous montrerai, elle remplit tout le périmètre de la grosse tour, moins une galerie qu'il a fait faire au-dessus de la sphère ; il y a des petites ficelles et des fils de laiton après lesquels sont accrochés le soleil et la lune. Cela tourne ; c'est fort beau. Monseigneur me montre les mers et terres lointaines ; nous nous promettons de ne jamais y aller. C'est plein d'intérêt.

– Plein d'intérêt, c'est le mot, répéta d'Artagnan. Et le mercredi ?

– Plaisirs champêtres, j'ai déjà eu l'honneur de vous le dire, monsieur le chevalier : nous regardons les moutons et les chèvres de Monseigneur ; nous faisons danser les bergères avec des chalumeaux et des musettes, ainsi qu'il est écrit dans un livre que Monseigneur possède en sa bibliothèque et qu'on appelle *Bergeries*. L'auteur est mort, voilà un mois à peine.

– M. Racan, peut-être ? fit d'Artagnan.

– C'est cela, M. Racan. Mais ce n'est pas le tout. Nous pêchons à la ligne dans le petit canal, après quoi nous dînons couronnés de fleurs. Voilà pour le mercredi.

– Peste ! dit d'Artagnan, il n'est pas mal partagé, le mercredi. Et le jeudi ? que peut-il rester à ce pauvre jeudi ?

– Il n'est pas malheureux, monsieur, dit Mousqueton souriant. Jeudi, plaisirs olympiques. Ah ! monsieur, c'est superbe ! Nous faisons venir tous les jeunes vassaux de Monseigneur et nous les faisons jeter le disque, lutter, courir. Monseigneur jette le disque comme personne. Et lorsqu'il applique un coup de poing, oh ! quel malheur !

– Comment, quel malheur !

– Oui, monsieur, on a été obligé de renoncer au ceste. Il cassait les têtes, brisait les mâchoires, enfonçait les poitrines. C'est un jeu charmant, mais personne ne voulait plus le jouer avec lui.

– Ainsi, le poignet...

– Oh ! monsieur, plus solide que jamais. Monseigneur baisse un peu quant aux jambes, il l'avoue lui-même ; mais cela s'est réfugié dans les bras, de sorte que...

– De sorte qu'il assomme les bœufs comme autrefois.

– Monsieur, mieux que cela, il enfonce les murs. Dernièrement, après avoir soupé chez un de ses fermiers, vous savez combien Monseigneur est populaire et bon, après souper il fait cette plaisanterie de donner un coup de poing dans le mur, le mur s'écroule, le toit glisse, et il y a trois hommes d'étouffés et une vieille femme.

– Bon Dieu ! Mousqueton, et ton maître ?

– Oh ! Monseigneur ! il a eu la tête un peu écorchée. Nous lui avons bassiné les chairs avec une eau que les religieuses nous donnent. Mais rien au poing.

– Rien ?

– Rien, monsieur.

– Foin des plaisirs olympiques ! ils doivent coûter trop cher, car enfin les veuves et les orphelins...

– On leur fait des pensions, monsieur, un dixième du revenu de Monseigneur est affecté à cela.

– Passons au vendredi, dit d'Artagnan.

– Le vendredi, plaisirs nobles et guerriers. Nous chassons, nous faisons des armes, nous dressons des faucons, nous domptons des chevaux. Enfin, le samedi est le jour des plaisirs spirituels : nous meublons notre esprit, nous regardons les tableaux et les statues de Monseigneur, nous écrivons même et nous traçons des plans ; enfin, nous tirons les canons de Monseigneur.

– Vous tracez des plans, vous tirez les canons...

– Oui, monsieur.

– Mon ami, dit d'Artagnan, M. du Vallon possède en vérité l'esprit le plus subtil et le plus aimable que je connaisse ; mais il y a une sorte de plaisirs que vous avez oubliés, ce me semble.

– Lesquels, monsieur ? demanda Mousqueton avec anxiété.

– Les plaisirs matériels.

Mousqueton rougit.

– Qu'entendez-vous par là, monsieur ? dit-il en baissant les yeux.

– J'entends la table, le bon vin, la soirée occupée aux évolutions de la bouteille.

– Ah ! monsieur, ces plaisirs-là ne comptent point, nous les pratiquons tous les jours.

– Mon brave Mousqueton, reprit d'Artagnan, pardonne-moi, mais j'ai été tellement absorbé par ton récit plein de charmes, que j'ai oublié le principal point de notre conversation, c'est à savoir ce que M. le vicaire général d'Herblay a pu écrire à ton maître.

– C'est vrai, monsieur, dit Mousqueton, les plaisirs nous ont distraits. Eh bien ! monsieur, voici la chose tout entière.

– J'écoute, mon cher Mousqueton.

– Mercredi...

– Jour des plaisirs champêtres ?

– Oui. Une lettre arrive ; il la reçoit de mes mains. J'avais reconnu l'écriture.

– Eh bien ?

– Monseigneur la lit et s'écrie : « Vite, mes chevaux ! mes armes ! »

– Ah ! mon Dieu ! dit d'Artagnan, c'était encore quelque duel !

– Non pas, monsieur, il y avait ces mots seulement :

Cher Porthos, en route si vous voulez arriver avant l'équinoxe. Je vous attends.

— Mordioux ! fit d'Artagnan rêveur, c'était pressé à ce qu'il paraît.

— Je le crois bien. En sorte, continua Mousqueton, que Monseigneur est parti le jour même avec son secrétaire pour tâcher d'arriver à temps.

— Et sera-t-il arrivé à temps ?

— Je l'espère. Monseigneur qui est haut à la main, comme vous le savez, monsieur, répétait sans cesse : « Tonne Dieu ! qu'est-ce encore que cela, l'équinoxe ? N'importe, il faudra que le drôle soit bien monté, s'il arrivait avant moi. »

— Et tu crois que Porthos sera arrivé le premier ? demanda d'Artagnan.

— J'en suis sûr. Cet équinoxe, si riche qu'il soit, n'a certes pas des chevaux comme Monseigneur !

D'Artagnan contint son envie de rire, parce que la brièveté de la lettre d'Aramis lui donnait fort à penser. Il suivit Mousqueton, ou plutôt le chariot de Mousqueton, jusqu'au château ; il s'assit à une table somptueuse, dont on lui fit les honneurs comme à un roi, mais il ne put rien tirer de Mousqueton : le fidèle serviteur pleurait à volonté, c'était tout.

D'Artagnan, après une nuit passée sur un excellent lit, rêva beaucoup au sens de la lettre d'Aramis, s'inquiéta des rapports de l'équinoxe avec les affaires de Porthos, puis n'y comprenant rien, sinon qu'il s'agissait de quelque amourette de l'évêque pour laquelle il était nécessaire que les jours fussent égaux aux nuits, d'Artagnan quitta Pierrefonds comme il avait quitté Melun, comme il avait quitté le château du comte de La Fère. Ce ne fut cependant pas sans une mélancolie qui pouvait à bon droit passer pour une des plus sombres humeurs de d'Artagnan. La tête baissée, l'œil fixe, il laissait pendre ses jambes sur chaque flanc de son cheval et se disait, dans cette vague rêverie qui monte parfois à la plus sublime éloquence :

« Plus d'amis, plus d'avenir, plus rien ! mes forces sont brisées, comme le faisceau de notre amitié passée. Oh ! la vieillesse arrive, froide, inexorable ; elle enveloppe dans son crêpe funèbre tout ce qui reluisait, tout ce qui embaumait dans ma jeunesse, puis elle jette ce doux fardeau sur son épaule et le porte avec le reste dans ce gouffre sans fond de la mort. »

Un frisson serra le cœur du Gascon, si brave et si fort contre tous les malheurs de la vie, et pendant quelques moments les nuages lui parurent noirs, la terre glissante et glaiseuse comme celle des cimetières.

— Où vais-je... se dit-il ; que veux-je faire ?... seul... tout seul, sans famille, sans amis... Bah ! s'écria-t-il tout à coup.

Et il piqua des deux sa monture, qui, n'ayant rien trouvé de mélancolique dans la lourde avoine de Pierrefonds, profita de la permission pour montrer sa gaieté par un temps de galop qui absorba deux lieues.

« À Paris ! » se dit d'Artagnan.

Et le lendemain il descendit à Paris.

Il avait mis dix jours à faire ce voyage.

XIX

Ce que d'Artagnan venait faire à Paris

Le lieutenant mit pied à terre devant une boutique de la rue des Lombards, à l'enseigne du Pilon-d'Or. Un homme de bonne mine, portant un tablier blanc et caressant sa moustache grise avec une bonne grosse main, poussa un cri de joie en apercevant le cheval pie.

– Monsieur le chevalier, dit-il ; ah ! c'est vous !

– Bonjour, Planchet ! répondit d'Artagnan en faisant le gros dos pour entrer dans la boutique.

– Vite, quelqu'un, cria Planchet, pour le cheval de M. d'Artagnan, quelqu'un pour sa chambre, quelqu'un pour son souper !

– Merci, Planchet ! bonjour, mes enfants, dit d'Artagnan aux garçons empressés.

– Vous permettez que j'expédie ce café, cette mélasse et ces raisins cuits ? dit Planchet, ils sont destinés à l'office de M. le surintendant.

– Expédie, expédie.

– C'est l'affaire d'un moment, puis nous souperons.

– Fais que nous soupions seuls, dit d'Artagnan, j'ai à te parler.

Planchet regarda son ancien maître d'une façon significative.

– Oh ! tranquillise-toi, ce n'est rien que d'agréable, dit d'Artagnan.

– Tant mieux ! tant mieux !...

Et Planchet respira, tandis que d'Artagnan s'asseyait fort simplement dans la boutique sur une balle de bouchons, et prenait connaissance des localités. La boutique était bien garnie ; on respirait là un parfum de gingembre, de cannelle et de poivre pilé qui fit éternuer d'Artagnan.

Les garçons, heureux d'être aux côtés d'un homme de guerre aussi renommé qu'un lieutenant de mousquetaires qui approchait la personne du roi, se mirent à travailler avec un enthousiasme qui tenait du délire, et à servir les pratiques avec une précipitation dédaigneuse que plus d'un remarqua.

Planchet encaissait l'argent et faisait ses comptes entrecoupés de politesses à l'adresse de son ancien maître. Planchet avait avec ses clients la parole brève et la familiarité hautaine du marchand riche, qui sert tout le monde et n'attend personne. D'Artagnan observa cette nuance avec un plaisir que nous analyserons plus tard. Il vit peu à peu la nuit venir ; et enfin, Planchet le conduisit dans une chambre du premier étage, où, parmi les ballots et les caisses, une table fort proprement servie attendait deux convives.

D'Artagnan profita d'un moment de répit pour considérer la figure de Planchet, qu'il n'avait pas vu depuis un an. L'intelligent Planchet avait pris du ventre, mais son visage n'était pas boursouflé. Son regard brillant jouait encore avec facilité dans ses orbites profondes, et la graisse, qui nivelle toutes les saillies caractéristiques du visage humain, n'avait encore touché ni à ses pommettes saillantes, indice de ruse et de cupidité, ni à son menton aigu, indice de finesse et de persévérance. Planchet trônait avec autant de majesté dans sa salle à manger que dans sa boutique. Il offrit à son maître un repas frugal, mais tout parisien : le rôti cuit au four du boulanger, avec les légumes, la salade, et le dessert emprunté à la boutique même. D'Artagnan trouva bon que l'épicier eût tiré de derrière les fagots une bouteille de ce vin d'Anjou qui, durant toute la vie de d'Artagnan, avait été son vin de prédilection.

– Autrefois, monsieur, dit Planchet avec un sourire plein de bonhomie, c'était moi qui vous buvais votre vin ; maintenant, j'ai le bonheur que vous buviez le mien.

– Et Dieu merci ! ami Planchet, je le boirai encore longtemps, j'espère, car à présent me voilà libre.

– Libre ! Vous avez congé, monsieur ?

– Illimité !

– Vous quittez le service ? dit Planchet stupéfait.

– Oui, je me repose.

– Et le roi ? s'écria Planchet, qui ne pouvait supposer que le roi pût se passer des services d'un homme tel que d'Artagnan.

– Et le roi cherchera fortune ailleurs... Mais nous avons bien soupé, tu es en veine de saillies, tu m'excites à te faire des confidences, ouvre donc tes oreilles.

– J'ouvre.

Et Planchet, avec un rire plus franc que malin, décoiffa une bouteille de vin blanc.

– Laisse-moi ma raison seulement.

– Oh ! quand vous perdrez la tête, vous, monsieur...

– Maintenant, ma tête est à moi, et je prétends la ménager plus que jamais. D'abord causons finances... Comment se porte notre argent ?

– À merveille, monsieur. Les vingt mille livres que j'ai reçues de vous sont placées toujours dans mon commerce, où elles rapportent neuf pour cent ; je vous en donne sept, je gagne donc sur vous.

– Et tu es toujours content ?

– Enchanté. Vous m'en apportez d'autres ?

– Mieux que cela... Mais en as-tu besoin ?

– Oh ! que non pas. Chacun m'en veut confier à présent. J'étends mes affaires.

– C'était ton projet.

– Je fais un jeu de banque... J'achète les marchandises de mes confrères nécessiteux, je prête de l'argent à ceux qui sont gênés pour les remboursements.

– Sans usure ?...

– Oh ! monsieur, la semaine passée j'ai eu deux rendez-vous au boulevard pour ce mot que vous venez de prononcer.

– Comment !

– Vous allez comprendre : il s'agissait d'un prêt... L'emprunteur me donne en caution des cassonades avec condition que je vendrais si le remboursement n'avait pas lieu à une époque fixe. Je prête mille livres. Il ne me paie pas, je vends les cassonades treize cents livres. Il l'apprend et réclame cent écus. Ma foi, j'ai refusé... prétendant que je pouvais ne les vendre que neuf cents livres. Il m'a dit que je faisais de l'usure. Je l'ai prié de me répéter cela derrière le boulevard. C'est un ancien garde, il est venu ; je lui ai passé votre épée au travers de la cuisse gauche.

– Tudieu ! quelle banque tu fais ! dit d'Artagnan.

– Au-dessus de treize pour cent je me bats, répliqua Planchet ; voilà mon caractère.

– Ne prends que douze, dit d'Artagnan, et appelle le reste prime et courtage.

– Vous avez raison, monsieur. Mais votre affaire ?

– Ah ! Planchet, c'est bien long et bien difficile à dire.

– Dites toujours.

D'Artagnan se gratta la moustache comme un homme embarrassé de sa confidence et défiant du confident.

– C'est un placement ? demanda Planchet.

– Mais, oui.

– D'un beau produit ?

– D'un joli produit : quatre cents pour cent, Planchet.

Planchet donna un coup de poing sur la table avec tant de raideur que les bouteilles en bondirent comme si elles avaient peur.

– Est-ce Dieu possible !

– Je crois qu'il y aura plus, dit froidement d'Artagnan, mais enfin j'aime mieux dire moins.

– Ah diable ! fit Planchet se rapprochant... Mais, monsieur, c'est magnifique !... Peut-on mettre beaucoup d'argent ?

– Vingt mille livres chacun, Planchet.

– C'est tout votre avoir, monsieur. Pour combien de temps ?

– Pour un mois.

– Et cela nous donnera ?

– Cinquante mille livres chacun ; compte.

– C'est monstrueux !... Il faudra se bien battre pour un jeu comme celui-là ?

– Je crois en effet qu'il se faudra battre pas mal, dit d'Artagnan avec la même tranquillité ; mais cette fois, Planchet, nous sommes deux, et je prends les coups pour moi seul.

– Monsieur, je ne souffrirai pas...

– Planchet, tu ne peux en être, il te faudrait quitter ton commerce.

– L'affaire ne se fait pas à Paris ?

– Non.

– Ah ! à l'étranger ?

– En Angleterre.

– Pays de spéculation, c'est vrai, dit Planchet... pays que je connais beaucoup... Quelle sorte d'affaire, monsieur, sans trop de curiosité ?

– Planchet, c'est une restauration.

– De monuments ?

– Oui, de monuments, nous restaurerons White Hall.

– C'est important... Et en un mois vous croyez ?...

– Je m'en charge.

– Cela vous regarde, monsieur, et une fois que vous vous en mêlez...

– Oui, cela me regarde... je suis fort au courant... cependant je te consulterai volontiers.

– C'est beaucoup d'honneur... mais je m'entends mal à l'architecture.

– Planchet... tu as tort, tu es un excellent architecte, aussi bon que moi pour ce dont il s'agit.

– Merci...

– J'avais, je te l'avoue, été tenté d'offrir la chose à ces Messieurs, mais ils sont absents de leurs maisons... C'est fâcheux, je n'en connais pas de plus hardis ni de plus adroits.

– Ah çà ! il paraît qu'il y aura concurrence et que l'entreprise sera disputée ?

– Oh ! oui, Planchet, oui...

– Je brûle d'avoir des détails, monsieur.

– En voici, Planchet, ferme bien toutes les portes.

– Oui, monsieur.

Et Planchet s'enferma d'un triple tour.

– Bien ; maintenant, approche-toi de moi.

Planchet obéit.

– Et ouvre la fenêtre, parce que le bruit des passants et des chariots rendra sourds tous ceux qui pourraient nous entendre.

Planchet ouvrit la fenêtre comme on le lui avait prescrit, et la bouffée de tumulte qui s'engouffra dans la chambre, cris, roues, aboiements et pas, assourdit d'Artagnan lui-même, selon qu'il l'avait désiré. Ce fut alors qu'il but un verre de vin blanc et qu'il commença en ces termes :

– Planchet, j'ai une idée.

– Ah ! monsieur, je vous reconnais bien là, répondit l'épicier, pantelant d'émotion.

XX

*De la société qui se forme rue des Lombards
à l'enseigne du Pilon-d'Or, pour exploiter
l'idée de M. d'Artagnan*

Après un instant de silence, pendant lequel d'Artagnan parut recueillir non pas une idée, mais toutes ses idées :

– Il n'est point, mon cher Planchet, dit-il, que tu n'aies entendu parler de Sa Majesté Charles Ier, roi d'Angleterre ?

– Hélas ! oui, monsieur, puisque vous avez quitté la France pour lui porter secours ; que malgré ce secours il est tombé et a failli vous entraîner dans sa chute.

– Précisément ; je vois que tu as bonne mémoire, Planchet.

– Peste ! monsieur, l'étonnant serait que je l'eusse perdue, cette mémoire, si mauvaise qu'elle fût. Quand on a entendu Grimaud qui, vous le savez, ne raconte guère, raconter comment est tombée la tête du roi Charles, comment vous avez voyagé la moitié d'une nuit dans un bâtiment miné, et vu revenir sur l'eau ce bon M. Mordaunt avec certain poignard à manche doré dans la poitrine, on n'oublie pas ces choses-là.

– Il y a pourtant des gens qui les oublient, Planchet.

– Oui, ceux qui ne les ont pas vues ou qui n'ont pas entendu Grimaud les raconter.

– Eh bien ! tant mieux, puisque tu te rappelles tout cela, je n'aurai besoin de te rappeler qu'une chose, c'est que le roi Charles Ier avait un fils.

– Il en avait même deux, monsieur, sans vous démentir, dit Planchet ; car j'ai vu le second à Paris, M. le duc d'York, un jour qu'il se rendait au Palais-Royal, et l'on m'a assuré que ce n'était que le second fils du roi Charles Ier. Quant à l'aîné, j'ai l'honneur de le connaître de nom, mais pas de vue.

– Voilà justement, Planchet, où nous en devons venir : c'est à ce fils aîné qui s'appelait autrefois le prince de Galles, et qui s'appelle aujourd'hui Charles II, roi d'Angleterre.

– Roi sans royaume, monsieur, répondit sentencieusement Planchet.

– Oui, Planchet, et tu peux ajouter malheureux prince, plus malheureux qu'un homme du peuple perdu dans le plus misérable quartier de Paris.

Planchet fit un geste plein de cette compassion banale que l'on accorde aux étrangers avec lesquels on ne pense pas qu'on puisse jamais se trouver en contact. D'ailleurs, il ne voyait, dans cette opération politico-sentimentale, poindre aucunement l'idée commerciale de M. d'Artagnan, et c'était à cette idée qu'il en avait principalement. D'Artagnan, qui avait l'habitude de bien comprendre les choses et les hommes, comprit Planchet.

– J'arrive, dit-il. Ce jeune prince de Galles, roi sans royaume, comme tu dis fort bien, Planchet, m'a intéressé, moi, d'Artagnan. Je l'ai vu mendier l'assistance de Mazarin, qui est un cuistre, et le secours du roi Louis, qui est un enfant, et il m'a semblé, à moi qui m'y connais, que dans cet œil intelligent du roi déchu, dans cette noblesse de toute sa personne, noblesse qui a surnagé au-dessus de toutes les misères, il y avait l'étoffe d'un homme de cœur et d'un roi.

Planchet approuva tacitement : tout cela, à ses yeux du moins, n'éclairait pas encore l'idée de d'Artagnan. Celui-ci continua :

– Voici donc le raisonnement que je me suis fait. Écoute bien, Planchet, car nous approchons de la conclusion.

– J'écoute.

– Les rois ne sont pas semés tellement dru sur la terre que les peuples en trouvent là où ils en ont besoin. Or ce roi sans royaume est à mon avis une graine réservée qui doit fleurir en une saison quelconque, pourvu qu'une main adroite, discrète et vigoureuse, la sème bel et bien, en choisissant sol, ciel et temps.

Planchet approuvait toujours de la tête, ce qui prouvait qu'il ne comprenait toujours pas.

– Pauvre petite graine de roi ! me suis-je dit, et réellement j'étais attendri, Planchet, ce qui me fait penser que j'entame une bêtise. Voilà pourquoi j'ai voulu te consulter, mon ami.

Planchet rougit de plaisir et d'orgueil.

– Pauvre petite graine de roi ! je te ramasse, moi, et je vais te jeter dans une bonne terre.

– Ah ! mon Dieu ! dit Planchet en regardant fixement son ancien maître, comme s'il eût douté de tout l'éclat de sa raison.

– Eh bien ! quoi ? demanda d'Artagnan, qui te blesse ?

– Moi, rien, monsieur.

– Tu as dit : « Ah ! mon Dieu ! »

– Vous croyez ?

– J'en suis sûr. Est-ce que tu comprendrais déjà ?

– J'avoue, monsieur d'Artagnan, que j'ai peur...

– De comprendre ?

– Oui.

– De comprendre que je veux faire remonter sur le trône le roi Charles II, qui n'a plus de trône ? Est-ce cela ?

Planchet fit un bond prodigieux sur sa chaise.

– Ah ! Ah ! dit-il tout effaré ; voilà donc ce que vous appelez une restauration, vous !

– Oui, Planchet, n'est-ce pas ainsi que la chose se nomme ?

– Sans doute, sans doute. Mais avez-vous bien réfléchi ?

– À quoi ?

– À ce qu'il y a là-bas ?

– Où ?

– En Angleterre.

– Et qu'y a-t-il, voyons, Planchet ?

– D'abord, monsieur, je vous demande pardon si je me mêle de ces choses-là, qui ne sont point de mon commerce ; mais puisque c'est une affaire que vous me proposez... car vous me proposez une affaire, n'est-ce pas ?

– Superbe, Planchet.

– Mais puisque vous me proposez une affaire, j'ai le droit de la discuter.

– Discute, Planchet ; de la discussion naît la lumière.

– Eh bien ! puisque j'ai la permission de Monsieur, je lui dirai qu'il y a là-bas les parlements d'abord.

– Eh bien ! après ?

– Et puis l'armée.

– Bon. Vois-tu encore quelque chose ?

– Et puis la nation.

– Est-ce tout ?

– La nation, qui a consenti la chute et la mort du feu roi, père de celui-là, et qui ne se voudra point démentir.

– Planchet, mon ami, dit d'Artagnan, tu raisonnes comme un fromage. La nation... la nation est lasse de ces messieurs qui s'appellent de noms barbares et qui lui chantent des psaumes. Chanter pour chanter, mon cher Planchet, j'ai remarqué que les nations aimaient mieux chanter la gaudriole que le plain-chant. Rappelle-toi la Fronde ; a-t-on chanté dans ces temps-là ! Eh bien ! c'était le bon temps.

– Pas trop, pas trop ; j'ai manqué y être pendu.

– Oui, mais tu ne l'as pas été ?

– Non.

– Et tu as commencé ta fortune au milieu de toutes ces chansons-là ?

– C'est vrai.

– Tu n'as donc rien à dire ?

– Si fait ! j'en reviens à l'armée et aux parlements.

– J'ai dit que j'empruntais vingt mille livres à M. Planchet, et que je mettais vingt mille livres de mon côté ; avec ces quarante mille livres je lève une armée.

Planchet joignit les mains ; il voyait d'Artagnan sérieux, il crut de bonne foi que son maître avait perdu le sens.

– Une armée !... Ah ! monsieur, fit-il avec son plus charmant sourire, de peur d'irriter ce fou et d'en faire un furieux. Une armée... nombreuse ?

– De quarante hommes, dit d'Artagnan.

– Quarante contre quarante mille, ce n'est point assez. Vous valez bien mille hommes à vous tout seul, monsieur d'Artagnan, je le sais bien ; mais où trouverez-vous trente-neuf hommes qui vaillent autant que vous ? ou, les trouvant, qui vous fournira l'argent pour les payer ?

– Pas mal, Planchet... Ah ! diable ! tu te fais courtisan.

– Non, monsieur, je dis ce que je pense, et voilà justement pourquoi je dis qu'à la première bataille rangée que vous livrerez avec vos quarante hommes, j'ai bien peur...

– Aussi ne livrerai-je pas de bataille rangée, mon cher Planchet, dit en riant le Gascon. Nous avons, dans l'Antiquité, des exemples très beaux de retraites et de marches savantes qui consistaient à éviter l'ennemi au lieu de l'aborder. Tu dois savoir cela, Planchet, toi qui as commandé les Parisiens le jour où ils eussent dû se battre contre les mousquetaires, et qui as si bien calculé les marches et les contremarches, que tu n'as point quitté la place Royale.

Planchet se mit à rire.

– Il est de fait, répondit-il, que si vos quarante hommes se cachent toujours et qu'ils ne soient pas maladroits, ils peuvent espérer de n'être pas battus ; mais enfin, vous vous proposez un résultat quelconque ?

– Sans aucun doute. Voici donc, à mon avis, le procédé à employer pour replacer promptement Sa Majesté Charles II sur le trône.

– Bon ! s'écria Planchet en redoublant d'attention, voyons ce procédé. Mais auparavant il me semble que nous oublions quelque chose.

– Quoi ?

– Nous avons mis de côté la nation, qui aime mieux chanter des gaudrioles que des psaumes, et l'armée, que nous ne combattons pas ; mais restent les parlements, qui ne chantent guère.

– Et qui ne se battent pas davantage. Comment, toi, Planchet, un homme intelligent, tu t'inquiètes d'un tas de braillards qui s'appellent les *croupions* et les *décharnés* ! Les parlements ne m'inquiètent pas, Planchet.

– Du moment où ils n'inquiètent pas Monsieur, passons outre.

– Oui, et arrivons au résultat. Te rappelles-tu Cromwell, Planchet ?

– J'en ai beaucoup ouï parler, monsieur.

– C'était un rude guerrier.

– Et un terrible mangeur, surtout.

– Comment cela ?

– Oui, d'un seul coup il a avalé l'Angleterre.

– Eh bien ! Planchet, le lendemain du jour où il avala l'Angleterre, si quelqu'un eût avalé M. Cromwell ?...

– Oh ! monsieur, c'est un des premiers axiomes de mathématiques que le contenant doit être plus grand que le contenu.

– Très bien !... Voilà notre affaire, Planchet.

– Mais M. Cromwell est mort, et son contenant maintenant, c'est la tombe.

– Mon cher Planchet, je vois avec plaisir que non seulement tu es devenu mathématicien, mais encore philosophe.

– Monsieur, dans mon commerce d'épicerie, j'utilise beaucoup de papier imprimé ; cela m'instruit.

– Bravo ! Tu sais donc, en ce cas-là... car tu n'as pas appris les mathématiques et la philosophie sans un peu d'histoire... qu'après ce Cromwell si grand, il en est venu un tout petit.

– Oui ; celui-là s'appelait Richard, et il a fait comme vous, monsieur d'Artagnan, il a donné sa démission.

– Bien, très bien ! Après le grand, qui est mort ; après le petit, qui a donné sa démission, est venu un troisième. Celui-là s'appelle M. Monck ; c'est un général fort habile, en ce qu'il ne s'est jamais battu ; c'est un diplomate très fort, en ce qu'il ne parle jamais, et qu'avant de dire bonjour à un homme, il médite douze heures, et finit par dire bonsoir ; ce qui fait crier au miracle, attendu que cela tombe juste.

– C'est très fort, en effet, dit Planchet ; mais je connais, moi, un autre homme politique qui ressemble beaucoup à celui-là.

– M. de Mazarin, n'est-ce pas ?

– Lui-même.

– Tu as raison, Planchet ; seulement, M. de Mazarin n'aspire pas au trône de France ; cela change tout, vois-tu. Eh bien ! ce M. Monck, qui a déjà l'Angleterre toute rôtie sur son assiette et qui ouvre déjà la bouche pour l'avaler, ce M. Monck, qui dit aux gens de Charles II et à Charles II lui-même : « *Nescio vos...* »

– Je ne sais pas l'anglais, dit Planchet.

– Oui, mais moi, je le sais, dit d'Artagnan. *Nescio vos* signifie : « Je ne vous connais pas. » Ce M. Monck, l'homme important de l'Angleterre elle-même, quand il l'aura engloutie...

– Eh bien ? demanda Planchet.

– Eh bien ! mon ami, je vais là-bas, et avec mes quarante hommes je l'enlève, je l'emballe, et je l'apporte en France, où deux partis se présentent à mes yeux éblouis.

– Et aux miens ! s'écria Planchet, transporté d'enthousiasme. Nous le mettons dans une cage et nous le montrons pour de l'argent.

– Eh bien ! Planchet, c'est un troisième parti auquel je n'avais pas songé et que tu viens de trouver, toi.

– Le croyez-vous bon ?

– Oui, certainement ; mais je crois les miens meilleurs.

– Voyons les vôtres, alors.

– 1° je le mets à rançon.

– De combien ?

– Peste ! un gaillard comme cela vaut bien cent mille écus.

– Oh ! oui.

– Tu vois : 1° je le mets à rançon de cent mille écus.

« Ou bien, ce qui est mieux encore, je le livre au roi Charles, qui, n'ayant plus ni général d'armée à craindre, ni diplomate à jouer, se restaurera lui-même, et, une fois restauré, me comptera les cent mille écus en question. Voilà l'idée que j'ai eue ; qu'en dis-tu, Planchet ?

– Magnifique, monsieur ! s'écria Planchet tremblant d'émotion. Et comment cette idée-là vous est-elle venue ?

– Elle m'est venue un matin au bord de la Loire, tandis que le roi Louis XIV, notre bien-aimé roi, pleurnichait sur la main de Mlle de Mancini.

– Monsieur, je vous garantis que l'idée est sublime. Mais...

– Ah ! il y a un mais.

– Permettez ! Mais elle est un peu comme la peau de ce bel ours, vous savez, qu'on devait vendre, mais qu'il fallait prendre sur l'ours vivant. Or, pour prendre M. Monck, il y aura bagarre.

– Sans doute, mais puisque je lève une armée.

– Oui, oui, je comprends, parbleu ! un coup de main. Oh ! alors, monsieur, vous triompherez, car nul ne vous égale en ces sortes de rencontres.

– J'y ai du bonheur, c'est vrai, dit d'Artagnan, avec une orgueilleuse simplicité ; tu comprends que si pour cela j'avais mon cher Athos, mon brave Porthos et mon rusé Aramis, l'affaire était faite ; mais ils sont perdus, à ce qu'il paraît, et nul ne sait où les retrouver. Je ferai donc le coup tout seul. Maintenant, trouves-tu l'affaire bonne et le placement avantageux ?

– Trop ! trop !

– Comment cela ?

– Parce que les belles choses n'arrivent jamais à point.

– Celle-là est infaillible, Planchet, et la preuve, c'est que je m'y emploie. Ce sera pour toi un assez joli lucre et pour moi un coup assez intéressant. On dira : « Voilà quelle fut la vieillesse de M. d'Artagnan » ; et j'aurai une place dans les histoires et même dans l'histoire, Planchet.

– Monsieur ! s'écria Planchet, quand je pense que c'est ici, chez moi, au milieu de ma cassonade, de mes pruneaux et de ma cannelle que ce gigantesque projet se mûrit, il me semble que ma boutique est un palais.

– Prends garde, prends garde, Planchet ; si le moindre bruit transpire, il y a Bastille pour nous deux ; prends garde, mon ami, car c'est un complot que nous faisons là : M. Monck est l'allié de M. de Mazarin ; prends garde.

– Monsieur, quand on a eu l'honneur de vous appartenir, on n'a pas peur, et quand on a l'avantage d'être lié d'intérêt avec vous, on se tait.

– Fort bien, c'est ton affaire encore plus que la mienne, attendu que dans huit jours, moi, je serai en Angleterre.

– Partez, monsieur, partez ; le plus tôt sera le mieux.

– Alors, l'argent est prêt ?

– Demain il le sera, demain vous le recevrez de ma main. Voulez-vous de l'or ou de l'argent ?

– De l'or, c'est plus commode. Mais comment allons-nous arranger cela ? Voyons.

– Oh ! mon Dieu, de la façon la plus simple : vous me donnez un reçu, voilà tout.

– Non pas, non pas, dit vivement d'Artagnan, il faut de l'ordre en toutes choses.

– C'est aussi mon opinion... mais avec vous, monsieur d'Artagnan...

– Et si je meurs là-bas, si je suis tué d'une balle de mousquet, si je crève pour avoir bu de la bière ?

– Monsieur, je vous prie de croire qu'en ce cas je serais tellement affligé de votre mort, que je ne penserais point à l'argent.

– Merci, Planchet, mais cela n'empêche. Nous allons, comme deux clercs de procureur, rédiger ensemble une convention, une espèce d'acte qu'on pourrait appeler un acte de société.

– Volontiers, monsieur.

– Je sais bien que c'est difficile à rédiger, mais nous essaierons.

Planchet alla chercher une plume, de l'encre et du papier.

D'Artagnan prit la plume, la trempa dans l'encre et écrivit :

Entre messire d'Artagnan, ex-lieutenant des mousquetaires du roi, actuellement demeurant rue Tiquetonne, Hôtel de la Chevrette,

Et le sieur Planchet, épicier, demeurant rue des Lombards, à l'enseigne du Pilon-d'Or,

A été convenu ce qui suit :

Une société au capital de quarante mille livres est formée à l'effet d'exploiter une idée apportée par M. d'Artagnan.

Le sieur Planchet, qui connaît cette idée et qui l'approuve en tous points, versera vingt mille livres entre les mains de M. d'Artagnan.

Il n'en exigera ni remboursement ni intérêt avant le retour d'un voyage que M. d'Artagnan va faire en Angleterre.

De son côté, M. d'Artagnan s'engage à verser vingt mille livres qu'il joindra aux vingt mille déjà versées par le sieur Planchet.

Il usera de ladite somme de quarante mille livres comme bon lui semblera, s'engageant toutefois à une chose qui va être énoncée ci-dessous.

Le jour où M. d'Artagnan aura rétabli par un moyen quelconque Sa Majesté le roi Charles II sur le trône d'Angleterre, il versera entre les mains de M. Planchet la somme de...

– La somme de cent cinquante mille livres, dit naïvement Planchet voyant que d'Artagnan s'arrêtait.

– Ah ! diable ! non, dit d'Artagnan, le partage ne peut pas se faire par moitié, ce ne serait pas juste.

– Cependant, monsieur, nous mettons moitié chacun, objecta timidement Planchet.

– Oui, mais écoute la clause, mon cher Planchet, et si tu ne la trouves pas équitable en tout point quand elle sera écrite, eh bien ! nous la rayerons.

Et d'Artagnan écrivit :

Toutefois, comme M. d'Artagnan apporte à l'association, outre le capital de vingt mille livres, son temps, son idée, son industrie et sa peau, choses qu'il apprécie fort, surtout cette dernière, M. d'Artagnan gardera, sur les trois cent mille livres, deux cent mille livres pour lui, ce qui portera sa part aux deux tiers.

– Très bien, dit Planchet.

– Est-ce juste ? demanda d'Artagnan.

– Parfaitement juste, monsieur.

– Et tu seras content moyennant cent mille livres ?

– Peste ! je crois bien. Cent mille livres pour vingt mille livres !

– Et à un mois, comprends bien.

– Comment, à un mois ?

– Oui, je ne te demande qu'un mois.

– Monsieur, dit généreusement Planchet, je vous donne six semaines.

– Merci, répondit fort civilement le mousquetaire.

Après quoi, les deux associés relurent l'acte.

– C'est parfait, monsieur, dit Planchet, et feu M. Coquenard, le premier époux de Mme la baronne du Vallon, n'aurait pas fait mieux.

– Tu trouves ? Eh bien ! alors, signons.

Et tous deux apposèrent leur parafe.

– De cette façon, dit d'Artagnan, je n'aurai obligation à personne.

– Mais moi, j'aurai obligation à vous, dit Planchet.

– Non, car si tendrement que j'y tienne, Planchet, je puis laisser ma peau là-bas, et tu perdras tout. À propos, peste ! cela me fait penser au principal, une clause indispensable, je l'écris :

Dans le cas où M. d'Artagnan succomberait à l'œuvre, la liquidation se trouvera faite et le sieur Planchet donne dès à présent quittance à l'ombre de messire d'Artagnan des vingt mille livres par lui versées dans la caisse de ladite association.

Cette dernière clause fit froncer le sourcil à Planchet ; mais lorsqu'il vit l'œil si brillant, la main si musculeuse, l'échine si souple et si robuste de son associé, il reprit courage, et sans regret, haut la main, il ajouta un trait à son parafe. D'Artagnan en fit autant. Ainsi fut rédigé le premier acte de société connu ; peut-être a-t-on un peu abusé depuis de la forme et du fond.

– Maintenant, dit Planchet en versant un dernier verre de vin d'Anjou à d'Artagnan, maintenant, allez dormir, mon cher maître.

– Non pas, répliqua d'Artagnan, car le plus difficile maintenant reste à faire, et je vais rêver à ce plus difficile.

– Bah ! dit Planchet, j'ai si grande confiance en vous, monsieur d'Artagnan, que je ne donnerais pas mes cent mille livres pour quatre-vingt-dix mille.

– Et le diable m'emporte ! dit d'Artagnan, je crois que tu aurais raison.

Sur quoi d'Artagnan prit une chandelle, monta à sa chambre et se coucha.

XXI

Où d'Artagnan se prépare à voyager pour
la maison Planchet et Compagnie

D'Artagnan rêva si bien toute la nuit, que son plan fut arrêté dès le lendemain matin.

– Voilà ! dit-il en se mettant sur son séant dans son lit et en appuyant son coude sur son genou et son menton dans sa main, voilà ! Je chercherai quarante hommes bien sûrs et bien solides, recrutés parmi des gens un peu compromis, mais ayant des habitudes de discipline. Je leur promettrai cinq cents livres pour un mois, s'ils reviennent ; rien, s'ils ne reviennent pas, ou moitié pour leurs collatéraux. Quant à la nourriture et au logement, cela regarde les Anglais, qui ont des bœufs au pâturage, du lard au saloir, des poules au poulailler et du grain en grange. Je me présenterai au général Monck avec ce corps de troupe. Il m'agréera. J'aurai sa confiance, et j'en abuserai le plus vite possible.

Mais, sans aller plus loin, d'Artagnan secoua la tête et s'interrompit.

– Non, dit-il, je n'oserais raconter cela à Athos ; le moyen est donc peu honorable. Il faut user de violence, continua-t-il, il le faut bien certainement, sans avoir en rien engagé ma loyauté. Avec quarante hommes je courrai la campagne comme partisan. Oui, mais si je rencontre, non pas quarante mille Anglais, comme disait Planchet, mais purement et simplement quatre cents ? Je serai battu, attendu que, sur mes quarante guerriers, il s'en trouvera dix au moins de véreux, dix qui se feront tuer tout de suite par bêtise. Non, en effet, impossible d'avoir quarante hommes sûrs ; cela n'existe pas. Il faut savoir se contenter de trente. Avec dix hommes de moins j'aurai le droit d'éviter la rencontre à main armée, à cause du petit nombre de mes gens, et si la rencontre a lieu, mon choix est bien plus certain sur trente hommes que sur quarante. En outre, j'économise cinq mille francs, c'est-à-dire le huitième de mon capital, cela en vaut la peine. C'est dit, j'aurai donc trente hommes. Je les diviserai en trois bandes, nous nous éparpillerons dans le pays avec injonction de nous réunir à un moment donné ; de cette façon, dix par dix, nous ne donnons pas le moindre soupçon, nous passons inaperçus. Oui, oui, trente, c'est un merveilleux nombre. Il y a trois dizaines ; trois, ce nombre divin. Et puis, vraiment, une compagnie de trente hommes, lorsqu'elle sera réunie, cela aura encore quelque chose d'imposant. Ah ! malheureux que je suis, continua d'Artagnan, il faut trente chevaux ; c'est ruineux. Où diable avais-je la tête en oubliant les chevaux ? On ne peut songer cependant à faire un coup pareil sans chevaux. Eh bien ! soit ! ce sacrifice, nous le ferons, quitte à prendre les chevaux dans le pays ; ils n'y sont pas mauvais, d'ailleurs. Mais j'oubliais, peste ! trois bandes, cela nécessite trois commandants, voilà la difficulté : sur les trois commandants, j'en ai déjà un, c'est moi ; oui, mais les deux autres coûteront à eux seuls presque autant d'argent que tout le reste de la troupe. Non, décidément, il ne faudrait qu'un seul lieutenant. En ce cas, alors, je réduirai ma troupe à vingt hommes. Je sais bien que c'est peu, vingt hommes ; mais puisque avec trente j'étais décidé à ne pas chercher les coups, je le serai bien plus encore avec vingt. Vingt, c'est un compte rond ; cela d'ailleurs réduit de dix le nombre des chevaux, ce qui est une considération ; et alors, avec un bon lieutenant... Mordieu ! ce que c'est pourtant que patience et calcul ! N'allais-je pas m'embarquer avec quarante hommes, et voilà maintenant que je me réduis à vingt pour un égal succès. Dix mille livres d'épargnées d'un seul coup et plus de sûreté, c'est bien cela. Voyons à cette heure : il ne s'agit plus que de trouver ce lieutenant ; trouvons-le donc, et après... Ce n'est pas facile, il me le faut brave et bon, un second moi-même. Oui, mais un lieutenant aura mon secret, et comme ce secret vaut un million et que je ne paierai à mon homme que mille livres, quinze cents livres au plus, mon homme vendra le secret à Monck. Pas de lieutenant, mordioux ! D'ailleurs, cet homme fût-il muet comme un disciple de Pythagore, cet homme aura bien dans la troupe un soldat favori dont il fera son sergent ; le sergent pénétrera le secret du lieutenant, au cas où celui-ci sera honnête et ne voudra pas le vendre. Alors le sergent, moins probe et moins ambitieux, donnera le tout pour cinquante mille livres. Allons, allons ! c'est impossible ! Décidément le lieutenant est impossible. Mais alors plus de fractions, je ne puis diviser ma troupe en deux et agir sur deux points à la fois sans un autre moi-même qui... Mais à quoi bon agir sur deux points, puisque nous n'avons qu'un homme à prendre ? À quoi bon affaiblir un corps en mettant la droite ici, la gauche là ? Un seul corps, mordioux ! un seul, et commandé par d'Artagnan ; très bien ! Mais vingt hommes marchant d'une bande sont suspects à tout le monde ; il ne faut pas qu'on voie vingt cavaliers marcher ensemble, autrement on leur détache une compagnie qui demande le mot d'ordre, et qui, sur l'embarras qu'on éprouve à le donner, fusille M. d'Artagnan et ses hommes comme des lapins. Je me réduis donc à dix hommes ; de cette façon ; j'agis simplement et avec unité ; je serai forcé à la prudence, ce qui est la moitié de la réussite dans une affaire du genre de celle que j'entreprends : le grand nombre m'eût entraîné à quelque folie peut-être. Dix chevaux ne sont plus rien à acheter ou à prendre. Oh ! excellente idée et quelle tranquillité parfaite elle fait passer dans mes veines ! Plus de soupçons, plus de mots d'ordre, plus de danger. Dix hommes, ce sont des valets ou des commis. Dix hommes conduisant dix chevaux chargés de marchandises quelconques sont tolérés, bien reçus partout. Dix hommes voyagent pour le compte de la maison Planchet et Cie, de France. Il n'y a

157

rien à dire. Ces dix hommes, vêtus comme des manœuvriers, ont un bon couteau de chasse, un bon mousqueton à la croupe du cheval, un bon pistolet dans la fonte. Ils ne se laissent jamais inquiéter, parce qu'ils n'ont pas de mauvais desseins. Ils sont peut-être au fond un peu contrebandiers, mais qu'est-ce que cela fait ? la contrebande n'est pas comme la polygamie, un cas pendable. Le pis qui puisse nous arriver, c'est qu'on confisque nos marchandises. Les marchandises confisquées, la belle affaire ! Allons, allons, c'est un plan superbe. Dix hommes seulement, dix hommes que j'engagerai pour mon service, dix hommes qui seront résolus comme quarante, qui me coûteront comme quatre, et à qui, pour plus grande sûreté, je n'ouvrirai pas la bouche de mon dessein, et à qui je dirai seulement : « Mes amis, il y a un coup à faire. » De cette façon, Satan sera bien malin s'il me joue un de ses tours. Quinze mille livres d'économisées ! c'est superbe sur vingt.

Ainsi réconforté par son industrieux calcul, d'Artagnan s'arrêta à ce plan et résolut de n'y plus rien changer. Il avait déjà, sur une liste fournie par son intarissable mémoire, dix hommes illustres parmi les chercheurs d'aventures, maltraités par la fortune ou inquiétés par la justice. Sur ce, d'Artagnan se leva et se mit en quête à l'instant même, en invitant Planchet à ne pas l'attendre à déjeuner, et même peut-être à dîner. Un jour et demi passé à courir certains bouges de Paris lui suffit pour sa récolte, et sans faire communiquer les uns avec les autres ses aventuriers, il avait colligé, collectionné, réuni en moins de trente heures une charmante collection de mauvais visages parlant un français moins pur que l'anglais dont ils allaient se servir. C'étaient pour la plupart des gardes dont d'Artagnan avait pu apprécier le mérite en différentes rencontres, et que l'ivrognerie, des coups d'épée malheureux, des gains inespérés au jeu ou les réformes économiques de M. de Mazarin avaient forcés de chercher l'ombre et la solitude, ces deux grands consolateurs des âmes incomprises et froissées.

Ils portaient sur leur physionomie et dans leurs vêtements les traces des peines de cœur qu'ils avaient éprouvées. Quelques-uns avaient le visage déchiré ; tous avaient des habits en lambeaux. D'Artagnan soulagea le plus pressé de ces misères fraternelles avec une sage distribution des écus de la société ; puis ayant veillé à ce que ces écus fussent employés à l'embellissement physique de la troupe, il assigna rendez-vous à ses recrues dans le nord de la France, entre Bergues et Saint-Omer. Six jours avaient été donnés pour tout terme, et d'Artagnan connaissait assez la bonne volonté, la belle humeur et la probité relative de ces illustres engagés, pour être certain que pas un d'eux ne manquerait à l'appel.

Ces ordres donnés, ce rendez-vous pris, il alla faire ses adieux à Planchet, qui lui demanda des nouvelles de son armée. D'Artagnan ne jugea point à propos de lui faire part de la réduction qu'il avait faite dans son personnel ; il craignait d'entamer par cet aveu la confiance de son associé.

Planchet se réjouit fort d'apprendre que l'armée était toute levée, et que lui, Planchet, se trouvait une espèce de roi de compte à demi, qui, de son trône-comptoir, soudoyait un corps de troupes destiné à guerroyer contre la perfide Albion, cette ennemie de tous les cœurs vraiment français.

Planchet compta donc en beaux louis doubles vingt mille livres à d'Artagnan, pour sa part à lui, Planchet, et vingt autres mille livres, toujours en beaux louis doubles, pour la part de d'Artagnan. D'Artagnan mit chacun des vingt mille francs dans un sac et pesant chaque sac de chaque main :

– C'est bien embarrassant, cet argent, mon cher Planchet, dit-il ; sais-tu que cela pèse plus de trente livres ?

– Bah ! votre cheval portera cela comme une plume.

D'Artagnan secoua la tête.

– Ne me dis pas de ces choses-là, Planchet ; un cheval surchargé de trente livres, après le portemanteau et le cavalier, ne passe plus si facilement une rivière, ne franchit plus si légèrement un mur ou un fossé, et plus de cheval, plus de cavalier. Il est vrai que tu ne sais pas cela, toi, Planchet, qui as servi toute ta vie dans l'infanterie.

– Alors, monsieur, comment faire ? dit Planchet vraiment embarrassé.

– Écoute, dit d'Artagnan, je paierai mon armée à son retour dans ses foyers. Garde-moi ma moitié de vingt mille livres, que tu feras valoir pendant ce temps-là.

– Et ma moitié à moi ? dit Planchet.

– Je l'emporte.

– Votre confiance m'honore, dit Planchet ; mais si vous ne revenez pas ?

– C'est possible, quoique la chose soit peu vraisemblable. Alors, Planchet, pour le cas où je ne reviendrais pas, donne-moi une plume pour que je fasse mon testament.

D'Artagnan prit une plume, du papier et écrivit sur une simple feuille :

Moi, d'Artagnan, je possède vingt mille livres économisées sou à sou depuis trente-trois ans que je suis au service de Sa Majesté le roi de France. J'en donne cinq mille à Athos, cinq mille à Porthos, cinq mille à Aramis, pour qu'ils les donnent, en mon nom et aux leurs, à mon petit ami Raoul, vicomte de Bragelonne.

Je donne les cinq mille dernières à Planchet, pour qu'il distribue avec moins de regret les quinze mille autres à mes amis.

En fin de quoi j'ai signé les présentes.

D'ARTAGNAN.

Planchet paraissait fort curieux de savoir ce qu'avait écrit d'Artagnan.

– Tiens, dit le mousquetaire à Planchet, lis.

Aux dernières lignes, les larmes vinrent aux yeux de Planchet.

– Vous croyez que je n'eusse pas donné l'argent sans cela ? Alors, je ne veux pas de vos cinq mille livres.

D'Artagnan sourit.

– Accepte, Planchet, accepte, et de cette façon tu ne perdras que quinze mille francs au lieu de vingt, et tu ne seras pas tenté de faire affront à la signature de ton maître et ami, en cherchant à ne rien perdre du tout.

Comme il connaissait le cœur des hommes et des épiciers, ce cher M. d'Artagnan !

Ceux qui ont appelé fou Don Quichotte, parce qu'il marchait à la conquête d'un empire avec le seul Sancho, son écuyer, et ceux qui ont appelé fou Sancho, parce qu'il marchait avec son maître à la conquête du susdit empire, ceux-là certainement n'eussent point porté un autre jugement sur d'Artagnan et Planchet.

Cependant le premier passait pour un esprit subtil parmi les plus fins esprits de la cour de France. Quant au second, il s'était acquis à bon droit la réputation d'une des plus fortes cervelles parmi les marchands épiciers de la rue des Lombards, par conséquent de Paris, par conséquent de France.

Or, à n'envisager ces deux hommes qu'au point de vue de tous les hommes, et les moyens à l'aide desquels ils comptaient remettre un roi sur son trône que comparativement aux autres moyens, le plus mince cerveau du pays où les cerveaux sont les plus minces se fût révolté contre l'outrecuidance du lieutenant et la stupidité de son associé.

Heureusement d'Artagnan n'était pas homme à écouter les sornettes qui se débitaient autour de lui, ni les commentaires que l'on faisait sur lui. Il avait adopté la devise : « Faisons bien et laissons dire. » Planchet, de son côté, avait adopté celle-ci : « Laissons faire et ne disons rien. » Il en résultait que, selon l'habitude de tous les génies supérieurs, ces deux hommes se flattaient *intra pectus* d'avoir raison contre tous ceux qui leur donnaient tort.

Pour commencer, d'Artagnan se mit en route par le plus beau temps du monde, sans nuages au ciel, sans nuages à l'esprit, joyeux et fort, calme et décidé, gros de sa résolution, et par conséquent portant avec lui une dose décuple de ce fluide puissant que les secousses de l'âme font jaillir des nerfs et qui procurent à la machine humaine une force et une influence dont les siècles futurs se rendront, selon toute probabilité, plus arithmétiquement compte que nous ne pouvons le faire aujourd'hui. Il remonta, comme aux temps passés, cette route féconde en aventures qui l'avait conduit à Boulogne et qu'il faisait pour la quatrième fois.

Il put presque, chemin faisant, reconnaître la trace de son pas sur le pavé et celle de son poing sur les portes des hôtelleries ; sa mémoire, toujours active et présente, ressuscitait alors cette jeunesse que n'eût, trente ans après, démentie ni son grand cœur ni son poignet d'acier.

Quelle riche nature que celle de cet homme ! Il avait toutes les passions, tous les défauts, toutes les faiblesses, et l'esprit de contrariété familier à son intelligence changeait toutes ces imperfections en des qualités correspondantes. D'Artagnan, grâce à son imagination sans cesse errante, avait peur d'une ombre, et honteux d'avoir eu peur, il marchait à cette ombre, et devenait alors extravagant de bravoure si le danger était réel ; aussi, tout en lui était émotions et partant jouissance. Il aimait fort la société d'autrui, mais jamais ne s'ennuyait dans la sienne, et plus d'une fois, si on eût pu l'étudier quand il était seul, on l'eût vu rire des quolibets qu'il se racontait à lui-même ou des bouffonnes imaginations qu'il se créait justement cinq minutes avant le moment où devait venir l'ennui.

D'Artagnan ne fut pas peut-être aussi gai cette fois qu'il l'eût été avec la perspective de trouver quelques bons amis à Calais au lieu de celle qu'il avait d'y rencontrer les dix sacripants ; mais cependant la mélancolie ne le visita point plus d'une fois par jour, et ce fut cinq visites à peu près qu'il reçut de cette sombre déité avant d'apercevoir la mer à Boulogne, encore les visites furent-elles courtes.

Mais, une fois là, d'Artagnan se sentit près de l'action, et tout autre sentiment que celui de la confiance disparut, pour ne plus jamais revenir. De Boulogne, il suivit la côte jusqu'à Calais.

Calais était le rendez-vous général, et dans Calais il avait désigné à chacun de ses enrôlés l'hôtellerie du Grand-Monarque, où la vie n'était point chère, où les matelots faisaient la chaudière, où les hommes d'épée, à fourreau de cuir, bien entendu, trouvaient gîte, table, nourriture, et toutes les douceurs de la vie enfin, à trente sous par jour.

D'Artagnan se proposait de les surprendre en flagrant délit de vie errante, et de juger par la première apparence s'il fallait compter sur eux comme sur de bons compagnons.

Il arriva le soir, à quatre heures et demie, à Calais.

XXII

D'Artagnan voyage pour la maison
Planchet et Compagnie

L'hôtellerie du Grand-Monarque était située dans une petite rue parallèle au port, sans donner sur le port même ; quelques ruelles coupaient, comme des échelons coupent les deux parallèles de l'échelle, les deux grandes lignes droites du port et de la rue. Par les ruelles on débouchait inopinément du port dans la rue et de la rue dans le port.

D'Artagnan arriva sur le port, prit une de ces rues, et tomba inopinément devant l'hôtellerie du Grand-Monarque.

Le moment était bien choisi et put rappeler à d'Artagnan son début à l'hôtellerie du Franc-Meunier, à Meung. Des matelots qui venaient de jouer aux dés s'étaient pris de querelle et se menaçaient avec fureur. L'hôte, l'hôtesse et deux garçons surveillaient avec anxiété le cercle de ces mauvais joueurs, du milieu desquels la guerre semblait prête à s'élancer toute hérissée de couteaux et de haches.

Le jeu, cependant, continuait.

Un banc de pierre était occupé par deux hommes qui semblaient ainsi veiller à la porte ; quatre tables placées au fond de la chambre commune étaient occupées par huit autres individus. Ni les hommes du banc ni les hommes des tables ne prenaient part ni à la querelle ni au jeu. D'Artagnan reconnut ses dix hommes dans ces spectateurs si froids et si indifférents.

La querelle allait croissant. Toute passion a, comme la mer, sa marée qui monte et qui descend. Arrivé au paroxysme de sa passion, un matelot renversa la table et l'argent qui était dessus. La table tomba, l'argent roula. À l'instant même tout le personnel de l'hôtellerie se jeta sur les enjeux, et bon nombre de pièces blanches furent ramassées par des gens qui s'esquivèrent, tandis que les matelots se déchiraient entre eux.

Seuls, les deux hommes du banc et les huit hommes de l'intérieur, quoiqu'ils eussent l'air parfaitement étrangers les uns aux autres, seuls, disons-nous, ces dix hommes semblaient s'être donné le mot pour demeurer impassibles au milieu de ces cris de fureur et de ce bruit d'argent. Deux seulement se contentèrent de repousser avec le pied les combattants qui venaient jusque sous leur table.

Deux autres, enfin, plutôt que de prendre part à tout ce vacarme, sortirent leurs mains de leurs poches ; deux autres, enfin, montèrent sur la table qu'ils occupaient, comme font, pour éviter d'être submergés, des gens surpris par une crue d'eau.

« Allons, allons, se dit d'Artagnan, qui n'avait perdu aucun de ces détails que nous venons de raconter, voilà une jolie collection : circonspects, calmes, habitués au bruit, faits aux coups ; peste ! j'ai eu la main heureuse. »

Tout à coup son attention fut appelée sur un point de la chambre.

Les deux hommes qui avaient repoussé du pied les lutteurs furent assaillis d'injures par les matelots qui venaient de se réconcilier.

L'un deux, à moitié ivre de colère et tout à fait de bière, vint d'un ton menaçant demander au plus petit de ces deux sages de quel droit il avait touché de son pied des créatures du bon Dieu qui n'étaient pas des chiens. Et en faisant cette interpellation, il mit, pour la rendre plus directe, son gros poing sous le nez de la recrue de M. d'Artagnan.

Cet homme pâlit sans qu'on pût apprécier s'il pâlissait de crainte ou bien de colère ; ce que voyant, le matelot conclut que c'était de peur, et leva son poing avec l'intention bien manifeste de le laisser retomber sur la tête de l'étranger. Mais sans qu'on eût vu remuer l'homme menacé, il détacha au matelot une si rude bourrade dans l'estomac, que celui-ci roula jusqu'au bout de la chambre avec des cris épouvantables. Au même instant, ralliés par l'esprit de corps, tous les camarades du vaincu tombèrent sur le vainqueur.

Ce dernier, avec le même sang-froid dont il avait déjà fait preuve, sans commettre l'imprudence de toucher à ses armes, empoigna un pot de bière à couvercle d'étain, et assomma deux ou trois assaillants ; puis, comme il allait succomber sous le nombre, les sept autres silencieux de l'intérieur, qui n'avaient pas bougé, comprirent que c'était leur cause qui était en jeu et se ruèrent à son secours.

En même temps les deux indifférents de la porte se retournèrent avec un froncement de sourcils qui indiquait leur intention bien prononcée de prendre l'ennemi à revers si l'ennemi ne cessait pas son agression.

L'hôte, ses garçons et deux gardes de nuit qui passaient et qui, par curiosité, pénétrèrent trop avant dans la chambre furent enveloppés dans la bagarre et roués de coups.

Les Parisiens frappaient comme des Cyclopes, avec un ensemble et une tactique qui faisaient plaisir à voir ; enfin, obligés de battre en retraite devant le nombre, ils prirent leur retranchement de l'autre côté de la grande table, qu'ils soulevèrent d'un commun accord à quatre, tandis que les deux autres s'armaient chacun d'un tréteau, de telle sorte qu'en s'en servant comme d'un gigantesque abattoir, ils renversèrent d'un coup huit matelots sur la tête desquels ils avaient fait jouer leur monstrueuse catapulte.

Le sol était donc jonché de blessés et la salle pleine de cris et de poussière, lorsque d'Artagnan, satisfait de l'épreuve, s'avança l'épée à la main, et, frappant du pommeau tout ce qu'il rencontra de têtes dressées, il poussa un vigoureux *holà !* qui mit à l'instant même fin à la lutte. Il se fit un grand refoulement du centre à la circonférence, de sorte que d'Artagnan se trouva isolé et dominateur.

– Qu'est-ce que c'est ? demanda-t-il ensuite à l'assemblée, avec le ton majestueux de Neptune prononçant le *Quos ego...*

À l'instant même et au premier accent de cette voix, pour continuer la métaphore virgilienne, les recrues de M. d'Artagnan, reconnaissant chacun isolément son souverain seigneur, rengaînèrent à la fois et leurs colères, et leurs battements de planche, et leurs coups de tréteau.

De leur côté, les matelots, voyant cette longue épée nue, cet air martial et ce bras agile qui venaient au secours de leurs ennemis dans la personne d'un homme qui paraissait habitué au commandement, de leur côté, les matelots ramassèrent leurs blessés et leurs cruchons.

Les Parisiens s'essuyèrent le front et tirèrent leur révérence au chef.

D'Artagnan fut comblé de félicitations par l'hôte du Grand-Monarque.

Il les reçut en homme qui sait qu'on ne lui offre rien de trop, puis il déclara qu'en attendant de souper il allait se promener sur le port.

Aussitôt chacun des enrôlés, qui comprit l'appel, prit son chapeau, épousseta son habit et suivit d'Artagnan.

Mais d'Artagnan, tout en flânant, tout en examinant chaque chose, se garda bien de s'arrêter ; il se dirigea vers la dune, et les dix hommes, effarés de se trouver ainsi à la piste les uns des autres, inquiets de voir à leur droite, à leur gauche et derrière eux des compagnons sur lesquels ils ne comptaient pas, le suivirent en se jetant les uns les autres des regards furibonds.

Ce ne fut qu'au plus creux de la plus profonde dune que d'Artagnan, souriant de les voir distancés, se retourna vers eux, et leur faisant de la main un signe pacifique :

– Eh ! là, là ! messieurs, dit-il, ne nous dévorons pas ; vous êtes faits pour vivre ensemble, pour vous entendre en tous points, et non pour vous dévorer les uns les autres.

Alors toute hésitation cessa ; les hommes respirèrent comme s'ils eussent été tirés d'un cercueil, et s'examinèrent complaisamment les uns les autres. Après cet examen, ils portèrent les yeux sur leur chef, qui, connaissant dès longtemps le grand art de parler à des hommes de cette trempe, leur improvisa le petit discours suivant, accentué avec une énergie toute gasconne.

– Messieurs, vous savez tous qui je suis. Je vous ai engagés, vous connaissant des braves et voulant vous associer à une expédition glorieuse. Figurez-vous qu'en travaillant avec moi vous travaillez pour le roi. Je vous préviens seulement que si vous laissez paraître quelque chose de cette supposition, je me verrai forcé de vous casser immédiatement la tête de la façon qui me sera la plus commode. Vous n'ignorez pas, messieurs, que les secrets d'État sont comme un poison mortel ; tant que ce poison est dans sa boîte et que la boîte est fermée, il ne nuit pas ; hors de la boîte, il tue. Maintenant, approchez-vous de moi, et vous allez savoir de ce secret ce que je puis vous en dire.

Tous s'approchèrent avec un mouvement de curiosité.

– Approchez-vous, continua d'Artagnan, et que l'oiseau qui passe au-dessus de nos têtes, que le lapin qui joue dans les dunes, que le poisson qui bondit hors de l'eau ne puissent nous entendre. Il s'agit de savoir et de rapporter à M. le surintendant des finances combien la contrebande anglaise fait de tort aux marchands français. J'entrerai partout et je verrai tout. Nous sommes de pauvres pêcheurs picards jetés sur la côte par une bourrasque. Il va sans dire que nous vendrons du poisson ni plus ni moins que de vrais pêcheurs. Seulement, on pourrait deviner qui nous sommes et nous inquiéter ; il est donc urgent que nous soyons en état de nous défendre. Voilà pourquoi je vous ai choisis comme des gens d'esprit et de courage. Nous mènerons bonne vie et nous ne courrons pas grand danger, attendu que nous avons derrière nous un protecteur puissant, grâce auquel il n'y a pas d'embarras possible. Une seule chose me contrarie, mais j'espère qu'après une courte explication vous allez me tirer d'embarras. Cette chose qui me contrarie, c'est d'emmener avec moi un équipage de pêcheurs stupides, lequel équipage nous gênera énormément, tandis que si, par hasard, il y avait parmi vous des gens qui eussent vu la mer...

– Oh ! qu'à cela ne tienne ! dit une des recrues de d'Artagnan ; moi, j'ai été prisonnier des pirates de Tunis pendant trois ans, et je connais la manœuvre comme un amiral.

– Voyez-vous, dit d'Artagnan, l'admirable chose que le hasard !

D'Artagnan prononça ces paroles avec un indéfinissable accent de feinte bonhomie ; car d'Artagnan savait à merveille que cette victime des pirates était un ancien corsaire, et il l'avait engagé en connaissance de cause. Mais d'Artagnan n'en disait jamais plus qu'il n'avait besoin d'en dire, pour laisser les gens dans le doute. Il se paya donc de l'explication, et accueillit l'effet sans paraître se préoccuper de la cause.

– Et moi, dit un second, j'ai, par chance, un oncle qui dirige les travaux du port de La Rochelle. Tout enfant, j'ai joué sur les embarcations ; je sais donc manier l'aviron et la voile à défier le premier matelot ponantais venu.

Celui-là ne mentait guère plus que l'autre, il avait ramé six ans sur les galères de Sa Majesté, à La Ciotat.

Deux autres furent plus francs ; ils avouèrent tout simplement qu'ils avaient servi sur un vaisseau comme soldats de pénitence ; ils n'en rougissaient pas. D'Artagnan se trouva donc le chef de dix hommes de guerre et de quatre matelots, ayant à la fois armée de terre et de mer, ce qui eût porté l'orgueil de Planchet au comble, si Planchet eût connu ce détail.

Il ne s'agissait plus que de l'ordre général, et d'Artagnan le donna précis. Il enjoignit à ses hommes de se tenir prêts à partir pour La Haye, en suivant, les uns le littoral qui mène jusqu'à Breskens, les autres la route qui mène à Anvers.

Le rendez-vous fut donné, en calculant chaque jour de marche, à quinze jours de là, sur la place principale de La Haye.

D'Artagnan recommanda à ses hommes de s'accoupler comme ils l'entendraient, par sympathie, deux par deux. Lui-même choisit parmi les figures les moins patibulaires deux gardes qu'il avait connus autrefois, et dont les seuls défauts étaient d'être joueurs et ivrognes. Ces hommes n'avaient point perdu toute idée de civilisation, et, sous des habits propres, leurs cœurs eussent recommencé à battre. D'Artagnan, pour ne pas donner de jalousie aux autres, fit passer les autres devant. Il garda ses deux préférés, les habilla de ses propres nippes et partit avec eux.

C'est à ceux-là, qu'il semblait honorer d'une confiance absolue, que d'Artagnan fit une fausse confidence destinée à garantir le succès de l'expédition. Il leur avoua qu'il s'agissait, non pas de voir combien la contrebande anglaise pouvait faire de tort au commerce français, mais au contraire combien la contrebande française pouvait faire tort au commerce anglais. Ces hommes parurent convaincus ; ils l'étaient effectivement. D'Artagnan était bien sûr qu'à la première débauche, alors qu'ils seraient morts-ivres, l'un des deux divulguerait ce secret capital à toute la bande. Son jeu lui parut infaillible.

Quinze jours après ce que nous venons de voir se passer à Calais, toute la troupe se trouvait réunie à La Haye.

Alors, d'Artagnan s'aperçut que tous ses hommes, avec une intelligence remarquable, s'étaient déjà travestis en matelots plus ou moins maltraités par la mer.

D'Artagnan les laissa dormir en un bouge de Newkerkestreet, et se logea, lui, proprement, sur le grand canal.

Il apprit que le roi d'Angleterre était revenu près de son allié Guillaume II de Nassau, stathouder de Hollande. Il apprit encore que le refus du roi Louis XIV avait un peu refroidi la protection qui lui avait été accordée jusque-là, et qu'en conséquence il avait été se confiner dans une petite maison du village de Scheveningen, situé dans les dunes, au bord de la mer, à une petite lieue de La Haye.

Là, disait-on, le malheureux banni se consolait de son exil en regardant, avec cette mélancolie particulière aux princes de sa race, cette mer immense du Nord, qui le séparait de son Angleterre, comme elle avait séparé autrefois Marie Stuart de la France. Là, derrière quelques arbres du beau bois de Scheveningen, sur le sable fin où croissent les bruyères dorées de la dune, Charles II végétait comme elles, plus malheureux qu'elles, car il vivait de la vie de la pensée, et il espérait et désespérait tour à tour.

D'Artagnan poussa une fois jusqu'à Scheveningen, afin d'être bien sûr de ce que l'on rapportait sur le prince. Il vit en effet Charles II pensif et seul sortir par une petite porte donnant sur le bois, et se promenant sur le rivage, au soleil couchant, sans même attirer l'attention des pêcheurs qui, en revenant le soir, tiraient, comme les anciens marins de l'Archipel, leurs barques sur le sable de la grève.

D'Artagnan reconnut le roi. Il le vit fixer son regard sombre sur l'immense étendue des eaux, et absorber sur son pâle visage les rouges rayons du soleil déjà échancré par la ligne noire de l'horizon. Puis Charles II rentra dans la maison isolée, toujours seul, toujours lent et triste, s'amusant à faire crier sous ses pas le sable friable et mouvant.

Dès le soir même, d'Artagnan loua pour mille livres une barque de pêcheur qui en valait quatre mille. Il donna ces mille livres comptant, et déposa les trois mille autres chez le bourgmestre. Après quoi il embarqua, sans qu'on les vît et durant la nuit obscure, les six hommes qui formaient son armée de terre ; et, à la marée montante, à trois heures du matin, il gagna le large manœuvrant ostensiblement avec les quatre autres et se reposant sur la science de son galérien, comme il l'eût fait sur celle du premier pilote du port.

XXIII

*Où l'auteur est forcé, bien malgré lui,
de faire un peu d'histoire*

Tandis que les rois et les hommes s'occupaient ainsi de l'Angleterre, qui se gouvernait toute seule, et qui, il faut le dire à sa louange, n'avait jamais été si mal gouvernée, un homme sur qui Dieu avait arrêté son regard et posé son doigt, un homme prédestiné à écrire son nom en lettres éclatantes dans le livre de l'histoire, poursuivait à la face du monde une œuvre pleine de mystère et d'audace. Il allait, et nul ne savait où il voulait aller, quoique non seulement l'Angleterre, mais la France, mais l'Europe, le regardassent marcher d'un pas ferme et la tête haute. Tout ce qu'on savait sur cet homme, nous allons le dire.

Monck venait de se déclarer pour la liberté du *Rump Parliament,* ou, si on l'aime mieux, le Parlement Croupion, comme on l'appelait, Parlement que le général Lambert, imitant Cromwell, dont il avait été le lieutenant, venait de bloquer si étroitement, pour lui faire faire sa volonté, qu'aucun membre, pendant tout le blocus, n'avait pu en sortir, et qu'un seul, Pierre Wentwort, avait pu y entrer.

Lambert et Monck, tout se résumait dans ces deux hommes, le premier représentant le despotisme militaire, le second représentant le républicanisme pur. Ces deux hommes, c'étaient les deux seuls représentants politiques de cette révolution dans laquelle Charles Ier avait d'abord perdu sa couronne et ensuite sa tête.

Lambert, au reste, ne dissimulait pas ses vues ; il cherchait à établir un gouvernement tout militaire et à se faire le chef de ce gouvernement.

Monck, républicain rigide, disaient les uns, voulait maintenir le *Rump Parliament,* cette représentation visible, quoique dégénérée, de la république. Monck, adroit ambitieux, disaient les autres, voulait tout simplement se faire de ce Parlement, qu'il semblait protéger, un degré solide pour monter jusqu'au trône que Cromwell avait fait vide, mais sur lequel il n'avait pas osé s'asseoir.

Ainsi, Lambert en persécutant le Parlement, Monck en se déclarant pour lui, s'étaient mutuellement déclarés ennemis l'un de l'autre.

Aussi Monck et Lambert avaient-ils songé tout d'abord à se faire chacun une armée : Monck en Écosse, où étaient les presbytériens et les royalistes, c'est-à-dire les mécontents ; Lambert à Londres, où se trouvait comme toujours la plus forte opposition contre le pouvoir qu'elle avait sous les yeux.

Monck avait pacifié l'Écosse, il s'y était formé une armée et s'en était fait un asile : l'une gardait l'autre ; Monck savait que le jour n'était pas encore venu, jour marqué par le Seigneur, pour un grand changement ; aussi son épée paraissait-elle collée au fourreau. Inexpugnable dans sa farouche et montagneuse Écosse, général absolu, roi d'une armée de onze mille vieux soldats, qu'il avait plus d'une fois conduits à la victoire ; aussi bien et mieux instruit des affaires de Londres que Lambert, qui tenait garnison dans la Cité, voilà quelle était la position de Monck lorsque à cent lieues de Londres il se déclara pour le Parlement. Lambert, au contraire, comme nous l'avons dit, habitait la capitale. Il y avait le centre de toutes ses opérations, et il y réunissait autour de lui et tous ses amis et tout le bas peuple, éternellement enclin à chérir les ennemis du pouvoir constitué.

Ce fut donc à Londres que Lambert apprit l'appui que des frontières d'Écosse Monck prêtait au Parlement. Il jugea qu'il n'y avait pas de temps à perdre, et que la Tweed n'était pas si éloignée de la Tamise qu'une armée n'enjambât d'une rivière à l'autre surtout lorsqu'elle était bien commandée. Il savait en outre, qu'au fur et à mesure qu'ils pénétreraient en Angleterre, les soldats de Monck formeraient sur la route cette boule de neige, emblème du globe de la fortune, qui n'est pour l'ambitieux qu'un degré sans cesse grandissant pour le conduire à son but. Il ramassa donc son armée, formidable à la fois par sa composition ainsi que par le nombre, et courut au-devant de Monck, qui, lui, pareil à un navigateur prudent voguant au milieu des écueils, s'avançait à toutes petites journées et le nez au vent, écoutant le bruit et flairant l'air qui venait de Londres.

Les deux armées s'aperçurent à la hauteur de Newcastle ; Lambert, arrivé le premier, campa dans la ville même.

Monck, toujours circonspect, s'arrêta où il était et plaça son quartier général à Coldstream, sur la Tweed.

La vue de Lambert répandit la joie dans l'armée de Monck, tandis qu'au contraire la vue de Monck jeta le désarroi dans l'armée de Lambert. On eût cru que ces intrépides batailleurs, qui avaient fait tant de bruit dans les rues de Londres, s'étaient mis en route dans l'espoir de ne rencontrer personne, et que maintenant, voyant qu'ils avaient rencontré une armée et que cette armée arborait devant eux, non seulement un étendard, mais encore une cause et un principe, on eût cru, disons-nous, que ces intrépides batailleurs s'étaient mis à réfléchir qu'ils étaient moins bons républicains que les soldats de Monck, puisque ceux-ci soutenaient le Parlement, tandis que Lambert ne soutenait rien, pas même lui.

Quant à Monck, s'il eut à réfléchir ou s'il réfléchit, ce dut être fort tristement, car l'histoire raconte, et cette pudique dame, on le sait, ne ment jamais, car l'histoire raconte que le jour de son arrivée à Coldstream on chercha inutilement un mouton par toute la ville.

Si Monck eût commandé une armée anglaise, il y eût eu de quoi faire déserter toute l'armée. Mais il n'en est point des Écossais comme des Anglais, à qui cette chair coulante qu'on appelle le sang est de toute nécessité ; les Écossais, race pauvre et sobre, vivent d'un peu d'orge écrasée entre deux pierres, délayée avec de l'eau de la fontaine et cuite sur un grès rougi.

Les Écossais, leur distribution d'orge faite, ne s'inquiétèrent donc point s'il y avait ou s'il n'y avait pas de viande à Coldstream.

Monck, peu familiarisé avec les gâteaux d'orge, avait faim, et son état-major, aussi affamé pour le moins que lui, regardait avec anxiété à droite et à gauche pour savoir ce qu'on préparait à souper.

Monck se fit renseigner ; ses éclaireurs avaient en arrivant trouvé la ville déserte et les buffets vides ; de bouchers et de boulangers, il n'y fallait pas compter à Coldstream. On ne trouva donc pas le moindre morceau de pain pour la table du général.

Au fur et à mesure que les récits se succédaient, aussi peu rassurants les uns que les autres, Monck, voyant l'effroi et le découragement sur tous les visages, affirma qu'il n'avait pas faim ; d'ailleurs on mangerait le lendemain, puisque Lambert était là probablement dans l'intention de livrer bataille, et par conséquent pour livrer ses provisions s'il était forcé dans Newcastle, ou pour délivrer à jamais les soldats de Monck de la faim s'il était vainqueur.

Cette consolation ne fut efficace que sur le petit nombre ; mais peu importait à Monck, car Monck était fort absolu sous les apparences de la plus parfaite douceur.

Force fut donc à chacun d'être satisfait, ou tout au moins de le paraître. Monck, tout aussi affamé que ses gens, mais affectant la plus parfaite indifférence pour ce mouton absent, coupa un fragment de tabac, long d'un demi-pouce, à la carotte d'un sergent qui faisait partie de sa suite, et commença à mastiquer le susdit fragment en assurant à ses lieutenants que la faim était une chimère, et que d'ailleurs on n'avait jamais faim tant qu'on avait quelque chose à mettre sous sa dent.

Cette plaisanterie satisfit quelques-uns de ceux qui avaient résisté à la première déduction que Monck avait tirée du voisinage de Lambert ; le nombre des récalcitrants diminua donc d'autant ; la garde s'installa, les patrouilles commencèrent, et le général continua son frugal repas sous sa tente ouverte.

Entre son camp et celui de l'ennemi s'élevait une vieille abbaye dont il reste à peine quelques ruines aujourd'hui, mais qui alors était debout et qu'on appelait l'abbaye de Newcastle. Elle était bâtie sur un vaste terrain indépendant à la fois de la plaine et de la rivière, parce qu'il était presque un marais alimenté par des sources et entretenu par les pluies. Cependant, au milieu de ces flaques d'eau couvertes de grandes herbes, de joncs et de roseaux, on voyait s'avancer des terrains solides consacrés autrefois au potager, au parc, au jardin d'agrément et autres dépendances de l'abbaye, pareille à une de ces grandes araignées de mer dont le corps est rond, tandis que les pattes vont en divergeant à partir de cette circonférence.

Le potager, l'une des pattes les plus allongées de l'abbaye, s'étendait jusqu'au camp de Monck. Malheureusement on en était, comme nous l'avons dit, aux premiers jours de juin, et le potager, abandonné d'ailleurs, offrait peu de ressources.

Monck avait fait garder ce lieu comme le plus propre aux surprises. On voyait bien au-delà de l'abbaye les feux du général ennemi ; mais entre ces feux et l'abbaye s'étendait la Tweed, déroulant ses écailles lumineuses sous l'ombre épaisse de quelques grands chênes verts.

Monck connaissait parfaitement cette position, Newcastle et ses environs lui ayant déjà plus d'une fois servi de quartier général. Il savait que le jour son ennemi pourrait sans doute jeter des éclaireurs dans ces ruines et y venir chercher une escarmouche, mais que la nuit il se garderait bien de s'y hasarder. Il se trouverait donc en sûreté.

Aussi ses soldats purent-ils le voir, après ce qu'il appelait fastueusement son souper, c'est-à-dire après l'exercice de mastication rapporté par nous au commencement de ce chapitre, comme depuis Napoléon à la veille d'Austerlitz, dormir tout assis sur sa chaise de jonc, moitié sous la lueur de sa lampe, moitié sous le reflet de la lune qui commençait à monter aux cieux.

Ce qui signifie qu'il était à peu près neuf heures et demie du soir.

Tout à coup Monck fut tiré de ce demi-sommeil, factice peut-être, par une troupe de soldats qui, accourant avec des cris joyeux, venaient frapper du pied les bâtons de la tente de Monck, tout en bourdonnant pour le réveiller.

Il n'était pas besoin d'un si grand bruit. Le général ouvrit les yeux.

– Eh bien ! mes enfants, que se passe-t-il donc ? demanda le général.

– Général, répondirent plusieurs voix, général, vous souperez.

– J'ai soupé, messieurs, répondit tranquillement celui-ci, et je digérais tranquillement, comme vous voyez ; mais entrez, et dites-moi ce qui vous amène.

– Général, une bonne nouvelle.

– Bah ! Lambert nous fait-il dire qu'il se battra demain ?

– Non, mais nous venons de capturer une barque de pêcheurs qui portait du poisson au camp de Newcastle.

– Et vous avez eu tort, mes amis. Ces messieurs de Londres sont délicats, ils tiennent à leur premier service ; vous allez les mettre de très mauvaise humeur ; ce soir et demain ils seront impitoyables. Il serait de bon goût, croyez-moi, de renvoyer à M. Lambert ses poissons et ses pêcheurs, à moins que...

Le général réfléchit un instant.

– Dites-moi, continua-t-il, quels sont ces pêcheurs, s'il vous plaît ?

– Des marins picards qui pêchaient sur les côtes de France ou de Hollande, et qui ont été jetés sur les nôtres par un grand vent.

– Quelques-uns d'entre eux parlent-ils notre langue ?

– Le chef nous a dit quelques mots d'anglais.

La défiance du général s'était éveillée au fur et à mesure que les renseignements lui venaient.

– C'est bien, dit-il. Je désire voir ces hommes, amenez-les-moi.

Un officier se détacha aussitôt pour aller les chercher.

– Combien sont-ils ? continua Monck, et quel bateau montent-ils ?

– Ils sont dix ou douze, mon général, et ils montent une espèce de chasse-marée, comme ils appellent cela, de construction hollandaise, à ce qu'il nous a semblé.

– Et vous dites qu'ils portaient du poisson au camp de M. Lambert ?

– Oui, général. Il paraît même qu'ils ont fait une assez bonne pêche.

– Bien, nous allons voir cela, dit Monck.

En effet, au moment même l'officier revenait, amenant le chef de ces pêcheurs, homme de cinquante à cinquante-cinq ans à peu près, mais de bonne mine. Il était de moyenne taille et portait un justaucorps de grosse laine, un bonnet enfoncé jusqu'aux yeux ; un coutelas était passé à sa ceinture, et il marchait avec cette hésitation toute particulière aux marins, qui, ne sachant jamais, grâce au mouvement du bateau, si leur pied posera sur la planche ou dans le vide, donnent à chacun de leurs pas une assiette aussi sûre que s'il s'agissait de poser un pilotis.

Monck, avec un regard fin et pénétrant, considéra longtemps le pêcheur, qui lui souriait de ce sourire moitié narquois, moitié niais, particulier à nos paysans.

– Tu parles anglais ? lui demanda Monck en excellent français.

– Ah ! bien mal, milord, répondit le pêcheur.

Cette réponse fut faite bien plutôt avec l'accentuation vive et saccadée des gens d'outre-Loire qu'avec l'accent un peu traînard des contrées de l'ouest et du nord de la France.

– Mais enfin tu le parles, insista Monck, pour étudier encore une fois cet accent.

– Eh ! nous autres gens de mer, répondit le pêcheur, nous parlons un peu toutes les langues.

– Alors, tu es matelot pêcheur ?

– Pour aujourd'hui, milord, pêcheur, et fameux pêcheur même. J'ai pris un bar qui pèse au moins trente livres, et plus de cinquante mulets ; j'ai aussi de petits merlans qui seront parfaits dans la friture.

– Tu me fais l'effet d'avoir plus pêché dans le golfe de Gascogne que dans la Manche, dit Monck en souriant.

– En effet, je suis du Midi ; cela empêche-t-il d'être bon pêcheur, milord ?

– Non pas, et je t'achète ta pêche ; maintenant parle avec franchise : à qui la destinais-tu ?

– Milord, je ne vous cacherai point que j'allais à Newcastle, tout en suivant la côte, lorsqu'un gros de cavaliers qui remontaient le rivage en sens inverse ont fait signe à ma barque de rebrousser chemin jusqu'au camp de Votre Honneur, sous peine d'une décharge de mousqueterie. Comme je n'étais pas armé en guerre, ajouta le pêcheur en souriant, j'ai dû obéir.

– Et pourquoi allais-tu chez Lambert et non chez moi ?

– Milord, je serai franc ; Votre Seigneurie le permet-elle ?

– Oui, et même au besoin je te l'ordonne.

– Eh bien ! milord, j'allais chez M. Lambert, parce que ces messieurs de la ville paient bien, tandis que vous autres Écossais, puritains, presbytériens, covenantaires, comme vous voudrez vous appeler, vous mangez peu, mais ne payez pas du tout.

Monck haussa les épaules sans cependant pouvoir s'empêcher de sourire en même temps.

– Et pourquoi, étant du Midi, viens-tu pêcher sur nos côtes ?

– Parce que j'ai eu la bêtise de me marier en Picardie.

– Oui ; mais enfin la Picardie n'est pas l'Angleterre.

– Milord, l'homme pousse le bateau à la mer, mais Dieu et le vent font le reste et poussent le bateau où il leur plaît.

– Tu n'avais donc pas l'intention d'aborder chez nous ?

– Jamais.

– Et quelle route faisais-tu ?

– Nous revenions d'Ostende, où l'on avait déjà vu des maquereaux, lorsqu'un grand vent du midi nous a fait dériver ; alors, voyant qu'il était inutile de lutter avec lui, nous avons filé devant lui. Il a donc fallu, pour ne pas perdre la pêche, qui était bonne, l'aller vendre au plus prochain port d'Angleterre ; or, ce plus prochain port, c'était Newcastle ; l'occasion était bonne, nous a-t-on dit, il y avait surcroît de population dans le camp ; surcroît de population dans la ville ; l'un et l'autre étaient pleins de gentilshommes très riches et très affamés, nous disait-on encore ; alors je me suis dirigé vers Newcastle.

– Et tes compagnons, où sont-ils ?

– Oh ! mes compagnons, ils sont restés à bord ; ce sont des matelots sans instruction aucune.

– Tandis que toi... ? fit Monck.

– Oh ! moi, dit le patron en riant, j'ai beaucoup couru avec mon père, et je sais comment on dit un sou, un écu, une pistole, un louis et un double louis dans toutes les langues de l'Europe ; aussi mon équipage m'écoute-t-il comme un oracle et m'obéit-il comme à un amiral.

– Alors c'est toi qui avais choisi M. Lambert comme la meilleure pratique ?

– Oui, certes. Et soyez franc, milord, m'étais-je trompé ?

– C'est ce que tu verras plus tard.

– En tout cas, milord, s'il y a faute, la faute est à moi, et il ne faut pas en vouloir pour cela à mes camarades.

« Voilà décidément un drôle spirituel », pensa Monck.

Puis, après quelques minutes de silence employées à détailler le pêcheur :

– Tu viens d'Ostende, m'as-tu dit ? demanda le général.

– Oui, milord, en droite ligne.

– Tu as entendu parler des affaires du jour alors, car je ne doute point qu'on ne s'en occupe en France et en Hollande. Que fait celui qui se dit le roi d'Angleterre ?

– Oh ! milord, s'écria le pêcheur avec une franchise bruyante et expansive, voilà une heureuse question, et vous ne pouviez mieux vous adresser qu'à moi, car en vérité j'y peux faire une fameuse réponse. Figurez-vous, milord, qu'en relâchant à Ostende pour y vendre le peu de maquereaux que nous y avions pêchés, j'ai vu l'ex-roi qui se promenait sur les dunes, en attendant ses chevaux, qui devaient le conduire à La Haye : c'est un grand pâle avec des cheveux noirs, et la mine un peu dure. Il a l'air de se mal porter, au reste, et je crois que l'air de la Hollande ne lui est pas bon.

Monck suivait avec une grande attention la conversation rapide, colorée et diffuse du pêcheur, dans une langue qui n'était pas la sienne ; heureusement, avons-nous dit, qu'il la parlait avec une grande facilité. Le pêcheur, de son côté, employait tantôt un mot français, tantôt un mot anglais, tantôt un mot qui paraissait n'appartenir à aucune langue et qui était un mot gascon. Heureusement ses yeux parlaient pour lui, et si éloquemment, qu'on pouvait bien perdre un mot de sa bouche, mais pas une seule intention de ses yeux.

Le général paraissait de plus en plus satisfait de son examen.

– Tu as dû entendre dire que cet ex-roi, comme tu l'appelles, se dirigeait vers La Haye dans un but quelconque.

– Oh ! oui, bien certainement, dit le pêcheur, j'ai entendu dire cela.

– Et dans quel but ?

– Mais toujours le même, fit le pêcheur ; n'a-t-il pas cette idée fixe de revenir en Angleterre ?

– C'est vrai, dit Monck pensif.

– Sans compter, ajouta le pêcheur, que le stathouder... vous savez, milord, Guillaume II...

– Eh bien ?

– Il l'y aidera de tout son pouvoir.

– Ah ! tu as entendu dire cela ?

– Non, mais je le crois.

– Tu es fort en politique, à ce qu'il paraît ? demanda Monck.

– Oh ! nous autres marins, milord, qui avons l'habitude d'étudier l'eau et l'air, c'est-à-dire les deux choses les plus mobiles du monde, il est rare que nous nous trompions sur le reste.

– Voyons, dit Monck, changeant de conversation, on prétend que tu vas nous bien nourrir.

– Je ferai de mon mieux, milord.

– Combien nous vends-tu ta pêche, d'abord ?

– Pas si sot que de faire un prix, milord.

– Pourquoi cela ?

– Parce que mon poisson est bien à vous.

– De quel droit ?

– Du droit du plus fort.

– Mais mon intention est de te le payer.

– C'est bien généreux à vous, milord.

– Et ce qu'il vaut, même.

– Je ne demande pas tant.

– Et que demandes-tu donc, alors ?

– Mais je demande à m'en aller.

– Où cela ? Chez le général Lambert ?

– Moi ! s'écria le pêcheur ; et pour quoi faire irais-je à Newcastle, puisque je n'ai plus de poisson ?

– Dans tous les cas, écoute-moi.

– J'écoute.

– Un conseil.

– Comment ! Milord veut me payer et encore me donner un bon conseil ! mais milord me comble.

Monck regarda plus fixement que jamais le pêcheur, sur lequel il paraissait toujours conserver quelque soupçon.

– Oui, je veux te payer et te donner un conseil, car les deux choses se tiennent. Donc, si tu t'en retournes chez le général Lambert...

Le pêcheur fit un mouvement de la têtc et des épaules qui signifiait : « S'il y tient, ne le contrarions pas. »

– Ne traverse pas le marais, continua Monck ; tu seras porteur d'argent, et il y a dans le marais quelques embuscades d'Écossais que j'ai placées là. Ce sont gens peu traitables, qui comprennent mal la langue que tu parles, quoiqu'elle me paraisse se composer de trois langues, et qui pourraient te reprendre ce que je t'aurais donné, et de retour dans ton pays, tu ne manquerais pas de dire que le général Monck a deux mains, l'une écossaise, l'autre anglaise, et qu'il reprend avec la main écossaise ce qu'il a donné avec la main anglaise.

– Oh ! général, j'irai où vous voudrez, soyez tranquille, dit le pêcheur avec une crainte trop expressive pour n'être pas exagérée. Je ne demande qu'à rester ici, moi, si vous voulez que je reste.

– Je te crois bien, dit Monck, avec un imperceptible sourire ; mais je ne puis cependant te garder sous ma tente.

– Je n'ai pas cette prétention, milord, et désire seulement que Votre Seigneurie m'indique où elle veut que je me poste. Qu'elle ne se gêne pas, pour nous une nuit est bientôt passée.

– Alors je vais te faire conduire à ta barque.

– Comme il plaira à Votre Seigneurie. Seulement, si Votre Seigneurie voulait me faire reconduire par un charpentier, je lui en serais on ne peut plus reconnaissant.

– Pourquoi cela ?

– Parce que ces messieurs de votre armée, en faisant remonter la rivière à ma barque, avec le câble que tiraient leurs chevaux, l'ont quelque peu déchirée aux roches de la rive, en sorte que j'ai au moins deux pieds d'eau dans ma cale, milord.

– Raison de plus pour que tu veilles sur ton bateau, ce me semble.

– Milord, je suis bien à vos ordres, dit le pêcheur. Je vais décharger mes paniers où vous voudrez, puis vous me paierez si cela vous plaît ; vous me renverrez si la chose vous convient. Vous voyez que je suis facile à vivre, moi.

– Allons, allons, tu es un bon diable, dit Monck, dont le regard scruta-teur n'avait pu trouver une seule ombre dans la limpidité de l'œil du pê-cheur. Holà ! Digby !

Un aide de camp parut.

– Vous conduirez ce digne garçon et ses compagnons aux petites tentes des cantines, en avant des marais ; de cette façon ils seront à portée de joindre leur barque, et cependant ils ne coucheront pas dans l'eau cette nuit. Qu'y a-t-il, Spithead ?

Spithead était le sergent auquel Monck, pour souper, avait emprunté un morceau de tabac.

Spithead, en entrant dans la tente du général sans être appelé, motivait cette question de Monck.

– Milord, dit-il, un gentilhomme français vient de se présenter aux avant-postes et demande à parler à Votre Honneur.

Tout cela était dit, bien entendu, en anglais.

Quoique la conversation eût lieu en cette langue, le pêcheur fit un léger mouvement que Monck, occupé de son sergent, ne remarqua point.

– Et quel est ce gentilhomme ? demanda Monck.

– Milord, répondit Spithead, il me l'a dit ; mais ces diables de noms français sont si difficiles à prononcer pour un gosier écossais, que je n'ai pu le retenir. Au surplus, ce gentilhomme, à ce que m'ont dit les gardes, est le même qui s'est présenté hier à l'étape, et que Votre Honneur n'a pas voulu recevoir.

– C'est vrai, j'avais conseil d'officiers.

– Milord décide-t-il quelque chose à l'égard de ce gentilhomme ?

– Oui, qu'il soit amené ici.

– Faut-il prendre des précautions ?

– Lesquelles ?

– Lui bander les yeux, par exemple.

– À quoi bon ? Il ne verra que ce que je désire qu'on voie, c'est-à-dire que j'ai autour de moi onze mille braves qui ne demandent pas mieux que de se couper la gorge en l'honneur du Parlement, de l'Écosse et de l'Angleterre.

– Et cet homme, milord ? dit Spithead en montrant le pêcheur, qui pendant cette conversation était resté debout et immobile, en homme qui voit mais ne comprend pas.

– Ah ! c'est vrai, dit Monck.

Puis, se retournant vers le marchand de poisson :

– Au revoir, mon brave homme, dit-il ; je t'ai choisi un gîte. Digby, emmenez-le. Ne crains rien, on t'enverra ton argent tout à l'heure.

– Merci, milord, dit le pêcheur.

Et, après avoir salué, il partit accompagné de Digby.

À cent pas de la tente, il retrouva ses compagnons, lesquels chuchotaient avec une volubilité qui ne paraissait pas exempte d'inquiétude, mais il leur fit un signe qui parut les rassurer.

– Holà ! vous autres, dit le patron, venez par ici ; Sa Seigneurie le général Monck a la générosité de nous payer notre poisson et la bonté de nous donner l'hospitalité pour cette nuit.

Les pêcheurs se réunirent à leur chef, et, conduite par Digby, la petite troupe s'achemina vers les cantines, poste qui, on se le rappelle, lui avait été assigné.

Tout en cheminant, les pêcheurs passèrent dans l'ombre près de la garde qui conduisait le gentilhomme français au général Monck.

Ce gentilhomme était à cheval et enveloppé d'un grand manteau, ce qui fit que le patron ne put le voir, quelle que parût être sa curiosité. Quant au gentilhomme, ignorant qu'il coudoyait des compatriotes, il ne fit pas même attention à cette petite troupe.

L'aide de camp installa ses hôtes dans une tente assez propre d'où fut délogée une cantinière irlandaise qui s'en alla coucher où elle put avec ses six enfants. Un grand feu brûlait en avant de cette tente et projetait sa lumière pourprée sur les flaques herbeuses du marais que ridait une brise assez fraîche. Puis l'installation faite, l'aide de camp souhaita le bonsoir aux matelots en leur faisant observer que l'on voyait du seuil de la tente les mâts de la barque qui se balançait sur la Tweed, preuve qu'elle n'avait pas

encore coulé à fond. Cette vue parut réjouir infiniment le chef des pêcheurs.

XXIV

Le trésor

Le gentilhomme français que Spithead avait annoncé à Monck, et qui avait passé si bien enveloppé de son manteau près du pêcheur qui sortait de la tente du général cinq minutes avant qu'il y entrât, le gentilhomme français traversa les différents postes sans même jeter les yeux autour de lui, de peur de paraître indiscret. Comme l'ordre en avait été donné, on le conduisit à la tente du général. Le gentilhomme fut laissé seul dans l'antichambre qui précédait la tente, et il attendit Monck, qui ne tarda à paraître que le temps qu'il mit à entendre le rapport de ses gens et à étudier par la cloison de toile le visage de celui qui sollicitait un entretien.

Sans doute le rapport de ceux qui avaient accompagné le gentilhomme français établissait la discrétion avec laquelle il s'était conduit, car la première impression que l'étranger reçut de l'accueil fait à lui par le général fut plus favorable qu'il n'avait à s'y attendre en un pareil moment, et de la part d'un homme si soupçonneux. Néanmoins, selon son habitude, lorsque Monck se trouva en face de l'étranger, il attacha sur lui ses regards perçants, que, de son côté, l'étranger soutint sans être embarrassé ni soucieux. Au bout de quelques secondes, le général fit un geste de la main et de la tête en signe qu'il attendait.

– Milord, dit le gentilhomme en excellent anglais, j'ai fait demander une entrevue à Votre Honneur pour affaire de conséquence.

– Monsieur, répondit Monck en français, vous parlez purement notre langue pour un fils du continent. Je vous demande bien pardon, car sans doute la question est indiscrète, parlez-vous le français avec la même pureté ?

– Il n'y a rien d'étonnant, milord, à ce que je parle anglais assez familièrement ; j'ai, dans ma jeunesse, habité l'Angleterre, et depuis j'y ai fait deux voyages.

Ces mots furent dits en français et avec une pureté de langue qui décelait non seulement un Français, mais encore un Français des environs de Tours.

– Et quelle partie de l'Angleterre avez-vous habitée, monsieur ?

– Dans ma jeunesse, Londres, milord ; ensuite, vers 1635, j'ai fait un voyage de plaisir en Écosse ; enfin, en 1648, j'ai habité quelque temps Newcastle, et particulièrement le couvent dont les jardins sont occupés par votre armée.

– Excusez-moi, monsieur, mais de ma part, vous comprenez ces questions, n'est-ce pas ?

– Je m'étonnerais, milord, qu'elles ne fussent point faites.

– Maintenant, monsieur, que puis-je pour votre service, et que désirez-vous de moi ?

– Voici, milord ; mais, auparavant, sommes-nous seuls ?

– Parfaitement seuls, monsieur, sauf toutefois le poste qui nous garde.

En disant ces mots, Monck écarta la tente de la main, et montra au gentilhomme que le factionnaire était placé à dix pas au plus, et qu'au premier appel on pouvait avoir main-forte en une seconde.

– En ce cas, milord, dit le gentilhomme d'un ton aussi calme que si depuis longtemps il eût été lié d'amitié avec son interlocuteur, je suis très décidé à parler à Votre Honneur, parce que je vous sais honnête homme. Au reste, la communication que je vais vous faire vous prouvera l'estime dans laquelle je vous tiens.

Monck, étonné de ce langage qui établissait entre lui et le gentilhomme français l'égalité au moins, releva son œil perçant sur l'étranger, et avec une ironie sensible par la seule inflexion de sa voix, car pas un muscle de sa physionomie ne bougea :

– Je vous remercie, monsieur, dit-il ; mais, d'abord, qui êtes-vous, je vous prie ?

– J'ai déjà dit mon nom à votre sergent, milord.

– Excusez-le, monsieur ; il est écossais, il a éprouvé de la difficulté à le retenir.

– Je m'appelle le comte de La Fère, monsieur, dit Athos en s'inclinant.

– Le comte de La Fère ? dit Monck, cherchant à se souvenir. Pardon, monsieur, mais il me semble que c'est la première fois que j'entends ce nom. Remplissez-vous quelque poste à la cour de France ?

– Aucun. Je suis simple gentilhomme.

– Quelle dignité ?

– Le roi Charles Ier m'a fait chevalier de la Jarretière, et la reine Anne d'Autriche m'a donné le cordon du Saint-Esprit. Voilà mes seules dignités, monsieur.

– La Jarretière ! le Saint-Esprit ! vous êtes chevalier de ces deux ordres, monsieur !

– Oui.

– Et à quelle occasion une pareille faveur vous a-t-elle été accordée ?

– Pour services rendus à Leurs Majestés.

Monck regarda avec étonnement cet homme, qui lui paraissait si simple et si grand en même temps ; puis, comme s'il eût renoncé à pénétrer ce mystère de simplicité et de grandeur, sur lequel l'étranger ne paraissait pas disposé à lui donner d'autres renseignements que ceux qu'il avait déjà reçus :

– C'est bien vous, dit-il, qui hier vous êtes présenté aux avant-postes ?

– Et qu'on a renvoyé ; oui, milord.

– Beaucoup d'officiers, monsieur, ne laissent entrer personne dans le camp, surtout à la veille d'une bataille probable ; mais moi, je diffère de mes collègues et aime à ne rien laisser derrière moi. Tout avis m'est bon ; tout danger m'est envoyé par Dieu, et je le pèse dans ma main avec l'énergie qu'il m'a donnée. Aussi n'avez-vous été congédié hier qu'à cause du conseil que je tenais. Aujourd'hui, je suis libre, parlez.

– Milord, vous avez d'autant mieux fait de me recevoir, qu'il ne s'agit en rien ni de la bataille que vous allez livrer au général Lambert, ni de votre camp, et la preuve, c'est que j'ai détourné la tête pour ne pas voir vos hommes, et fermé les yeux pour ne pas compter vos tentes. Non, je viens vous parler, milord, pour moi.

– Parlez donc, monsieur, dit Monck.

– Tout à l'heure, continua Athos, j'avais l'honneur de dire à Votre Seigneurie que j'ai longtemps habité Newcastle : c'était au temps du roi Charles Iᵉʳ et lorsque le feu roi fut livré à M. Cromwell par les Écossais.

– Je sais, dit froidement Monck.

– J'avais en ce moment une forte somme en or, et à la veille de la bataille, par pressentiment peut-être de la façon dont les choses se devaient passer le lendemain, je la cachai dans la principale cave du couvent de Newcastle, dans la tour dont vous voyez d'ici le sommet argenté par la lune. Mon trésor a donc été enterré là, et je venais prier Votre Honneur de permettre que je le retire avant que, peut-être, la bataille portant de ce côté, une mine ou quelque autre jeu de guerre détruise le bâtiment et éparpille mon or, ou le rende apparent de telle façon que les soldats s'en emparent.

Monck se connaissait en hommes ; il voyait sur la physionomie de celui-ci toute l'énergie, toute la raison, toute la circonspection possibles ; il ne pouvait donc attribuer qu'à une magnanime confiance la révélation du gentilhomme français, et il s'en montra profondément touché.

– Monsieur, dit-il, vous avez en effet bien auguré de moi. Mais la somme vaut-elle la peine que vous vous exposiez ? Croyez-vous même qu'elle soit encore à l'endroit où vous l'avez laissée ?

– Elle y est, monsieur, n'en doutez pas.

– Voilà pour une question ; mais pour l'autre ?... Je vous ai demandé si la somme était tellement forte que vous dussiez vous exposer ainsi.

– Elle est forte réellement, oui, milord, car c'est un million que j'ai renfermé dans deux barils.

– Un million ! s'écria Monck, que cette fois à son tour Athos regardait fixement et longuement.

Monck s'en aperçut ; alors sa défiance revint.

« Voilà, se dit-il, un homme qui me tend un piège... »

– Ainsi, monsieur, reprit-il, vous voudriez retirer cette somme, à ce que je comprends ?

– S'il vous plaît, milord.

– Aujourd'hui ?

– Ce soir même, et à cause des circonstances que je vous ai expliquées.

– Mais, monsieur, objecta Monck, le général Lambert est aussi près de l'abbaye où vous avez affaire que moi-même, pourquoi donc ne vous êtes-vous pas adressé à lui ?

– Parce que, milord, quand on agit dans les circonstances importantes, il faut consulter son instinct avant toutes choses. Eh bien ! le général Lambert ne m'inspire pas la confiance que vous m'inspirez.

– Soit, monsieur. Je vous ferai retrouver votre argent, si toutefois il y est encore, car, enfin, il peut n'y être plus. Depuis 1648, douze ans sont révolus, et bien des événements se sont passés.

Monck insistait sur ce point pour voir si le gentilhomme français saisirait l'échappatoire qui lui était ouverte ; mais Athos ne sourcilla point.

– Je vous assure, milord, dit-il fermement, que ma conviction à l'endroit des deux barils est qu'ils n'ont changé ni de place ni de maître.

Cette réponse avait enlevé à Monck un soupçon, mais elle lui en avait suggéré un autre.

Sans doute ce Français était quelque émissaire envoyé pour induire en faute le protecteur du Parlement ; l'or n'était qu'un leurre ; sans doute encore, à l'aide de ce leurre, on voulait exciter la cupidité du général. Cet or ne devait pas exister. Il s'agissait, pour Monck, de prendre en flagrant délit de mensonge et de ruse le gentilhomme français, et de tirer du mauvais pas même où ses ennemis voulaient l'engager un triomphe pour sa renommée. Monck, une fois fixé sur ce qu'il avait à faire :

– Monsieur, dit-il à Athos, sans doute vous me ferez l'honneur de partager mon souper ce soir !

– Oui, milord, répondit Athos en s'inclinant, car vous me faites un honneur dont je me sens digne par le penchant qui m'entraîne vers vous.

– C'est d'autant plus gracieux à vous d'accepter avec cette franchise, que mes cuisiniers sont peu nombreux et peu exercés, et que mes approvisionneurs sont rentrés ce soir les mains vides ; si bien que, sans un pêcheur de votre nation qui s'est fourvoyé dans mon camp, le général Monck se couchait sans souper aujourd'hui. J'ai donc du poisson frais, à ce que m'a dit le vendeur.

– Milord, c'est principalement pour avoir l'honneur de passer quelques instants de plus avec vous.

Après cet échange de civilités, pendant lequel Monck n'avait rien perdu de sa circonspection, le souper, ou ce qui devait en tenir lieu, avait été servi sur une table de bois de sapin. Monck fit signe au comte de La Fère de s'asseoir à cette table et prit place en face de lui. Un seul plat, couvert de poisson bouilli, offert aux deux illustres convives, promettait plus aux estomacs affamés qu'aux palais difficiles.

Tout en soupant, c'est-à-dire en mangeant ce poisson arrosé de mauvaise ale, Monck se fit raconter les derniers événements de la Fronde, la réconciliation de M. de Condé avec le roi, le mariage probable de Sa Majesté avec l'infante Marie-Thérèse ; mais il évita, comme Athos l'évitait lui-même, toute allusion aux intérêts politiques qui unissaient ou plutôt qui désunissaient en ce moment l'Angleterre, la France et la Hollande.

Monck, dans cette conversation, se convainquit d'une chose, qu'il avait déjà remarquée aux premiers mots échangés, c'est qu'il avait affaire à un homme de haute distinction.

Celui-là ne pouvait être un assassin, et il répugnait à Monck de le croire un espion ; mais il y avait assez de finesse et de fermeté à la fois dans Athos pour que Monck crût reconnaître en lui un conspirateur.

Lorsqu'ils eurent quitté la table :

– Vous croyez donc à votre trésor, monsieur ? demanda Monck.

– Oui, milord.

– Sérieusement ?

– Très sérieusement.

– Et vous croyez retrouver la place à laquelle il a été enterré ?

– À la première inspection.

– Eh bien ! monsieur, dit Monck, par curiosité, je vous accompagnerai. Et il faut d'autant plus que je vous accompagne, que vous éprouveriez les plus grandes difficultés à circuler dans le camp sans moi ou l'un de mes lieutenants.

– Général, je ne souffrirais pas que vous vous dérangeassiez si je n'avais, en effet, besoin de votre compagnie ; mais comme je reconnais que cette compagnie m'est non seulement honorable, mais nécessaire, j'accepte.

– Désirez-vous que nous emmenions du monde ? demanda Monck à Athos.

– Général, c'est inutile, je crois, si vous-même n'en voyez pas la nécessité. Deux hommes et un cheval suffiront pour transporter les deux barils sur la felouque qui m'a amené.

– Mais il faudra piocher, creuser, remuer la terre, fendre des pierres, et vous ne comptez pas faire cette besogne vous-même, n'est-ce pas ?

– Général, il ne faut ni creuser, ni piocher. Le trésor est enfoui dans le caveau des sépultures du couvent ; sous une pierre, dans laquelle est scellé un gros anneau de fer, s'ouvre un petit degré de quatre marches. Les deux barils sont là, bout à bout, recouverts d'un enduit de plâtre ayant la forme d'une bière. Il y a en outre une inscription qui doit me servir à reconnaître la pierre ; et comme je ne veux pas, dans une affaire de délicatesse et de confiance, garder de secrets pour Votre Honneur, voici cette inscription :

Hic jacet venerabilis Petrus Guillelmus Scott, Canon. Honorab. Conventus Novi Castelli. Obiit quarta et decima die. Feb. ann. Dom., MCCVIII.

Requiescat in pace.

Monck ne perdait pas une parole. Il s'étonnait, soit de la duplicité merveilleuse de cet homme et de la façon supérieure dont il jouait son rôle, soit de la bonne foi loyale avec laquelle il présentait sa requête, dans une situation où il s'agissait d'un million aventuré contre un coup de poignard, au milieu d'une armée qui eût regardé le vol comme une restitution.

– C'est bien, dit-il, je vous accompagne, et l'aventure me paraît si merveilleuse, que je veux porter moi-même le flambeau.

Et en disant ces mots, il ceignit une courte épée, plaça un pistolet à sa ceinture, découvrant, dans ce mouvement, qui fit entrouvrir son pourpoint, les fins anneaux d'une cotte de mailles destinée à le mettre à l'abri du premier coup de poignard d'un assassin.

Après quoi, il passa un dirk écossais dans sa main gauche ; puis, se tournant vers Athos :

– Êtes-vous prêt, monsieur ? dit-il. Je le suis.

Athos, au contraire de ce que venait de faire Monck, détacha son poignard, qu'il posa sur la table, dégrafa le ceinturon de son épée, qu'il coucha près de son poignard, et sans affectation, ouvrant les agrafes de son pourpoint comme pour y chercher son mouchoir, montra sous sa fine chemise de batiste sa poitrine nue et sans armes offensives ni défensives.

« Voilà, en vérité, un singulier homme, se dit Monck, il est sans arme aucune ; il a donc une embuscade placée là-bas ? »

– Général, dit Athos, comme s'il eût deviné la pensée de Monck, vous voulez que nous soyons seuls, c'est fort bien ; mais un grand capitaine ne doit jamais s'exposer avec témérité : il fait nuit, le passage du marais peut offrir des dangers, faites-vous accompagner.

– Vous avez raison, dit Monck.

Et appelant :

– Digby !

L'aide de camp parut.

– Cinquante hommes avec l'épée et le mousquet, dit-il.

Et il regardait Athos.

– C'est bien peu, dit Athos, s'il y a du danger ; c'est trop, s'il n'y en a pas.

– J'irai seul, dit Monck. Digby, je n'ai besoin de personne. Venez, monsieur.

XXV

Le marais

Athos et Monck traversèrent, allant du camp vers la Tweed, cette partie de terrain que Digby avait fait traverser aux pêcheurs venant de la Tweed au camp. L'aspect de ce lieu, l'aspect des changements qu'y avaient apportés les hommes, était de nature à produire le plus grand effet sur une imagination délicate et vive comme celle d'Athos. Athos ne regardait que ces lieux désolés ; Monck ne regardait qu'Athos, Athos qui, les yeux tantôt vers le ciel, tantôt vers la terre, cherchait, pensait, soupirait.

Digby, que le dernier ordre du général, et surtout l'accent avec lequel il avait été donné, avait un peu ému d'abord, Digby suivit les nocturnes promeneurs pendant une vingtaine de pas ; mais le général s'étant retourné, comme s'il s'étonnait que l'on n'exécutât point ses ordres, l'aide de camp comprit qu'il était indiscret et rentra dans sa tente.

Il supposait que le général voulait faire incognito dans son camp une de ces revues de vigilance que tout capitaine expérimenté ne manque jamais de faire à la veille d'un engagement décisif, il s'expliquait en ce cas la présence d'Athos, comme un inférieur s'explique tout ce qui est mystérieux de la part du chef, Athos pouvait être, et même aux yeux de Digby devait être un espion dont les renseignements allaient éclairer le général.

Au bout de dix minutes de marche à peu près parmi les tentes et les postes, plus serrés aux environs du quartier général, Monck s'engagea sur une petite chaussée qui divergeait en trois branches. Celle de gauche conduisait à la rivière, celle du milieu à l'abbaye de Newcastle sur le marais, celle de droite traversait les premières lignes du camp de Monck, c'est-à-dire les lignes les plus rapprochées de l'armée de Lambert. Au-delà de la rivière était un poste avancé appartenant à l'armée de Monck et qui surveillait l'ennemi ; il était composé de cent cinquante Écossais. Ils avaient passé la Tweed à la nage en donnant l'alarme ; mais comme il n'y avait pas de pont en cet endroit, et que les soldats de Lambert n'étaient pas aussi prompts à se mettre à l'eau que les soldats de Monck, celui-ci ne paraissait pas avoir de grandes inquiétudes de ce côté.

En deçà de la rivière, à cinq cents pas à peu près de la vieille abbaye, les pêcheurs avaient leur domicile au milieu d'une fourmilière de petites tentes élevées par les soldats des clans voisins, qui avaient avec eux leurs femmes et leurs enfants.

Tout ce pêle-mêle aux rayons de la lune offrait un coup d'œil saisissant ; la pénombre ennoblissait chaque détail, et la lumière, cette flatteuse qui ne s'attache qu'au côté poli des choses, sollicitait sur chaque mousquet rouillé le point encore intact, sur tout haillon de toile, la partie la plus blanche et la moins souillée.

Monck arriva donc avec Athos, traversant ce paysage sombre éclairé d'une double lueur, la lueur argentée de la lune, la lueur rougeâtre des feux mourants au carrefour des trois chaussées. Là il s'arrêta, et s'adressant à son compagnon :

– Monsieur, lui dit-il, reconnaîtrez-vous votre chemin ?

– Général, si je ne me trompe, la chaussée du milieu conduit droit à l'abbaye.

– C'est cela même ; mais nous aurions besoin de lumière pour nous guider dans le souterrain.

Monck se retourna.

– Ah ! Digby nous a suivis, à ce qu'il paraît, dit-il ; tant mieux, il va nous procurer ce qu'il nous faut.

– Oui, général, il y a effectivement là-bas un homme qui depuis quelque temps marche derrière nous.

– Digby ! cria Monck, Digby ! venez, je vous prie.

Mais, au lieu d'obéir, l'ombre fit un mouvement de surprise, et, reculant au lieu d'avancer, elle se courba et disparut le long de la jetée de gauche, se dirigeant vers le logement qui avait été donné aux pêcheurs.

– Il paraît que ce n'était pas Digby, dit Monck.

Tous deux avaient suivi l'ombre qui s'était évanouie ; mais ce n'est pas chose assez rare qu'un homme rôdant à onze heures du soir dans un camp où sont couchés dix à douze mille hommes pour qu'Athos et Monck s'inquiétassent de cette disparition.

– En attendant, comme il nous faut un falot, une lanterne, une torche quelconque pour voir où mettre nos pieds, cherchons ce falot, dit Monck.

– Général, le premier soldat venu nous éclairera.

– Non, dit Monck, pour voir s'il n'y aurait pas quelque connivence entre le comte de La Fère et les pêcheurs ; non, j'aimerais mieux quelqu'un de ces matelots français qui sont venus ce soir me vendre du poisson. Ils partent demain, et le secret sera mieux gardé par eux. Tandis que si le bruit se répand dans l'armée écossaise que l'on trouve des trésors dans l'abbaye de Newcastle, mes highlanders croiront qu'il y a un million sous chaque dalle, et ils ne laisseront pas pierre sur pierre dans le bâtiment.

– Faites comme vous voudrez, général, répondit Athos d'un ton de voix si naturel, qu'il était évident que, soldat ou pêcheur, tout lui était égal et qu'il n'éprouvait aucune préférence.

Monck s'approcha de la chaussée, derrière laquelle avait disparu celui que le général avait pris pour Digby, et rencontra une patrouille qui, faisant le tour des tentes, se dirigeait vers le quartier général ; il fut arrêté avec son compagnon, donna le mot de passe et poursuivit son chemin.

Un soldat, réveillé par le bruit, se souleva dans son plaid pour voir ce qui se passait.

– Demandez-lui, dit Monck à Athos, où sont les pêcheurs ; si je lui faisais cette question, il me reconnaîtrait.

Athos s'approcha du soldat, lequel lui indiqua la tente ; aussitôt Monck et Athos se dirigèrent de ce côté.

Il sembla au général qu'au moment où il s'approchait une ombre, pareille à celle qu'il avait déjà vue, se glissait dans cette tente ; mais en s'approchant, il reconnut qu'il devait s'être trompé, car tout le monde dormait pêle-mêle, et l'on ne voyait que jambes et que bras entrelacés.

Athos, craignant qu'on ne le soupçonnât de connivence avec quelqu'un de ses compatriotes, resta en dehors de la tente.

– Holà ! dit Monck en français, qu'on s'éveille ici.

Deux ou trois dormeurs se soulevèrent.

– J'ai besoin d'un homme pour m'éclairer, continua Monck.

Tout le monde fit un mouvement, les uns se soulevant, les autres se levant tout à fait. Le chef s'était levé le premier.

– Votre Honneur peut compter sur nous, dit-il d'une voix qui fit tressaillir Athos. Où s'agit-il d'aller ?

– Vous le verrez. Un falot ! Allons, vite !

– Oui, Votre Honneur. Plaît-il à Votre Honneur que ce soit moi qui l'accompagne ?

– Toi ou un autre, peu m'importe, pourvu que quelqu'un m'éclaire.

« C'est étrange, pensa Athos, quelle voix singulière a ce pêcheur ! »

– Du feu, vous autres ! cria le pêcheur ; allons dépêchons !

Puis tout bas, s'adressant à celui de ses compagnons qui était le plus près de lui :

– Éclaire, toi, Menneville, dit-il, et tiens-toi prêt à tout.

Un des pêcheurs fit jaillir du feu d'une pierre, embrasa un morceau d'amadou, et à l'aide d'une allumette éclaira une lanterne.

La lumière envahit aussitôt la tente.

– Êtes-vous prêt, monsieur ? dit Monck à Athos, qui se détournait pour ne pas exposer son visage à la clarté.

– Oui, général, répliqua-t-il.

– Ah ! le gentilhomme français ! fit tout bas le chef des pêcheurs. Peste ! j'ai eu bonne idée de te charger de la commission, Menneville, il n'aurait qu'à me reconnaître, moi. Éclaire, éclaire !

Ce dialogue fut prononcé au fond de la tente, et si bas que Monck n'en put entendre une syllabe ; il causait d'ailleurs avec Athos.

Menneville s'apprêtait pendant ce temps-là, ou plutôt recevait les ordres de son chef.

– Eh bien ? dit Monck.

– Me voici, mon général, dit le pêcheur.

Monck, Athos et le pêcheur quittèrent la tente.

« C'était impossible, pensa Athos. Quelle rêverie avais-je donc été me mettre dans la cervelle ! »

– Va devant, suis la chaussée du milieu et allonge les jambes, dit Monck au pêcheur.

Ils n'étaient pas à vingt pas, que la même ombre qui avait paru rentrer dans la tente sortait, rampait jusqu'aux pilotis, et, protégée par cette espèce de parapet posé aux alentours de la chaussée, observait curieusement la marche du général.

Tous trois disparurent dans la brume. Ils marchaient vers Newcastle, dont on apercevait déjà les pierres blanches comme des sépulcres.

Après une station de quelques secondes sous le porche, ils pénétrèrent dans l'intérieur. La porte était brisée à coups de hache. Un poste de quatre hommes dormait en sûreté dans un enfoncement, tant on avait la certitude que l'attaque ne pouvait avoir lieu de ce côté.

– Ces hommes ne vous gêneront point ? dit Monck à Athos.

– Au contraire, monsieur, ils aideront à rouler les barils, si Votre Honneur le permet.

– Vous avez raison.

Le poste, tout endormi qu'il était, se réveilla cependant aux premiers pas des deux visiteurs au milieu des ronces et des herbes qui envahissaient le porche. Monck donna le mot de passe et pénétra dans l'intérieur du couvent, précédé toujours de son falot. Il marchait le dernier, surveillant jusqu'au moindre mouvement d'Athos, son dirk tout nu dans sa manche, et prêt à le plonger dans les reins du gentilhomme au premier geste suspect qu'il verrait faire à celui-ci. Mais Athos d'un pas ferme et sûr traversa les salles et les cours.

Plus une porte, plus une fenêtre dans ce bâtiment. Les portes avaient été brûlées, quelques-unes sur place, et les charbons en étaient dentelés encore par l'action du feu, qui s'était éteint tout seul, impuissant sans doute à mordre jusqu'au bout ces massives jointures de chêne assemblées par des clous de fer. Quant aux fenêtres, toutes les vitres ayant été brisées, on voyait s'enfuir par les trous des oiseaux de ténèbres que la lueur du falot effarouchait. En même temps des chauves-souris gigantesques se mirent à tracer autour des deux importuns leurs vastes cercles silencieux, tandis qu'à la lumière projetée sur les hautes parois de pierre on voyait trembloter leur ombre. Ce spectacle était rassurant pour des raisonneurs. Monck conclut qu'il n'y avait aucun homme dans le couvent, puisque les farouches bêtes y étaient encore et s'envolaient à son approche.

Après avoir franchi les décombres et arraché plus d'un lierre qui s'était posé comme gardien de la solitude, Athos arriva aux caveaux situés sous la grande salle, mais dont l'entrée donnait dans la chapelle. Là il s'arrêta.

– Nous y voilà, général, dit-il.

– Voici donc la dalle ?

– Oui.

– En effet, je reconnais l'anneau ; mais l'anneau est scellé à plat.

– Il nous faudrait un levier.

– C'est chose facile à se procurer.

En regardant autour d'eux, Athos et Monck aperçurent un petit frêne de trois pouces de diamètre qui avait poussé dans un angle du mur, montant jusqu'à une fenêtre que ses branches avaient aveuglée.

– As-tu un couteau ? dit Monck au pêcheur.

– Oui, monsieur.

– Coupe cet arbre, alors.

Le pêcheur obéit, mais non sans que son coutelas en fût ébréché. Lorsque le frêne fut arraché, façonné en forme de levier, les trois hommes pénétrèrent dans le souterrain.

– Arrête-toi là, dit Monck au pêcheur en lui désignant un coin du caveau ; nous avons de la poudre à déterrer, et ton falot serait dangereux.

L'homme se recula avec une sorte de terreur et garda fidèlement le poste qu'on lui avait assigné, tandis que Monck et Athos tournaient derrière une colonne au pied de laquelle, par un soupirail, pénétrait un rayon de lune reflété précisément par la pierre que le comte de La Fère venait chercher de si loin.

– Nous y voici, dit Athos en montrant au général l'inscription latine.

– Oui, dit Monck.

Puis, comme il voulait encore laisser au Français un moyen évasif :

– Ne remarquez-vous pas, continua-t-il, que l'on a déjà pénétré dans ce caveau, et que plusieurs statues ont été brisées ?

– Milord, vous avez sans doute entendu dire que le respect religieux de vos Écossais aime à donner en garde aux statues des morts les objets précieux qu'ils ont pu posséder pendant leur vie. Ainsi les soldats ont dû penser que sous le piédestal des statues qui ornaient la plupart de ces tombes un trésor était enfoui ; ils ont donc brisé piédestal et statue. Mais la tombe du vénérable chanoine à qui nous avons affaire ne se distingue par aucun monument ; elle est simple, puis elle a été protégée par la crainte superstitieuse que vos puritains ont toujours eue du sacrilège ; pas un morceau de cette tombe n'a été écaillé.

– C'est vrai, dit Monck.

Athos saisit le levier.

– Voulez-vous que je vous aide ? dit Monck.

– Merci, milord, je ne veux pas que Votre Honneur mette la main à une œuvre dont peut-être elle ne voudrait pas prendre la responsabilité si elle en connaissait les conséquences probables.

Monck leva la tête.

– Que voulez-vous dire, monsieur ? demanda-t-il.

– Je veux dire... Mais cet homme...

– Attendez, dit Monck, je comprends ce que vous craignez et vais faire une épreuve.

Monck se retourna vers le pêcheur, dont on apercevait la silhouette éclairée par le falot.

– *Come here, friend*, dit-il avec le ton du commandement.

Le pêcheur ne bougea pas.

– C'est bien, continua-t-il, il ne sait pas l'anglais. Parlez-moi donc anglais, s'il vous plaît, monsieur.

– Milord, répondit Athos, j'ai souvent vu des hommes, dans certaines circonstances, avoir sur eux-mêmes cette puissance de ne point répondre à une question faite dans une langue qu'ils comprennent. Le pêcheur est peut-être plus savant que nous le croyons. Veuillez le congédier, milord, je vous prie.

« Décidément, pensa Monck, il désire me tenir seul dans ce caveau. N'importe, allons jusqu'au bout, un homme vaut un homme, et nous sommes seuls... »

– Mon ami, dit Monck au pêcheur, remonte cet escalier que nous venons de descendre, et veille à ce que personne ne nous vienne troubler.

Le pêcheur fit un mouvement pour obéir.

– Laisse ton falot, dit Monck, il trahirait ta présence et pourrait te valoir quelque coup de mousquet effarouché.

Le pêcheur parut apprécier le conseil, déposa le falot à terre et disparut sous la voûte de l'escalier.

Monck alla prendre le falot, qu'il apporta au pied de la colonne.

– Ah çà ! dit-il, c'est bien de l'argent qui est caché dans cette tombe ?

– Oui, milord, et dans cinq minutes vous n'en douterez plus.

En même temps, Athos frappait un coup violent sur le plâtre, qui se fendait en présentant une gerçure au bec du levier. Athos introduisit la pince dans cette gerçure, et bientôt des morceaux tout entiers de plâtre cédèrent, se soulevant comme des dalles arrondies. Alors le comte de La Fère saisit les pierres et les écarta avec des ébranlements dont on n'aurait pas cru capables des mains aussi délicates que les siennes.

– Milord, dit Athos, voici bien la maçonnerie dont j'ai parlé à Votre Honneur.

– Oui, mais je ne vois pas encore les barils, dit Monck.

– Si j'avais un poignard, dit Athos en regardant autour de lui, vous les verriez bientôt, monsieur. Malheureusement, j'ai oublié le mien dans la tente de Votre Honneur.

– Je vous offrirais bien le mien, dit Monck, mais la lame me semble trop frêle pour la besogne à laquelle vous la destinez.

Athos parut chercher autour de lui un objet quelconque qui pût remplacer l'arme qu'il désirait.

Monck ne perdait pas un des mouvements de ses mains, une des expressions de ses yeux.

– Que ne demandez-vous le coutelas du pêcheur ? dit Monck. Il avait un coutelas.

– Ah ! c'est juste, dit Athos, puisqu'il s'en est servi pour couper cet arbre.

Et il s'avança vers l'escalier.

– Mon ami, dit-il au pêcheur, jetez-moi votre coutelas, je vous prie, j'en ai besoin.

Le bruit de l'arme retentit sur les marches.

– Prenez, dit Monck, c'est un instrument solide, à ce que j'ai vu, et dont une main ferme peut tirer bon parti.

Athos ne parut accorder aux paroles de Monck que le sens naturel et simple sous lequel elles devaient être entendues et comprises. Il ne remarqua pas non plus, ou du moins il ne parut pas remarquer, que, lorsqu'il revint à Monck, Monck s'écarta en portant la main gauche à la crosse de son pistolet ; de la droite il tenait déjà son dirk. Il se mit donc à l'œuvre, tournant le dos à Monck et lui livrant sa vie sans défense possible. Alors il frappa pendant quelques secondes si adroitement et si nettement sur le plâtre intermédiaire, qu'il le sépara en deux parties, et que Monck alors put voir deux barils placés bout à bout et que leur poids maintenait immobiles dans leur enveloppe crayeuse.

– Milord, dit Athos, vous voyez que mes pressentiments ne m'avaient point trompé.

– Oui, monsieur, dit Monck, et j'ai tout lieu de croire que vous êtes satisfait, n'est-ce pas ?

– Sans doute ; la perte de cet argent m'eût été on ne peut plus sensible ; mais j'étais certain que Dieu, qui protège la bonne cause, n'aurait pas permis que l'on détournât cet or qui doit la faire triompher.

– Vous êtes, sur mon honneur, aussi mystérieux en paroles qu'en actions, monsieur, dit Monck. Tout à l'heure, je vous ai peu compris, quand vous m'avez dit que vous ne vouliez pas déverser sur moi la responsabilité de l'œuvre que nous accomplissons.

– J'avais raison de dire cela, milord.

– Et voilà maintenant que vous me parlez de la bonne cause. Qu'entendez-vous pas ces mots, la bonne cause ? Nous défendons en ce moment en Angleterre cinq ou six causes, ce qui n'empêche pas chacun de regarder la sienne non seulement comme la bonne, mais encore comme la meilleure. Quelle est la vôtre, monsieur ? Parlez hardiment, que nous voyions si sur ce point, auquel vous paraissez attacher une grande importance, nous sommes du même avis.

Athos fixa sur Monck un de ces regards profonds qui semblent porter à celui qu'on regarde ainsi le défi de cacher une seule de ses pensées ; puis, levant son chapeau, il commença d'une voix solennelle, tandis que son interlocuteur, une main sur le visage, laissait cette main longue et nerveuse enserrer sa moustache et sa barbe, en même temps que son œil vague et mélancolique errait dans les profondeurs du souterrain.

XXVI

Le cœur et l'esprit

– Milord, dit le comte de La Fère, vous êtes un noble Anglais, vous êtes un homme loyal, vous parlez à un noble Français, à un homme de cœur. Cet or, contenu dans les deux barils que voici, je vous ai dit qu'il était à moi, j'ai eu tort ; c'est le premier mensonge que j'aie fait de ma vie, mensonge momentané, il est vrai : cet or, c'est le bien du roi Charles II, exilé de sa patrie, chassé de son palais, orphelin à la fois de son père et de son trône, et privé de tout, même du triste bonheur de baiser à genoux la pierre sur laquelle la main de ses meurtriers a écrit cette simple épitaphe qui criera éternellement vengeance contre eux : « Ci-gît le roi Charles Ier. »

Monck pâlit légèrement, et un imperceptible frisson rida sa peau et hérissa sa moustache grise.

– Moi, continua Athos, moi, le comte de La Fère, le seul, le dernier fidèle qui reste au pauvre prince abandonné, je lui ai offert de venir trouver l'homme duquel dépend aujourd'hui le sort de la royauté en Angleterre, et je suis venu, et je me suis placé sous le regard de cet homme, et je me suis mis nu et désarmé dans ses mains en lui disant : « Milord, ici est la dernière ressource d'un prince que Dieu fit votre maître, que sa naissance fit votre roi ; de vous, de vous seul dépendent sa vie et son avenir. Voulez-vous employer cet argent à consoler l'Angleterre des maux qu'elle a dû souffrir pendant l'anarchie, c'est-à-dire voulez-vous aider, ou, sinon aider, du moins laisser faire le roi Charles II ? Vous êtes le maître, vous êtes le roi, maître et roi tout-puissant, car le hasard défait parfois l'œuvre du temps et de Dieu. Je suis avec vous seul, milord ; si le succès vous effraie étant partagé, si ma complicité vous pèse, vous êtes armé, milord, et voici une tombe toute creusée ; si, au contraire, l'enthousiasme de votre cause vous enivre, si vous êtes ce que vous paraissez être, si votre main, dans ce qu'elle entreprend, obéit à votre esprit, et votre esprit à votre cœur, voici le moyen de perdre à jamais la cause de votre ennemi Charles Stuart ; tuez encore l'homme que vous avez devant les yeux, car cet homme ne retournera pas vers celui qui l'a envoyé sans lui rapporter le dépôt que lui confia Charles Ier, son père, et gardez l'or qui pourrait servir à entretenir la guerre civile. Hélas ! milord, c'est la condition fatale de ce malheureux prince. Il faut qu'il corrompe ou qu'il tue ; car tout lui résiste, tout le repousse, tout lui est hostile, et cependant il est marqué du sceau divin, et il faut, pour ne pas mentir à son sang, qu'il remonte sur le trône ou qu'il meure sur le sol sacré de la patrie.

« Milord, vous m'avez entendu. À tout autre qu'à l'homme illustre qui m'écoute, j'eusse dit : "Milord, vous êtes pauvre ; milord, le roi vous offre ce million comme arrhes d'un immense marché ; prenez-le et servez Charles II comme j'ai servi Charles Ier, et je suis sûr que Dieu, qui nous écoute, qui nous voit, qui lit seul dans votre cœur fermé à tous les regards humains ; je suis sûr que Dieu vous donnera une heureuse vie éternelle après une heureuse mort." Mais au général Monck, à l'homme illustre dont je crois avoir mesuré la hauteur, je dis : "Milord, il y a pour vous dans l'histoire des peuples et des rois une place brillante, une gloire immortelle, impérissable, si seul, sans autre intérêt que le bien de votre pays et l'intérêt de la justice, vous devenez le soutien de votre roi. Beaucoup d'autres ont été des conquérants et des usurpateurs glorieux. Vous, milord, vous vous serez contenté d'être le plus vertueux, le plus probe et le plus intègre des hommes ; vous aurez tenu une couronne dans votre main, et, au lieu de l'ajuster à votre front, vous l'aurez déposée sur la tête de celui pour lequel elle avait été faite. Oh ! milord, agissez ainsi, et vous léguerez à la postérité le plus envié des noms qu'aucune créature humaine puisse s'enorgueillir de porter."

Athos s'arrêta. Pendant tout le temps que le noble gentilhomme avait parlé, Monck n'avait pas donné un signe d'approbation ni d'improbation ; à peine même si, durant cette véhémente allocution, ses yeux s'étaient animés de ce feu qui indique l'intelligence. Le comte de La Fère le regarda tristement et, voyant ce visage morne, sentit le découragement pénétrer jusqu'à son cœur. Enfin Monck parut s'animer, et, rompant le silence :

– Monsieur, dit-il d'une voix douce et grave, je vais, pour vous répondre, me servir de vos propres paroles. À tout autre qu'à vous, je répondrais par l'expulsion, la prison ou pis encore. Car enfin, vous me tentez et vous me violentez à la fois. Mais vous êtes un de ces hommes, monsieur, à qui l'on ne peut refuser l'attention et les égards qu'ils méritent : vous êtes un brave gentilhomme, monsieur, je le dis et je m'y connais. Tout à l'heure, vous m'avez parlé d'un dépôt que le feu roi transmit pour son fils : n'êtes-vous donc pas un de ces Français qui, je l'ai ouï dire, ont voulu enlever Charles à White Hall ?

– Oui, milord, c'est moi qui me trouvais sous l'échafaud pendant l'exécution ; moi qui, n'ayant pu le racheter, reçus sur mon front le sang du roi martyr ; je reçus en même temps la dernière parole de Charles Ier, c'est à moi qu'il a dit « Remember ! » et en me disant « Souviens-toi ! » il faisait allusion à cet argent qui est à vos pieds, milord.

– J'ai beaucoup entendu parler de vous, monsieur, dit Monck, mais je suis heureux de vous avoir apprécié tout d'abord par ma propre inspiration et non par mes souvenirs. Je vous donnerai donc des explications que je n'ai données à personne, et vous apprécierez quelle distinction je fais entre vous et les personnes qui m'ont été envoyées jusqu'ici.

Athos s'inclina, s'apprêtant à absorber avidement les paroles qui tombaient une à une de la bouche de Monck, ces paroles rares et précieuses comme la rosée dans le désert.

– Vous me parliez, dit Monck, du roi Charles II ; mais je vous prie, monsieur, dites-moi, que m'importe à moi, ce fantôme de roi ? J'ai vieilli dans la guerre et dans la politique, qui sont aujourd'hui liées si étroitement ensemble, que tout homme d'épée doit combattre en vertu de son droit ou de son ambition, avec un intérêt personnel, et non aveuglément derrière un officier, comme dans les guerres ordinaires. Moi, je ne désire rien peut-être mais je crains beaucoup. Dans la guerre aujourd'hui réside la liberté de l'Angleterre, et peut-être celle de chaque Anglais. Pourquoi voulez-vous que, libre dans la position que je me suis faite, j'aille tendre la main aux fers d'un étranger ? Charles n'est que cela pour moi. Il a livré ici des combats qu'il a perdus, c'est donc un mauvais capitaine ; il n'a réussi dans aucune négociation, c'est donc un mauvais diplomate ; il a colporté sa misère dans toutes les cours de l'Europe, c'est donc un cœur faible et pusillanime. Rien de noble, rien de grand, rien de fort n'est sorti encore de ce génie qui aspire à gouverner un des plus grands royaumes de la terre. Donc, je ne connais ce Charles que sous de mauvais aspects, et vous voudriez que moi, homme de bon sens, j'allasse me faire gratuitement l'esclave d'une créature qui m'est inférieure en capacité militaire, en politique et en dignité ? Non, monsieur ; quand quelque grande et noble action m'aura appris à apprécier Charles, je reconnaîtrai peut-être ses droits à un trône dont nous avons renversé le père, parce qu'il manquait des vertus qui jusqu'ici manquent au fils ; mais jusqu'ici, en fait de droits, je ne reconnais que les miens : la révolution m'a fait général, mon épée me fera protecteur si je veux. Que Charles se montre, qu'il se présente, qu'il subisse le concours ouvert au génie, et surtout qu'il se souvienne qu'il est d'une race à laquelle on demandera plus qu'à toute autre. Ainsi, monsieur, n'en parlons plus, je ne refuse ni n'accepte : je me réserve, j'attends.

Athos savait Monck trop bien informé de tout ce qui avait rapport à Charles II pour pousser plus loin la discussion. Ce n'était ni l'heure ni le lieu.

– Milord, dit-il, je n'ai donc plus qu'à vous remercier.

– Et de quoi, monsieur ? de ce que vous m'avez bien jugé et de ce que j'ai agi d'après votre jugement ? Oh ! vraiment, est-ce la peine ? Cet or que vous allez porter au roi Charles va me servir d'épreuve pour lui : en voyant ce qu'il en saura faire, je prendrai sans doute une opinion que je n'ai pas.

– Cependant Votre Honneur ne craint-elle pas de se compromettre en laissant partir une somme destinée à servir les armes de son ennemi ?

– Mon ennemi, dites-vous ? Eh ! monsieur, je n'ai pas d'ennemis, moi. Je suis au service du Parlement, qui m'ordonne de combattre le général

Lambert et le roi Charles, ses ennemis à lui et non les miens ; je combats donc. Si le Parlement, au contraire, m'ordonnait de faire pavoiser le port de Londres, de faire assembler les soldats sur le rivage, de recevoir le roi Charles II...

– Vous obéiriez ? s'écria Athos avec joie.

– Pardonnez-moi, dit Monck en souriant, j'allais, moi, une tête grise... en vérité, où avais-je l'esprit ? j'allais, moi, dire une folie de jeune homme.

– Alors, vous n'obéiriez pas ? dit Athos.

– Je ne dis pas cela non plus, monsieur. Avant tout, le salut de ma patrie. Dieu, qui a bien voulu me donner la force, a voulu sans doute que j'eusse cette force pour le bien de tous, et il m'a donné en même temps le discernement. Si le Parlement m'ordonnait une chose pareille, je réfléchirais.

Athos s'assombrit.

– Allons, dit-il, je le vois, décidément Votre Honneur n'est point disposée à favoriser le roi Charles II.

– Vous me questionnez toujours, monsieur le comte ; à mon tour, s'il vous plaît.

– Faites, monsieur, et puisse Dieu vous inspirer l'idée de me répondre aussi franchement que je vous répondrai !

– Quand vous aurez rapporté ce million à votre prince, quel conseil lui donnerez-vous ?

Athos fixa sur Monck un regard fier et résolu.

– Milord, dit-il, avec ce million que d'autres emploieraient à négocier peut-être, je veux conseiller au roi de lever deux régiments, d'entrer par l'Écosse que vous venez de pacifier ; de donner au peuple des franchises que la révolution lui avait promises et n'a pas tout à fait tenues. Je lui conseillerai de commander en personne cette petite armée, qui se grossirait, croyez-le bien, de se faire tuer le drapeau à la main et l'épée au fourreau, en disant : « Anglais ! voilà le troisième roi de ma race que vous tuez : prenez garde à la justice de Dieu ! »

Monck baissa la tête et rêva un instant.

– S'il réussissait, dit-il, ce qui est invraisemblable, mais non pas impossible, car tout est possible en ce monde, que lui conseilleriez-vous ?

– De penser que par la volonté de Dieu il a perdu sa couronne, mais que par la bonne volonté des hommes il l'a recouvrée.

Un sourire ironique passa sur les lèvres de Monck.

– Malheureusement, monsieur, dit-il, les rois ne savent pas suivre un bon conseil.

– Ah ! milord, Charles II n'est pas un roi, répliqua Athos en souriant à son tour, mais avec une tout autre expression que n'avait fait Monck.

– Voyons, abrégeons, monsieur le comte... C'est votre désir, n'est-il pas vrai ?

Athos s'inclina.

– Je vais donner l'ordre qu'on transporte où il vous plaira ces deux barils. Où demeurez-vous, monsieur ?

– Dans un petit bourg, à l'embouchure de la rivière, Votre Honneur.

– Oh ! je connais ce bourg, il se compose de cinq ou six maisons, n'est-ce pas ?

– C'est cela. Eh bien ! j'habite la première ; deux faiseurs de filets l'occupent avec moi ; c'est leur barque qui m'a mis à terre.

– Mais votre bâtiment à vous, monsieur ?

– Mon bâtiment est à l'ancre à un quart de mille en mer et m'attend.

– Vous ne comptez cependant point partir tout de suite ?

– Milord, j'essaierai encore une fois de convaincre Votre Honneur.

– Vous n'y parviendrez pas, répliqua Monck ; mais il importe que vous quittiez Newcastle sans y laisser de votre passage le moindre soupçon qui puisse nuire à vous ou à moi. Demain, mes officiers pensent que Lambert m'attaquera. Moi, je garantis, au contraire, qu'il ne bougera point ; c'est à mes yeux impossible. Lambert conduit une armée sans principes homogènes, et il n'y a pas d'armée possible avec de pareils éléments. Moi, j'ai instruit mes soldats à subordonner mon autorité à une autorité supérieure, ce qui fait qu'après moi, autour de moi, au-dessus de moi, ils tentent encore quelque chose. Il en résulte que, moi mort, ce qui peut arriver, mon armée ne se démoralisera pas tout de suite ; il en résulte que, s'il me plaisait de m'absenter, par exemple, comme cela me plaît quelquefois, il n'y aurait pas dans mon camp l'ombre d'une inquiétude ou d'un désordre. Je suis l'aimant, la force sympathique et naturelle des Anglais. Tous ces fers éparpillés qu'on enverra contre moi, je les attirerai à moi. Lambert commande en ce moment dix-huit mille déserteurs ; mais je n'ai point parlé de cela à mes officiers, vous le sentez bien. Rien n'est plus utile à une armée que le sentiment d'une bataille prochaine : tout le monde demeure éveillé, tout le monde se garde. Je vous dis cela à vous pour que vous viviez en toute sécurité. Ne vous hâtez donc pas de repasser la mer : d'ici à huit jours, il y aura quelque chose de nouveau, soit la bataille, soit l'accommodement. Alors, comme vous m'avez jugé honnête homme et confié votre secret, et que j'ai à vous remercier de cette confiance, j'irai vous faire visite ou vous manderai. Ne partez donc pas avant mon avis, je vous en réitère l'invitation.

– Je vous le promets, général, s'écria Athos, transporté d'une joie si grande que, malgré toute sa circonspection, il ne put s'empêcher de laisser jaillir une étincelle de ses yeux.

Monck surprit cette flamme et l'éteignit aussitôt par un de ces muets sourires qui rompaient toujours chez ses interlocuteurs le chemin qu'ils croyaient avoir fait dans son esprit.

– Ainsi, milord, dit Athos, c'est huit jours que vous me fixez pour délai ?

– Huit jours, oui, monsieur.

– Et pendant ces huit jours, que ferai-je ?

– S'il y a bataille, tenez-vous loin, je vous prie. Je sais les Français curieux de ces sortes de divertissements ; vous voudriez voir comment nous nous battons, et vous pourriez recueillir quelque balle égarée ; nos Écossais tirent fort mal, et je ne veux pas qu'un digne gentilhomme tel que vous regagne, blessé, la terre de France. Je ne veux pas enfin être obligé de renvoyer moi-même à votre prince son million laissé par vous ; car alors on dirait, et cela avec quelque raison, que je paie le prétendant pour qu'il guerroie contre le Parlement. Allez donc, monsieur, et qu'il soit fait entre nous comme il est convenu.

– Ah ! milord, dit Athos, quelle joie ce serait pour moi d'avoir pénétré le premier dans le noble cœur qui bat sous ce manteau.

– Vous croyez donc décidément que j'ai des secrets, dit Monck sans changer l'expression demi-enjouée de son visage. Eh ! monsieur, quel secret voulez-vous donc qu'il y ait dans la tête creuse d'un soldat ? Mais il se fait tard, et voici notre falot qui s'éteint, rappelons notre homme. Holà ! cria Monck en français ; et s'approchant de l'escalier : Holà ! pêcheur !

Le pêcheur, engourdi par la fraîcheur de la nuit, répondit d'une voix enrouée en demandant quelle chose on lui voulait.

– Va jusqu'au poste, dit Monck, et ordonne au sergent, de la part du général Monck, de venir ici sur-le-champ.

C'était une commission facile à remplir, car le sergent, intrigué de la présence du général en cette abbaye déserte, s'était approché peu à peu, et n'était qu'à quelques pas du pêcheur.

L'ordre du général parvint donc directement jusqu'à lui, et il accourut.

– Prends un cheval et deux hommes, dit Monck.

– Un cheval et deux hommes ? répéta le sergent.

– Oui, reprit Monck. As-tu un moyen de te procurer un cheval avec un bât ou des paniers ?

– Sans doute, à cent pas d'ici, au camp des Écossais.

– Bien.

– Que ferai-je du cheval, général ?

– Regarde.

Le sergent descendit les trois ou quatre marches qui le séparaient de Monck et apparut sous la voûte.

– Tu vois, lui dit Monck, là-bas où est ce gentilhomme ?

– Oui, mon général.

– Tu vois ces deux barils ?

– Parfaitement.

– Ce sont deux barils contenant, l'un de la poudre, l'autre des balles ; je voudrais faire transporter ces barils dans le petit bourg qui est au bord de la rivière, et que je compte faire occuper demain par deux cents mousquets. Tu comprends que la commission est secrète, car c'est un mouvement qui peut décider du gain de la bataille.

– Oh ! mon général, murmura le sergent.

– Bien ! Fais donc attacher ces deux barils sur le cheval, et qu'on les escorte, deux hommes et toi, jusqu'à la maison de ce gentilhomme, qui est mon ami ; mais tu comprends, que nul ne le sache.

– Je passerais par le marais si je connaissais un chemin, dit le sergent.

– J'en connais un, moi, dit Athos ; il n'est pas large, mais il est solide, ayant été fait sur pilotis, et, avec de la précaution, nous arriverons.

– Faites ce que ce cavalier vous ordonnera, dit Monck.

– Oh ! oh ! les barils sont lourds, dit le sergent, qui essaya d'en soulever un.

– Ils pèsent quatre cents livres chacun, s'ils contiennent ce qu'ils doivent contenir, n'est-ce pas, monsieur ?

– À peu près, dit Athos.

Le sergent alla chercher le cheval et les hommes. Monck, resté seul avec Athos, affecta de ne plus lui parler que de choses indifférentes, tout en examinant distraitement le caveau. Puis, entendant le pas du cheval :

– Je vous laisse avec vos hommes, monsieur, dit-il, et retourne au camp. Vous êtes en sûreté.

– Je vous reverrai donc, milord ? demanda Athos.

– C'est chose dite, monsieur, et avec grand plaisir.

Monck tendit la main à Athos.

– Ah ! milord, si vous vouliez ! murmura Athos.

– Chut ! monsieur, dit Monck, il est convenu que nous ne parlerons plus de cela.

Et, saluant Athos, il remonta, croisant au milieu de l'escalier ses hommes qui descendaient. Il n'avait pas fait vingt pas hors de l'abbaye, qu'un petit coup de sifflet lointain et prolongé se fit entendre. Monck dressa l'oreille ; mais ne voyant plus rien, il continua sa route. Alors, il se souvint du pêcheur et le chercha des yeux, mais le pêcheur avait disparu. S'il eût cependant regardé avec plus d'attention qu'il ne le fit, il eût vu cet homme courbé en deux, se glissant comme un serpent le long des pierres et se perdant au milieu de la brume, rasant la surface du marais ; il eût vu également, essayant de percer cette brume, un spectacle qui eût attiré son attention : c'était la mâture de la barque du pêcheur qui avait changé de place, et qui se trouvait alors au plus près du bord de la rivière.

Mais Monck ne vit rien et, pensant n'avoir rien à craindre, il s'engagea sur la chaussée déserte qui conduisait à son camp. Ce fut alors que cette disparition du pêcheur lui parut étrange, et qu'un soupçon réel commença d'assiéger son esprit. Il venait de mettre aux ordres d'Athos le seul poste qui pût le protéger. Il avait un mille de chaussée à traverser pour regagner son camp.

Le brouillard montait avec une telle intensité, qu'à peine pouvait-on distinguer les objets à une distance de dix pas.

Monck crut alors entendre comme le bruit d'un aviron qui battait sourdement le marais à sa droite.

– Qui va là ? cria-t-il.

Mais personne ne répondit. Alors il arma son pistolet, mit l'épée à la main, et pressa le pas sans cependant vouloir appeler personne. Cet appel, dont l'urgence n'était pas absolue, lui paraissait indigne de lui.

XXVII

Le lendemain

Il était sept heures du matin : les premiers rayons du jour éclairaient les étangs, dans lesquels le soleil se reflétait comme un boulet rougi, lorsque Athos, se réveillant et ouvrant la fenêtre de sa chambre à coucher qui donnait sur les bords de la rivière, aperçut à quinze pas de distance à peu près le sergent et les hommes qui l'avaient accompagné la veille, et qui, après avoir déposé les barils chez lui, étaient retournés au camp par la chaussée de droite.

Pourquoi, après être retournés au camp, ces hommes étaient-ils revenus ? Voilà la question qui se présenta soudainement à l'esprit d'Athos.

Le sergent, la tête haute, paraissait guetter le moment où le gentilhomme paraîtrait pour l'interpeller. Athos, surpris de retrouver là ceux qu'il avait vus s'éloigner la veille, ne put s'empêcher de leur témoigner son étonnement.

– Cela n'a rien de surprenant, monsieur, dit le sergent, car hier le général m'a recommandé de veiller à votre sûreté, et j'ai dû obéir à cet ordre.

– Le général est au camp ? demanda Athos.

– Sans doute, monsieur, puisque vous l'avez quitté hier s'y rendant.

– Eh bien ! attendez-moi ; j'y vais aller pour rendre compte de la fidélité avec laquelle vous avez rempli votre mission et pour reprendre mon épée, que j'oubliai hier sur la table.

– Cela tombe à merveille, dit le sergent, car nous allions vous en prier.

Athos crut remarquer un certain air de bonhomie équivoque sur le visage de ce sergent ; mais l'aventure du souterrain pouvait avoir excité la curiosité de cet homme, et il n'était pas surprenant alors qu'il laissât voir sur son visage un peu des sentiments qui agitaient son esprit.

Athos ferma donc soigneusement les portes, et il en confia les clefs à Grimaud, lequel avait élu son domicile sous l'appentis même qui conduisait au cellier où les barils avaient été enfermés. Le sergent escorta le comte de La Fère jusqu'au camp. Là, une garde nouvelle attendait et relaya les quatre hommes qui avaient conduit Athos.

Cette garde nouvelle était commandée par l'aide de camp Digby, lequel, durant le trajet, attacha sur Athos des regards si peu encourageants, que le Français se demanda d'où venaient à son endroit cette vigilance et cette sévérité, quand la veille il avait été si parfaitement libre.

Il n'en continua pas moins son chemin vers le quartier général, renfermant en lui-même les observations que le forçaient de faire les hommes et les choses. Il trouva sous la tente du général où il avait été introduit la veille trois officiers supérieurs ; c'étaient le lieutenant de Monck et deux colonels. Athos reconnut son épée ; elle était encore sur la table du général, à la place où il l'avait laissée la veille.

Aucun des officiers n'avait vu Athos, aucun par conséquent ne le connaissait. Le lieutenant de Monck demanda alors, à l'aspect d'Athos, si c'était bien là le même gentilhomme avec lequel le général était sorti de la tente.

– Oui, Votre Honneur, dit le sergent, c'est lui-même.

– Mais, dit Athos avec hauteur, je ne le nie pas, ce me semble ; et maintenant, messieurs, à mon tour, permettez-moi de vous demander à quoi bon toutes ces questions, et surtout quelques explications sur le ton avec lequel vous les demandez.

– Monsieur, dit le lieutenant, si nous vous adressons ces questions, c'est que nous avons le droit de les faire, et si nous vous les faisons avec ce ton, c'est que ce ton convient, croyez-moi, à la situation.

– Messieurs, dit Athos, vous ne savez pas qui je suis, mais ce que je dois vous dire, c'est que je ne reconnais ici pour mon égal que le général Monck. Où est-il ? Qu'on me conduise devant lui, et s'il a, lui, quelque question à m'adresser, je lui répondrai, et à sa satisfaction, je l'espère. Je le répète, messieurs, où est le général ?

– Eh mordieu ! vous le savez mieux que nous, où il est, fit le lieutenant.

– Moi ?

– Certainement, vous.

– Monsieur, dit Athos, je ne vous comprends pas.

– Vous m'allez comprendre, et vous-même d'abord, parlez plus bas, monsieur. Que vous a dit le général, hier ?

Athos sourit dédaigneusement.

– Il ne s'agit pas de sourire, s'écria un des colonels avec emportement, il s'agit de répondre.

– Et moi, messieurs, je vous déclare que je ne vous répondrai point que je ne sois en présence du général.

– Mais, répéta le même colonel qui avait déjà parlé, vous savez bien que vous demandez une chose impossible.

– Voilà déjà deux fois que l'on fait cette étrange réponse au désir que j'exprime, reprit Athos. Le général est-il absent ?

La question d'Athos fut faite de si bonne foi, et le gentilhomme avait l'air si naïvement surpris, que les trois officiers échangèrent un regard. Le lieutenant prit la parole par une espèce de convention tacite des deux autres officiers.

– Monsieur, dit-il, le général vous a quitté hier sur les limites du monastère ?

– Oui, monsieur.

– Et vous êtes allé... ?

– Ce n'est point à moi de vous répondre, c'est à ceux qui m'ont accompagné. Ce sont vos soldats, interrogez-les.

– Mais s'il nous plaît de vous interroger, vous ?

– Alors il me plaira de vous répondre, monsieur, que je ne relève de personne ici, que je ne connais ici que le général, et que ce n'est qu'à lui que je répondrai.

– Soit, monsieur, mais comme nous sommes les maîtres, nous nous érigeons en conseil de guerre, et quand vous serez devant des juges, il faudra bien que vous leur répondiez.

La figure d'Athos n'exprima que l'étonnement et le dédain, au lieu de la terreur qu'à cette menace les officiers comptaient y lire.

– Des juges écossais ou anglais, à moi, sujet du roi de France ; à moi, placé sous la sauvegarde de l'honneur britannique ! Vous êtes fous, messieurs ! dit Athos en haussant les épaules.

Les officiers se regardèrent.

– Alors, monsieur, dirent-ils, vous prétendez ne pas savoir où est le général ?

– À ceci, je vous ai déjà répondu, monsieur.

– Oui ; mais vous avez déjà répondu une chose incroyable.

– Elle est vraie cependant, messieurs. Les gens de ma condition ne mentent point d'ordinaire. Je suis gentilhomme, vous ai-je dit, et quand je porte à mon côté l'épée que, par un excès de délicatesse, j'ai laissée hier sur cette table où elle est encore aujourd'hui, nul, croyez-le bien, ne me dit des choses que je ne veux pas entendre. Aujourd'hui, je suis désarmé ; si vous vous prétendez mes juges, jugez-moi ; si vous n'êtes que mes bourreaux, tuez-moi.

– Mais, monsieur ?... demanda d'une voix plus courtoise le lieutenant, frappé de la grandeur et du sang-froid d'Athos.

– Monsieur, j'étais venu parler confidentiellement à votre général d'affaires d'importance. Ce n'est point un accueil ordinaire que celui qu'il m'a fait. Les rapports de vos soldats peuvent vous en convaincre. Donc, s'il m'accueillait ainsi, le général savait quels étaient mes titres à l'estime. Maintenant vous ne supposez pas, je présume, que je vous révélerai mes secrets, et encore moins les siens.

– Mais enfin, ces barils, que contenaient-ils ?

– N'avez-vous point adressé cette question à vos soldats ? Que vous ont-ils répondu ?

– Qu'ils contenaient de la poudre et du plomb.

– De qui tenaient-ils ces renseignements ? Ils ont dû vous le dire.

– Du général ; mais nous ne sommes point dupes.

– Prenez garde, monsieur, ce n'est plus à moi que vous donnez un démenti, c'est à votre chef.

Les officiers se regardèrent encore. Athos continua :

– Devant vos soldats, le général m'a dit d'attendre huit jours ; que dans huit jours il me donnerait la réponse qu'il avait à me faire. Me suis-je enfui ? Non, j'attends.

– Il vous a dit d'attendre huit jours ! s'écria le lieutenant.

– Il me l'a si bien dit, monsieur, que j'ai un sloop à l'ancre à l'embouchure de la rivière, et que je pouvais parfaitement le joindre hier et m'embarquer. Or, si je suis resté, c'est uniquement pour me conformer aux désirs du général, Son Honneur m'ayant recommandé de ne point partir sans une dernière audience que lui-même a fixée à huit jours. Je vous le répète donc, j'attends.

Le lieutenant se retourna vers les deux autres officiers, et à voix basse :

– Si ce gentilhomme dit vrai, il y aurait encore de l'espoir, dit-il. Le général aurait dû accomplir quelques négociations si secrètes qu'il aurait cru imprudent de prévenir, même nous. Alors, le temps limité pour son absence serait huit jours.

Puis, se retournant vers Athos :

– Monsieur, dit-il, votre déclaration est de la plus grave importance ; voulez-vous la répéter sous le sceau du serment ?

– Monsieur, répondit Athos, j'ai toujours vécu dans un monde où ma simple parole a été regardée comme le plus saint des serments.

– Cette fois cependant, monsieur, la circonstance est plus grave qu'aucune de celles dans lesquelles vous vous êtes trouvé. Il s'agit du salut de toute une armée. Songez-y bien, le général a disparu, nous sommes à sa recherche. La disparition est-elle naturelle ? Un crime a-t-il été commis ? Devons-nous pousser nos investigations jusqu'à l'extrémité ? Devons-nous attendre avec patience ? En ce moment, monsieur, tout dépend du mot que vous allez prononcer.

– Interrogé ainsi, monsieur, je n'hésite plus, dit Athos. Oui, j'étais venu causer confidentiellement avec le général Monck et lui demander une réponse sur certains intérêts ; oui, le général, ne pouvant sans doute se prononcer avant la bataille qu'on attend, m'a prié de demeurer huit jours encore dans cette maison que j'habite, me promettant que dans huit jours je le reverrais. Oui, tout cela est vrai, et je le jure sur Dieu, qui est le maître absolu de ma vie et de la vôtre.

Athos prononça ces paroles avec tant de grandeur et de solennité que les trois officiers furent presque convaincus. Cependant un des colonels essaya une dernière tentative :

– Monsieur, dit-il, quoique nous soyons persuadés maintenant de la vérité de ce que vous dites, il y a pourtant dans tout ceci un étrange mystère. Le général est un homme trop prudent pour avoir ainsi abandonné son armée à la veille d'une bataille, sans avoir au moins donné à l'un de nous un avertissement. Quant à moi, je ne puis croire, je l'avoue, qu'un événement étrange ne soit pas la cause de cette disparition. Hier, des pêcheurs étrangers sont venus vendre ici leur poisson ; on les a logés là-bas aux Écossais, c'est-à-dire sur la route qu'a suivie le général pour aller à l'abbaye avec Monsieur et pour en revenir. C'est un de ces pêcheurs qui a accompagné le général avec un falot. Et ce matin, barque et pêcheurs avaient disparu, emportés cette nuit par la marée.

– Moi, fit le lieutenant, je ne vois rien là que de bien naturel ; car, enfin, ces gens n'étaient pas prisonniers.

– Non ; mais, je le répète, c'est un d'eux qui a éclairé le général et Monsieur dans le caveau de l'abbaye, et Digby nous a assuré que le général avait eu sur ces gens-là de mauvais soupçons. Or, qui nous dit que ces pêcheurs n'étaient pas d'intelligence avec Monsieur, et que, le coup fait, Monsieur, qui est brave assurément, n'est pas resté pour nous rassurer par sa présence et empêcher nos recherches dans la bonne voie ?

Ce discours fit impression sur les deux autres officiers.

– Monsieur, dit Athos, permettez-moi de vous dire que votre raisonnement, très spécieux en apparence, manque cependant de solidité quant à ce qui me concerne. Je suis resté, dites-vous, pour détourner les soupçons. Eh bien ! au contraire, les soupçons me viennent à moi comme à vous et je vous dis : Il est impossible, messieurs, que le général, la veille d'une bataille, soit parti sans rien dire à personne. Oui, il y a un événement étrange dans tout cela ; oui, au lieu de demeurer oisifs et d'attendre, il vous faut déployer toute la vigilance, toute l'activité possibles. Je suis votre prisonnier, messieurs, sur parole ou autrement. Mon honneur est intéressé à ce que l'on sache ce qu'est devenu le général Monck, à ce point que si vous me disiez : « Partez ! » je dirais : « Non, je reste. » Et si vous me demandiez mon avis, j'ajouterais : « Oui, le général est victime de quelque conspiration, car s'il eût dû quitter le camp, il me l'aurait dit. Cherchez donc, fouillez donc, fouillez la terre, fouillez la mer ; le général n'est point parti, ou tout au moins n'est pas parti de sa propre volonté. »

Le lieutenant fit un signe aux autres officiers.

– Non, monsieur, dit-il, non ; à votre tour vous allez trop loin. Le général n'a rien à souffrir des événements, et sans doute, au contraire, il les a dirigés. Ce que fait Monck à cette heure, il l'a fait souvent. Nous avons donc tort de nous alarmer ; son absence sera de courte durée, sans doute ; aussi gardons-nous bien, par une pusillanimité dont le général nous ferait un crime, d'ébruiter son absence, qui pourrait démoraliser l'armée. Le général donne une preuve immense de sa confiance en nous, montrons-nous-en dignes. Messieurs, que le plus profond silence couvre tout ceci d'un voile impénétrable ; nous allons garder Monsieur, non pas par défiance de lui relativement au crime, mais pour assurer plus efficacement le secret de l'absence du général en le concentrant parmi nous ; aussi, jusqu'à nouvel ordre, Monsieur habitera le quartier général.

– Messieurs, dit Athos, vous oubliez que cette nuit le général m'a confié un dépôt sur lequel je dois veiller. Donnez-moi telle garde qu'il vous plaira, enchaînez-moi, s'il vous plaît, mais laissez-moi la maison que j'habite pour prison. Le général, à son retour, vous reprocherait, je vous le jure, sur ma foi de gentilhomme, de lui avoir déplu en ceci.

Les officiers se consultèrent un moment ; puis après cette consultation :

– Soit, monsieur, dit le lieutenant ; retournez chez vous.

Puis ils donnèrent à Athos une garde de cinquante hommes qui l'enferma dans sa maison, sans le perdre de vue un seul instant.

Le secret demeura gardé, mais les heures, mais les jours s'écoulèrent sans que le général revînt et sans que nul reçût de ses nouvelles.

XXVIII

La marchandise de contrebande

Deux jours après les événements que nous venons de raconter, et tandis qu'on attendait à chaque instant dans son camp le général Monck, qui n'y rentrait pas, une petite felouque hollandaise, montée par dix hommes, vint jeter l'ancre sur la côte de Scheveningen, à une portée de canon à peu près de la terre. Il était nuit serrée, l'obscurité était grande, la mer montait dans l'obscurité : c'était une heure excellente pour débarquer passagers et marchandises.

La rade de Scheveningen forme un vaste croissant ; elle est peu profonde, et surtout peu sûre, aussi n'y voit-on stationner que de grandes felouques flamandes, ou de ces barques hollandaises que les pêcheurs tirent au sable sur des rouleaux, comme faisaient les Anciens, au dire de Virgile. Lorsque le flot grandit, monte et pousse à la terre, il n'est pas très prudent de faire arriver l'embarcation trop près de la côte, car si le vent est frais, les proues s'ensablent, et le sable de cette côte est spongieux ; il prend facilement mais ne rend pas de même. C'est sans doute pour cette raison que la chaloupe se détacha du bâtiment aussitôt que le bâtiment eut jeté l'ancre, et vint avec huit de ses marins, au milieu desquels on distinguait un objet de forme oblongue, une sorte de grand panier ou de ballot.

La rive était déserte : les quelques pêcheurs habitant la dune étaient couchés. La seule sentinelle qui gardât la côte (côte fort mal gardée, attendu qu'un débarquement de grand navire était impossible), sans avoir pu suivre tout à fait l'exemple des pêcheurs qui étaient allés se coucher, les avait imités en ce point qu'elle dormait au fond de sa guérite aussi profondément qu'eux dormaient dans leurs lits. Le seul bruit que l'on entendît était donc le sifflement de la brise nocturne courant dans les bruyères de la dune. Mais c'étaient des gens défiants sans doute que ceux qui s'approchaient, car ce silence réel et cette solitude apparente ne les rassurèrent point ; aussi leur chaloupe, à peine visible comme un point sombre sur l'océan, glissa-t-elle sans bruit, évitant de ramer de peur d'être entendue, et vint-elle toucher terre au plus près.

À peine avait-on senti le fond qu'un seul homme sauta hors de l'esquif après avoir donné un ordre bref avec cette voix qui indique l'habitude du commandement. En conséquence de cet ordre, plusieurs mousquets reluisirent immédiatement aux faibles clartés de la mer, ce miroir du ciel, et le ballot oblong dont nous avons déjà parlé, lequel renfermait sans doute quelque objet de contrebande, fut transporté à terre avec des précautions infinies. Aussitôt, l'homme qui avait débarqué le premier courut diagonalement vers le village de Scheveningen, se dirigeant vers la pointe la plus avancée du bois. Là il chercha cette maison qu'une fois déjà nous avons entrevue à travers les arbres, et que nous avons désignée comme la demeure provisoire, demeure bien modeste, de celui qu'on appelait par courtoisie le roi d'Angleterre.

Tout dormait là comme partout ; seulement, un gros chien, de la race de ceux que les pêcheurs de Scheveningen attellent à de petites charrettes pour porter leur poisson à La Haye, se mit à pousser des aboiements formidables aussitôt que l'étranger fit entendre son pas devant les fenêtres. Mais cette surveillance, au lieu d'effrayer le nouveau débarqué, sembla au contraire lui causer une grande joie, car sa voix peut-être eût été insuffisante pour réveiller les gens de la maison, tandis qu'avec un auxiliaire de cette importance, sa voix était devenue presque inutile. L'étranger attendit donc que les aboiements sonores et réitérés eussent, selon toute probabilité, produit leur effet, et alors il hasarda un appel. À sa voix le dogue se mit à rugir avec une telle violence, que bientôt à l'intérieur une autre voix se fit entendre, apaisant celle du chien. Puis, lorsque le chien se fut apaisé :

– Que voulez-vous ? demanda cette voix à la fois faible, cassée et polie.

– Je demande Sa Majesté le roi Charles II, fit l'étranger.

– Que lui voulez-vous ?

– Je veux lui parler.

– Qui êtes-vous ?

– Ah ! mordioux ! vous m'en demandez trop, je n'aime pas à dialoguer à travers les portes.

– Dites seulement votre nom.

– Je n'aime pas davantage à décliner mon nom en plein air ; d'ailleurs, soyez tranquille, je ne mangerai pas votre chien, et je prie Dieu qu'il soit aussi réservé à mon égard.

– Vous apportez des nouvelles peut-être, n'est-ce pas, monsieur ? reprit la voix, patiente et questionneuse comme celle d'un vieillard.

– Je vous en réponds, que j'en apporte des nouvelles, et auxquelles on ne s'attend pas, encore ! Ouvrez donc, s'il vous plaît, hein ?

– Monsieur, poursuivit le vieillard, sur votre âme et conscience, croyez-vous que vos nouvelles vaillent la peine de réveiller le roi ?

– Pour l'amour de Dieu ! mon cher monsieur, tirez vos verrous, vous ne serez pas fâché, je vous jure, de la peine que vous aurez prise. Je vaux mon pesant d'or, ma parole d'honneur !

– Monsieur, je ne puis pourtant pas ouvrir que vous ne me disiez votre nom.

– Il le faut donc ?

– C'est l'ordre de mon maître, monsieur.

– Eh bien ! mon nom, le voici... mais je vous en préviens, mon nom ne vous apprendra absolument rien.

– N'importe, dites toujours.

– Eh bien ! je suis le chevalier d'Artagnan.

La voix poussa un cri.

– Ah ! mon Dieu ! dit le vieillard de l'autre côté de la porte, monsieur d'Artagnan ! quel bonheur ! Je me disais bien à moi-même que je connaissais cette voix-là.

– Tiens ! dit d'Artagnan, on connaît ma voix ici ! C'est flatteur.

– Oh ! oui, on la connaît, dit le vieillard en tirant les verrous, et en voici la preuve.

Et à ces mots il introduisit d'Artagnan, qui, à la lueur de la lanterne qu'il portait à la main, reconnut son interlocuteur obstiné.

– Ah ! mordioux ! s'écria-t-il, c'est Parry ! j'aurais dû m'en douter.

– Parry, oui, mon cher monsieur d'Artagnan, c'est moi. Quelle joie de vous revoir !

– Vous avez bien dit : quelle joie ! fit d'Artagnan serrant les mains du vieillard. Çà ! vous allez prévenir le roi, n'est-ce pas ?

– Mais le roi dort, mon cher monsieur.

– Mordioux ! réveillez-le, et il ne vous grondera pas de l'avoir dérangé, c'est moi qui vous le dis.

– Vous venez de la part du comte, n'est-ce pas ?

– De quel comte ?

– Du comte de La Fère.

– De la part d'Athos ? Ma foi, non ; je viens de ma part à moi. Allons, vite, Parry, le roi ! il me faut le roi !

Parry ne crut pas devoir résister plus longtemps ; il connaissait d'Artagnan de longue main ; il savait que, quoique gascon, ses paroles ne promettaient jamais plus qu'elles ne pouvaient tenir. Il traversa une cour et un petit jardin, apaisa le chien, qui voulait sérieusement goûter du mousquetaire, et alla heurter au volet d'une chambre faisant le rez-de-chaussée d'un petit pavillon.

Aussitôt un petit chien habitant cette chambre répondit au grand chien habitant la cour.

« Pauvre roi ! se dit d'Artagnan, voilà ses gardes du corps ; il est vrai qu'il n'en est pas plus mal gardé pour cela. »

– Que veut-on ? demanda le roi du fond de la chambre.

– Sire, c'est M. le chevalier d'Artagnan qui apporte des nouvelles.

On entendit aussitôt du bruit dans cette chambre ; une porte s'ouvrit et une grande clarté inonda le corridor et le jardin.

Le roi travaillait à la lueur d'une lampe. Des papiers étaient épars sur son bureau, et il avait commencé le brouillon d'une lettre qui accusait par ses nombreuses ratures la peine qu'il avait eue à l'écrire.

– Entrez, monsieur le chevalier, dit-il en se retournant.

Puis, apercevant le pêcheur :

– Que me disiez-vous donc, Parry, et où est M. le chevalier d'Artagnan ? demanda Charles.

– Il est devant vous, sire, dit d'Artagnan.

– Sous ce costume ?

– Oui. Regardez-moi, sire ; ne me reconnaissez-vous pas pour m'avoir vu à Blois dans les antichambres du roi Louis XIV ?

– Si fait, monsieur, et je me souviens même que j'eus fort à me louer de vous.

D'Artagnan s'inclina.

– C'était un devoir pour moi de me conduire comme je l'ai fait, dès que j'ai su que j'avais affaire à Votre Majesté.

– Vous m'apportez des nouvelles, dites-vous ?

– Oui, sire.

– De la part du roi de France, sans doute ?

– Ma foi, non, sire, répliqua d'Artagnan. Votre Majesté a dû voir là-bas que le roi de France ne s'occupait que de Sa Majesté à lui.

Charles leva les yeux au ciel.

– Non, continua d'Artagnan, non, sire. J'apporte, moi, des nouvelles toutes composées de faits personnels. Cependant, j'ose espérer que Votre Majesté les écoutera, faits et nouvelles, avec quelque faveur.

– Parlez, monsieur.

– Si je ne me trompe, sire, Votre Majesté aurait fort parlé à Blois de l'embarras où sont ses affaires en Angleterre.

Charles rougit.

– Monsieur, dit-il, c'est au roi de France seul que je racontais.

– Oh ! Votre Majesté se méprend, dit froidement le mousquetaire ; je sais parler aux rois dans le malheur ; ce n'est même que lorsqu'ils sont dans le malheur qu'ils me parlent ; une fois heureux, ils ne me regardent plus. J'ai donc pour Votre Majesté, non seulement le plus grand respect, mais encore le plus absolu dévouement, et cela, croyez-le bien, chez moi, sire, cela signifie quelque chose. Or, entendant Votre Majesté se plaindre de la destinée, je trouvai que vous étiez noble, généreux et portant bien le malheur.

– En vérité, dit Charles étonné, je ne sais ce que je dois préférer, de vos libertés ou de vos respects.

– Vous choisirez tout à l'heure, sire, dit d'Artagnan. Donc Votre Majesté se plaignait à son frère Louis XIV de la difficulté qu'elle éprouvait à rentrer en Angleterre et à remonter sur son trône sans hommes et sans argent.

Charles laissa échapper un mouvement d'impatience.

– Et le principal obstacle qu'elle rencontrait sur son chemin, continua d'Artagnan, était un certain général commandant les armées du Parlement, et qui jouait là-bas le rôle d'un autre Cromwell. Votre Majesté n'a-t-elle pas dit cela ?

– Oui ; mais je vous le répète, monsieur, ces paroles étaient pour les seules oreilles du roi.

– Et vous allez voir, sire, qu'il est bien heureux qu'elles soient tombées dans celles de son lieutenant de mousquetaires. Cet homme si gênant pour Votre Majesté, c'était le général Monck, je crois ; ai-je bien entendu son nom, sire ?

– Oui, monsieur ; mais, encore une fois, à quoi bon ces questions ?

– Oh ! je le sais bien, sire, l'étiquette ne veut point que l'on interroge les rois. J'espère que tout à l'heure Votre Majesté me pardonnera ce manque d'étiquette. Votre Majesté ajoutait que si cependant elle pouvait le voir, conférer avec lui, le tenir face à face, elle triompherait, soit par la force, soit par la persuasion, de cet obstacle, le seul sérieux, le seul insurmontable, le seul réel qu'elle rencontrât sur son chemin.

– Tout cela est vrai, monsieur ; ma destinée, mon avenir, mon obscurité ou ma gloire dépendent de cet homme ; mais que voulez-vous induire de là ?

– Une seule chose : que si ce général Monck est gênant au point que vous dites, il serait expédient d'en débarrasser Votre Majesté ou de lui en faire un allié.

– Monsieur, un roi qui n'a ni armée ni argent, puisque vous avez écouté ma conversation avec mon frère, n'a rien à faire contre un homme comme Monck.

– Oui, sire, c'était votre opinion, je le sais bien, mais, heureusement pour vous, ce n'était pas la mienne.

– Que voulez-vous dire ?

– Que sans armée et sans million j'ai fait, moi, ce que Votre Majesté ne croyait pouvoir faire qu'avec une armée et un million.

– Comment ! Que dites-vous ? Qu'avez-vous fait ?

– Ce que j'ai fait ? Eh bien ! sire, je suis allé prendre là-bas cet homme si gênant pour Votre Majesté.

– En Angleterre ?

– Précisément, sire.

– Vous êtes allé prendre Monck en Angleterre ?

– Aurais-je mal fait par hasard ?

– En vérité, vous êtes fou, monsieur !

– Pas le moins du monde, sire.

– Vous avez pris Monck ?

– Oui, sire.

– Où cela ?

– Au milieu de son camp.

Le roi tressaillit d'impatience et haussa les épaules.

– Et l'ayant pris sur la chaussée de Newcastle, dit simplement d'Artagnan, je l'apporte à Votre Majesté.

– Vous me l'apportez ! s'écria le roi presque indigné de ce qu'il regardait comme une mystification.

– Oui, sire, répondit d'Artagnan du même ton, je vous l'apporte ; il est là-bas, dans une grande caisse percée de trous pour qu'il puisse respirer.

– Mon Dieu !

– Oh ! soyez tranquille, sire, on a eu les plus grands soins pour lui. Il arrive donc en bon état et parfaitement conditionné. Plaît-il à Votre Majesté de le voir, de causer avec lui ou de le faire jeter à l'eau ?

– Oh ! mon Dieu ! répéta Charles, oh ! mon Dieu ! monsieur, dites-vous vrai ? Ne m'insultez-vous point par quelque indigne plaisanterie ? Vous auriez accompli ce trait inouï d'audace et de génie ! Impossible !

– Votre Majesté me permet-elle d'ouvrir la fenêtre ? dit d'Artagnan en l'ouvrant.

Le roi n'eut même pas le temps de dire oui. D'Artagnan donna un coup de sifflet aigu et prolongé qu'il répéta trois fois dans le silence de la nuit.

– Là ! dit-il, on va l'apporter à Votre Majesté.

XXIX

Où d'Artagnan commence à craindre
d'avoir placé son argent et celui de
Planchet à fonds perdu

Le roi ne pouvait revenir de sa surprise, et regardait tantôt le visage souriant du mousquetaire, tantôt cette sombre fenêtre qui s'ouvrait sur la nuit. Mais avant qu'il eût fixé ses idées, huit des hommes de d'Artagnan, car deux restèrent pour garder la barque, apportèrent à la maison, où Parry le reçut, cet objet de forme oblongue qui renfermait pour le moment les destinées de l'Angleterre.

Avant de partir de Calais, d'Artagnan avait fait confectionner dans cette ville une sorte de cercueil assez large et assez profond pour qu'un homme pût s'y retourner à l'aise. Le fond et les côtés, matelassés proprement, formaient un lit assez doux pour que le roulis ne pût transformer cette espèce de cage en assommoir. La petite grille dont d'Artagnan avait parlé au roi, pareille à la visière d'un casque, existait à la hauteur du visage de l'homme. Elle était taillée de façon qu'au moindre cri une pression subite pût étouffer ce cri, et au besoin celui qui eût crié.

D'Artagnan connaissait si bien son équipage et si bien son prisonnier, que, pendant toute la route, il avait redouté deux choses : ou que le général ne préférât la mort à cet étrange esclavage et ne se fît étouffer à force de vouloir parler ; ou que ses gardiens ne se laissassent tenter par les offres du prisonnier et ne le missent, lui, d'Artagnan, dans la boîte, à la place de Monck.

Aussi d'Artagnan avait-il passé les deux jours et les deux nuits près du coffre, seul avec le général, lui offrant du vin et des aliments qu'il avait refusés, et essayant éternellement de le rassurer sur la destinée qui l'attendait à la suite de cette singulière captivité. Deux pistolets sur la table et son épée nue rassuraient d'Artagnan sur les indiscrétions du dehors.

Une fois à Scheveningen, il avait été complètement rassuré. Ses hommes redoutaient fort tout conflit avec les seigneurs de la terre. Il avait d'ailleurs intéressé à sa cause celui qui lui servait moralement de lieutenant, et que nous avons vu répondre au nom de Menneville. Celui-là, n'étant point un esprit vulgaire, avait plus à risquer que les autres, parce qu'il avait plus de conscience. Il croyait donc à un avenir au service de d'Artagnan, et, en conséquence, il se fût fait hacher plutôt que de violer la consigne donnée par le chef. Aussi était-ce à lui qu'une fois débarqué d'Artagnan avait confié la caisse et la respiration du général. C'était aussi à lui qu'il avait recommandé de faire apporter la caisse par les sept hommes aussitôt qu'il entendrait le triple coup de sifflet. On voit que ce lieutenant obéit.

Le coffre une fois dans la maison du roi, d'Artagnan congédia ses hommes avec un gracieux sourire et leur dit :

– Messieurs, vous avez rendu un grand service à Sa Majesté le roi Charles II qui, avant six semaines, sera roi d'Angleterre. Votre gratification sera doublée ; retournez m'attendre au bateau.

Sur quoi tous partirent avec des transports de joie qui épouvantèrent le chien lui-même.

D'Artagnan avait fait apporter le coffre jusque dans l'antichambre du roi. Il ferma avec le plus grand soin les portes de cette antichambre ; après quoi, il ouvrit le coffre, et dit au général :

– Mon général, j'ai mille excuses à vous faire ; mes façons n'ont pas été dignes d'un homme tel que vous, je le sais bien ; mais j'avais besoin que vous me prissiez pour un patron de barque. Et puis l'Angleterre est un pays fort incommode pour les transports. J'espère donc que vous prendrez tout cela en considération. Mais ici, mon général, continua d'Artagnan, vous êtes libre de vous lever et de marcher.

Cela dit, il trancha les liens qui attachaient les bras et les mains du général. Celui-ci se leva et s'assit avec la contenance d'un homme qui attend la mort.

D'Artagnan ouvrit alors la porte du cabinet de Charles et lui dit :

– Sire, voici votre ennemi, M. Monck ; je m'étais promis de faire cela pour votre service. C'est fait, ordonnez présentement. Monsieur Monck, ajouta-t-il en se tournant vers le prisonnier, vous êtes devant Sa Majesté le roi Charles II, souverain seigneur de la Grande-Bretagne.

Monck leva sur le jeune prince son regard froidement stoïque, et répondit :

– Je ne connais aucun roi de la Grande-Bretagne ; je ne connais même ici personne qui soit digne de porter le nom de gentilhomme ; car c'est au nom du roi Charles II qu'un émissaire, que j'ai pris pour un honnête homme, m'est venu tendre un piège infâme. Je suis tombé dans ce piège, tant pis pour moi. Maintenant, vous, le tentateur, dit-il au roi ; vous l'exécuteur, dit-il à d'Artagnan, rappelez-vous de ce que je vais vous dire : vous avez mon corps, vous pouvez le tuer, je vous y engage, car vous n'aurez jamais mon âme ni ma volonté. Et maintenant ne me demandez pas une seule parole, car à partir de ce moment, je n'ouvrirai plus même la bouche pour crier. J'ai dit.

Et il prononça ces paroles avec la farouche et invincible résolution du puritain le plus gangrené. D'Artagnan regarda son prisonnier en homme qui sait la valeur de chaque mot et qui fixe cette valeur d'après l'accent avec lequel il a été prononcé.

– Le fait est, dit-il tout bas au roi, que le général est un homme décidé ; il n'a pas voulu prendre une bouchée de pain, ni avaler une goutte de vin depuis deux jours. Mais comme à partir de ce moment c'est Votre Majesté qui décide de son sort, je m'en lave les mains, comme dit Pilate.

Monck, debout, pâle et résigné, attendait l'œil fixe et les bras croisés.

D'Artagnan se retourna vers lui.

– Vous comprenez parfaitement, lui dit-il, que votre phrase, très belle du reste, ne peut accommoder personne, pas même vous. Sa Majesté voulait vous parler, vous vous refusiez à une entrevue ; pourquoi maintenant que vous voilà face à face, que vous y voilà par une force indépendante de votre volonté, pourquoi nous contraindriez-vous à des rigueurs que je regarde comme inutiles et absurdes ? Parlez, que diable ! ne fût-ce que pour dire non.

Monck ne desserra pas les lèvres, Monck ne détourna point les yeux, Monck se caressa la moustache avec un air soucieux qui annonçait que les choses allaient se gâter.

Pendant ce temps, Charles II était tombé dans une réflexion profonde. Pour la première fois, il se trouvait en face de Monck, c'est-à-dire de cet homme qu'il avait tant désiré voir, et, avec ce coup d'œil particulier que Dieu a donné à l'aigle et aux rois, il avait sondé l'abîme de son cœur.

Il voyait donc Monck résolu bien positivement à mourir plutôt qu'à parler, ce qui n'était pas extraordinaire de la part d'un homme aussi considérable, et dont la blessure devait en ce moment être si cruelle. Charles II prit à l'instant même une de ces déterminations sur lesquelles un homme ordinaire joue sa vie, un général sa fortune, un roi son royaume.

– Monsieur, dit-il à Monck, vous avez parfaitement raison sur certains points. Je ne vous demande donc pas de me répondre, mais de m'écouter.

Il y eut un moment de silence, pendant lequel le roi regarda Monck, qui resta impassible.

– Vous m'avez fait tout à l'heure un douloureux reproche, monsieur, continua le roi. Vous avez dit qu'un de mes émissaires était allé à Newcastle vous dresser une embûche, et, cela, par parenthèse, n'aura pas été compris par M. d'Artagnan que voici, et auquel, avant toute chose, je dois des remerciements bien sincères pour son généreux, pour son héroïque dévouement.

D'Artagnan salua avec respect. Monck ne sourcilla point.

– Car M. d'Artagnan, et remarquez bien, monsieur Monck, que je ne vous dis pas ceci pour m'excuser, car M. d'Artagnan, continua le roi, est allé en Angleterre de son propre mouvement, sans intérêt, sans ordre, sans espoir, comme un vrai gentilhomme qu'il est, pour rendre service à un roi malheureux et pour ajouter un beau fait de plus aux illustres actions d'une existence si bien remplie.

D'Artagnan rougit un peu et toussa pour se donner une contenance. Monck ne bougea point.

– Vous ne croyez pas à ce que je vous dis, monsieur Monck ? reprit le roi. Je comprends cela : de pareilles preuves de dévouement sont si rares, que l'on pourrait mettre en doute leur réalité.

– Monsieur aurait bien tort de ne pas vous croire, sire, s'écria d'Artagnan, car ce que Votre Majesté vient de dire est l'exacte vérité, et la vérité si exacte, qu'il paraît que j'ai fait, en allant trouver le général, quelque chose qui contrarie tout. En vérité, si cela est ainsi, j'en suis au désespoir.

– Monsieur d'Artagnan, s'écria le roi en prenant la main du mousquetaire, vous m'avez plus obligé, croyez-moi, que si vous eussiez fait réussir ma cause, car vous m'avez révélé un ami inconnu auquel je serai à jamais reconnaissant, et que j'aimerai toujours.

Et le roi lui serra cordialement la main.

– Et, continua-t-il en saluant Monck, un ennemi que j'estimerai désormais à sa valeur.

Les yeux du puritain lancèrent un éclair, mais un seul, et son visage, un instant illuminé par cet éclair, reprit sa sombre impassibilité.

– Donc, monsieur d'Artagnan, poursuivit Charles, voici ce qui allait arriver : M. le comte de La Fère, que vous connaissez, je crois, était parti pour Newcastle...

– Athos ? s'écria d'Artagnan.

– Oui, c'est son nom de guerre, je crois. Le comte de La Fère était donc parti pour Newcastle, et il allait peut-être amener le général à quelque conférence avec moi ou avec ceux de mon parti, quand vous êtes violemment, à ce qu'il paraît, intervenu dans la négociation.

– Mordioux ! répliqua d'Artagnan, c'était lui sans doute qui entrait dans le camp le soir même où j'y pénétrais avec mes pêcheurs...

Un imperceptible froncement de sourcils de Monck apprit à d'Artagnan qu'il avait deviné juste.

– Oui, oui, murmura-t-il, j'avais cru reconnaître sa taille, j'avais cru entendre sa voix. Maudit que je suis ! Oh ! sire, pardonnez-moi ; je croyais cependant avoir bien mené ma barque.

– Il n'y a rien de mal, monsieur, dit le roi, sinon que le général m'accuse de lui avoir fait tendre un piège, ce qui n'est pas. Non, général, ce ne sont pas là les armes dont je comptais me servir avec vous ; vous l'allez voir bientôt. En attendant, quand je vous donne ma foi de gentilhomme, croyez-moi, monsieur, croyez-moi. Maintenant, monsieur d'Artagnan, un mot.

– J'écoute à genoux, sire.

– Vous êtes bien à moi, n'est-ce pas ?

– Votre Majesté l'a vu. Trop !

– Bien. D'un homme comme vous, un mot suffit. D'ailleurs, à côté du mot, il y a les actions. Général, veuillez me suivre. Venez avec nous, monsieur d'Artagnan.

D'Artagnan, assez surpris, s'apprêta à obéir. Charles II sortit, Monck le suivit, d'Artagnan suivit Monck. Charles prit la route que d'Artagnan avait suivie pour venir à lui ; bientôt l'air frais de la mer vint frapper le visage des trois promeneurs nocturnes, et, à cinquante pas au-delà d'une petite porte que Charles ouvrit, ils se retrouvèrent sur la dune, en face de l'océan qui, ayant cessé de grandir, se reposait sur la rive comme un monstre fatigué. Charles II, pensif, marchait la tête baissée et la main sous son manteau. Monck le suivait, les bras libres et le regard inquiet. D'Artagnan venait ensuite, le poing sur le pommeau de son épée.

– Où est le bateau qui vous a amenés, messieurs ? dit Charles au mousquetaire.

– Là-bas, sire ; j'ai sept hommes et un officier qui m'attendent dans cette petite barque qui est éclairée par un feu.

– Ah ! oui, la barque est tirée sur le sable, et je la vois ; mais vous n'êtes certainement pas venu de Newcastle sur cette barque ?

– Non pas, sire, j'avais frété à mon compte une felouque qui a jeté l'ancre à portée de canon des dunes. C'est dans cette felouque que nous avons fait le voyage.

– Monsieur, dit le roi à Monck, vous êtes libre.

Monck, si ferme de volonté qu'il fût, ne put retenir une exclamation. Le roi fit de la tête un mouvement affirmatif et continua :

– Nous allons réveiller un pêcheur de ce village, qui mettra son bateau en mer cette nuit même et vous reconduira où vous lui commanderez d'aller. M. d'Artagnan, que voici, escortera Votre Honneur. Je mets M. d'Artagnan sous la sauvegarde de votre loyauté, monsieur Monck.

Monck laissa échapper un murmure de surprise, et d'Artagnan un profond soupir. Le roi, sans paraître rien remarquer, heurta au treillis de bois de sapin qui fermait la cabane du premier pêcheur habitant la dune.

– Holà ! Keyser ! cria-t-il, éveille-toi !

– Qui m'appelle ? demanda le pêcheur.

– Moi, Charles, roi.

– Ah ! milord, s'écria Keyser en se levant tout habillé de la voile dans laquelle il couchait comme on couche dans un hamac, qu'y a-t-il pour votre service ?

– Patron Keyser, dit Charles, tu vas appareiller sur-le-champ. Voici un voyageur qui frète ta barque et te paiera bien ; sers-le bien.

Et le roi fit quelques pas en arrière pour laisser Monck parler librement avec le pêcheur.

Je veux passer en Angleterre, dit Monck, qui parlait hollandais tout autant qu'il fallait pour se faire comprendre.

– À l'instant, dit le patron ; à l'instant même, si vous voulez.

– Mais ce sera bien long ? dit Monck.

– Pas une demi-heure, Votre Honneur. Mon fils aîné fait en ce moment l'appareillage, attendu que nous devons partir pour la pêche à trois heures du matin.

– Eh bien ! est-ce fait ? demanda Charles en se rapprochant.

– Moins le prix, dit le pêcheur ; oui, sire.

– Cela me regarde, dit Charles ; Monsieur est mon ami.

Monck tressaillit et regarda Charles à ce mot.

– Bien, milord, répliqua Keyser.

Et en ce moment on entendit le fils aîné de Keyser qui sonnait, de la grève, dans une corne de bœuf.

– Et maintenant, messieurs, partez, dit le roi.

– Sire, dit d'Artagnan, plaise à Votre Majesté de m'accorder quelques minutes. J'avais engagé des hommes, je pars sans eux, il faut que je les prévienne.

– Sifflez-les, dit Charles en souriant.

D'Artagnan siffla effectivement, tandis que le patron Keyser répondait à son fils, et quatre hommes, conduits par Menneville, accoururent.

– Voici toujours un bon acompte, dit d'Artagnan, leur remettant une bourse qui contenait deux mille cinq cents livres en or. Allez m'attendre à Calais, où vous savez.

Et d'Artagnan, poussant un profond soupir, lâcha la bourse dans les mains de Menneville.

– Comment ! vous nous quittez ? s'écrièrent les hommes.

– Pour peu de temps, dit d'Artagnan, ou pour beaucoup, qui sait ? Mais avec ces deux mille cinq cents livres et les deux mille cinq cents que vous avez déjà reçues, vous êtes payés selon nos conventions. Quittons-nous donc, mes enfants.

– Mais le bateau ?

– Ne vous en inquiétez pas.

– Nos effets sont à bord de la felouque.

– Vous irez les chercher, et aussitôt vous vous mettrez en route.

– Oui, commandant.

D'Artagnan revint à Monck en lui disant :

– Monsieur, j'attends vos ordres, car nous allons partir ensemble, à moins que ma compagnie ne vous soit pas agréable.

– Au contraire, monsieur, dit Monck.

– Allons, messieurs, embarquons ! cria le fils de Keyser.

Charles salua noblement et dignement le général en lui disant :

– Vous me pardonnerez le contretemps et la violence que vous avez soufferts, quand vous serez convaincu que je ne les ai point causés.

Monck s'inclina profondément sans répondre. De son côté, Charles affecta de ne pas dire un mot en particulier à d'Artagnan ; mais tout haut :

– Merci encore, monsieur le chevalier, lui dit-il, merci de vos services. Ils vous seront payés par le Seigneur Dieu, qui réserve à moi tout seul, je l'espère, les épreuves et la douleur.

Monck suivit Keyser et son fils, et s'embarqua avec eux.

D'Artagnan les suivit en murmurant :

– Ah ! mon pauvre Planchet, j'ai bien peur que nous n'ayons fait une mauvaise spéculation !

XXX

Les actions de la société Planchet et
Compagnie remontent au pair

Pendant la traversée, Monck ne parla à d'Artagnan que dans les cas d'urgente nécessité. Ainsi, lorsque le Français tardait à venir prendre son repas, pauvre repas composé de poisson salé, de biscuit et de genièvre, Monck l'appelait et lui disait :

– À table, monsieur !

C'était tout. D'Artagnan, justement parce qu'il était dans les grandes occasions extrêmement concis, ne tira pas de cette concision un augure favorable pour le résultat de sa mission. Or, comme il avait beaucoup de temps de reste, il se creusait la tête pendant ce temps à chercher comment Athos avait vu Charles II, comment il avait conspiré avec lui ce départ, comment enfin il était entré dans le camp de Monck ; et le pauvre lieutenant de mousquetaires s'arrachait un poil de sa moustache chaque fois qu'il songeait qu'Athos était sans doute le cavalier qui accompagnait Monck dans la fameuse nuit de l'enlèvement. Enfin, après deux nuits et deux jours de traversée, le patron Keyser toucha terre à l'endroit où Monck, qui avait donné tous les ordres pendant la traversée, avait commandé qu'on débarquât. C'était justement à l'embouchure de cette petite rivière près de laquelle Athos avait choisi son habitation.

Le jour baissait ; un beau soleil, pareil à un bouclier d'acier rougi, plongeait l'extrémité inférieure de son disque sous la ligne bleue de la mer. La felouque cinglait toujours, en remontant le fleuve, assez large en cet endroit ; mais Monck, en son impatience, ordonna de prendre terre, et le canot de Keyser le débarqua, en compagnie de d'Artagnan, sur le bord vaseux de la rivière, au milieu des roseaux.

D'Artagnan, résigné à l'obéissance, suivait Monck absolument comme l'ours enchaîné suit son maître ; mais sa position l'humiliait fort, à son tour, et il grommelait tout bas que le service des rois est amer, et que le meilleur de tous ne vaut rien.

Monck marchait à grands pas. On eût dit qu'il n'était pas encore bien sûr d'avoir reconquis la terre d'Angleterre, et déjà l'on apercevait distinctement les quelques maisons de marins et de pêcheurs éparses sur le petit quai de cet humble port. Tout à coup d'Artagnan s'écria :

– Eh ! mais, Dieu me pardonne, voilà une maison qui brûle !

Monck leva les yeux. C'était bien en effet le feu qui commençait à dévorer une maison. Il avait été mis à un petit hangar attenant à cette maison, dont il commençait à ronger la toiture. Le vent frais du soir venait en aide à l'incendie.

Les deux voyageurs hâtèrent le pas, entendirent de grands cris et virent, en s'approchant, les soldats qui agitaient leurs armes et tendaient le poing vers la maison incendiée. C'était sans doute cette menaçante occupation qui leur avait fait négliger de signaler la felouque.

Monck s'arrêta court un instant, et pour la première fois formula sa pensée avec des paroles.

– Eh ! dit-il, ce ne sont peut-être plus mes soldats, mais ceux de Lambert.

Ces mots renfermaient tout à la fois une douleur, une appréhension et un reproche que d'Artagnan comprit à merveille. En effet, pendant l'absence du général, Lambert pouvait avoir livré bataille, vaincu, dispersé les parlementaires et pris avec son armée la place de l'armée de Monck, privée de son plus ferme appui. À ce doute qui passa de l'esprit de Monck au sien, d'Artagnan fit ce raisonnement : « Il va arriver de deux choses l'une : ou Monck a dit juste, et il n'y a plus que des lambertistes dans le pays, c'est-à-dire des ennemis qui me recevront à merveille, puisque c'est à moi qu'ils devront leur victoire ; ou rien n'est changé, et Monck, transporté d'aise en retrouvant son camp à la même place, ne se montrera pas trop dur dans ses représailles. »

Tout en pensant de la sorte, les deux voyageurs avançaient, et ils commençaient à se trouver au milieu d'une petite troupe de marins qui regardaient avec douleur brûler la maison, mais qui n'osaient rien dire, effrayés par les menaces des soldats. Monck s'adressa à un de ces marins.

– Que se passe-t-il donc ? demanda-t-il.

– Monsieur, répondit cet homme, ne reconnaissant pas Monck pour un officier sous l'épais manteau qui l'enveloppait, il y a que cette maison était habitée par un étranger, et que cet étranger est devenu suspect aux soldats. Alors ils ont voulu pénétrer chez lui sous prétexte de le conduire au camp ; mais lui, sans s'épouvanter de leur nombre, a menacé de mort le premier qui essaierait de franchir le seuil de la porte ; et comme il s'en est trouvé un qui a risqué la chose, le Français l'a étendu à terre d'un coup de pistolet.

– Ah ! c'est un Français ? dit d'Artagnan en se frottant les mains. Bon !

– Comment, bon ? fit le pêcheur.

– Non, je voulais dire... après... la langue m'a fourché.

– Après, monsieur ? les autres sont devenus enragés comme des lions ; ils ont tiré plus de cent coups de mousquet sur la maison ; mais le Français était à l'abri derrière le mur, et chaque fois qu'on voulait entrer par la porte, on essuyait un coup de feu de son laquais, qui tire juste, allez ! Chaque fois qu'on menaçait la fenêtre, on rencontrait le pistolet du maître. Comptez, il y a sept hommes à terre.

– Ah ! mon brave compatriote ! s'écria d'Artagnan, attends, attends, je vais à toi, et nous aurons raison de toute cette canaille !

– Un instant, monsieur, dit Monck, attendez.

– Longtemps ?

– Non, le temps de faire une question.

Puis se retournant vers le marin :

Mon ami, demanda-t-il avec une émotion, que malgré toute sa force sur lui-même il ne put cacher, à qui ces soldats, je vous prie ?

– Et à qui voulez-vous que ce soit si ce n'est à cet enragé de Monck ?

– Il n'y a donc pas eu de bataille livrée ?

– Ah ! bien oui ! À quoi bon ? L'armée de Lambert fond comme la neige en avril. Tout vient à Monck, officiers et soldats. Dans huit jours, Lambert n'aura plus cinquante hommes.

Le pêcheur fut interrompu par une nouvelle salve de coups de feu tirés sur la maison, et par un nouveau coup de pistolet qui répondit à cette salve et jeta bas le plus entreprenant des agresseurs. La colère des soldats fut au comble.

Le feu montait toujours et un panache de flammes et de fumée tourbillonnait au faîte de la maison. D'Artagnan ne put se contenir plus longtemps.

– Mordioux ! dit-il à Monck en le regardant de travers, vous êtes général, et vous laissez vos soldats brûler les maisons et assassiner les gens ! et vous regardez cela tranquillement, en vous chauffant les mains au feu de l'incendie ! Mordioux ! vous n'êtes pas un homme !

– Patience, monsieur, patience, dit Monck en souriant.

– Patience ! patience ! jusqu'à ce que ce gentilhomme si brave soit rôti, n'est-ce pas ?

Et d'Artagnan s'élançait.

– Restez, monsieur, dit impérieusement Monck.

Et il s'avança vers la maison. Justement un officier venait de s'en approcher et disait à l'assiégé :

– La maison brûle, tu vas être grillé dans une heure ! Il est encore temps ; voyons, veux-tu nous dire ce que tu sais du général Monck, et nous te laisserons la vie sauve. Réponds, ou par saint Patrick... !

L'assiégé ne répondit pas ; sans doute il rechargeait son pistolet.

– On est allé chercher du renfort, continua l'officier ; dans un quart d'heure il y aura cent hommes autour de cette maison.

– Je veux pour répondre, dit le Français, que tout le monde soit éloigné ; je veux sortir libre, me rendre au camp seul, ou sinon je me ferai tuer ici !

– Mille tonnerres ! s'écria d'Artagnan, mais c'est la voix d'Athos ! Ah ! canailles !

Et l'épée de d'Artagnan flamboya hors du fourreau.

Monck l'arrêta et s'arrêta lui-même ; puis d'une voix sonore :

– Holà ! que fait-on ici ? Digby, pourquoi ce feu ? pourquoi ces cris ?

– Le général ! cria Digby en laissant tomber son épée.

– Le général ! répétèrent les soldats.

– Eh bien ! qu'y a-t-il d'étonnant ? dit Monck d'une voix calme.

Puis le silence étant rétabli :

– Voyons, dit-il, qui a allumé ce feu ?

Les soldats baissèrent la tête.

– Quoi ! je demande et l'on ne me répond pas ! dit Monck. Quoi ! je reproche, et l'on ne répare pas ! Ce feu brûle encore, je crois ?

Aussitôt les vingt hommes s'élancèrent cherchant des seaux, des jarres, des tonnes, éteignant l'incendie enfin avec l'ardeur qu'ils mettaient un instant auparavant à le propager. Mais déjà, avant toute chose et le premier, d'Artagnan avait appliqué une échelle à la maison en criant :

– Athos ! c'est moi, moi, d'Artagnan ! Ne me tuez pas, cher ami.

Et quelques minutes après il serrait le comte dans ses bras.

Pendant ce temps, Grimaud, conservant son air calme, démantelait la fortification du rez-de-chaussée, et, après avoir ouvert la porte, se croisait tranquillement les bras sur le seuil. Seulement, à la voix de d'Artagnan, il avait poussé une exclamation de surprise.

Le feu éteint, les soldats se présentèrent confus, Digby en tête.

– Général, dit celui-ci, excusez-nous. Ce que nous avons fait, c'est par amour pour Votre Honneur, que l'on croyait perdu.

– Vous êtes fous, messieurs. Perdu ! Est-ce qu'un homme comme moi se perd ? Est-ce que par hasard il ne m'est pas permis de m'absenter à ma guise sans prévenir ? Est-ce que par hasard vous me prenez pour un bourgeois de la Cité ? Est-ce qu'un gentilhomme, mon ami, mon hôte, doit être assiégé, traqué, menacé de mort, parce qu'on le soupçonne ? Qu'est-ce que signifie ce mot-là, soupçonner ? Dieu me damne ! si je ne fais pas fusiller tout ce que ce brave gentilhomme a laissé de vivant ici !

– Général, dit piteusement Digby, nous étions vingt-huit, et en voilà huit à terre.

– J'autorise M. le comte de La Fère à envoyer les vingt autres rejoindre ces huit-là, dit Monck.

Et il tendit la main à Athos.

– Qu'on rejoigne le camp, dit Monck. Monsieur Digby, vous garderez les arrêts pendant un mois.

– Général...

– Cela vous apprendra, monsieur, à n'agir une autre fois que d'après mes ordres.

– J'avais ceux du lieutenant, général.

– Le lieutenant n'a pas d'ordres pareils à vous donner, et c'est lui qui prendra les arrêts à votre place, s'il vous a effectivement commandé de brûler ce gentilhomme.

– Il n'a pas commandé cela, général ; il a commandé de l'amener au camp ; mais M. le comte n'a pas voulu nous suivre.

– Je n'ai pas voulu qu'on entrât piller ma maison, dit Athos avec un regard significatif à Monck.

– Et vous avez bien fait. Au camp, vous dis-je !

Les soldats s'éloignèrent tête baissée.

– Maintenant que nous sommes seuls, dit Monck à Athos, veuillez me dire, monsieur, pourquoi vous vous obstiniez à rester ici, et puisque vous aviez votre felouque...

– Je vous attendais, général, dit Athos ; Votre Honneur ne m'avait-il pas donné rendez-vous dans huit jours ?

Un regard éloquent de d'Artagnan fit voir à Monck que ces deux hommes si braves et si loyaux n'étaient point d'intelligence pour son enlèvement. Il le savait déjà.

– Monsieur, dit-il à d'Artagnan, vous aviez parfaitement raison. Veuillez me laisser causer un moment avec M. le comte de La Fère.

D'Artagnan profita du congé pour aller dire bonjour à Grimaud.

Monck pria Athos de le conduire à la chambre qu'il habitait. Cette chambre était pleine encore de fumée et de débris. Plus de cinquante balles avaient passé par la fenêtre et avaient mutilé les murailles. On y trouva une table, un encrier et tout ce qu'il faut pour écrire. Monck prit une plume et écrivit une seule ligne, signa, plia le papier, cacheta la lettre avec le cachet de son anneau, et remit la missive à Athos, en lui disant :

– Monsieur, portez, s'il vous plaît, cette lettre au roi Charles II, et partez à l'instant même si rien ne vous arrête plus ici.

– Et les barils ? dit Athos.

– Les pêcheurs qui m'ont amené vont vous aider à les transporter à bord. Soyez parti s'il se peut dans une heure.

– Oui, général, dit Athos.

– Monsieur d'Artagnan ! cria Monck par la fenêtre.

D'Artagnan monta précipitamment.

– Embrassez votre ami et lui dites adieu, monsieur, car il retourne en Hollande.

– En Hollande ! s'écria d'Artagnan, et moi ?

– Vous êtes libre de le suivre, monsieur ; mais je vous supplie de rester, dit Monck. Me refusez-vous ?

– Oh ! non, général, je suis à vos ordres.

D'Artagnan embrassa Athos et n'eut que le temps de lui dire adieu. Monck les observait tous deux. Puis il surveilla lui-même les apprêts du départ, le transport des barils à bord, l'embarquement d'Athos, et prenant par le bras d'Artagnan tout ébahi, tout ému, il l'emmena vers Newcastle. Tout en allant au bras de Monck, d'Artagnan murmurait tout bas :

– Allons, allons, voilà, ce me semble, les actions de la maison Planchet et Cie qui remontent.

XXXI

Monck se dessine

D'Artagnan, bien qu'il se flattât d'un meilleur succès, n'avait pourtant pas très bien compris la situation. C'était pour lui un grave sujet de méditation que ce voyage d'Athos en Angleterre ; cette ligue du roi avec Athos et cet étrange enlacement de son dessein avec celui du comte de La Fère. Le meilleur était de se laisser aller. Une imprudence avait été commise, et, tout en ayant réussi comme il l'avait promis, d'Artagnan se trouvait n'avoir aucun des avantages de la réussite. Puisque tout était perdu, on ne risquait plus rien.

D'Artagnan suivit Monck au milieu de son camp. Le retour du général avait produit un merveilleux effet, car on le croyait perdu. Mais Monck, avec son visage austère et son glacial maintien, semblait demander à ses lieutenants empressés et à ses soldats ravis la cause de cette allégresse. Aussi, au lieutenant qui était venu au-devant de lui et qui lui témoignait l'inquiétude qu'ils avaient ressentie de son départ :

– Pourquoi cela ? dit-il. Suis-je obligé de vous rendre des comptes ?

– Mais, Votre Honneur, les brebis sans le pasteur peuvent trembler.

– Trembler ! répondit Monck avec sa voix calme et puissante ; ah ! monsieur, quel mot !... Dieu me damne ! si mes brebis n'ont pas dents et ongles, je renonce à être leur pasteur. Ah ! vous trembliez, monsieur !

– Général, pour vous.

– Mêlez-vous de ce qui vous concerne, et si je n'ai pas l'esprit que Dieu envoyait à Olivier Cromwell, j'ai celui qu'il m'a envoyé ; je m'en contente, pour si petit qu'il soit.

L'officier ne répliqua pas, et Monck ayant ainsi imposé silence à ses gens, tous demeurèrent persuadés qu'il avait accompli une œuvre importante ou fait sur eux une épreuve. C'était bien peu connaître ce génie scrupuleux et patient. Monck, s'il avait la bonne foi des puritains, ses alliés, dut remercier avec bien de la ferveur le saint patron qui l'avait pris de la boîte de M. d'Artagnan.

Pendant que ces choses se passaient, notre mousquetaire ne cessait de répéter :

– Mon Dieu ! fais que M. Monck n'ait pas autant d'amour-propre que j'en ai moi-même ; car, je le déclare, si quelqu'un m'eût mis dans un coffre avec ce grillage sur la bouche et mené ainsi, voituré comme un veau par-delà la mer, je garderais un si mauvais souvenir de ma mine piteuse dans ce coffre et une si laide rancune à celui qui m'aurait enfermé ; je craindrais si fort de voir éclore sur le visage de ce malicieux un sourire sarcastique, ou dans son attitude une imitation grotesque de ma position dans la boîte, que, mordioux !... je lui enfoncerais un bon poignard dans la gorge en compensation du grillage, et le clouerais dans une véritable bière en souvenir du faux cercueil où j'aurais moisi deux jours.

Et d'Artagnan était de bonne foi en parlant ainsi, car c'était un épiderme sensible que celui de notre Gascon. Monck avait d'autres idées, heureusement. Il n'ouvrit pas la bouche du passé à son timide vainqueur, mais il l'admit de fort près à ses travaux, l'emmena dans quelques reconnaissances, de façon à obtenir ce qu'il désirait sans doute vivement, une réhabilitation dans l'esprit de d'Artagnan. Celui-ci se conduisit en maître juré flatteur : il admira toute la tactique de Monck et l'ordonnance de son camp ; il plaisanta fort agréablement les circonvallations de Lambert, qui, disait-il, s'était bien inutilement donné la peine de clore un camp pour vingt mille hommes, tandis qu'un arpent de terrain lui eût suffi pour le caporal et les cinquante gardes qui peut-être lui demeureraient fidèles.

Monck, aussitôt à son arrivée, avait accepté la proposition d'entrevue faite la veille par Lambert et que les lieutenants de Monck avaient refusée, sous prétexte que le général était malade. Cette entrevue ne fut ni longue ni intéressante. Lambert demanda une profession de foi à son rival. Celui-ci déclara qu'il n'avait d'autre opinion que celle de la majorité. Lambert demanda s'il ne serait pas plus expédient de terminer la querelle par une alliance que par une bataille. Monck, là-dessus, demanda huit jours pour réfléchir. Or, Lambert ne pouvait les lui refuser, et Lambert cependant était venu en disant qu'il dévorerait l'armée de Monck. Aussi quand, à la suite de l'entrevue, que ceux de Lambert attendaient avec impatience, rien ne se décida, ni traité ni bataille, l'armée rebelle commença, ainsi que l'avait prévu M. d'Artagnan, à préférer la bonne cause à la mauvaise, et le Parlement, tout Croupion qu'il était, au néant pompeux des desseins du général Lambert.

On se rappelait, en outre, les bons repas de Londres, la profusion d'ale et de sherry que le bourgeois de la Cité payait à ses amis, les soldats ; on regardait avec terreur le pain noir de la guerre, l'eau trouble de la Tweed, trop salée pour le verre, trop peu pour la marmite, et l'on se disait : « Ne serions-nous pas mieux de l'autre côté ? Les rôtis ne chauffent-ils pas à Londres pour Monck ? »

Dès lors, l'on n'entendit plus parler que de désertion dans l'armée de Lambert. Les soldats se laissaient entraîner par la force des principes, qui sont, comme la discipline, le lien obligé de tout corps constitué dans un but quelconque. Monck défendait le Parlement, Lambert l'attaquait. Monck n'avait pas plus envie que Lambert de soutenir le Parlement, mais il l'avait écrit sur ses drapeaux, en sorte que tous ceux du parti contraire étaient réduits à écrire sur le leur : « Rébellion », ce qui sonnait mal aux oreilles puritaines. On vint donc de Lambert à Monck comme des pécheurs viennent de Baal à Dieu.

Monck fit son calcul : à mille désertions par jour, Lambert en avait pour vingt jours ; mais il y a dans les choses qui croulent un tel accroissement du poids et de la vitesse qui se combinent, que cent partirent le premier jour, cinq cents le second, mille le troisième. Monck pensa qu'il avait atteint sa moyenne. Mais de mille la désertion passa vite à deux mille, puis à quatre mille, et huit jours après, Lambert, sentant bien qu'il n'avait plus la possibilité d'accepter la bataille si on la lui offrait, prit le sage parti de décamper pendant la nuit pour retourner à Londres, et prévenir Monck en se reconstruisant une puissance avec les débris du parti militaire.

Mais Monck, libre et sans inquiétudes, marcha sur Londres en vainqueur, grossissant son armée de tous les partis flottants sur son passage. Il vint camper à Barnet, c'est-à-dire à quatre lieues, chéri du Parlement, qui croyait voir en lui un protecteur, et attendu par le peuple, qui voulait le voir se dessiner pour le juger. D'Artagnan lui-même n'avait rien pu juger de sa tactique. Il observait, il admirait. Monck ne pouvait entrer à Londres avec un parti pris sans y rencontrer la guerre civile. Il temporisa quelque temps.

Soudain, sans que personne s'y attendît, Monck fit chasser de Londres le parti militaire, s'installa dans la Cité au milieu des bourgeois par ordre du Parlement, puis, au moment où les bourgeois criaient contre Monck, au moment où les soldats eux-mêmes accusaient leur chef, Monck, se voyant bien sûr de la majorité, déclara au Parlement Croupion qu'il fallait abdiquer, lever le siège, et céder sa place à un gouvernement qui ne fût pas une plaisanterie. Monck prononça cette déclaration, appuyé sur cinquante mille épées, auxquelles, le soir même, se joignirent, avec des hourras de joie délirante, cinq cent mille habitants de la bonne ville de Londres.

Enfin, au moment où le peuple, après son triomphe et ses repas orgiaques en pleine rue, cherchait des yeux le maître qu'il pourrait bien se donner, on apprit qu'un bâtiment venait de partir de La Haye, portant Charles II et sa fortune.

– Messieurs, dit Monck à ses officiers, je pars au-devant du roi légitime. Qui m'aime me suive !

Une immense acclamation accueillit ces paroles, que d'Artagnan n'entendit pas sans un frisson de plaisir.

– Mordioux ! dit-il à Monck, c'est hardi, monsieur.

– Vous m'accompagnez, n'est-ce pas ? dit Monck.

– Pardieu, général ! Mais, dites-moi, je vous prie, ce que vous aviez écrit avec Athos, c'est-à-dire avec M. le comte de La Fère... vous savez... le jour de notre arrivée ?

– Je n'ai pas de secrets pour vous, répliqua Monck : j'avais écrit ces mots : « Sire, j'attends Votre Majesté dans six semaines à Douvres. »

– Ah ! fit d'Artagnan, je ne dis plus que c'est hardi ; je dis que c'est bien joué. Voilà un beau coup.

– Vous vous y connaissez, répliqua Monck.

C'était la seule allusion que le général eût jamais faite à son voyage en Hollande.

XXXII

Comment Athos et d'Artagnan se retrouvent encore
une fois à l'hôtellerie de la Corne-du-Cerf

Le roi d'Angleterre fit son entrée en grande pompe à Douvres, puis à Londres. Il avait mandé ses frères ; il avait amené sa mère et sa sœur. L'Angleterre était depuis si longtemps livrée à elle-même, c'est-à-dire à la tyrannie, à la médiocrité et à la déraison, que ce retour du roi Charles II, que les Anglais ne connaissaient cependant que comme le fils d'un homme auquel ils avaient coupé la tête, fut une fête pour les trois royaumes. Aussi, tous ces vœux, toutes ces acclamations qui accompagnaient son retour, frappèrent tellement le jeune roi, qu'il se pencha à l'oreille de Jack d'York, son jeune frère, pour lui dire :

– En vérité, Jack, il me semble que c'est bien notre faute si nous avons été si longtemps absents d'un pays où l'on nous aime tant.

Le cortège fut magnifique. Un admirable temps favorisait la solennité. Charles avait repris toute sa jeunesse, toute sa belle humeur ; il semblait transfiguré ; les cœurs lui riaient comme le soleil.

Dans cette foule bruyante de courtisans et d'adorateurs, qui ne semblaient pas se rappeler qu'ils avaient conduit à l'échafaud de White Hall le père du nouveau roi, un homme, en costume de lieutenant de mousquetaires, regardait, le sourire sur ses lèvres minces et spirituelles, tantôt le peuple qui vociférait ses bénédictions, tantôt le prince qui jouait l'émotion et qui saluait surtout les femmes dont les bouquets venaient tomber sous les pieds de son cheval.

– Quel beau métier que celui de roi ! disait cet homme, entraîné dans sa contemplation, et si bien absorbé qu'il s'arrêta au milieu du chemin, laissant défiler le cortège. Voici en vérité un prince cousu d'or et de diamants comme un Salomon, émaillé de fleurs comme une prairie printanière ; il va puiser à pleines mains dans l'immense coffre où ses sujets très fidèles aujourd'hui, naguère très infidèles, lui ont amassé une ou deux charretées de lingots d'or. On lui jette des bouquets à l'enfouir dessous, et il y a deux mois, s'il se fût présenté, on lui eût envoyé autant de boulets et de balles qu'aujourd'hui on lui envoie de fleurs. Décidément, c'est quelque chose que de naître d'une certaine façon, n'en déplaise aux vilains qui prétendent que peu leur importe de naître vilains.

Le cortège défilait toujours, et, avec le roi, les acclamations commençaient à s'éloigner dans la direction du palais, ce qui n'empêchait pas notre officier d'être fort bousculé.

– Mordioux ! continuait le raisonneur, voilà bien des gens qui me marchent sur les pieds et qui me regardent comme fort peu, ou plutôt comme rien du tout, attendu qu'ils sont anglais et que je suis français. Si l'on demandait à tous ces gens-là : « Qu'est-ce que M. d'Artagnan ? » ils répondraient : « *Nescio vos.* » Mais qu'on leur dise : « Voilà le roi qui passe, voilà M. Monck qui passe », ils vont hurler : « Vive le roi ! Vive M. Monck ! » jusqu'à ce que leurs poumons leur refusent le service.

« Cependant, continua-t-il en regardant, de ce regard si fin et parfois si fier, s'écouler la foule, cependant, réfléchissez un peu, bonnes gens, à ce que votre roi Charles a fait, à ce que M. Monck a fait, puis songez à ce qu'a fait ce pauvre inconnu qu'on appelle M. d'Artagnan. Il est vrai que vous ne le savez pas puisqu'il est inconnu, ce qui vous empêche peut-être de réfléchir. Mais, bah ! qu'importe ! ce n'empêche pas Charles II d'être un grand roi, quoiqu'il ait été exilé douze ans, et M. Monck d'être un grand capitaine, quoiqu'il ait fait le voyage de France dans une boîte. Or donc, puisqu'il est reconnu que l'un est un grand roi et l'autre un grand capitaine : *Hurrah for the king Charles II ! Hurrah for the captain Monck !*

Et sa voix se mêla aux voix des milliers de spectateurs, qu'elle domina un moment ; et, pour mieux faire l'homme dévoué, il leva son feutre en l'air. Quelqu'un lui arrêta le bras au beau milieu de son expansif loyalisme. (On appelait ainsi en 1660 ce qu'on appelle aujourd'hui royalisme.)

– Athos ! s'écria d'Artagnan. Vous ici ?

Et les deux amis s'embrassèrent.

– Vous ici ! et étant ici, continua le mousquetaire, vous n'êtes pas au milieu de tous les courtisans, mon cher comte ? Quoi ! vous le héros de la fête, vous ne chevauchez pas au côté gauche de Sa Majesté restaurée, comme M. Monck chevauche à son côté droit ! En vérité, je ne comprends rien à votre caractère ni à celui du prince qui vous doit tant.

– Toujours railleur, mon cher d'Artagnan, dit Athos. Ne vous corrigerez-vous donc jamais de ce vilain défaut ?

– Mais enfin, vous ne faites point partie du cortège ?

– Je ne fais point partie du cortège, parce que je ne l'ai point voulu.

– Et pourquoi ne l'avez-vous point voulu ?

– Parce que je ne suis ni envoyé, ni ambassadeur, ni représentant du roi de France, et qu'il ne me convient pas de me montrer ainsi près d'un autre roi que Dieu ne m'a pas donné pour maître.

– Mordioux ! vous vous montriez bien près du roi son père.

– C'est autre chose, ami : celui-là allait mourir.

– Et cependant ce que vous avez fait pour celui-ci...

– Je l'ai fait parce que je devais le faire. Mais, vous le savez, je déplore toute ostentation. Que le roi Charles II, qui n'a plus besoin de moi, me laisse donc maintenant dans mon repos et dans mon ombre, c'est tout ce que je réclame de lui.

D'Artagnan soupira.

– Qu'avez-vous ? lui dit Athos, on dirait que cet heureux retour du roi à Londres vous attriste, mon ami, vous qui cependant avez fait au moins autant que moi pour Sa Majesté.

– N'est-ce pas, répondit d'Artagnan en riant de son rire gascon, que j'ai fait aussi beaucoup pour Sa Majesté, sans que l'on s'en doute ?

– Oh ! oui s'écria Athos ; et le roi le sait bien, mon ami.

– Il le sait, fit amèrement le mousquetaire ; par ma foi ! je ne m'en doutais pas, et je tâchais même en ce moment de l'oublier.

– Mais lui, mon ami, n'oubliera point, je vous en réponds.

– Vous me dites cela pour me consoler un peu, Athos.

– Et de quoi ?

– Mordioux ! de toutes les dépenses que j'ai faites. Je me suis ruiné, mon ami, ruiné pour la restauration de ce jeune prince qui vient de passer en cabriolant sur son cheval isabelle.

– Le roi ne sait pas que vous vous êtes ruiné, mon ami, mais il sait qu'il vous doit beaucoup.

– Cela m'avance-t-il en quelque chose, Athos ? dites ! car enfin, je vous rends justice, vous avez noblement travaillé. Mais, moi qui, en apparence, ai fait manquer votre combinaison, c'est moi qui en réalité l'ai fait réussir. Suivez bien mon calcul : vous n'eussiez peut-être pas, par la persuasion et la douceur, convaincu le général Monck, tandis que moi je l'ai si rudement mené, ce cher général, que j'ai fourni à votre prince l'occasion de se montrer généreux ; cette générosité lui a été inspirée par le fait de ma bienheureuse bévue, Charles se la voit payer par la restauration que Monck lui a faite.

– Tout cela, cher ami, est d'une vérité frappante, répondit Athos.

– Et bien ! toute frappante qu'est cette vérité, il n'en est pas moins vrai, cher ami, que je m'en retournerai, fort chéri de M. Monck, qui m'appelle *my dear captain* toute la journée, bien que je ne sois ni son cher, ni capitaine, et fort apprécié du roi, qui a déjà oublié mon nom ; il n'en est pas moins vrai, dis-je, que je m'en retournerai dans ma belle patrie, maudit par les soldats que j'avais levés dans l'espoir d'une grosse solde, maudit du brave Planchet, à qui j'ai emprunté une partie de sa fortune.

– Comment cela ? et que diable vient faire Planchet dans tout ceci ?

– Eh ! oui, mon cher : ce roi si pimpant, si souriant, si adoré, M. Monck se figure l'avoir rappelé, vous vous figurez l'avoir soutenu, je me figure l'avoir ramené, le peuple se figure l'avoir reconquis, lui-même se figure avoir négocié de façon à être restauré, et rien de tout cela n'est vrai, cependant : Charles II, roi d'Angleterre, d'Écosse et d'Irlande, a été remis sur son trône par un épicier de France qui demeure rue des Lombards et qu'on appelle Planchet. Ce que c'est que la grandeur ! « Vanité ! dit l'Écriture ; vanité ! tout est vanité ! »

Athos ne put s'empêcher de rire de la boutade de son ami.

– Cher d'Artagnan, dit-il en lui serrant affectueusement la main, ne seriez-vous plus philosophe ? N'est-ce plus pour vous une satisfaction que de m'avoir sauvé la vie comme vous le fîtes en arrivant si heureusement avec Monck, quand ces damnés parlementaires voulaient me brûler vif ?

– Voyons, voyons, dit d'Artagnan, vous l'aviez un peu méritée, cette brûlure, mon cher comte.

– Comment ! pour avoir sauvé le million du roi Charles ?

– Quel million ?

– Ah ! c'est vrai, vous n'avez jamais su cela, vous, mon ami ; mais il ne faut pas m'en vouloir, ce n'était pas mon secret. Ce mot *Remember !* que le roi Charles a prononcé sur l'échafaud...

– Et qui veut dire *Souviens-toi ?*

– Parfaitement. Ce mot signifiait : Souviens-toi qu'il y a un million enterré dans les caves de Newcastle, et que ce million appartient à mon fils.

– Ah ! très bien, je comprends. Mais ce que je comprends aussi, et ce qu'il y a d'affreux, c'est que, chaque fois que Sa Majesté Charles II pensera à moi, il se dira : « Voilà un homme qui a cependant manqué me faire perdre ma couronne. Heureusement j'ai été généreux, grand, plein de présence d'esprit. » Voilà ce que dira de moi et de lui ce jeune gentilhomme au pourpoint noir très râpé, qui vint au château de Blois, son chapeau à la main, me demander si je voulais bien lui accorder entrée chez le roi de France.

– D'Artagnan ! d'Artagnan ! dit Athos en posant sa main sur l'épaule du mousquetaire, vous n'êtes pas juste.

– J'en ai le droit.

– Non, car vous ignorez l'avenir.

D'Artagnan regarda son ami entre les yeux et se mit à rire.

– En vérité, mon cher Athos, dit-il, vous avez des mots superbes que je n'ai connus qu'à vous et à M. le cardinal Mazarin.

Athos fit un mouvement.

– Pardon, continua d'Artagnan en riant, pardon si je vous offense. L'avenir ! hou ! les jolis mots que les mots qui promettent, et comme ils remplissent bien la bouche à défaut d'autre chose ! Mordioux ! après en avoir tant trouvé qui promettent, quand donc en trouverai-je un qui donne ? Mais laissons cela, continua d'Artagnan. Que faites-vous ici, mon cher Athos ? êtes-vous trésorier du roi ?

– Comment ! trésorier du roi ?

– Oui, puisque le roi possède un million, il lui faut un trésorier. Le roi de France, qui est sans un sou, a bien un surintendant des finances, M. Fouquet. Il est vrai qu'en échange M. Fouquet a bon nombre de millions, lui.

– Oh ! notre million est dépensé depuis longtemps, dit à son tour en riant Athos.

– Je comprends, il a passé en satin, en pierreries, en velours et en plumes de toute espèce et de toute couleur. Tous ces princes et toutes ces princesses avaient grand besoin de tailleurs et de lingères... Eh ! Athos, vous souvenez-vous de ce que nous dépensâmes pour nous équiper, nous autres, lors de la campagne de La Rochelle, et pour faire aussi notre entrée à cheval ? Deux ou trois mille livres, par ma foi ! mais un corsage de roi est plus ample, et il faut un million pour en acheter l'étoffe. Au moins, dites, Athos, si vous n'êtes pas trésorier, vous êtes bien en cour ?

– Foi de gentilhomme, je n'en sais rien, répondit simplement Athos.

– Allons donc ! vous n'en savez rien ?

– Non, je n'ai pas revu le roi depuis Douvres.

– Alors, c'est qu'il vous a oublié aussi, mordioux ! c'est régalant !

– Sa Majesté a eu tant d'affaires !

– Oh ! s'écria d'Artagnan avec une de ces spirituelles grimaces comme lui seul savait en faire, voilà, sur mon honneur, que je me reprends d'amour pour monsignor Giulio Mazarini. Comment ! mon cher Athos, le roi ne vous a pas revu ?

– Non.

– Et vous n'êtes pas furieux ?

– Moi ! pourquoi ? Est-ce que vous vous figurez, mon cher d'Artagnan, que c'est pour le roi que j'ai agi de la sorte ? Je ne le connais pas, ce jeune homme. J'ai défendu le père, qui représentait un principe sacré pour moi, et je me suis laissé aller vers le fils toujours par sympathie pour ce même principe. Au reste, c'était un digne chevalier, une noble créature mortelle, que ce père, vous vous le rappelez.

– C'est vrai, un brave et excellent homme, qui fit une triste vie, mais une bien belle mort.

– Eh bien ! mon cher d'Artagnan, comprenez ceci : à ce roi, à cet homme de cœur, à cet ami de ma pensée, si j'ose le dire, je jurai à l'heure suprême de conserver fidèlement le secret d'un dépôt qui devait être remis à son fils pour l'aider dans l'occasion ; ce jeune homme m'est venu trouver ; il m'a raconté sa misère, il ignorait que je fusse autre chose pour lui qu'un souvenir vivant de son père, j'ai accompli envers Charles II ce que j'avais promis à Charles Iᵉʳ, voilà tout. Que m'importe donc qu'il soit ou non reconnaissant ! C'est à moi que j'ai rendu service en me délivrant de cette responsabilité, et non à lui.

– J'ai toujours dit, répondit d'Artagnan avec un soupir, que le désintéressement était la plus belle chose du monde.

– Eh bien ! quoi ! cher ami, reprit Athos, vous-même n'êtes-vous pas dans la même situation que moi ? Si j'ai bien compris vos paroles, vous vous êtes laissé toucher par le malheur de ce jeune homme ; c'est de votre part bien plus beau que de la mienne, car moi, j'avais un devoir à accomplir, tandis que vous, vous ne deviez absolument rien au fils du martyr. Vous n'aviez pas, vous, à lui payer le prix de cette précieuse goutte de sang qu'il laissa tomber sur mon front du plancher de son échafaud. Ce qui vous a fait agir, vous, c'est le cœur uniquement, le cœur noble et bon que vous avez sous votre apparent scepticisme, sous votre sarcastique ironie ; vous avez engagé la fortune d'un serviteur, la vôtre peut-être, je vous en soupçonne, bienfaisant avare ! et l'on méconnaît votre sacrifice. Qu'importe ! voulez-vous rendre à Planchet son argent ? Je comprends cela, mon ami, car il ne convient pas qu'un gentilhomme emprunte à son inférieur sans lui rendre capital et intérêts. Eh bien ! je vendrai La Fère s'il le faut, ou, s'il n'est besoin, quelque petite ferme. Vous paierez Planchet, et il restera, croyez-moi, encore assez de grain pour nous deux et pour Raoul dans mes greniers. De cette façon, mon ami, vous n'aurez d'obligation qu'à vous-même, et, si je vous connais bien, ce ne sera pas pour votre esprit une mince satisfaction que de vous dire : « J'ai fait un roi. » Ai-je raison ?

– Athos ! Athos ! murmura d'Artagnan rêveur, je vous l'ai dit une fois, le jour où vous prêcherez, j'irai au sermon ; le jour où vous me direz qu'il y a un enfer, mordioux ! j'aurai peur du gril et des fourches. Vous êtes meilleur que moi, ou plutôt meilleur que tout le monde, et je ne me reconnais qu'un mérite, celui de n'être pas jaloux. Hors ce défaut, Dieu me damne ! comme disent les Anglais, j'ai tous les autres.

– Je ne connais personne qui vaille d'Artagnan, répliqua Athos ; mais nous voici arrivés tout doucement à la maison que j'habite. Voulez-vous entrer chez moi, mon ami ?

– Eh ! mais c'est la taverne de la Corne-du-Cerf, ce me semble ? dit d'Artagnan.

– Je vous avoue, mon ami, que je l'ai un peu choisie pour cela. J'aime les anciennes connaissances, j'aime à m'asseoir à cette place où je me suis laissé tomber tout abattu de fatigue, tout abîmé de désespoir, lorsque vous revîntes le 30 janvier au soir.

– Après avoir découvert la demeure du bourreau masqué ? Oui, ce fut un terrible jour !

– Venez donc alors, dit Athos en l'interrompant.

Ils entrèrent dans la salle autrefois commune. La taverne en général, et cette salle commune en particulier, avaient subi de grandes transformations ; l'ancien hôte des mousquetaires, devenu assez riche pour un hôtelier, avait fermé boutique et fait de cette salle dont nous parlions un entrepôt de denrées coloniales. Quant au reste de la maison, il le louait tout meublé aux étrangers.

Ce fut avec une indicible émotion que d'Artagnan reconnut tous les meubles de cette chambre du premier étage : les boiseries, les tapisseries et jusqu'à cette carte géographique que Porthos étudiait si amoureusement dans ses loisirs.

– Il y a onze ans ! s'écria d'Artagnan. Mordioux ! il me semble qu'il y a un siècle.

– Et à moi qu'il y a un jour, dit Athos. Voyez-vous la joie que j'éprouve, mon ami, à penser que je vous tiens là, que je serre votre main, que je puis jeter bien loin l'épée et le poignard, toucher sans défiance à ce flacon de xérès. Oh ! cette joie, en vérité, je ne pourrais vous l'exprimer que si nos deux amis étaient là, aux deux angles de cette table, et Raoul, mon bien-aimé Raoul, sur le seuil, à nous regarder avec ses grands yeux si brillants et si doux !

– Oui, oui, dit d'Artagnan fort ému, c'est vrai. J'approuve surtout cette première partie de votre pensée : il est doux de sourire là où nous avons si légitimement frissonné, en pensant que d'un moment à l'autre M. Mordaunt pouvait apparaître sur le palier.

En ce moment la porte s'ouvrit, et d'Artagnan, tout brave qu'il était, ne put retenir un léger mouvement d'effroi.

Athos le comprit et souriant :

– C'est notre hôte, dit-il, qui m'apporte quelque lettre.

– Oui, milord, dit le bonhomme, j'apporte en effet une lettre à Votre Honneur.

– Merci, dit Athos prenant la lettre sans regarder. Dites-moi, mon cher hôte, vous ne reconnaissez pas Monsieur ?

Le vieillard leva la tête et regarda attentivement d'Artagnan.

– Non, dit-il.

– C'est, dit Athos, un de ces amis dont je vous ai parlé, et qui logeait ici avec moi il y a onze ans.

– Oh ! dit le vieillard, il a logé ici tant d'étrangers !

– Mais nous y logions, nous, le 30 janvier 1649, ajouta Athos, croyant stimuler par cet éclaircissement la mémoire paresseuse de l'hôte.

– C'est possible, répondit-il en souriant, mais il y a si longtemps !

Il salua et sortit.

– Merci, dit d'Artagnan, faites des exploits, accomplissez des révolutions, essayez de graver votre nom dans la pierre ou sur l'airain avec de fortes épées ; il y a quelque chose de plus rebelle, de plus dur, de plus oublieux que le fer, l'airain et la pierre, c'est le crâne vieilli du premier logeur enrichi dans son commerce ; il ne me reconnaît pas ! Eh bien ! moi, je l'eusse vraiment reconnu.

Athos, tout en souriant, décachetait la lettre.

– Ah ! dit-il, une lettre de Parry.

– Oh ! oh ! fit d'Artagnan, lisez mon ami, lisez, elle contient sans doute du nouveau.

Athos secoua la tête et lut :

Monsieur le comte,

Le roi a éprouvé bien du regret de ne pas vous voir aujourd'hui près de lui à son entrée ; Sa Majesté me charge de vous le mander et de la rappeler à votre souvenir. Sa Majesté attendra Votre Honneur ce soir même, au palais de Saint-James, entre neuf et onze heures.

Je suis avec respect, monsieur le comte, de Votre Honneur,

Le très humble et très obéissant serviteur,

PARRY.

– Vous le voyez, mon cher d'Artagnan, dit Athos, il ne faut pas désespérer du cœur des rois.

– N'en désespérez pas, vous avez raison, repartit d'Artagnan.

– Oh ! cher, bien cher ami, reprit Athos, à qui l'imperceptible amertume de d'Artagnan n'avait pas échappé, pardon. Aurais-je blessé, sans le vouloir, mon meilleur camarade ?

– Vous êtes fou, Athos, et la preuve, c'est que je vais vous conduire jusqu'au château, jusqu'à la porte, s'entend ; cela me promènera.

– Vous entrerez avec moi, mon ami, je veux dire à Sa Majesté...

– Allons donc ! répliqua d'Artagnan avec une fierté vraie et pure de tout mélange, s'il est quelque chose de pire que de mendier soi-même, c'est de faire mendier par les autres. Çà ! partons, mon ami, la promenade sera charmante ; je veux, en passant, vous montrer la maison de M. Monck, qui m'a retiré chez lui : une belle maison, ma foi ! Être général en Angleterre rapporte plus que d'être maréchal en France, savez-vous ?

Athos se laissa emmener, tout triste de cette gaieté qu'affectait d'Artagnan.

Toute la ville était dans l'allégresse ; les deux amis se heurtaient à chaque moment contre des enthousiastes, qui leur demandaient dans leur ivresse de crier : « Vive le bon roi Charles ! » D'Artagnan répondait par un grognement, et Athos par un sourire. Ils arrivèrent ainsi jusqu'à la maison de Monck, devant laquelle, comme nous l'avons dit, il fallait passer, en effet, pour se rendre au palais de Saint-James.

Athos et d'Artagnan parlèrent peu durant la route, par cela même qu'ils eussent eu sans doute trop de choses à se dire s'ils eussent parlé. Athos pensait que, parlant, il semblerait témoigner de la joie, et que cette joie pourrait blesser d'Artagnan. Celui-ci, de son côté, craignait, en parlant, de laisser percer une aigreur qui le rendrait gênant pour Athos. C'était une singulière émulation de silence entre le contentement et la mauvaise humeur. D'Artagnan céda le premier à cette démangeaison qu'il éprouvait d'habitude à l'extrémité de la langue.

– Vous rappelez-vous, Athos, dit-il, le passage des Mémoires de d'Aubigné, dans lequel ce dévoué serviteur, gascon comme moi, pauvre comme moi, et j'allais presque dire brave comme moi, raconte les ladreries de Henri IV ? Mon père m'a toujours dit, je m'en souviens, que M. d'Aubigné était menteur. Mais pourtant, examinez comme tous les princes issus du grand Henri chassent de race !

– Allons, allons, d'Artagnan, dit Athos, les rois de France avares ? Vous êtes fou, mon ami.

– Oh ! vous ne convenez jamais des défauts d'autrui, vous qui êtes parfait. Mais, en réalité, Henri IV était avare, Louis XIII, son fils, l'était aussi ; nous en savons quelque chose, n'est-ce pas ? Gaston poussait ce vice à l'exagération, et s'est fait sous ce rapport détester de tout ce qui l'entourait.

Henriette, pauvre femme ! a bien fait d'être avare, elle qui ne mangeait pas tous les jours et ne se chauffait pas tous les ans ; et c'est un exemple qu'elle a donné à son fils Charles deuxième, petit-fils du grand Henri IV, avare comme sa mère et comme son grand-père. Voyons, ai-je bien déduit la généalogie des avares ?

– D'Artagnan, mon ami, s'écria Athos, vous êtes bien rude pour cette race d'aigles qu'on appelle les Bourbons.

– Et j'oubliais le plus beau !... l'autre petit-fils du Béarnais, Louis quatorzième, mon ex-maître. Mais j'espère qu'il est avare, celui-là, qui n'a pas voulu prêter un million à son frère Charles ! Bon ! je vois que vous vous fâchez. Nous voilà, par bonheur, près de ma maison, ou plutôt près de celle de mon ami M. Monck.

– Cher d'Artagnan, vous ne me fâchez point, vous m'attristez ; il est cruel, en effet, de voir un homme de votre mérite à côté de la position que ses services lui eussent dû acquérir ; il me semble que votre nom, cher ami, est aussi radieux que les plus beaux noms de guerre et de diplomatie. Dites-moi si les Luynes, si les Bellegarde et les Bassompierre ont mérité comme nous la fortune et les honneurs ; vous avez raison, cent fois raison, mon ami.

D'Artagnan soupira, et précédant son ami sous le porche de la maison que Monck habitait au fond de la Cité :

– Permettez, dit-il, que je laisse chez moi ma bourse ; car si, dans la foule, ces adroits filous de Londres, qui nous sont fort vantés, même à Paris, me volaient le reste de mes pauvres écus, je ne pourrais plus retourner en France. Or, content je suis parti de France et fou de joie j'y retourne, attendu que toutes mes préventions d'autrefois contre l'Angleterre me sont revenues, accompagnées de beaucoup d'autres.

Athos ne répondit rien.

– Ainsi donc, cher ami, lui dit d'Artagnan, une seconde et je vous suis. Je sais bien que vous êtes pressé d'aller là-bas recevoir vos récompenses ; mais, croyez-le bien, je ne suis pas moins pressé de jouir de votre joie, quoique de loin... Attendez-moi.

Et d'Artagnan franchissait déjà le vestibule, lorsqu'un homme, moitié valet, moitié soldat, qui remplissait chez Monck les fonctions de portier et de garde, arrêta notre mousquetaire en lui disant en anglais :

– Pardon, milord d'Artagnan !

– Eh bien ! répliqua celui-ci, quoi ? Est-ce que le général aussi me congédie ?... Il ne me manque plus que d'être expulsé par lui !

Ces mots, dits en français, ne touchèrent nullement celui à qui on les adressait, et qui ne parlait qu'un anglais mêlé de l'écossais le plus rude.

Mais Athos en fut navré, car d'Artagnan commençait à avoir l'air d'avoir raison.

L'Anglais montra une lettre à d'Artagnan.

– *From the general*, dit-il.

– Bien, c'est cela ; mon congé, répliqua le Gascon. Faut-il lire, Athos ?

– Vous devez vous tromper, dit Athos, ou je ne connais plus d'honnêtes gens que vous et moi.

D'Artagnan haussa les épaules et décacheta la lettre, tandis que l'Anglais, impassible, approchait de lui une grosse lanterne dont la lumière devait l'aider à lire.

– Eh bien ! qu'avez-vous ? dit Athos voyant changer la physionomie du lecteur.

– Tenez, lisez vous-même, dit le mousquetaire.

Athos prit le papier et lut :

Monsieur d'Artagnan, le roi a regretté bien vivement que vous ne fussiez pas venu à Saint-Paul avec son cortège. Sa Majesté dit que vous lui avez manqué comme vous me manquiez aussi à moi, cher capitaine. Il n'y a qu'un moyen de réparer tout cela. Sa Majesté m'attend à neuf heures au palais de Saint-James ; voulez-vous vous y trouver en même temps que moi ? Sa Très Gracieuse Majesté vous fixe cette heure pour l'audience qu'elle vous accorde.

La lettre était de Monck.

XXXIII

L'audience

– Eh bien ? s'écria Athos avec un doux reproche, lorsque d'Artagnan eut lu la lettre qui lui était adressée par Monck.

– Eh bien ! dit d'Artagnan, rouge de plaisir et un peu de honte de s'être tant pressé d'accuser le roi et Monck, c'est une politesse... qui n'engage à rien, c'est vrai... mais enfin c'est une politesse.

– J'avais bien de la peine à croire le jeune prince ingrat, dit Athos.

– Le fait est que son présent est bien près encore de son passé, répliqua d'Artagnan ; mais enfin, jusqu'ici tout me donnait raison.

– J'en conviens, cher ami, j'en conviens. Ah ! voilà votre bon regard revenu. Vous ne sauriez croire combien je suis heureux.

– Ainsi, voyez, dit d'Artagnan, Charles II reçoit M. Monck à neuf heures, moi il me recevra à dix heures ; c'est une grande audience, de celles que nous appelons au Louvre distribution d'eau bénite de cour. Allons nous mettre sous la gouttière, mon cher ami, allons.

Athos ne lui répondit rien, et tous deux se dirigèrent, en pressant le pas, vers le palais de Saint-James que la foule envahissait encore, pour apercevoir aux vitres les ombres des courtisans et les reflets de la personne royale. Huit heures sonnaient quand les deux amis prirent place dans la galerie pleine de courtisans et de solliciteurs. Chacun donna un coup d'œil à ces habits simples et de forme étrangère, à ces deux têtes si nobles, si pleines de caractère et de signification. De leur côté, Athos et d'Artagnan, après avoir en deux regards mesuré toute cette assemblée, se remirent à causer ensemble. Un grand bruit se fit tout à coup aux extrémités de la galerie : c'était le général Monck qui entrait, suivi de plus de vingt officiers qui quêtaient un de ses sourires, car il était la veille encore maître de l'Angleterre, et on supposait un beau lendemain au restaurateur de la famille des Stuarts.

– Messieurs, dit Monck en se détournant, désormais, je vous prie, souvenez-vous que je ne suis plus rien. Naguère encore je commandais la principale armée de la république ; maintenant cette armée est au roi, entre les mains de qui je vais remettre, d'après son ordre, mon pouvoir d'hier.

Une grande surprise se peignit sur tous les visages, et le cercle d'adulateurs et de suppliants qui serrait Monck l'instant d'auparavant s'élargit peu à peu et finit par se perdre dans les grandes ondulations de la foule. Monck allait faire antichambre comme tout le monde. D'Artagnan ne put s'empêcher d'en faire la remarque au comte de La Fère, qui fronça le sourcil. Soudain la porte du cabinet de Charles s'ouvrit, et le jeune roi parut, précédé de deux officiers de sa maison.

– Bonsoir, messieurs, dit-il. Le général Monck est-il ici ?

– Me voici, sire, répliqua le vieux général.

Charles courut à lui et lui prit les mains avec une fervente amitié.

– Général, dit tout haut le roi, je viens de signer votre brevet ; vous êtes duc d'Albermale, et mon intention est que nul ne vous égale en puissance et en fortune dans ce royaume, où, le noble Montrose excepté, nul ne vous a égalé en loyauté, en courage et en talent. Messieurs, le duc est commandant général de nos armées de terre et de mer, rendez-lui vos devoirs, s'il vous plaît, en cette qualité.

Tandis que chacun s'empressait auprès du général, qui recevait tous ces hommages sans perdre un instant son impassibilité ordinaire, d'Artagnan dit à Athos :

– Quand on pense que ce duché, ce commandement des armées de terre et de mer, toutes ces grandeurs, en un mot, ont tenu dans une boîte de six pieds de long sur trois pieds de large !

– Ami, répliqua Athos, de bien plus imposantes grandeurs tiennent dans des boîtes moins grandes encore ; elles renferment pour toujours !...

Tout à coup Monck aperçut les deux gentilshommes qui se tenaient à l'écart, attendant que le flot se fût retiré. Il se fit passage et alla vers eux, en sorte qu'il les surprit au milieu de leurs philosophiques réflexions.

– Vous parliez de moi, dit-il avec un sourire.

– Milord, répondit Athos, nous parlions aussi de Dieu.

Monck réfléchit un moment et reprit gaiement :

– Messieurs, parlons aussi un peu du roi, s'il vous plaît ; car vous avez, je crois, audience de Sa Majesté.

– À neuf heures, dit Athos.

– À dix heures, dit d'Artagnan.

– Entrons tout de suite dans ce cabinet, répondit Monck faisant signe à ses deux compagnons de le précéder, ce à quoi ni l'un ni l'autre ne voulut consentir.

Le roi, pendant ce débat tout français, était revenu au centre de la galerie.

– Oh ! mes Français, dit-il de ce ton d'insouciante gaieté que, malgré tant de chagrins et de traverses, il n'avait pu perdre. Les Français, ma consolation !

Athos et d'Artagnan s'inclinèrent.

– Duc, conduisez ces messieurs dans ma salle d'étude. Je suis à vous, messieurs, ajouta-t-il en français.

Et il expédia promptement sa cour pour revenir à ses Français, comme il les appelait.

– Monsieur d'Artagnan, dit-il en entrant dans son cabinet, je suis aise de vous revoir.

– Sire, ma joie est au comble de saluer Votre Majesté dans son palais de Saint-James.

– Monsieur, vous m'avez voulu rendre un bien grand service, et je vous dois de la reconnaissance. Si je ne craignais pas d'empiéter sur les droits de notre commandant général, je vous offrirais quelque poste digne de vous près de notre personne.

– Sire, répliqua d'Artagnan, j'ai quitté le service du roi de France en faisant à mon prince la promesse de ne servir aucun roi.

– Allons, dit Charles, voilà qui me rend très malheureux, j'eusse aimé à faire beaucoup pour vous, vous me plaisez.

– Sire...

– Voyons, dit Charles avec un sourire, ne puis-je vous faire manquer à votre parole ? Duc, aidez-moi. Si l'on vous offrait, c'est-à-dire si je vous offrais, moi, le commandement général de mes mousquetaires ?

D'Artagnan s'inclinant plus bas que la première fois :

– J'aurais le regret de refuser ce que Votre Gracieuse Majesté m'offrirait, dit-il ; un gentilhomme n'a que sa parole, et cette parole, j'ai eu l'honneur de le dire à Votre Majesté, est engagée au roi de France.

– N'en parlons donc plus, dit le roi en se tournant vers Athos.

Et il laissa d'Artagnan plongé dans les plus vives douleurs du désappointement.

– Ah ! je l'avais bien dit, murmura le mousquetaire : paroles ! eau bénite de cour ! Les rois ont toujours un merveilleux talent pour vous offrir ce qu'ils savent que nous n'accepterons pas, et se montrer généreux sans risque. Sot !... triple sot que j'étais d'avoir un moment espéré !

Pendant ce temps, Charles prenait la main d'Athos.

– Comte, lui dit-il, vous avez été pour moi un second père ; le service que vous m'avez rendu ne se peut payer. J'ai songé à vous récompenser cependant. Vous fûtes créé par mon père chevalier de la Jarretière ; c'est un ordre que tous les rois d'Europe ne peuvent porter ; par la reine régente, chevalier du Saint-Esprit, qui est un ordre non moins illustre ; j'y joins cette Toison d'or que m'a envoyée le roi de France, à qui le roi d'Espagne, son beau-père, en avait donné deux à l'occasion de son mariage ; mais, en revanche, j'ai un service à vous demander.

– Sire, dit Athos avec confusion, la Toison d'or à moi ! quand le roi de France est le seul de mon pays qui jouisse de cette distinction !

– Je veux que vous soyez en votre pays et partout l'égal de tous ceux que les souverains auront honorés de leur faveur, dit Charles en tirant la chaîne de son cou ; et j'en suis sûr, comte, mon père me sourit du fond de son tombeau.

« Il est cependant étrange, se dit d'Artagnan tandis que son ami recevait à genoux l'ordre éminent que lui conférait le roi, il est cependant incroyable que j'aie toujours vu tomber la pluie des prospérités sur tous ceux qui m'entourent, et que pas une goutte ne m'ait jamais atteint ! Ce serait à s'arracher les cheveux si l'on était jaloux, ma parole d'honneur ! »

Athos se releva, Charles l'embrassa tendrement.

– Général, dit-il à Monck.

Puis, s'arrêtant, avec un sourire :

– Pardon, c'est duc que je voulais dire. Voyez-vous, si je me trompe, c'est que le mot duc est encore trop court pour moi... Je cherche toujours un titre qui l'allonge... J'aimerais à vous voir si près de mon trône que je pusse vous dire, comme à Louis XIV : Mon frère. Oh ! j'y suis, et vous serez presque mon frère, car je vous fais vice-roi d'Irlande et d'Écosse, mon cher duc... De cette façon, désormais, je ne me tromperai plus.

Le duc saisit la main du roi, mais sans enthousiasme, sans joie, comme il faisait toute chose. Cependant son cœur avait été remué par cette dernière faveur. Charles, en ménageant habilement sa générosité, avait laissé au duc le temps de désirer... quoiqu'il n'eût pu désirer autant qu'on lui donnait.

– Mordioux ! grommela d'Artagnan, voilà l'averse qui recommence. Oh ! c'est à en perdre la cervelle.

Et il se tourna d'un air si contrit et si comiquement piteux, que le roi ne put retenir un sourire. Monck se préparait à quitter le cabinet pour prendre congé de Charles.

– Eh bien ! quoi ! mon féal, dit le roi au duc, vous partez ?

– S'il plaît à Votre Majesté ; car, en vérité, je suis bien las... L'émotion de la journée m'a exténué : j'ai besoin de repos.

– Mais, dit le roi, vous ne partez pas sans M. d'Artagnan, j'espère !

– Pourquoi, sire ? dit le vieux guerrier.

– Mais, dit le roi, vous le savez bien, pourquoi.

Monck regarda Charles avec étonnement.

– J'en demande bien pardon à Votre Majesté, dit-il, je ne sais pas... ce qu'elle veut dire.

– Oh ! c'est possible ; mais si vous oubliez, vous, M. d'Artagnan n'oublie pas.

L'étonnement se peignit sur le visage du mousquetaire.

– Voyons, duc, dit le roi, n'êtes-vous pas logé avec M. d'Artagnan ?

– J'ai l'honneur d'offrir un logement à M. d'Artagnan, oui, sire.

– Cette idée vous est venue de vous-même et à vous seul ?

– De moi-même et à moi seul, oui, sire.

– Eh bien ! mais il n'en pouvait être différemment... Le prisonnier est toujours au logis de son vainqueur.

Monck rougit à son tour.

– Ah ! c'est vrai, je suis prisonnier de M. d'Artagnan.

– Sans doute, Monck, puisque vous ne vous êtes pas encore racheté ; mais ne vous inquiétez pas, c'est moi qui vous ai arraché à M. d'Artagnan, c'est moi qui paierai votre rançon.

Les yeux de d'Artagnan reprirent leur gaieté et leur brillant ; le Gascon commençait à comprendre. Charles s'avança vers lui.

– Le général, dit-il, n'est pas riche et ne pourrait vous payer ce qu'il vaut. Moi, je suis plus riche certainement ; mais à présent que le voilà duc, et si ce n'est roi, du moins presque roi, il vaut une somme que je ne pourrais peut-être pas payer. Voyons, monsieur d'Artagnan, ménagez-moi : combien vous dois-je ?

D'Artagnan, ravi de la tournure que prenait la chose, mais se possédant parfaitement, répondit :

– Sire, Votre Majesté a tort de s'alarmer. Lorsque j'eus le bonheur de prendre Sa Grâce, M. Monck n'était que général ; ce n'est donc qu'une rançon de général qui m'est due. Mais que le général veuille bien me rendre son épée, et je me tiens pour payé, car il n'y a au monde que l'épée du général qui vaille autant que lui.

– *Odds fish !* comme disait mon père, s'écria Charles II ; voilà un galant propos et un galant homme, n'est-ce pas, duc ?

– Sur mon honneur ! répondit le duc, oui, sire.

Et il tira son épée.

– Monsieur, dit-il à d'Artagnan, voilà ce que vous demandez. Beaucoup ont tenu de meilleures lames ; mais, si modeste que soit la mienne, je ne l'ai jamais rendue à personne.

D'Artagnan prit avec orgueil cette épée qui venait de faire un roi.

– Oh ! oh ! s'écria Charles II : quoi ! une épée qui m'a rendu mon trône sortirait de mon royaume et ne figurerait pas un jour parmi les joyaux de ma couronne ? Non, sur mon âme ! cela ne sera pas ! Capitaine d'Artagnan, je donne deux cent mille livres de cette épée : si c'est trop peu, dites-le-moi.

– C'est trop peu, sire, répliqua d'Artagnan avec un sérieux inimitable. Et d'abord je ne veux point la vendre ; mais Votre Majesté désire, et c'est là un ordre. J'obéis donc ; mais le respect que je dois à l'illustre guerrier qui m'entend me commande d'estimer à un tiers de plus le gage de ma victoire. Je demande donc trois cent mille livres de l'épée, ou je la donne pour rien à Votre Majesté.

Et, la prenant par la pointe, il la présenta au roi.

Charles II se mit à rire aux éclats.

– Galant homme et joyeux compagnon ! *Odds fish !* n'est-ce pas, duc ? n'est-ce pas, comte ? Il me plaît et je l'aime. Tenez, chevalier d'Artagnan, dit-il, prenez ceci.

Et, allant à une table, il prit une plume et écrivit un bon de trois cent mille livres sur son trésorier.

D'Artagnan le prit, et se tournant gravement vers Monck :

– J'ai encore demandé trop peu, je le sais, dit-il ; mais croyez-moi, monsieur le duc, j'eusse aimé mieux mourir que de me laisser guider par l'avarice.

Le roi se remit à rire comme le plus heureux cokney de son royaume.

– Vous reviendrez me voir avant de partir, chevalier, dit-il ; j'aurai besoin d'une provision de gaieté, maintenant que mes Français vont être partis.

– Ah ! sire, il n'en sera pas de la gaieté comme de l'épée du duc, et je la donnerai gratis à Votre Majesté, répliqua d'Artagnan, dont les pieds ne touchaient plus la terre.

– Et vous, comte, ajouta Charles en se tournant vers Athos, revenez aussi, j'ai un important message à vous confier. Votre main, duc.

Monck serra la main du roi.

– Adieu, messieurs, dit Charles en tendant chacune de ses mains aux deux Français, qui y posèrent leurs lèvres.

– Eh bien ! dit Athos quand ils furent dehors, êtes-vous content ?

– Chut ! dit d'Artagnan tout ému de joie ; je ne suis pas encore revenu de chez le trésorier... la gouttière peut me tomber sur la tête.

XXXIV

De l'embarras des richesses

D'Artagnan ne perdit pas de temps, et sitôt que la chose fut convenable et opportune, il rendit visite au seigneur trésorier de Sa Majesté.

Il eut alors la satisfaction d'échanger un morceau de papier, couvert d'une fort laide écriture, contre une quantité prodigieuse d'écus frappés tout récemment à l'effigie de Sa Très Gracieuse Majesté Charles II.

D'Artagnan se rendait facilement maître de lui-même ; toutefois, en cette occasion, il ne put s'empêcher de témoigner une joie que le lecteur comprendra peut-être, s'il daigne avoir quelque indulgence pour un homme qui, depuis sa naissance, n'avait jamais vu tant de pièces et de rouleaux de pièces juxtaposés dans un ordre vraiment agréable à l'œil.

Le trésorier renferma tous ces rouleaux dans des sacs, ferma chaque sac d'une estampille aux armes d'Angleterre, faveur que les trésoriers n'accordent pas à tout le monde.

Puis, impassible et tout juste aussi poli qu'il devait l'être envers un homme honoré de l'amitié du roi, il dit à d'Artagnan :

– Emportez votre argent, monsieur.

Votre argent ! Ce mot fit vibrer mille cordes que d'Artagnan n'avait jamais senties en son cœur.

Il fit charger les sacs sur un petit chariot et revint chez lui méditant profondément. Un homme qui possède trois cent mille livres ne peut plus avoir le front uni : une ride par chaque centaine de mille livres, ce n'est pas trop.

D'Artagnan s'enferma, ne dîna point, refusa sa porte à tout le monde, et, la lampe allumée, le pistolet armé sur la table, il veilla toute la nuit, rêvant au moyen d'empêcher que ces beaux écus, qui du coffre royal avaient passé dans ses coffres à lui, ne passassent de ses coffres dans les poches d'un larron quelconque. Le meilleur moyen que trouva le Gascon, ce fut d'enfermer son trésor momentanément sous des serrures assez solides pour que nul poignet ne les brisât, assez compliquées pour que nulle clef banale ne les ouvrît.

D'Artagnan se souvint que les Anglais sont passés maîtres en mécanique et en industrie conservatrice ; il résolut d'aller dès le lendemain à la recherche d'un mécanicien qui lui vendît un coffre-fort.

Il n'alla pas bien loin. Le sieur Will Jobson, domicilié dans Piccadilly, écouta ses propositions, comprit ses désastres, et lui promit de confectionner une serrure de sûreté qui le délivrât de toute crainte pour l'avenir.

– Je vous donnerai, dit-il, un mécanisme tout nouveau. À la première tentative un peu sérieuse faite sur votre serrure, une plaque invisible s'ouvrira, un petit canon également invisible vomira un joli boulet de cuivre du poids d'un marc, qui jettera bas le maladroit, non sans un bruit notable. Qu'en pensez-vous ?

– Je dis que c'est vraiment ingénieux, s'écria d'Artagnan ; le petit boulet de cuivre me plaît véritablement. Çà, monsieur le mécanicien, les conditions ?

– Quinze jours pour l'exécution, et quinze mille livres payables à la livraison, répondit l'artiste.

D'Artagnan fronça le sourcil. Quinze jours étaient un délai suffisant pour que tous les filous de Londres eussent fait disparaître chez lui la nécessité d'un coffre-fort. Quant aux quinze mille livres, c'était payer bien cher ce qu'un peu de vigilance lui procurerait pour rien.

– Je réfléchirai, fit-il ; merci, monsieur.

Et il retourna chez lui au pas de course ; personne n'avait encore approché du trésor.

Le jour même, Athos vint rendre visite à son ami et le trouva soucieux au point qu'il lui en manifesta sa surprise.

– Comment ! vous voilà riche, dit-il, et pas gai ! vous qui désiriez tant la richesse...

– Mon ami, les plaisirs auxquels on n'est pas habitué gênent plus que les chagrins dont on avait l'habitude. Un avis, s'il vous plaît. Je puis vous demander cela, à vous qui avez toujours eu de l'argent : quand on a de l'argent, qu'en fait-on ?

– Cela dépend.

– Qu'avez-vous fait du vôtre, pour qu'il ne fît de vous ni un avare ni un prodigue ? Car l'avarice dessèche le cœur, et la prodigalité le noie... n'est-ce pas ?

– Fabricius ne dirait pas plus juste. Mais, en vérité, mon argent ne m'a jamais gêné.

– Voyons, le placez-vous sur les rentes ?

– Non ; vous savez que j'ai une assez belle maison et que cette maison compose le meilleur de mon bien.

– Je le sais.

– En sorte que vous serez aussi riche que moi, plus riche même quand vous le voudrez, par le même moyen.

– Mais les revenus, les encaissez-vous ?

– Non.

– Que pensez-vous d'une cachette dans un mur plein ?

– Je n'en ai jamais fait usage.

– C'est qu'alors vous avez quelque confident, quelque homme d'affaires sûr, et qui vous paie l'intérêt à un taux honnête.

– Pas du tout.

– Mon Dieu ! que faites-vous alors ?

– Je dépense tout ce que j'ai, et je n'ai que ce que je dépense, mon cher d'Artagnan.

– Ah ! voilà. Mais vous êtes un peu prince, vous, et quinze à seize mille livres de revenu vous fondent dans les doigts ; et puis vous avez des charges, de la représentation.

– Mais je ne vois pas que vous soyez beaucoup moins grand seigneur que moi, mon ami, et votre argent vous suffira bien juste.

– Trois cent mille livres ! Il y a là deux tiers de superflu.

– Pardon, mais il me semblait que vous m'aviez dit... j'ai cru entendre, enfin... je me figurais que vous aviez un associé...

– Ah ! mordioux ! c'est vrai ! s'écria d'Artagnan en rougissant, il y a Planchet. J'oubliais Planchet, sur ma vie !... Eh bien ! voilà mes cent mille écus entamés... C'est dommage, le chiffre était rond, bien sonnant... C'est vrai, Athos, je ne suis plus riche du tout. Quelle mémoire vous avez !

– Assez bonne, oui, Dieu merci !

– Ce brave Planchet, grommela d'Artagnan, il n'a pas fait là un mauvais rêve. Quelle spéculation, peste ! Enfin, ce qui est dit, est dit.

– Combien lui donnez-vous ?

– Oh ! fit d'Artagnan, ce n'est pas un mauvais garçon, je m'arrangerai toujours bien avec lui ; j'ai eu du mal, voyez-vous, des frais, tout cela doit entrer en ligne de compte.

– Mon cher, je suis bien sûr de vous, dit tranquillement Athos, et je n'ai pas peur pour ce bon Planchet ; ses intérêts sont mieux dans vos mains que dans les siennes ; mais à présent que vous n'avez plus rien à faire ici, nous partirons si vous m'en croyez. Vous irez remercier Sa Majesté, lui demander ses ordres, et, dans six jours, nous pourrons apercevoir les tours de Notre-Dame.

– Mon ami, je brûle en effet de partir, et de ce pas je vais présenter mes respects au roi.

– Moi, dit Athos, je vais saluer quelques personnes par la ville, et ensuite je suis à vous.

– Voulez-vous me prêter Grimaud ?

– De tout mon cœur... Qu'en comptez-vous faire ?

– Quelque chose de fort simple et qui ne le fatiguera pas, je le prierai de me garder mes pistolets qui sont sur la table, à côté des coffres que voici.

– Très bien, répliqua imperturbablement Athos.

– Et il ne s'éloignera point, n'est-ce pas ?

– Pas plus que les pistolets eux-mêmes.

– Alors, je m'en vais chez Sa Majesté. Au revoir.

D'Artagnan arriva en effet au palais de Saint-James, où Charles II, qui écrivait sa correspondance, lui fit faire antichambre une bonne heure.

D'Artagnan, tout en se promenant dans la galerie, des portes aux fenêtres, et des fenêtres aux portes, crut bien voir un manteau pareil à celui d'Athos traverser les vestibules ; mais au moment où il allait vérifier le fait, l'huissier l'appela chez Sa Majesté.

Charles II se frottait les mains tout en recevant les remerciements de notre ami.

– Chevalier, dit-il, vous avez tort de m'être reconnaissant ; je n'ai pas payé le quart de ce qu'elle vaut l'histoire de la boîte où vous avez mis ce brave général... je veux dire cet excellent duc d'Albermale.

Et le roi rit aux éclats.

D'Artagnan crut ne pas devoir interrompre Sa Majesté et fit le gros dos avec modestie.

– À propos, continua Charles, vous a-t-il vraiment pardonné, mon cher Monck ?

– Pardonné ! mais j'espère que oui, sire.

– Eh !... c'est que le tour était cruel... *Odds fish !* encaquer comme un hareng le premier personnage de la révolution anglaise ! À votre place, je ne m'y fierais pas, chevalier.

– Mais, sire...

– Je sais bien que Monck vous appelle son ami... Mais il a l'œil bien profond pour n'avoir pas de mémoire, et le sourcil bien haut pour n'être pas fort orgueilleux ; vous savez, *grande supercilium*.

« J'apprendrai le latin, bien sûr », se dit d'Artagnan.

– Tenez, s'écria le roi enchanté, il faut que j'arrange votre réconciliation ; je saurai m'y prendre de telle sorte...

D'Artagnan se mordit la moustache.

– Votre Majesté me permet de lui dire la vérité ?

– Dites, chevalier, dites.

– Eh bien ! sire, vous me faites une peur affreuse... Si Votre Majesté arrange mon affaire, comme elle paraît en avoir envie, je suis un homme perdu, le duc me fera assassiner.

Le roi partit d'un nouvel éclat de rire, qui changea en épouvante la frayeur de d'Artagnan.

– Sire, de grâce, promettez-moi de me laisser traiter cette négociation ; et puis, si vous n'avez plus besoin de mes services...

– Non, chevalier. Vous voulez partir ? répondit Charles avec une hilarité de plus en plus inquiétante.

– Si Votre Majesté n'a plus rien à me demander.

Charles redevint à peu près sérieux.

– Une seule chose. Voyez ma sœur, lady Henriette. Vous connaît-elle ?

– Non, sire ; mais... un vieux soldat comme moi n'est pas un spectacle agréable pour une jeune et joyeuse princesse.

– Je veux, vous dis-je, que ma sœur vous connaisse ; je veux qu'elle puisse au besoin compter sur vous.

– Sire, tout ce qui est cher à Votre Majesté sera sacré pour moi.

– Bien... Parry ! viens, mon bon Parry.

La porte latérale s'ouvrit, et Parry entra, le visage rayonnant dès qu'il eut aperçu le chevalier.

– Que fait Rochester ? dit le roi.

– Il est sur le canal avec les dames, répliqua Parry.

– Et Buckingham ?

– Aussi.

– Voilà qui est au mieux. Tu conduiras le chevalier près de Villiers... c'est le duc de Buckingham, chevalier... et tu prieras le duc de présenter M. d'Artagnan à lady Henriette.

Parry s'inclina et sourit à d'Artagnan.

– Chevalier, continua le roi, c'est votre audience de congé ; vous pourrez ensuite partir quand il vous plaira.

– Sire, merci !

– Mais faites bien votre paix avec Monck.

– Oh ! sire...

– Vous savez qu'il y a un de mes vaisseaux à votre disposition ?

– Mais, sire, vous me comblez, et je ne souffrirai jamais que des officiers de Votre Majesté se dérangent pour moi.

Le roi frappa sur l'épaule de d'Artagnan.

– Personne ne se dérange pour vous, chevalier, mais bien pour un ambassadeur que j'envoie en France et à qui vous servirez volontiers, je crois, de compagnon, car vous le connaissez.

D'Artagnan regarda étonné.

– C'est un certain comte de La Fère... celui que vous appelez Athos, ajouta le roi en terminant la conversation, comme il l'avait commencée, par un joyeux éclat de rire. Adieu, chevalier, adieu ! Aimez-moi comme je vous aime.

Et là-dessus, faisant un signe à Parry pour lui demander si quelqu'un n'attendait pas dans un cabinet voisin, le roi disparut dans ce cabinet, laissant la place au chevalier, tout étourdi de cette singulière audience.

Le vieillard lui prit le bras amicalement et l'emmena vers les jardins.

XXXV

Sur le canal

Sur le canal aux eaux d'un vert opaque, bordé de margelles de marbre où le temps avait déjà semé ses taches noires et des touffes d'herbes moussues, glissait majestueusement une longue barque plate, pavoisée aux armes d'Angleterre, surmontée d'un dais et tapissée de longues étoffes damassées qui traînaient leurs franges dans l'eau. Huit rameurs, pesant mollement sur les avirons, la faisaient mouvoir sur le canal avec la lenteur gracieuse des cygnes, qui, troublés dans leur antique possession par le sillage de la barque, regardaient de loin passer cette splendeur et ce bruit. Nous disons ce bruit, car la barque renfermait quatre joueurs de guitare et de luth, deux chanteurs et plusieurs courtisans, tout chamarrés d'or et de pierreries, lesquels montraient leurs dents blanches à l'envi pour plaire à lady Stuart, petite-fille de Henri IV, fille de Charles Ier, sœur de Charles II, qui occupait sous le dais de cette barque la place d'honneur.

Nous connaissons cette jeune princesse, nous l'avons vue au Louvre avec sa mère, manquant de bois, manquant de pain, nourrie par le coadjuteur et les parlements. Elle avait donc, comme ses frères, passé une dure jeunesse ; puis tout à coup elle venait de se réveiller de ce long et horrible rêve, assise sur les degrés d'un trône, entourée de courtisans et de flatteurs. Comme Marie Stuart au sortir de la prison, elle aspirait donc la vie et la liberté, et, de plus, la puissance et la richesse.

Lady Henriette en grandissant était devenue une beauté remarquable que la restauration qui venait d'avoir lieu avait rendue célèbre. Le malheur lui avait ôté l'éclat de l'orgueil, mais la prospérité venait de le lui rendre. Elle resplendissait dans sa joie et son bien-être, pareille à ces fleurs de serre qui, oubliées pendant une nuit aux premières gelées d'automne, ont penché la tête, mais qui le lendemain, réchauffées à l'atmosphère dans laquelle elles sont nées, se relèvent plus splendides que jamais.

Lord Villiers de Buckingham, fils de celui qui joue un rôle si célèbre dans les premiers chapitres de cette histoire, lord Villiers de Buckingham, beau cavalier, mélancolique avec les femmes, rieur avec les hommes, et Vilmot de Rochester, rieur avec les deux sexes, se tenaient en ce moment debout devant lady Henriette, et se disputaient le privilège de la faire sourire.

Quant à cette jeune et belle princesse, adossée à un coussin de velours brodé d'or, les mains inertes et pendantes qui trempaient dans l'eau, elle écoutait nonchalamment les musiciens sans les entendre, et elle entendait les deux courtisans sans avoir l'air de les écouter.

C'est que lady Henriette, cette créature pleine de charmes, cette femme qui joignait les grâces de la France à celles de l'Angleterre, n'ayant pas encore aimé, était cruelle dans sa coquetterie. Aussi le sourire, cette naïve faveur des jeunes filles, n'éclairait pas même son visage, et si parfois elle levait les yeux, c'était pour les attacher avec tant de fixité sur l'un ou l'autre cavalier, que leur galanterie, si effrontée qu'elle fût d'habitude, s'en alarmait et en devenait timide.

Cependant le bateau marchait toujours, les musiciens faisaient rage, et les courtisans commençaient à s'essouffler comme eux. D'ailleurs, la promenade paraissait sans doute monotone à la princesse, car, secouant tout à coup la tête d'impatience :

– Allons, dit-elle, assez comme cela, messieurs, rentrons.

– Ah ! madame, dit Buckingham, nous sommes bien malheureux, nous n'avons pu réussir à faire trouver la promenade agréable à Votre Altesse.

– Ma mère m'attend, répondit lady Henriette ; puis, je vous l'avouerai franchement, messieurs, je m'ennuie.

Et tout en disant ce mot cruel, la princesse essayait de consoler par un regard chacun des deux jeunes gens, qui paraissaient consternés d'une pareille franchise. Le regard produisit son effet, les deux visages s'épanouirent ; mais aussitôt, comme si la royale coquette eût pensé qu'elle venait de faire trop pour de simples mortels, elle fit un mouvement, tourna le dos à ses deux orateurs et parut se plonger dans une rêverie à laquelle il était évident qu'ils n'avaient aucune part.

Buckingham se mordit les lèvres avec colère, car il était véritablement amoureux de lady Henriette, et, en cette qualité, il prenait tout au sérieux. Rochester se les mordit aussi ; mais, comme son esprit dominait toujours son cœur, ce fut purement et simplement pour réprimer un malicieux éclat de rire. La princesse laissait donc errer sur la berge aux gazons fins et fleuris ses yeux, qu'elle détournait des deux jeunes gens. Elle aperçut au loin Parry et d'Artagnan.

– Qui vient là-bas ? demanda-t-elle.

Les deux jeunes gens firent volte-face avec la rapidité de l'éclair.

– Parry, répondit Buckingham, rien que Parry.

– Pardon, dit Rochester, mais je lui vois un compagnon, ce me semble.

– Oui d'abord, reprit la princesse avec langueur ; puis, que signifient ces mots : « Rien que Parry », dites, milord ?

– Parce que, madame, répliqua Buckingham piqué, parce que le fidèle Parry, l'errant Parry, l'éternel Parry, n'est pas, je crois, de grande importance.

– Vous vous trompez, monsieur le duc : Parry, l'errant Parry, comme vous dites, a erré toujours pour le service de ma famille, et voir ce vieillard est toujours pour moi un doux spectacle.

Lady Henriette suivait la progression ordinaire aux jolies femmes, et surtout aux femmes coquettes ; elle passait du caprice à la contrariété ; le galant avait subi le caprice, le courtisan devait plier sous l'humeur contrariante. Buckingham s'inclina, mais ne répondit point.

– Il est vrai, madame, dit Rochester en s'inclinant à son tour, que Parry est le modèle des serviteurs ; mais, madame, il n'est plus jeune, et nous ne rions, nous, qu'en voyant les choses gaies. Est-ce bien gai, un vieillard ?

– Assez, milord, dit sèchement lady Henriette, ce sujet de conversation me blesse.

Puis, comme se parlant à elle-même :

– Il est vraiment inouï, continua-t-elle, combien les amis de mon frère ont peu d'égards pour ses serviteurs !

– Ah ! madame, s'écria Buckingham, Votre Grâce me perce le cœur avec un poignard forgé par ses propres mains.

– Que veut dire cette phrase tournée en manière de madrigal français, monsieur le duc ? Je ne la comprends pas.

– Elle signifie, madame, que vous-même, si bonne, si charmante, si sensible, vous avez ri quelquefois, pardon, je voulais dire souri, des radotages futiles de ce bon Parry, pour lequel Votre Altesse se fait aujourd'hui d'une si merveilleuse susceptibilité.

– Eh bien ! milord, dit lady Henriette, si je me suis oubliée à ce point, vous avez tort de me le rappeler.

Et elle fit un mouvement d'impatience.

– Ce bon Parry veut me parler, je crois. Monsieur de Rochester, faites donc aborder, je vous prie.

Rochester s'empressa de répéter le commandement de la princesse. Une minute après, la barque touchait le rivage.

– Débarquons, messieurs, dit lady Henriette en allant chercher le bras que lui offrait Rochester, bien que Buckingham fût plus près d'elle et eût présenté le sien.

Alors Rochester, avec un orgueil mal dissimulé qui perça d'outre en outre le cœur du malheureux Buckingham, fit traverser à la princesse le petit pont que les gens de l'équipage avaient jeté du bateau royal sur la berge.

– Où va Votre Grâce ? demanda Rochester.

– Vous le voyez, milord, vers ce bon Parry qui erre, comme disait milord Buckingham, et me cherche avec ses yeux affaiblis par les larmes qu'il a versées sur nos malheurs.

– Oh ! mon Dieu ! dit Rochester, que Votre Altesse est triste aujourd'hui, madame ! nous avons, en vérité, l'air de lui paraître des fous ridicules.

– Parlez pour vous, milord, interrompit Buckingham avec dépit ; moi, je déplais tellement à Son Altesse que je ne lui parais absolument rien.

Ni Rochester ni la princesse ne répondirent ; on vit seulement lady Henriette entraîner son cavalier d'une course plus rapide. Buckingham resta en arrière et profita de cet isolement pour se livrer, sur son mouchoir, à des morsures tellement furieuses que la batiste fut mise en lambeaux au troisième coup de dents.

– Parry, bon Parry, dit la princesse avec sa petite voix, viens par ici ; je vois que tu me cherches, et j'attends.

– Ah ! madame, dit Rochester venant charitablement au secours de son compagnon, demeuré, comme nous l'avons dit, en arrière, si Parry ne voit pas Votre Altesse, l'homme qui le suit est un guide suffisant, même pour un aveugle ; car, en vérité, il a des yeux de flamme ; c'est un fanal à double lampe que cet homme.

– Éclairant une fort belle et fort martiale figure, dit la princesse décidée à rompre en visière à tout propos.

Rochester s'inclina.

– Une de ces vigoureuses têtes de soldat comme on n'en voit qu'en France, ajouta la princesse avec la persévérance de la femme sûre de l'impunité.

Rochester et Buckingham se regardèrent comme pour se dire : « Mais qu'a-t-elle donc ? »

– Voyez, monsieur de Buckingham, ce que veut Parry, dit lady Henriette : allez.

Le jeune homme, qui regardait cet ordre comme une faveur, reprit courage et courut au-devant de Parry, qui, toujours suivi par d'Artagnan, s'avançait avec lenteur du côté de la noble compagnie. Parry marchait avec lenteur à cause de son âge. D'Artagnan marchait lentement et noblement, comme devait marcher d'Artagnan doublé d'un tiers de million, c'est-à-dire sans forfanterie, mais aussi sans timidité. Lorsque Buckingham, qui avait mis un grand empressement à suivre les intentions de la princesse, laquelle s'était arrêtée sur un banc de marbre, comme fatiguée des quelques pas qu'elle venait de faire, lorsque Buckingham, disons-nous, ne fut plus qu'à quelques pas de Parry, celui-ci le reconnut.

– Ah ! milord, dit-il tout essoufflé, Votre Grâce veut-elle obéir au roi ?

– En quoi, monsieur Parry ? demanda le jeune homme avec une sorte de froideur tempérée par le désir d'être agréable à la princesse.

– Eh bien ! Sa Majesté prie Votre Grâce de présenter Monsieur à lady Henriette Stuart.

– Monsieur qui, d'abord ? demanda le duc avec hauteur.

D'Artagnan, on le sait, était facile à effaroucher ; le ton de milord Buckingham lui déplut. Il regarda le courtisan à la hauteur des yeux, et deux éclairs brillèrent sous ses sourcils froncés. Puis, faisant un effort sur lui-même :

– Monsieur le chevalier d'Artagnan, milord, répondit-il tranquillement.

– Pardon, monsieur, mais ce nom m'apprend votre nom, voilà tout.

– C'est-à-dire ?

– C'est-à-dire que je ne vous connais pas.

– Je suis plus heureux que vous, monsieur, répondit d'Artagnan, car, moi, j'ai eu l'honneur de connaître beaucoup votre famille et particulièrement milord duc de Buckingham, votre illustre père.

– Mon père ? fit Buckingham. En effet, monsieur, il me semble maintenant me rappeler... M. le chevalier d'Artagnan, dites-vous ?

D'Artagnan s'inclina.

– En personne, dit-il.

– Pardon, n'êtes-vous point l'un de ces Français qui eurent avec mon père certains rapports secrets ?

– Précisément, monsieur le duc, je suis un de ces Français-là.

– Alors, monsieur, permettez-moi de vous dire qu'il est étrange que mon père, de son vivant, n'ait jamais entendu parler de vous.

– Non, monsieur, mais il en a entendu parler au moment de sa mort ; c'est moi qui lui ai fait passer, par le valet de chambre de la reine Anne d'Autriche, l'avis du danger qu'il courait ; malheureusement l'avis est arrivé trop tard.

– N'importe ! monsieur, dit Buckingham, je comprends maintenant qu'ayant eu l'intention de rendre un service au père, vous veniez réclamer la protection du fils.

– D'abord, milord, répondit flegmatiquement d'Artagnan, je ne réclame la protection de personne. Sa Majesté le roi Charles II, à qui j'ai eu l'honneur de rendre quelques services (il faut vous dire, monsieur, que ma vie s'est passée à cette occupation), le roi Charles II, donc, qui veut bien m'honorer de quelque bienveillance, a désiré que je fusse présenté à lady Henriette, sa sœur, à laquelle j'aurai peut-être aussi le bonheur d'être utile dans l'avenir. Or, le roi vous savait en ce moment auprès de Son Altesse, et m'a adressé à vous, par l'entremise de Parry. Il n'y a pas d'autre mystère. Je ne vous demande absolument rien, et si vous ne voulez pas me présenter à Son Altesse, j'aurai la douleur de me passer de vous et la hardiesse de me présenter moi-même.

– Au moins, monsieur, répliqua Buckingham, qui tenait à avoir le dernier mot, vous ne reculerez pas devant une explication provoquée par vous.

– Je ne recule jamais, monsieur, dit d'Artagnan.

– Vous devez savoir alors, puisque vous avez eu des rapports secrets avec mon père, quelque détail particulier ?

– Ces rapports sont déjà loin de nous, monsieur, car vous n'étiez pas encore né, et pour quelques malheureux ferrets de diamant que j'ai reçus de ses mains et rapportés en France, ce n'est vraiment pas la peine de réveiller tant de souvenirs.

– Ah ! monsieur, dit vivement Buckingham en s'approchant de d'Artagnan et en lui tendant la main, c'est donc vous ! vous que mon père a tant cherché et qui pouviez tant attendre de nous !

– Attendre, monsieur ! en vérité, c'est là mon fort, et toute ma vie j'ai attendu.

Pendant ce temps, la princesse, lasse de ne pas voir venir à elle l'étranger, s'était levée et s'était approchée.

– Au moins, monsieur, dit Buckingham, n'attendrez-vous point cette présentation que vous réclamez de moi.

Alors, se retournant et s'inclinant devant lady Henriette :

– Madame, dit le jeune homme, le roi votre frère désire que j'aie l'honneur de présenter à Votre Altesse M. le chevalier d'Artagnan.

– Pour que Votre Altesse ait au besoin un appui solide et un ami sûr, ajouta Parry.

D'Artagnan s'inclina.

– Vous avez encore quelque chose à dire, Parry ? répondit lady Henriette souriant à d'Artagnan, tout en adressant la parole au vieux serviteur.

– Oui, madame, le roi désire que Votre Altesse garde religieusement dans sa mémoire le nom et se souvienne du mérite de M. d'Artagnan, à qui Sa Majesté doit, dit-elle, d'avoir recouvré son royaume.

Buckingham, la princesse et Rochester se regardèrent étonnés.

– Cela, dit d'Artagnan, est un autre petit secret dont, selon toute probabilité, je ne me vanterai pas au fils de Sa Majesté le roi Charles II, comme j'ai fait à vous à l'endroit des ferrets de diamant.

– Madame, dit Buckingham, Monsieur vient, pour la seconde fois, de rappeler à ma mémoire un événement qui excite tellement ma curiosité, que j'oserai vous demander la permission de l'écarter un instant de vous, pour l'entretenir en particulier.

– Faites, milord, dit la princesse, mais rendez bien vite à la sœur cet ami si dévoué au frère.

Et elle reprit le bras de Rochester, pendant que Buckingham prenait celui de d'Artagnan.

– Oh ! racontez-moi donc, chevalier, dit Buckingham, toute cette affaire des diamants, que nul ne sait en Angleterre, pas même le fils de celui qui en fut le héros.

– Milord, une seule personne avait le droit de raconter toute cette affaire, comme vous dites, c'était votre père ; il a jugé à propos de se taire, je vous demanderai la permission de l'imiter.

Et d'Artagnan s'inclina en homme sur lequel il est évident qu'aucune instance n'aura de prise.

– Puisqu'il en est ainsi, monsieur, dit Buckingham, pardonnez-moi mon indiscrétion, je vous prie ; et si quelque jour, moi aussi, j'allais en France...

Et il se retourna pour donner un dernier regard à la princesse, qui ne s'inquiétait guère de lui, tout occupée qu'elle était ou paraissait être de la conversation de Rochester.

Buckingham soupira.

– Eh bien ? demanda d'Artagnan.

– Je disais donc que si quelque jour, moi aussi, j'allais en France...

– Vous irez, milord, dit en souriant d'Artagnan, c'est moi qui vous en réponds.

– Et pourquoi cela ?

– Oh ! j'ai d'étranges manières de prédiction, moi ; et une fois que je prédis, je me trompe rarement. Si donc vous venez en France ?

– Eh bien ! monsieur, vous à qui les rois demandent cette précieuse amitié qui leur rend des couronnes, j'oserai vous demander un peu de ce grand intérêt que vous avez voué à mon père.

– Milord, répondit d'Artagnan, croyez que je me tiendrai pour fort honoré, si, là-bas, vous voulez bien encore vous souvenir que vous m'avez vu ici. Et maintenant, permettez...

Se retournant alors vers lady Henriette :

– Madame, dit-il, Votre Altesse est fille de France, et, en cette qualité, j'espère la revoir à Paris. Un de mes jours heureux sera celui où Votre Altesse me donnera un ordre quelconque qui me rappelle, à moi, qu'elle n'a point oublié les recommandations de son auguste frère.

Et il s'inclina devant la jeune princesse, qui lui donna sa main à baiser avec une grâce toute royale.

– Ah ! madame, dit tout bas Buckingham, que faudrait-il faire pour obtenir de Votre Altesse une pareille faveur ?

– Dame ! milord, répondit lady Henriette, demandez à M. d'Artagnan, il vous le dira.

XXXVI

Comment d'Artagnan tira, comme eût fait une fée,
une maison de plaisance d'une boîte de sapin

Les paroles du roi, touchant l'amour-propre de Monck, n'avaient pas inspiré à d'Artagnan une médiocre appréhension. Le lieutenant avait eu toute sa vie le grand art de choisir ses ennemis, et lorsqu'il les avait pris implacables et invincibles, c'est qu'il n'avait pu, sous aucun prétexte, faire autrement. Mais les points de vue changent beaucoup dans la vie. C'est une lanterne magique dont l'œil de l'homme modifie chaque année les aspects. Il en résulte que, du dernier jour d'une année où l'on voyait blanc, au premier jour de l'autre où l'on verra noir, il n'y a que l'espace d'une nuit.

Or, d'Artagnan, lorsqu'il partit de Calais avec ses dix sacripants, se souciait aussi peu de prendre à partie Goliath, Nabuchodonosor ou Holopherne, que de croiser l'épée avec une recrue, ou que de discuter avec son hôtesse. Alors il ressemblait à l'épervier qui à jeun attaque un bélier. La faim aveugle. Mais d'Artagnan rassasié, d'Artagnan riche, d'Artagnan vainqueur, d'Artagnan fier d'un triomphe si difficile, d'Artagnan avait trop à perdre pour ne pas compter chiffre à chiffre avec la mauvaise fortune probable.

Il songeait donc, tout en revenant de sa présentation, à une seule chose, c'est-à-dire à ménager un homme aussi puissant que Monck, un homme que Charles ménageait aussi, tout roi qu'il était ; car, à peine établi, le protégé pouvait encore avoir besoin du protecteur, et ne lui refuserait point par conséquent, le cas échéant, la mince satisfaction de déporter M. d'Artagnan, ou de le renfermer dans quelque tour du Middlesex, ou de le faire un peu noyer dans le trajet maritime de Douvres à Boulogne. Ces sortes de satisfactions se rendent de rois à vice-rois, sans tirer autrement à conséquence.

Il n'était même pas besoin que le roi fût actif dans cette contrepartie de la pièce où Monck prendrait sa revanche. Le rôle du roi se bornerait tout simplement à pardonner au vice-roi d'Irlande tout ce qu'il aurait entrepris contre d'Artagnan. Il ne fallait rien autre chose pour mettre la conscience du duc d'Albermale en repos qu'un *te absolvo* dit en riant, ou le griffonnage du *Charles, the king*, tracé au bas d'un parchemin ; et avec ces deux mots prononcés, ou ces trois mots écrits, le pauvre d'Artagnan était à tout jamais enterré sous les ruines de son imagination.

Et puis, chose assez inquiétante pour un homme aussi prévoyant que l'était notre mousquetaire, il se voyait seul, et l'amitié d'Athos ne suffisait point pour le rassurer. Certes, s'il se fût agi d'une bonne distribution de coups d'épée, le mousquetaire eût compté sur son compagnon ; mais dans des délicatesses avec un roi, lorsque le *peut-être* d'un hasard malencontreux viendrait aider à la justification de Monck ou de Charles II, d'Artagnan connaissait assez Athos pour être sûr qu'il ferait la plus belle part à la loyauté du survivant, et se contenterait de verser force larmes sur la tombe du mort, quitte, si le mort était son ami, à composer ensuite son épitaphe avec les superlatifs les plus pompeux.

« Décidément, pensait le Gascon, et cette pensée était le résultat des réflexions qu'il venait de faire tout bas, et que nous venons de faire tout haut, décidément il faut que je me réconcilie avec M. Monck, et que j'acquière la preuve de sa parfaite indifférence pour le passé. Si, ce qu'à Dieu ne plaise, il est encore maussade et réservé dans l'expression de ce sentiment, je donne mon argent à emporter à Athos, je demeure en Angleterre juste asscz de temps pour le dévoiler ; puis, comme j'ai l'œil vif et le pied léger, je saisis le premier signe hostile, je décampe, je me cache chez milord de Buckingham, qui me paraît bon diable au fond, et auquel, en récompense de son hospitalité, je raconte alors toute cette histoire de diamants, qui ne peut plus compromettre qu'une vieille reine, laquelle peut bien passer, étant la femme d'un ladre vert comme M. de Mazarin, pour avoir été autrefois la maîtresse d'un beau seigneur comme Buckingham. Mordioux ! c'est dit, et ce Monck ne me surmontera pas. Eh ! d'ailleurs, une idée ! »

On sait que ce n'étaient pas, en général, les idées qui manquaient à d'Artagnan. C'est que, pendant son monologue, d'Artagnan venait de se boutonner jusqu'au menton, et rien n'excitait en lui l'imagination comme cette préparation à un combat quelconque, nommée accinction par les Romains. Il arriva tout échauffé au logis du duc d'Albermale. On l'introduisit chez le vice-roi avec une célérité qui prouvait qu'on le regardait comme étant de la maison. Monck était dans son cabinet de travail.

– Milord, lui dit d'Artagnan avec cette expression de franchise que le Gascon savait si bien étendre sur son visage rusé, milord, je viens demander un conseil à Votre Grâce.

Monck, aussi boutonné moralement que son antagoniste l'était physiquement, Monck répondit :

– Demandez, mon cher.

Et sa figure présentait une expression non moins ouverte que celle de d'Artagnan.

– Milord, avant toute chose, promettez-moi secret et indulgence.

– Je vous promets tout ce que vous voudrez. Qu'y a-t-il ? dites !

– Il y a, milord, que je ne suis pas tout à fait content du roi.

– Ah ! vraiment ! Et en quoi, s'il vous plaît, mon cher lieutenant ?

– En ce que Sa Majesté se livre parfois à des plaisanteries fort compromettantes pour ses serviteurs, et la plaisanterie, milord, est une arme qui blesse fort les gens d'épée comme nous.

Monck fit tous ses efforts pour ne pas trahir sa pensée ; mais d'Artagnan le guettait avec une attention trop soutenue pour ne pas apercevoir une imperceptible rougeur sur ses joues.

– Mais quant à moi, dit Monck de l'air le plus naturel du monde, je ne suis pas ennemi de la plaisanterie, mon cher monsieur d'Artagnan ; mes soldats vous diront même que bien des fois, au camp, j'entendais fort indifféremment, et avec un certain goût même, les chansons satiriques qui, de l'armée de Lambert, passaient dans la mienne, et qui, bien certainement, eussent écorché les oreilles d'un général plus susceptible que je ne le suis.

– Oh ! milord, fit d'Artagnan, je sais que vous êtes un homme complet, je sais que vous êtes placé depuis longtemps au-dessus des misères humaines, mais il y a plaisanteries et plaisanteries, et certaines, quant à moi, ont le privilège de m'irriter au-delà de toute expression.

– Peut-on savoir lesquelles, *my dear ?*

– Celles qui sont dirigées contre mes amis ou contre les gens que je respecte, milord.

Monck fit un imperceptible mouvement que d'Artagnan aperçut.

– Et en quoi, demanda Monck, en quoi le coup d'épingle qui égratigne autrui peut-il vous chatouiller la peau ? Contez-moi cela, voyons !

– Milord, je vais vous l'expliquer par une seule phrase ; il s'agissait de vous.

Monck fit un pas vers d'Artagnan.

– De moi ? dit-il.

– Oui, et voilà ce que je ne puis m'expliquer ; mais aussi peut-être est-ce faute de connaître son caractère. Comment le roi a-t-il le cœur de railler un homme qui lui a rendu tant et de si grands services ? Comment comprendre qu'il s'amuse à mettre aux prises un lion comme vous avec un moucheron comme moi ?

– Aussi je ne vois cela en aucune façon, dit Monck.

– Si fait ! Enfin, le roi, qui me devait une récompense, pouvait me récompenser comme un soldat, sans imaginer cette histoire de rançon qui vous touche, milord.

– Non, fit Monck en riant, elle ne me touche en aucune façon, je vous jure.

– Pas à mon endroit, je le comprends ; vous me connaissez, milord, je suis si discret que la tombe paraîtrait bavarde auprès de moi ; mais... comprenez-vous, milord ?

– Non, s'obstina à dire Monck.

– Si un autre savait le secret que je sais...

– Quel secret ?

– Eh ! milord, ce malheureux secret de Newcastle.

– Ah ! le million de M. le comte de La Fère ?

– Non, milord, non ; l'entreprise faite sur Votre Grâce.

– C'était bien joué, chevalier, voilà tout ; et il n'y avait rien à dire ; vous êtes un homme de guerre, brave et rusé à la fois, ce qui prouve que vous réunissez les qualités de Fabius et d'Annibal. Donc, vous avez usé de vos moyens, de la force et de la ruse ; il n'y a rien à dire à cela, et c'était à moi de me garantir.

– Eh ! je le sais, milord, et je n'attendais pas moins de votre impartialité, aussi, s'il n'y avait que l'enlèvement en lui-même, mordioux ! ce ne serait rien ; mais il y a...

– Quoi ?

– Les circonstances de cet enlèvement.

– Quelles circonstances ?

– Vous savez bien, milord, ce que je veux dire.

– Non, Dieu me damne !

– Il y a... c'est qu'en vérité c'est fort difficile à dire.

– Il y a ?

– Eh bien ! il y a cette diable de boîte.

Monck rougit visiblement.

– Cette indignité de boîte, continua d'Artagnan, de boîte en sapin, vous savez ?

– Bon ! je l'oubliais.

– En sapin, continua d'Artagnan, avec des trous pour le nez et la bouche. En vérité, milord, tout le reste était bien ; mais la boîte, la boîte ! décidément, c'était une mauvaise plaisanterie.

Monck se démenait dans tous les sens.

– Et cependant, que j'aie fait cela, reprit d'Artagnan, moi, un capitaine d'aventures, c'est tout simple, parce que, à côté de l'action un peu légère que j'ai commise, mais que la gravité de la situation peut faire excuser, j'ai la circonspection et la réserve.

– Oh ! dit Monck, croyez que je vous connais bien, monsieur d'Artagnan, et que je vous apprécie.

D'Artagnan ne perdait pas Monck de vue, étudiant tout ce qui se passait dans l'esprit du général au fur et à mesure qu'il parlait.

– Mais il ne s'agit pas de moi, reprit-il.

– Enfin, de qui s'agit-il donc ? demanda Monck, qui commençait à s'impatienter.

– Il s'agit du roi, qui jamais ne retiendra sa langue.

– Eh bien ! quand il parlerait, au bout du compte ? dit Monck en balbutiant.

– Milord, reprit d'Artagnan, ne dissimulez pas, je vous en supplie, avec un homme qui parle aussi franchement que je le fais. Vous avez le droit de hérisser votre susceptibilité, si bénigne qu'elle soit. Que diable ! ce n'est pas la place d'un homme sérieux comme vous, d'un homme qui joue avec des couronnes et des sceptres comme un bohémien avec des boules ; ce n'est pas la place d'un homme sérieux, disais-je, que d'être enfermé dans une boîte, ainsi qu'un objet curieux d'histoire naturelle ; car enfin, vous comprenez, ce serait pour faire crever de rire tous vos ennemis, et vous êtes si grand, si noble, si généreux, que vous devez en avoir beaucoup. Ce secret pourrait faire crever de rire la moitié du genre humain si l'on vous représentait dans cette boîte. Or, il n'est pas décent que l'on rie ainsi du second personnage de ce royaume.

Monck perdit tout à fait contenance à l'idée de se voir représenté dans sa boîte.

Le ridicule, comme l'avait judicieusement prévu d'Artagnan, faisait sur lui ce que ni les hasards de la guerre, ni les désirs de l'ambition, ni la crainte de la mort n'avaient pu faire.

« Bon ! pensa le Gascon, il a peur ; je suis sauvé. »

– Oh ! quant au roi, dit Monck, ne craignez rien, cher monsieur d'Artagnan, le roi ne plaisantera pas avec Monck, je vous jure !

L'éclair de ses yeux fut intercepté au passage par d'Artagnan. Monck se radoucit aussitôt.

– Le roi, continua-t-il, est d'un trop noble naturel, le roi a un cœur trop haut placé pour vouloir du mal à qui lui fait du bien.

– Oh ! certainement, s'écria d'Artagnan. Je suis entièrement de votre opinion sur le cœur du roi, mais non sur sa tête ; il est bon, mais il est léger.

– Le roi ne sera pas léger avec Monck, soyez tranquille.

– Ainsi, vous êtes tranquille, vous, milord ?

– De ce côté du moins, oui, parfaitement.

– Oh ! je vous comprends, vous êtes tranquille du côté du roi.

– Je vous l'ai dit.

– Mais vous n'êtes pas aussi tranquille du mien ?

– Je croyais vous avoir affirmé que je croyais à votre loyauté et à votre discrétion.

– Sans doute, sans doute ; mais vous réfléchirez à une chose...

– À laquelle ?...

– C'est que je ne suis pas seul, c'est que j'ai des compagnons ; et quels compagnons !

– Oh ! oui, je les connais.

– Malheureusement, milord, et ils vous connaissent aussi.

– Eh bien ?

– Eh bien ! ils sont là-bas, à Boulogne, ils m'attendent.

– Et vous craignez... ?

– Oui, je crains qu'en mon absence... Parbleu ! Si j'étais près d'eux, je répondrais bien de leur silence.

– Avais-je raison de vous dire que le danger, s'il y avait danger, ne viendrait pas de Sa Majesté, quelque peu disposée qu'elle soit à la plaisanterie, mais de vos compagnons, comme vous dites... Être raillé par un roi, c'est tolérable encore, mais par des goujats d'armée... *Goddam !*

– Oui, je comprends, c'est insupportable ; et voilà pourquoi, milord, je venais vous dire : « Ne croyez-vous pas qu'il serait bon que je partisse pour la France le plus tôt possible ? »

– Certes, si vous croyez que votre présence...

– Impose à tous ces coquins ? De cela, oh ! j'en suis sûr, milord.

– Votre présence n'empêchera point le bruit de se répandre s'il a transpiré déjà.

– Oh ! il n'a point transpiré, milord, je vous le garantis. En tout cas, croyez que je suis bien déterminé à une grande chose.

– Laquelle ?

– À casser la tête au premier qui aura propagé ce bruit et au premier qui l'aura entendu. Après quoi, je reviens en Angleterre chercher un asile et peut-être de l'emploi auprès de Votre Grâce.

– Oh ! revenez, revenez !

– Malheureusement, milord, je ne connais que vous, ici, et je ne vous trouverai plus, ou vous m'aurez oublié dans vos grandeurs.

– Écoutez, monsieur d'Artagnan, répondit Monck, vous êtes un charmant gentilhomme, plein d'esprit et de courage ; vous méritez toutes les fortunes de ce monde ; venez avec moi en Écosse, et, je vous jure, je vous y ferai dans ma vice-royauté un sort que chacun enviera.

– Oh ! milord, c'est impossible à cette heure. À cette heure, j'ai un devoir sacré à remplir ; j'ai à veiller autour de votre gloire ; j'ai à empêcher qu'un mauvais plaisant ne ternisse aux yeux des contemporains, qui sait ? aux yeux de la postérité même, l'éclat de votre nom.

– De la postérité, monsieur d'Artagnan ?

– Eh ! sans doute ; il faut que, pour la postérité, tous les détails de cette histoire restent un mystère ; car enfin, admettez que cette malheureuse histoire du coffre de sapin se répande, et l'on dira, non pas que vous avez rétabli le roi loyalement, en vertu de votre libre arbitre, mais bien par suite d'un compromis fait entre vous deux à Scheveningen. J'aurai beau dire comment la chose s'est passée, moi qui le sais, on ne me croira pas, et l'on dira que j'ai reçu ma part du gâteau et que je la mange.

Monck fronça le sourcil.

– Gloire, honneur, probité, dit-il, vous n'êtes que de vains mots !

– Brouillard, répliqua d'Artagnan, brouillard à travers lequel personne ne voit jamais bien clair.

– Eh bien ! alors, allez en France, mon cher monsieur, dit Monck ; allez et, pour vous rendre l'Angleterre plus accessible et plus agréable, acceptez un souvenir de moi.

« Mais allons donc ! » pensa d'Artagnan.

– J'ai sur les bords de la Clyde, continua Monck, une petite maison sous des arbres, un cottage, comme on appelle cela ici. À cette maison sont attachés une centaine d'arpents de terre ; acceptez-la.

– Oh ! milord...

– Dame ! vous serez là chez vous, et ce sera le refuge dont vous me parliez tout à l'heure.

– Moi, je serais votre obligé à ce point, milord ! En vérité, j'en ai honte !

– Non pas, monsieur, reprit Monck avec un fin sourire, non pas, c'est moi qui serai le vôtre.

Et serrant la main du mousquetaire :

– Je vais faire dresser l'acte de donation, dit-il.

Et il sortit.

D'Artagnan le regarda s'éloigner et demeura pensif et même ému.

– Enfin, dit-il, voilà pourtant un brave homme. Il est triste de sentir seulement que c'est par peur de moi et non par affection qu'il agit ainsi. Eh ! bien ! je veux que l'affection lui vienne.

Puis, après un instant de réflexion plus profonde :

– Bah ! dit-il, à quoi bon ? C'est un Anglais !

Et il sortit, à son tour, un peu étourdi de ce combat.

– Ainsi, dit-il, me voilà propriétaire. Mais comment diable partager le cottage avec Planchet ? À moins que je ne lui donne les terres et que je ne prenne le château, ou bien que ce ne soit lui qui ne prenne le château, et moi... Fi donc ! M. Monck ne souffrirait point que je partageasse avec un épicier une maison qu'il a habitée ! Il est trop fier pour cela ! D'ailleurs, pourquoi en parler ? Ce n'est point avec l'argent de la société que j'ai acquis cet immeuble ; c'est avec ma seule intelligence ; il est donc bien à moi. Allons retrouver Athos.

Et il se dirigea vers la demeure du comte de La Fère.

XXXVII

Comment d'Artagnan régla le passif de
la société avant d'établir son actif

« Décidément, se dit d'Artagnan, je suis en veine. Cette étoile qui luit une fois dans la vie de tout homme, qui a lui pour Job et pour Irus, le plus malheureux des Juifs et le plus pauvre des Grecs, vient enfin de luire pour moi. Je ne ferai pas de folie, je profiterai ; c'est assez tard pour que je sois raisonnable. »

Il soupa ce soir-là de fort bonne humeur avec son ami Athos, ne lui parla pas de la donation attendue, mais ne put s'empêcher, tout en mangeant, de questionner son ami sur les provenances, les semailles, les plantations. Athos répondit complaisamment, comme il faisait toujours. Son idée était que d'Artagnan voulait devenir propriétaire ; seulement, il se prit plus d'une fois à regretter l'humeur si vive, les saillies si divertissantes du gai compagnon d'autrefois. D'Artagnan, en effet, profitait du reste de graisse figée sur l'assiette pour y tracer des chiffres et faire des additions d'une rotondité surprenante.

L'ordre ou plutôt la licence d'embarquement arriva chez eux le soir. Tandis qu'on remettait le papier au comte, un autre messager tendait à d'Artagnan une petite liasse de parchemins revêtus de tous les sceaux dont se pare la propriété foncière en Angleterre. Athos le surprit à feuilleter ces différents actes, qui établissaient la transmission de propriété. Le prudent Monck, d'autres eussent dit le généreux Monck, avait commué la donation en une vente, et reconnaissait avoir reçu la somme de quinze mille livres pour prix de la cession.

Déjà le messager s'était éclipsé. D'Artagnan lisait toujours, Athos le regardait en souriant. D'Artagnan, surprenant un de ces sourires par-dessus son épaule, renferma toute la liasse dans son étui.

– Pardon, dit Athos.

– Oh ! vous n'êtes pas indiscret, mon cher, répliqua le lieutenant ; je voudrais...

– Non, ne me dites rien, je vous prie : des ordres sont choses si sacrées, qu'à son frère, à son père, le chargé de ces ordres ne doit pas avouer un mot. Ainsi, moi qui vous parle et qui vous aime plus tendrement que frère, père et tout au monde...

– Hors votre Raoul ?

– J'aimerai plus encore Raoul lorsqu'il sera un homme et que je l'aurai vu se dessiner dans toutes les phases de son caractère et de ses actes... comme je vous ai vu, vous, mon ami.

– Vous disiez donc que vous aviez un ordre aussi, et que vous ne me le communiqueriez pas ?

– Oui, cher d'Artagnan.

Le Gascon soupira.

– Il fut un temps, dit-il, où cet ordre, vous l'eussiez mis là, tout ouvert sur la table, en disant : « D'Artagnan, lisez-nous ce grimoire, à Porthos, à Aramis et à moi. »

– C'est vrai,... Oh ! c'était la jeunesse, la confiance, la généreuse saison où le sang commande lorsqu'il est échauffé par la passion !

– Eh bien ! Athos, voulez-vous que je vous dise ?

– Dites, ami.

– Cet adorable temps, cette généreuse saison, cette domination du sang échauffé, toutes choses fort belles sans doute, je ne les regrette pas du tout. C'est absolument comme le temps des études... J'ai toujours rencontré quelque part un sot pour me vanter ce temps des pensums, des férules, des croûtes de pain sec... C'est singulier, je n'ai jamais aimé cela, moi ; et si actif, si sobre que je fusse (vous savez si je l'étais, Athos), si simple que je parusse dans mes habits, je n'ai pas moins préféré les broderies de Porthos à ma petite casaque poreuse, qui laissait passer la bise en hiver, le soleil en été. Voyez-vous, mon ami, je me défierai toujours de celui qui prétendra préférer le mal au bien. Or, du temps passé, tout fut mal pour moi, du temps où chaque mois voyait un trou de plus à ma peau et à ma casaque, un écu d'or de moins dans ma pauvre bourse ; de cet exécrable temps de bascules et de balançoires, je ne regrette absolument rien, rien, rien, que notre amitié ; car chez moi il y a un cœur ; et, c'est miracle, ce cœur n'a pas été desséché par le vent de la misère qui passait aux trous de mon manteau, ou traversé par les épées de toute fabrique qui passaient aux trous de ma pauvre chair.

– Ne regrettez pas notre amitié, dit Athos ; elle ne mourra qu'avec nous. L'amitié se compose surtout de souvenirs et d'habitudes, et si vous avez fait tout à l'heure une petite satire de la mienne parce que j'hésite à vous révéler ma mission en France...

– Moi ?... Ô ciel ! si vous saviez, cher et bon ami, comme désormais toutes les missions du monde vont me devenir indifférentes !

Et il serra ses parchemins dans sa vaste poche.

Athos se leva de table et appela l'hôte pour payer la dépense.

– Depuis que je suis votre ami, dit d'Artagnan, je n'ai jamais payé un écot. Porthos souvent, Aramis quelquefois, et vous, presque toujours, vous tirâtes votre bourse au dessert. Maintenant, je suis riche, et je vais essayer si cela est héroïque de payer.

– Faites, dit Athos en remettant sa bourse dans sa poche.

Les deux amis se dirigèrent ensuite vers le port, non sans que d'Artagnan eût regardé en arrière pour surveiller le transport de ses chers écus. La nuit venait d'étendre son voile épais sur l'eau jaune de la Tamise ; on entendait ces bruits de tonnes et de poulies, précurseurs de l'appareillage, qui tant de fois avaient fait battre le cœur des mousquetaires, alors que le danger de la mer était le moindre de ceux qu'ils allaient affronter. Cette fois, ils devaient s'embarquer sur un grand vaisseau qui les attendait à Gravesend, et Charles II, toujours délicat dans les petites choses, avait envoyé un de ses yachts avec douze hommes de sa garde écossaise, pour faire honneur à l'ambassadeur qu'il députait en France. À minuit le yacht avait déposé ses passagers à bord du vaisseau, et à huit heures du matin le vaisseau débarquait l'ambassadeur et son ami devant la jetée de Boulogne.

Tandis que le comte avec Grimaud s'occupait des chevaux pour aller droit à Paris, d'Artagnan courait à l'hôtellerie où, selon ses ordres, sa petite armée devait l'attendre. Ces messieurs déjeunaient d'huîtres, de poisson et d'eau-de-vie aromatisée, lorsque parut d'Artagnan. Ils étaient bien gais, mais aucun n'avait encore franchi les limites de la raison. Un hourra de joie accueillit le général.

– Me voici, dit d'Artagnan ; la campagne est terminée. Je viens apporter à chacun le supplément de solde qui était promis.

Les yeux brillèrent.

– Je gage qu'il n'y a déjà plus cent livres dans l'escarcelle du plus riche de vous ?

– C'est vrai ! s'écria-t-on en chœur.

– Messieurs, dit alors d'Artagnan, voici la dernière consigne. Le traité de commerce a été conclu, grâce à ce coup de main qui nous a rendus maîtres du plus habile financier de l'Angleterre ; car à présent, je dois vous l'avouer, l'homme qu'il s'agissait d'enlever, c'était le trésorier du général Monck.

Ce mot de trésorier produisit un certain effet dans son armée. D'Artagnan remarqua que les yeux du seul Menneville ne témoignaient pas d'une foi parfaite.

– Ce trésorier, continua d'Artagnan, je l'ai emmené sur un terrain neutre, la Hollande ; je lui ai fait signer le traité, je l'ai reconduit moi-même à Newcastle, et, comme il devait être satisfait de nos procédés à son égard, comme le coffre de sapin avait été porté toujours sans secousses et rembourré moelleusement, j'ai demandé pour vous une gratification. La voici.

Il jeta un sac assez respectable sur la nappe. Tous étendirent involontairement la main.

– Un moment, mes agneaux, dit d'Artagnan ; s'il y a les bénéfices, il y a aussi les charges.

– Oh ! oh ! murmura l'assemblée.

– Nous allons nous trouver, mes amis, dans une position qui ne serait pas tenable pour des gens sans cervelle ; je parle net : nous sommes entre la potence et la Bastille.

– Oh ! oh ! dit le chœur.

– C'est aisé à comprendre. Il a fallu expliquer au général Monck la disparition de son trésorier ; j'ai attendu pour cela le moment fort inespéré de la restauration du roi Charles II, qui est de mes amis...

L'armée échangea un regard de satisfaction contre le regard assez orgueilleux de d'Artagnan.

– Le roi restauré, j'ai rendu à M. Monck son homme d'affaires, un peu déplumé, c'est vrai, mais enfin je le lui ai rendu. Or, le général Monck, en me pardonnant, car il m'a pardonné, n'a pu s'empêcher de me dire ces mots que j'engage chacun de vous à se graver profondément là, entre les yeux, sous la voûte du crâne : « Monsieur, la plaisanterie est bonne, mais je n'aime pas naturellement les plaisanteries ; si jamais un mot de ce que vous avez fait (vous comprenez, monsieur Menneville) s'échappait de vos lèvres ou des lèvres de vos compagnons, j'ai dans mon gouvernement d'Écosse et d'Irlande sept cent quarante et une potences en bois de chêne, chevillées de fer et graissées à neuf toutes les semaines. Je ferais présent d'une de ces potences à chacun de vous, et, remarquez-le bien, cher monsieur d'Artagnan, ajouta-t-il (remarquez-le aussi, cher monsieur Menneville), il m'en resterait encore sept cent trente pour mes menus plaisirs. De plus... »

– Ah ! ah ! firent les auxiliaires, il y a du plus ?

– Une misère de plus : « Monsieur d'Artagnan, j'expédie au roi de France le traité en question, avec prière de faire fourrer à la Bastille provisoirement, puis de m'envoyer là-bas tous ceux qui ont pris part à l'expédition ; et c'est une prière à laquelle le roi se rendra certainement. »

Un cri d'effroi partit de tous les coins de la table.

– Là ! là ! dit d'Artagnan ; ce brave M. Monck a oublié une chose, c'est qu'il ne sait le nom d'aucun d'entre vous ; moi seul je vous connais, et ce n'est pas moi, vous le croyez bien, qui vous trahirai. Pour quoi faire ? Quant à vous, je ne suppose pas que vous soyez jamais assez niais pour vous dénoncer vous-mêmes, car alors le roi, pour s'épargner des frais de nourriture et de logement, vous expédierait en Écosse, où sont les sept cent quarante et une potences. Voilà, messieurs. Et maintenant je n'ai plus un mot à ajouter à ce que je viens d'avoir l'honneur de vous dire. Je suis sûr que l'on m'a compris parfaitement, n'est-ce pas, monsieur de Menneville ?

– Parfaitement, répliqua celui-ci.

– Maintenant, les écus ! dit d'Artagnan. Fermez les portes.

Il dit et ouvrit un sac sur la table d'où tombèrent plusieurs beaux écus d'or. Chacun fit un mouvement vers le plancher.

– Tout beau ! s'écria d'Artagnan ; que personne ne se baisse et je re-trouverai mon compte.

Il le retrouva en effet, donna cinquante de ces beaux écus à chacun, et reçut autant de bénédictions qu'il avait donné de pièces.

– Maintenant, dit-il, s'il vous était possible de vous ranger un peu, si vous deveniez de bons et honnêtes bourgeois...

– C'est bien difficile, dit un des assistants.

– Mais pourquoi cela, capitaine ? dit un autre.

– C'est parce que je vous aurais retrouvés, et, qui sait ? rafraîchis de temps en temps par quelque aubaine...

Il fit signe à Menneville, qui écoutait tout cela d'un air composé.

– Menneville, dit-il, venez avec moi. Adieu mes braves ; je ne vous re-commande pas d'être discrets.

Menneville le suivit, tandis que les salutations des auxiliaires se mê-laient au doux bruit de l'or tintant dans leurs poches.

– Menneville, dit d'Artagnan une fois dans la rue, vous n'êtes pas dupe, prenez garde de le devenir ; vous ne me faites pas l'effet d'avoir peur des potences de Monck ni de la Bastille de Sa Majesté le roi Louis XIV, mais vous me ferez bien la grâce d'avoir peur de moi. Eh bien ! écoutez : Au moindre mot qui vous échapperait, je vous tuerais comme un poulet. J'ai déjà dans ma poche l'absolution de notre Saint-Père le pape.

– Je vous assure que je ne sais absolument rien, mon cher monsieur d'Artagnan, et que toutes vos paroles sont pour moi articles de foi.

– J'étais bien sûr que vous étiez un garçon d'esprit, dit le mousquetaire ; il y a vingt-cinq ans que je vous ai jugé. Ces cinquante écus d'or que je vous donne en plus vous prouveront le cas que je fais de vous. Prenez.

– Merci, monsieur d'Artagnan, dit Menneville.

– Avec cela vous pouvez réellement devenir honnête homme, répliqua d'Artagnan du ton le plus sérieux. Il serait honteux qu'un esprit comme le vôtre et un nom que vous n'osez plus porter se trouvassent effacés à jamais sous la rouille d'une mauvaise vie. Devenez galant homme, Menneville, et vivez un an avec ces cent écus d'or, c'est un beau denier : deux fois la solde d'un haut officier. Dans un an, venez me voir, et, mordioux ! je ferai de vous quelque chose.

Menneville jura, comme avaient fait ses camarades, qu'il serait muet comme la tombe. Et cependant, il faut bien que quelqu'un ait parlé, et comme à coup sûr ce n'est pas nos neuf compagnons, comme certainement ce n'est pas Menneville, il faut bien que ce soit d'Artagnan, qui, en sa qualité de Gascon, avait la langue bien près des lèvres. Car enfin, si ce n'est pas lui, qui serait-ce ? Et comment s'expliquerait le secret du coffre de sapin percé de trous parvenu à notre connaissance, et d'une façon si complète, que nous en avons, comme on a pu le voir, raconté l'histoire dans ses détails les plus intimes ? détails qui, au reste, éclairent d'un jour aussi nouveau qu'inattendu toute cette portion de l'histoire d'Angleterre, laissée jusqu'aujourd'hui dans l'ombre par les historiens nos confrères.

XXXVIII

*Où l'on voit que l'épicier français s'était
déjà réhabilité au XVIIème siècle*

Une fois ses comptes réglés et ses recommandations faites, d'Artagnan ne songea plus qu'à regagner Paris le plus promptement possible. Athos, de son côté, avait hâte de regagner sa maison et de s'y reposer un peu. Si entiers que soient restés le caractère et l'homme, après les fatigues du voyage, le voyageur s'aperçoit avec plaisir, à la fin du jour, même quand le jour a été beau, que la nuit va venir apporter un peu de sommeil. Aussi, de Boulogne à Paris, chevauchant côte à côte, les deux amis, quelque peu absorbés dans leurs pensées individuelles, ne causèrent-ils pas de choses assez intéressantes pour que nous en instruisions le lecteur : chacun d'eux, livré à ses réflexions personnelles, et se construisant l'avenir à sa façon, s'occupa surtout d'abréger la distance par la vitesse. Athos et d'Artagnan arrivèrent le soir du quatrième jour, après leur départ de Boulogne, aux barrières de Paris.

– Ou allez-vous, mon cher ami ? demanda Athos. Moi, je me dirige droit vers mon hôtel.

– Et moi tout droit chez mon associé.

– Chez Planchet ?

– Mon Dieu, oui : au Pilon-d'Or.

– N'est-il pas bien entendu que nous nous reverrons ?

– Si vous restez à Paris, oui ; car j'y reste, moi.

– Non. Après avoir embrassé Raoul, à qui j'ai fait donner rendez-vous chez moi, dans l'hôtel, je pars immédiatement pour La Fère.

– Eh bien ! adieu, alors, cher et parfait ami.

– Au revoir plutôt, car enfin je ne sais pas pourquoi vous ne viendriez pas habiter avec moi à Blois. Vous voilà libre, vous voilà riche ; je vous achèterai, si vous voulez, un beau bien dans les environs de Cheverny ou dans ceux de Bracieux. D'un côté, vous aurez les plus beaux bois du monde, qui vont rejoindre ceux de Chambord ; de l'autre, des marais admirables. Vous qui aimez la chasse, et qui, bon gré mal gré, êtes poète, cher ami, vous trouverez des faisans, des râles et des sarcelles, sans compter des couchers de soleil et des promenades en bateau à faire rêver Nemrod et Apollon eux-mêmes. En attendant l'acquisition, vous habiterez La Fère, et nous irons voler la pie dans les vignes, comme faisait le roi Louis XIII. C'est un sage plaisir pour des vieux comme nous.

D'Artagnan prit les mains d'Athos.

– Cher comte, lui dit-il, je ne vous dis ni oui ni non. Laissez-moi passer à Paris le temps indispensable pour régler toutes mes affaires et m'accoutumer peu à peu à la très lourde et très reluisante idée qui bat dans mon cerveau et m'éblouit. Je suis riche, voyez-vous, et d'ici à ce que j'aie pris l'habitude de la richesse, je me connais, je serai un animal insupportable. Or, je ne suis pas encore assez bête pour manquer d'esprit devant un ami tel que vous, Athos. L'habit est beau, l'habit est richement doré, mais il est neuf, et me gêne aux entournures.

Athos sourit.

– Soit, dit-il. Mais à propos de cet habit, cher d'Artagnan, voulez-vous que je vous donne un conseil ?

– Oh ! très volontiers.

– Vous ne vous fâcherez point ?

– Allons donc !

– Quand la richesse arrive à quelqu'un tard et tout à coup, ce quelqu'un, pour ne pas changer, doit se faire avare, c'est-à-dire ne pas dépenser beaucoup plus d'argent qu'il n'en avait auparavant, ou se faire prodigue, et avoir tant de dettes qu'il redevienne pauvre.

– Oh ! mais, ce que vous me dites là ressemble fort à un sophisme, mon cher philosophe.

– Je ne crois pas. Voulez-vous devenir avare ?

– Non, parbleu ! Je l'étais déjà, n'ayant rien. Changeons.

– Alors, soyez prodigue.

– Encore moins, mordioux ! les dettes m'épouvantent. Les créanciers me représentent par anticipation ces diables qui retournent les damnés sur le gril, et comme la patience n'est pas ma vertu dominante, je suis toujours tenté de rosser les diables.

– Vous êtes l'homme le plus sage que je connaisse, et vous n'avez de conseils à recevoir de personne. Bien fous ceux qui croiraient avoir quelque chose à vous apprendre ! Mais ne sommes-nous pas à la rue Saint-Honoré ?

– Oui, cher Athos.

– Tenez, là-bas, à gauche, cette petite maison longue et blanche, c'est l'hôtel où j'ai mon logement. Vous remarquerez qu'il n'a que deux étages. J'occupe le premier ; l'autre est loué à un officier que son service tient éloigné huit ou neuf mois de l'année, en sorte que je suis dans cette maison comme je serais chez moi, sans la dépense.

– Oh ! que vous vous arrangez bien, Athos ! Quel ordre et quelle largeur ! Voilà ce que je voudrais réunir. Mais que voulez-vous, c'est de naissance, et cela ne s'acquiert point.

– Flatteur ! Allons, adieu, cher ami. À propos, rappelez-moi au souvenir de monsieur Planchet ; c'est toujours un garçon d'esprit, n'est-ce pas ?

– Et de cœur, Athos. Adieu !

Ils se séparèrent. Pendant toute cette conversation, d'Artagnan n'avait pas une seconde perdu de vue certain cheval de charge dans les paniers duquel, sous du foin, s'épanouissaient les sacoches avec le portemanteau. Neuf heures du soir sonnaient à Saint-Merri ; les garçons de Planchet fermaient la boutique. D'Artagnan arrêta le postillon qui conduisait le cheval de charge au coin de la rue des Lombards, sous un auvent, et, appelant un garçon de Planchet, il lui donna à garder non seulement les deux chevaux, mais encore le postillon ; après quoi, il entra chez l'épicier dont le souper venait de finir, et qui, dans son entresol, consultait avec une certaine anxiété le calendrier sur lequel il rayait chaque soir le jour qui venait de finir. Au moment où, selon son habitude quotidienne, Planchet, du dos de sa plume, biffait en soupirant le jour écoulé, d'Artagnan heurta du pied le seuil de la porte, et le choc fit sonner son éperon de fer.

– Ah mon Dieu ! cria Planchet.

Le digne épicier n'en put dire davantage ; il venait d'apercevoir son associé. D'Artagnan entra le dos voûté, l'œil morne. Le Gascon avait son idée à l'endroit de Planchet.

« Bon Dieu ! pensa l'épicier en regardant le voyageur, il est triste ! »

Le mousquetaire s'assit.

– Cher monsieur d'Artagnan, dit Planchet avec un horrible battement de cœur, vous voilà ! et la santé ?

– Assez bonne, Planchet, assez bonne, dit d'Artagnan en poussant un soupir.

– Vous n'avez point été blessé, j'espère ?

– Peuh !

– Ah ! je vois, continua Planchet de plus en plus alarmé, l'expédition a été rude ?

– Oui, fit d'Artagnan.

Un frisson courut par tout le corps de Planchet.

– Je boirais bien, dit le mousquetaire en levant piteusement la tête.

Planchet courut lui-même à l'armoire et servit du vin à d'Artagnan dans un grand verre. D'Artagnan regarda la bouteille.

– Quel est ce vin ? demanda-t-il.

– Hélas ! celui que vous préférez, monsieur, dit Planchet ; c'est ce bon vieux vin d'Anjou qui a failli nous coûter un jour si cher à tous.

– Ah ! répliqua d'Artagnan avec un sourire mélancolique ; ah ! mon pauvre Planchet, dois-je boire encore du bon vin ?

– Voyons, mon cher maître, dit Planchet en faisant un effort surhumain, tandis que tous ses muscles contractés, sa pâleur et son tremblement décelaient la plus vive angoisse. Voyons, j'ai été soldat, par conséquent j'ai du courage ; ne me faites donc pas languir, cher monsieur d'Artagnan : notre argent est perdu, n'est-ce pas ?

D'Artagnan prit, avant de répondre, un temps qui parut un siècle au pauvre épicier. Cependant il n'avait fait que de se retourner sur sa chaise.

– Et si cela était, dit-il avec lenteur et en balançant la tête du haut en bas, que dirais-tu, mon pauvre ami ?

Planchet, de pâle qu'il était, devint jaune. On eût dit qu'il allait avaler sa langue, tant son gosier s'enflait, tant ses yeux rougissaient.

– Vingt mille livres ! murmura-t-il, vingt mille livres, cependant !...

D'Artagnan, le cou détendu, les jambes allongées, les mains paresseuses, ressemblait à une statue du découragement ; Planchet arracha un douloureux soupir des cavités les plus profondes de sa poitrine.

– Allons, dit-il, je vois ce qu'il en est. Soyons hommes. C'est fini, n'est-ce pas ? Le principal, monsieur, est que vous ayez sauvé votre vie.

– Sans doute, sans doute, c'est quelque chose que la vie ; mais, en attendant, je suis ruiné, moi.

– Cordieu ! monsieur, dit Planchet, s'il en est ainsi, il ne faut point se désespérer pour cela ; vous vous mettrez épicier avec moi ; je vous associe à mon commerce ; nous partagerons les bénéfices, et quand il n'y aura plus de bénéfices, eh bien ! nous partagerons les amandes, les raisins secs et les pruneaux, et nous grignoterons ensemble le dernier quartier de fromage de Hollande.

D'Artagnan ne put y résister plus longtemps.

– Mordioux ! s'écria-t-il tout ému, tu es un brave garçon, sur l'honneur, Planchet ! Voyons, tu n'as pas joué la comédie ? Voyons, tu n'avais pas vu là-bas dans la rue, sous l'auvent, le cheval aux sacoches ?

– Quel cheval ? quelles sacoches ? dit Planchet, dont le cœur se serra à l'idée que d'Artagnan devenait fou.

– Eh ! les sacoches anglaises, mordioux ! dit d'Artagnan tout radieux, tout transfiguré.

– Ah ! mon Dieu ! articula Planchet en se reculant devant le feu éblouissant de ses regards.

– Imbécile ! s'écria d'Artagnan, tu me crois fou. Mordioux ! jamais, au contraire, je n'ai eu la tête plus saine et le cœur plus joyeux. Aux sacoches, Planchet, aux sacoches !

– Mais à quelles sacoches, mon Dieu ?

D'Artagnan poussa Planchet vers la fenêtre.

– Sous l'auvent, là-bas, lui dit-il, vois-tu un cheval ?

– Oui.

– Lui vois-tu le dos embarrassé ?

– Oui, oui.

– Vois-tu un de tes garçons qui cause avec le postillon ?

– Oui, oui, oui.

– Eh bien ! tu sais le nom de ce garçon, puisqu'il est à toi. Appelle-le.

– Abdon ! Abdon ! vociféra Planchet par la fenêtre.

– Amène le cheval, souffla d'Artagnan.

– Amène le cheval ! hurla Planchet.

– Maintenant, dix livres au postillon, dit d'Artagnan du ton qu'il eût mis à commander une manœuvre ; deux garçons pour monter les deux premières sacoches, deux autres pour les deux dernières, et du feu, mordioux ! de l'action !

Planchet se précipita par les degrés comme si le diable eût mordu ses chausses. Un moment après, les garçons montaient l'escalier, pliant sous leur fardeau. D'Artagnan les renvoyait à leur galetas, fermait soigneusement la porte et s'adressant à Planchet, qui à son tour devenait fou :

– Maintenant, à nous deux ! dit-il.

Et il étendit à terre une vaste couverture et vida dessus la première sacoche. Autant fit Planchet de la seconde ; puis d'Artagnan, tout frémissant, éventra la troisième à coups de couteau. Lorsque Planchet entendit le bruit agaçant de l'argent et de l'or, lorsqu'il vit bouillonner hors du sac les écus reluisants qui frétillaient comme des poissons hors de l'épervier, lorsqu'il se sentit trempant jusqu'au mollet dans cette marée toujours montante de pièces fauves ou argentées, le saisissement le prit, il tourna sur lui-même comme un homme foudroyé, et vint s'abattre lourdement sur l'énorme monceau que sa pesanteur fit crouler avec un fracas indescriptible.

Planchet, suffoqué par la joie, avait perdu connaissance. D'Artagnan lui jeta un verre de vin blanc au visage, ce qui le rappela incontinent à la vie.

– Ah ! mon Dieu ! Ah ! mon Dieu ! Ah ! mon Dieu ! disait Planchet essuyant sa moustache et sa barbe.

En ce temps-là comme aujourd'hui, les épiciers portaient la moustache cavalière et la barbe de lansquenet ; seulement les bains d'argent, déjà très rares en ce temps-là, sont devenus à peu près inconnus aujourd'hui.

– Mordioux ! dit d'Artagnan, il y a là cent mille livres à vous, monsieur mon associé. Tirez votre épingle, s'il vous plaît ; moi, je vais tirer la mienne.

– Oh ! la belle somme, monsieur d'Artagnan, la belle somme !

– Je regrettais un peu la somme qui te revient, il y a une demi-heure, dit d'Artagnan ; mais à présent, je ne la regrette plus, et tu es un brave épicier, Planchet. Çà ! faisons de bons comptes, puisque les bons comptes, dit-on, font de bons amis.

– Oh ! racontez-moi d'abord toute l'histoire, dit Planchet : ce doit être encore plus beau que l'argent.

– Ma foi, répliqua d'Artagnan se caressant la moustache, je ne dis pas non, et si jamais l'historien pense à moi pour le renseigner, il pourra dire qu'il n'aura pas puisé à une mauvaise source. Écoute donc, Planchet, je vais conter.

– Et moi faire des piles, dit Planchet. Commencez, mon cher patron.

– Voici, dit d'Artagnan en prenant haleine.

– Voilà, dit Planchet en ramassant sa première poignée d'écus.

XXXIX

Le jeu de M. de Mazarin

Dans une grande chambre du Palais-Royal, tendue de velours sombre que rehaussaient les bordures dorées d'un grand nombre de magnifiques tableaux, on voyait, le soir même de l'arrivée de nos deux Français, toute la cour réunie devant l'alcôve de M. le cardinal Mazarin, qui donnait à jouer au roi et à la reine.

Un petit paravent séparait trois tables dressées dans la chambre. À l'une de ces tables, le roi et les deux reines étaient assis ; Louis XIV, placé en face de la jeune reine, sa femme, lui souriait avec une expression de bonheur très réel. Anne d'Autriche tenait les cartes contre le cardinal, et sa bru l'aidait au jeu, lorsqu'elle ne souriait pas à son époux. Quant au cardinal, qui était couché avec une figure fort amaigrie, fort fatiguée, son jeu était tenu par la comtesse de Soissons, et il y plongeait un regard incessant plein d'intérêt et de cupidité.

Le cardinal s'était fait farder par Bernouin ; mais le rouge qui brillait aux pommettes seules faisait ressortir d'autant plus la pâleur maladive du reste de la figure et le jaune luisant du front. Seulement les yeux en prenaient un éclat plus vif, et sur ces yeux de malade s'attachaient de temps en temps les regards inquiets du roi, des reines et des courtisans.

Le fait est que les deux yeux du signor Mazarin étaient les étoiles plus ou moins brillantes sur lesquelles la France du XVIIème siècle lisait sa destinée chaque soir et chaque matin.

Monseigneur ne gagnait ni ne perdait ; il n'était donc ni gai ni triste. C'était une stagnation dans laquelle n'eût pas voulu le laisser Anne d'Autriche, pleine de compassion pour lui ; mais, pour attirer l'attention du malade par quelque coup d'éclat, il eût fallu gagner ou perdre. Gagner, c'était dangereux, parce que Mazarin eût changé son indifférence en une laide grimace ; perdre, c'était dangereux aussi, parce qu'il eût fallu tricher, et que l'infante, veillant au jeu de sa belle-mère, se fût sans doute récriée sur sa bonne disposition pour M. de Mazarin.

Profitant de ce calme, les courtisans causaient. M. de Mazarin, lorsqu'il n'était pas de mauvaise humeur, était un prince débonnaire, et lui, qui n'empêchait personne de chanter, pourvu que l'on payât, n'était pas assez tyran pour empêcher que l'on parlât, pourvu qu'on se décidât à perdre.

Donc l'on causait. À la première table, le jeune frère du roi, Philippe, duc d'Anjou, mirait sa belle figure dans la glace d'une boîte. Son favori, le chevalier de Lorraine, appuyé sur le fauteuil du prince, écoutait avec une secrète envie le comte de Guiche, autre favori de Philippe, qui racontait, en des termes choisis, les différentes vicissitudes de fortune du roi aventurier Charles II. Il disait, comme des événements fabuleux, toute l'histoire de ses pérégrinations dans l'Écosse, et ses terreurs quand les partis ennemis le suivaient à la piste ; les nuits passées dans des arbres ; les jours passés dans la faim et le combat. Peu à peu, le sort de ce roi malheureux avait intéressé les auditeurs à tel point que le jeu languissait, même à la table royale, et que le jeune roi, pensif, l'œil perdu, suivait, sans paraître y donner d'attention, les moindres détails de cette odyssée, fort pittoresquement racontée par le comte de Guiche.

La comtesse de Soissons interrompit le narrateur :

– Avouez, comte, dit-elle, que vous brodez.

– Madame, je récite, comme un perroquet, toutes les histoires que différents Anglais m'ont racontées. Je dirai même, à ma honte, que je suis textuel comme une copie.

– Charles II serait mort s'il avait enduré tout cela.

Louis XIV souleva sa tête intelligente et fière.

– Madame, dit-il d'une voix posée qui sentait encore l'enfant timide, M. le cardinal vous dira que, dans ma minorité, les affaires de France ont été à l'aventure... et que si j'eusse été plus grand et obligé de mettre l'épée à la main, ç'aurait été quelquefois pour la soupe du soir.

– Dieu merci ! repartit le cardinal, qui parlait pour la première fois, Votre Majesté exagère, et son souper a toujours été cuit à point avec celui de ses serviteurs.

Le roi rougit.

– Oh ! s'écria Philippe étourdiment, de sa place et sans cesser de se mirer, je me rappelle qu'une fois, à Melun, ce souper n'était mis pour personne, et que le roi mangea les deux tiers d'un morceau de pain dont il m'abandonna l'autre tiers.

Toute l'assemblée, voyant sourire Mazarin, se mit à rire. On flatte les rois avec le souvenir d'une détresse passée, comme avec l'espoir d'une fortune future.

– Toujours est-il que la couronne de France a toujours bien tenu sur la tête des rois, se hâta d'ajouter Anne d'Autriche, et qu'elle est tombée de celle du roi d'Angleterre ; et lorsque par hasard cette couronne oscillait un peu, car il y a parfois des tremblements de trône, comme il y a des tremblements de terre, chaque fois, dis-je, que la rébellion menaçait, une bonne victoire ramenait la tranquillité.

– Avec quelques fleurons de plus à la couronne, dit Mazarin.

Le comte de Guiche se tut ; le roi composa son visage, et Mazarin échangea un regard avec Anne d'Autriche comme pour la remercier de son intervention.

– Il n'importe, dit Philippe en lissant ses cheveux, mon cousin Charles n'est pas beau, mais il est très brave et s'est battu comme un reître, et s'il continue à se battre ainsi, nul doute qu'il ne finisse par gagner une bataille !... comme Rocroy...

– Il n'a pas de soldats, interrompit le chevalier de Lorraine.

– Le roi de Hollande, son allié, lui en donnera. Moi, je lui en eusse bien donné, si j'eusse été roi de France.

Louis XIV rougit excessivement.

Mazarin affecta de regarder son jeu avec plus d'attention que jamais.

– À l'heure qu'il est, reprit le comte de Guiche, la fortune de ce malheureux prince est accomplie. S'il a été trompé par Monck, il est perdu. La prison, la mort peut-être, finiront ce que l'exil, les batailles et les privations avaient commencé.

Mazarin fronça le sourcil.

– Est-il bien sûr, dit Louis XIV, que Sa Majesté Charles II ait quitté La Haye ?

– Très sûr, Votre Majesté, répliqua le jeune homme. Mon père a reçu une lettre qui lui donne des détails ; on sait même que le roi a débarqué à Douvres ; des pêcheurs l'ont vu entrer dans le port ; le reste est encore un mystère.

– Je voudrais bien savoir le reste, dit impétueusement Philippe. Vous savez, vous, mon frère ?

Louis XIV rougit encore. C'était la troisième fois depuis une heure.

– Demandez à M. le cardinal, répliqua-t-il d'un ton qui fit lever les yeux à Mazarin, à Anne d'Autriche, à tout le monde.

– Ce qui veut dire, mon fils, interrompit en riant Anne d'Autriche, que le roi n'aime pas qu'on cause des choses de l'État hors du conseil.

Philippe accepta de bonne volonté la mercuriale et fit un grand salut, tout en souriant à son frère d'abord, puis à sa mère.

Mais Mazarin vit du coin de l'œil qu'un groupe allait se reformer dans un angle de la chambre, et que le duc d'Orléans avec le comte de Guiche et le chevalier de Lorraine, privés de s'expliquer tout haut, pourraient bien tout bas en dire plus qu'il n'était nécessaire. Il commençait donc à leur lancer des œillades pleines de défiance et d'inquiétude, invitant Anne d'Autriche à jeter quelque perturbation dans le conciliabule, quand tout à coup Bernouin, entrant sous la portière à la ruelle du lit, vint dire à l'oreille de son maître :

– Monseigneur, un envoyé de Sa Majesté le roi d'Angleterre.

Mazarin ne put cacher une légère émotion que le roi saisit au passage. Pour éviter d'être indiscret, moins encore que pour ne pas paraître inutile, Louis XIV se leva donc aussitôt, et, s'approchant de Son Éminence, il lui souhaita le bonsoir.

Toute l'assemblée s'était levée avec un grand bruit de chaises roulantes et de tables poussées.

– Laissez partir peu à peu tout le monde, dit Mazarin tout bas à Louis XIV, et veuillez m'accorder quelques minutes. J'expédie une affaire dont, ce soir même, je veux entretenir Votre Majesté.

– Et les reines ? demanda Louis XIV.

– Et M. le duc d'Anjou, dit Son Éminence.

En même temps, il se retourna dans sa ruelle, dont les rideaux, en retombant, cachèrent le lit. Le cardinal, cependant, n'avait pas perdu de vue ses conspirateurs.

– Monsieur le comte de Guiche ! dit-il d'une voix chevrotante, tout en revêtant, derrière le rideau, la robe de chambre que lui tendait Bernouin.

– Me voici, monseigneur, dit le jeune homme en s'approchant.

– Prenez mes cartes ; vous avez du bonheur, vous... Gagnez-moi un peu l'argent de ces messieurs.

– Oui, monseigneur.

Le jeune homme s'assit à table, d'où le roi s'éloigna pour causer avec les reines.

Une partie sérieuse commença entre le comte et plusieurs riches courtisans.

Cependant, Philippe causait parures avec le chevalier de Lorraine, et l'on avait cessé d'entendre derrière les rideaux de l'alcôve le frôlement de la robe de soie du cardinal.

Son Éminence avait suivi Bernouin dans le cabinet adjacent à la chambre à coucher.

XL

Affaire d'État

Le cardinal, en passant dans son cabinet, trouva le comte de La Fère qui attendait, fort occupé d'admirer un Raphaël très beau, placé au-dessus d'un dressoir garni d'orfèvrerie.

Son Éminence arriva doucement, léger et silencieux comme une ombre, et surprit la physionomie du comte, ainsi qu'il avait l'habitude de le faire, prétendant deviner à la simple inspection du visage d'un interlocuteur quel devait être le résultat de la conversation.

Mais, cette fois, l'attente de Mazarin fut trompée ; il ne lut absolument rien sur le visage d'Athos, pas même le respect qu'il avait l'habitude de lire sur toutes les physionomies.

Athos était vêtu de noir avec une simple broderie d'argent. Il portait le Saint-Esprit, la Jarretière et la Toison d'or, trois ordres d'une telle importance, qu'un roi seul ou un comédien pouvait les réunir.

Mazarin fouilla longtemps dans sa mémoire un peu troublée pour se rappeler le nom qu'il devait mettre sur cette figure glaciale et n'y réussit pas.

– J'ai su, dit-il enfin, qu'il m'arrivait un message d'Angleterre.

Et il s'assit, congédiant Bernouin et Brienne, qui se préparait, en sa qualité de secrétaire, à tenir la plume.

– De la part de Sa Majesté le roi d'Angleterre, oui, Votre Éminence.

– Vous parlez bien purement le français, monsieur, pour un Anglais, dit gracieusement Mazarin en regardant toujours à travers ses doigts le Saint-Esprit, la Jarretière, la Toison et surtout le visage du messager.

– Je ne suis pas anglais, je suis français, monsieur le cardinal, répondit Athos.

– Voilà qui est particulier, le roi d'Angleterre choisissant des Français pour ses ambassades ; c'est d'un excellent augure... Votre nom, monsieur, je vous prie ?

– Comte de La Fère, répliqua Athos en saluant plus légèrement que ne l'exigeaient le cérémonial et l'orgueil du ministre tout-puissant.

Mazarin plia les épaules comme pour dire : « Je ne connais pas ce nom-là. »

Athos ne sourcilla point.

– Et vous venez, monsieur, continua Mazarin, pour me dire...

– Je venais de la part de Sa Majesté le roi de la Grande-Bretagne annoncer au roi de France...

Mazarin fronça le sourcil.

– Annoncer au roi de France, poursuivit imperturbablement Athos, l'heureuse restauration de Sa Majesté Charles II sur le trône de ses pères.

Cette nuance n'échappa point à la rusée Éminence. Mazarin avait trop l'habitude des hommes pour ne pas voir, dans la politesse froide et presque hautaine d'Athos, un indice d'hostilité qui n'était pas la température ordinaire de cette serre chaude qu'on appelle la cour.

– Vous avez ses pouvoirs, sans doute ? demanda Mazarin d'un ton bref et querelleur.

– Oui... monseigneur.

Ce mot : « Monseigneur » sortit péniblement des lèvres d'Athos ; on eût dit qu'il les écorchait.

– En ce cas, montrez-les.

Athos tira d'un sachet de velours brodé qu'il portait sous son pourpoint une dépêche. Le cardinal étendit la main.

– Pardon, monseigneur, dit Athos ; mais ma dépêche est pour le roi.

– Puisque vous êtes français, monsieur, vous devez savoir ce qu'un Premier ministre vaut à la cour de France.

– Il fut un temps, répondit Athos, où je m'occupais, en effet, de ce que valent les Premiers ministres ; mais j'ai formé, il y a déjà plusieurs années de cela, la résolution de ne plus traiter qu'avec le roi.

– Alors, monsieur, dit Mazarin, qui commençait à s'irriter, vous ne verrez ni le ministre ni le roi.

Et Mazarin se leva. Athos remit sa dépêche dans le sachet, salua gravement et fit quelques pas vers la porte. Ce sang-froid exaspéra Mazarin.

– Quels étranges procédés diplomatiques ! s'écria-t-il. Sommes-nous encore au temps où M. Cromwell nous envoyait des pourfendeurs en guise de chargés d'affaires ? Il ne vous manque, monsieur, que le pot en tête et la bible à la ceinture.

– Monsieur, répliqua sèchement Athos, je n'ai jamais eu comme vous l'avantage de traiter avec M. Cromwell, et je n'ai vu ses chargés d'affaires que l'épée à la main ; j'ignore donc comment il traitait avec les Premiers ministres. Quant au roi d'Angleterre, Charles II, je sais que, quand il écrit à Sa Majesté le roi Louis XIV, ce n'est pas à son Éminence le cardinal Mazarin ; dans cette distinction, je ne vois aucune diplomatie.

– Ah ! s'écria Mazarin en relevant sa tête amaigrie et en frappant de la main sur sa tête, je me souviens maintenant !

Athos le regarda étonné.

– Oui, c'est cela ! dit le cardinal en continuant de regarder son interlocuteur ; oui, c'est bien cela... Je vous reconnais, monsieur. Ah ! *diavolo !* je ne m'étonne plus.

– En effet, je m'étonnais qu'avec l'excellente mémoire de Votre Éminence, répondit en souriant Athos, Votre Éminence ne m'eût pas encore reconnu.

– Toujours récalcitrant et grondeur... monsieur... monsieur... comment vous appelait-on ? Attendez donc... un nom de fleuve... Potamos... non... un nom d'île... Naxos... non, *per Jove !* un nom de montagne... Athos ! m'y voilà ! Enchanté de vous revoir, et de n'être plus à Rueil, où vous me fîtes payer rançon avec vos damnés complices... Fronde ! toujours Fronde ! Fronde maudite ! oh ! quel levain ! Ah çà ! monsieur, pourquoi vos antipathies ont-elles survécu aux miennes ? Si quelqu'un avait à se plaindre, pourtant, je crois que ce n'était pas vous, qui vous êtes tiré de là, non seulement les braies nettes, mais encore avec le cordon du Saint-Esprit au cou.

– Monsieur le cardinal, répondit Athos, permettez-moi de ne pas entrer dans des considérations de cet ordre. J'ai une mission à remplir... me faciliterez-vous les moyens de remplir cette mission ?

– Je m'étonne, dit Mazarin, tout joyeux d'avoir retrouvé la mémoire, et tout hérissé de pointes malicieuses ; je m'étonne, monsieur... Athos... qu'un frondeur tel que vous ait accepté une mission près du Mazarin, comme on disait dans le bon temps.

Et Mazarin se mit à rire, malgré une toux douloureuse qui coupait chacune de ses phrases et qui en faisait des sanglots.

– Je n'ai accepté de mission qu'auprès du roi de France, monsieur le cardinal, riposta le comte avec moins d'aigreur cependant, car il croyait avoir assez d'avantages pour se montrer modéré.

– Il faudra toujours, monsieur le frondeur, dit Mazarin gaiement, que, du roi, l'affaire dont vous vous êtes chargé...

– Dont on m'a chargé, monseigneur, je ne cours pas après les affaires.

– Soit ! il faudra, dis-je, que cette négociation passe un peu par mes mains... Ne perdons pas un temps précieux... dites-moi les conditions.

– J'ai eu l'honneur d'assurer à Votre Éminence que la lettre seule de Sa Majesté le roi Charles II contenait la révélation de son désir.

– Tenez ! vous êtes ridicule avec votre roideur, monsieur Athos. On voit que vous vous êtes frotté aux puritains de là-bas... Votre secret, je le sais mieux que vous, et vous avez eu tort, peut-être, de ne pas avoir quelques égards pour un homme très vieux et très souffrant, qui a beaucoup travaillé dans sa vie et tenu bravement la campagne pour ses idées, comme vous pour les vôtres... Vous ne voulez rien dire ? bien ; vous ne voulez pas me communiquer votre lettre ?... à merveille ; venez avec moi dans ma chambre, vous allez parler au roi... et devant le roi... Maintenant, un dernier mot : Qui donc vous a donné la Toison ? Je me rappelle que vous passiez pour avoir la Jarretière ; mais quant à la Toison, je ne savais pas...

– Récemment, monseigneur, l'Espagne, à l'occasion du mariage de Sa Majesté Louis XIV, a envoyé au roi Charles II un brevet de la Toison en blanc ; Charles II me l'a transmis aussitôt, en remplissant le blanc avec mon nom.

Mazarin se leva, et, s'appuyant sur le bras de Bernouin, il rentra dans sa ruelle, au moment où l'on annonçait dans la chambre : « Monsieur le prince ! » Le prince de Condé, le premier prince du sang, le vainqueur de Rocroy, de Lens et de Nordlingen, entrait en effet chez Mgr de Mazarin, suivi de ses gentilshommes, et déjà il saluait le roi, quand le Premier ministre souleva son rideau.

Athos eut le temps d'apercevoir Raoul serrant la main du comte de Guiche, et d'échanger un sourire contre son respectueux salut.

Il eut le temps de voir aussi la figure rayonnante du cardinal, lorsqu'il aperçut devant lui, sur la table, une masse énorme d'or que le comte de Guiche avait gagnée, par une heureuse veine, depuis que Son Éminence lui avait confié les cartes. Aussi, oubliant ambassadeur, ambassade et prince, sa première pensée fut-elle pour l'or.

– Quoi ! s'écria le vieillard, tout cela... de gain ?

– Quelque chose comme cinquante mille écus ; oui, monseigneur, répliqua le comte de Guiche en se levant. Faut-il que je rende la place à Votre Éminence ou que je continue ?

– Rendez, rendez ! Vous êtes un fou. Vous reperdriez tout ce que vous avez gagné, peste !

– Monseigneur, dit le prince de Condé en saluant.

– Bonsoir, monsieur le prince, dit le ministre d'un ton léger ; c'est bien aimable à vous de rendre visite à un ami malade.

– Un ami !... murmura le comte de La Fère en voyant avec stupeur cette alliance monstrueuse de mots ; ami ! lorsqu'il s'agit de Mazarin et de Condé.

Mazarin devina la pensée de ce frondeur, car il lui sourit avec triomphe, et tout aussitôt :

– Sire, dit-il au roi, j'ai l'honneur de présenter à Votre Majesté M. le comte de La Fère, ambassadeur de Sa Majesté britannique... Affaire d'État, messieurs ! ajouta-t-il en congédiant de la main tous ceux qui garnissaient la chambre, et qui, le prince de Condé en tête, s'éclipsèrent sur le geste seul de Mazarin.

Raoul, après un dernier regard jeté au comte de La Fère, suivit M. de Condé.

Philippe d'Anjou et la reine parurent alors se consulter comme pour partir.

– Affaire de famille, dit subitement Mazarin en les arrêtant sur leurs sièges. Monsieur, que voici, apporte au roi une lettre par laquelle Charles II, complètement restauré sur le trône, demande une alliance entre Monsieur, frère du roi, et Mademoiselle Henriette, petite-fille de Henri IV... voulez-vous remettre au roi votre lettre de créance, monsieur le comte.

Athos resta un instant stupéfait. Comment le ministre pouvait-il savoir le contenu d'une lettre qui ne l'avait pas quitté un seul instant ? Cependant, toujours maître de lui, il tendit sa dépêche au jeune roi Louis XIV, qui la prit en rougissant. Un silence solennel régnait dans la chambre du cardinal. Il ne fut troublé que par le bruit de l'or que Mazarin, de sa main jaune et sèche, empilait dans un coffret pendant la lecture du roi.

XLI

Le récit

La malice du cardinal ne laissait pas beaucoup de choses à dire à l'ambassadeur ; cependant le mot de restauration avait frappé le roi, qui, s'adressant au comte, sur lequel il avait les yeux fixés depuis son entrée :

– Monsieur, dit-il, veuillez nous donner quelques détails sur la situation des affaires en Angleterre. Vous venez du pays, vous êtes français, et les ordres que je vois briller sur votre personne annoncent un homme de mérite en même temps qu'un homme de qualité.

– Monsieur, dit le cardinal en se tournant vers la reine mère, est un ancien serviteur de Votre Majesté, M. le comte de La Fère.

Anne d'Autriche était oublieuse comme une reine dont la vie a été mêlée d'orages et de beaux jours. Elle regarda Mazarin, dont le mauvais sourire lui promettait quelque noirceur ; puis elle sollicita d'Athos, par un autre regard, une explication.

– Monsieur, continua le cardinal, était un mousquetaire Tréville, au service du feu roi... Monsieur connaît parfaitement l'Angleterre, où il a fait plusieurs voyages à diverses époques ; c'est un sujet du plus haut mérite.

Ces mots faisaient allusion à tous les souvenirs qu'Anne d'Autriche tremblait toujours d'évoquer. L'Angleterre, c'était sa haine pour Richelieu et son amour pour Buckingham ; un mousquetaire Tréville, c'était toute l'odyssée des triomphes qui avaient fait battre le cœur de la jeune femme, et des dangers qui avaient à moitié déraciné le trône de la jeune reine.

Ces mots avaient bien de la puissance, car ils rendirent muettes et attentives toutes les personnes royales, qui, avec des sentiments bien divers, se mirent à recomposer en même temps les mystérieuses années que les jeunes n'avaient pas vues, que les vieux avaient crues à jamais effacées.

– Parlez, monsieur, dit Louis XIV, sorti le premier du trouble, des soupçons et des souvenirs.

– Oui, parlez, ajouta Mazarin, à qui la petite méchanceté faite à Anne d'Autriche venait de rendre son énergie et sa gaieté.

– Sire, dit le comte, une sorte de miracle a changé toute la destinée du roi Charles II. Ce que les hommes n'avaient pu faire jusque-là, Dieu s'est résolu à l'accomplir.

Mazarin toussa en se démenant dans son lit.

– Le roi Charles II, continua Athos, est sorti de La Haye, non plus en fugitif ou en conquérant, mais en roi absolu qui, après un voyage loin de son royaume, revient au milieu des bénédictions universelles.

– Grand miracle en effet, dit Mazarin, car si les nouvelles ont été vraies, le roi Charles II, qui vient de rentrer au milieu des bénédictions, était sorti au milieu des coups de mousquet.

Le roi demeura impassible.

Philippe, plus jeune et plus frivole, ne put réprimer un sourire qui flatta Mazarin comme un applaudissement de sa plaisanterie.

– En effet, dit le roi, il y a eu miracle ; mais Dieu, qui fait tant pour les rois, monsieur le comte, emploie cependant la main des hommes pour faire triompher ses desseins. À quels hommes principalement Charles II doit-il son rétablissement ?

– Mais, interrompit le cardinal sans aucun souci de l'amour-propre du roi, Votre Majesté ne sait-elle pas que c'est à M. Monck ?...

– Je dois le savoir, répliqua résolument Louis XIV ; cependant, je demande à M. l'ambassadeur les causes du changement de ce M. Monck.

– Et Votre Majesté touche précisément la question, répondit Athos ; car, sans le miracle dont j'ai eu l'honneur de parler, M. Monck demeurait probablement un ennemi invincible pour le roi Charles II. Dieu a voulu qu'une idée étrange, hardie et ingénieuse tombât dans l'esprit d'un certain homme, tandis qu'une idée dévouée, courageuse, tombait en l'esprit d'un certain autre. La combinaison de ces deux idées amena un tel changement dans la position de M. Monck, que, d'ennemi acharné, il devint un ami pour le roi déchu.

– Voilà précisément aussi le détail que je demandais, fit le roi... Quels sont ces deux hommes dont vous parlez ?

– Deux Français, sire.

– En vérité, j'en suis heureux.

– Et les deux idées ? s'écria Mazarin. Je suis plus curieux des idées que des hommes, moi.

– Oui, murmura le roi.

– La deuxième, l'idée dévouée, raisonnable... La moins importante, sire, c'était d'aller déterrer un million en or enfoui par le roi Charles Ier dans Newcastle, et d'acheter, avec cet or, le concours de Monck.

– Oh ! oh ! dit Mazarin ranimé à ce mot million... mais Newcastle était précisément occupé par ce même Monck ?

– Oui, monsieur le cardinal, voilà pourquoi j'ai osé appeler l'idée courageuse en même temps que dévouée. Il s'agissait donc, si M. Monck refusait les offres du négociateur, de réintégrer le roi Charles II dans la propriété de ce million que l'on devait arracher à la loyauté et non plus au loyalisme du général Monck... Cela se fit malgré quelques difficultés ; le général fut loyal et laissa emporter l'or.

– Il me semble, dit le roi timide et rêveur, que Charles II n'avait pas connaissance de ce million pendant son séjour à Paris.

– Il me semble, ajouta le cardinal malicieusement, que Sa Majesté le roi de la Grande-Bretagne savait parfaitement l'existence du million, mais qu'elle préférait deux millions à un seul.

– Sire, répondit Athos avec fermeté, Sa Majesté le roi Charles II s'est trouvé en France tellement pauvre, qu'il n'avait pas d'argent pour prendre la poste ; tellement dénué d'espérances, qu'il pensa plusieurs fois à mourir. Il ignorait si bien l'existence du million de Newcastle, que sans un gentilhomme, sujet de Votre Majesté, dépositaire moral du million et qui révéla le secret à Charles II, ce prince végéterait encore dans le plus cruel oubli.

– Passons à l'idée ingénieuse, étrange et hardie, interrompit Mazarin, dont la sagacité pressentait un échec. Quelle était cette idée ?

– La voici. M. Monck faisant seul obstacle au rétablissement de Sa Majesté le roi déchu, un Français imagina de supprimer cet obstacle.

– Oh ! oh ! mais c'est un scélérat que ce Français-là, dit Mazarin, et l'idée n'est pas tellement ingénieuse qu'elle ne fasse brancher ou rouer son auteur en place de Grève par arrêt du Parlement.

– Votre Éminence se trompe, dit sèchement Athos ; je n'ai pas dit que le Français en question eût résolu d'assassiner Monck, mais bien de le supprimer. Les mots de la langue française ont une valeur que des gentilshommes de France connaissent absolument. D'ailleurs, c'est affaire de guerre, et quand on sert les rois contre leurs ennemis, on n'a pas pour juge le Parlement, on a Dieu. Donc ce gentilhomme français imagina de s'emparer de la personne de M. Monck, et il exécuta son plan.

Le roi s'animait au récit des belles actions.

Le jeune frère de Sa Majesté frappa du poing sur la table en s'écriant :

– Ah ! c'est beau !

– Il enleva Monck ? dit le roi, mais Monck était dans son camp...

– Et le gentilhomme était seul, sire.

– C'est merveilleux ! dit Philippe.

– En effet, merveilleux ! s'écria le roi.

– Bon ! voilà les deux petits lions déchaînés, murmura le cardinal.

Et d'un air de dépit qu'il ne dissimulait pas :

– J'ignore ces détails, dit-il ; en garantissez-vous l'authenticité, monsieur ?

– D'autant plus aisément, monsieur le cardinal, que j'ai vu les événements.

– Vous ?

– Oui, monseigneur.

Le roi s'était involontairement rapproché du comte ; le duc d'Anjou avait fait volte-face, et pressait Athos de l'autre côté.

– Après, monsieur, après ? s'écrièrent-ils tous deux en même temps.

– Sire, M. Monck, étant pris par le Français, fut amené au roi Charles II à La Haye. Le roi rendit la liberté à M. Monck, et le général, reconnaissant, donna en retour à Charles II le trône de la Grande-Bretagne, pour lequel tant de vaillantes gens ont combattu sans résultat.

Philippe frappa dans ses mains avec enthousiasme. Louis XIV, plus réfléchi, se tourna vers le comte de La Fère :

– Cela est vrai, dit-il, dans tous ses détails ?

– Absolument vrai, sire.

– Un de mes gentilshommes connaissait le secret du million et l'avait gardé ?

– Oui, sire.

– Le nom de ce gentilhomme ?

– C'est votre serviteur, dit simplement Athos.

Un murmure d'admiration vint gonfler le cœur d'Athos. Il pouvait être fier à moins. Mazarin lui-même avait levé les bras au ciel.

– Monsieur, dit le roi, je chercherai, je tâcherai de trouver un moyen de vous récompenser.

Athos fit un mouvement.

– Oh ! non pas de votre probité ; être payé pour cela vous humilierait ; mais je vous dois une récompense pour avoir participé à la restauration de mon frère Charles II.

– Certainement, dit Mazarin.

– Triomphe d'une bonne cause qui comble de joie toute la maison de France, dit Anne d'Autriche.

– Je continue, dit Louis XIV. Est-il vrai aussi qu'un homme ait pénétré jusqu'à Monck, dans son camp, et l'ait enlevé ?

– Cet homme avait dix auxiliaires pris dans un rang inférieur.

– Rien que cela ?

– Rien que cela.

– Et vous le nommez ?

– M. d'Artagnan, autrefois lieutenant des mousquetaires de Votre Majesté.

Anne d'Autriche rougit, Mazarin devint honteux et jaune ; Louis XIV s'assombrit, et une goutte de sueur tomba de son front pâle.

– Quels hommes ! murmura-t-il.

Et, involontairement, il lança au ministre un coup d'œil qui l'eût épouvanté, si Mazarin n'eût pas en ce moment caché sa tête sous l'oreiller.

– Monsieur, s'écria le jeune duc d'Anjou en posant sa main blanche et fine comme celle d'une femme sur le bras d'Athos, dites à ce brave homme, je vous prie, que Monsieur, frère du roi, boira demain à sa santé devant cent des meilleurs gentilshommes de France.

Et en achevant ces mots, le jeune homme, s'apercevant que l'enthousiasme avait dérangé une de ses manchettes, s'occupa de la rétablir avec le plus grand soin.

– Causons d'affaires, sire, interrompit Mazarin, qui ne s'enthousiasmait pas et qui n'avait pas de manchettes.

– Oui, monsieur, répliqua Louis XIV. Entamez votre communication, monsieur le comte, ajouta-t-il en se tournant vers Athos.

Athos commença en effet, et proposa solennellement la main de lady Henriette Stuart au jeune prince frère du roi.

La conférence dura une heure ; après quoi, les portes de la chambre furent ouvertes aux courtisans, qui reprirent leurs places comme si rien n'avait été supprimé pour eux dans les occupations de cette soirée.

Athos se retrouva alors près de Raoul, et le père et le fils purent se serrer la main.

XLII

Où M. de Mazarin se fait prodigue

Pendant que Mazarin cherchait à se remettre de la chaude alarme qu'il venait d'avoir, Athos et Raoul échangeaient quelques mots dans un coin de la chambre.

– Vous voilà donc à Paris, Raoul ? dit le comte.

– Oui, monsieur, depuis que M. le prince est revenu.

– Je ne puis m'entretenir avec vous en ce lieu, où l'on nous observe, mais je vais tout à l'heure retourner chez moi, et je vous y attends aussitôt que votre service le permettra.

Raoul s'inclina. M. le prince venait droit à eux.

Le prince avait ce regard clair et profond qui distingue les oiseaux de proie de l'espèce noble ; sa physionomie elle-même offrait plusieurs traits distinctifs de cette ressemblance. On sait que, chez le prince de Condé, le nez aquilin sortait aigu, incisif, d'un front légèrement fuyant et plus bas que haut ; ce qui, au dire des railleurs de la cour, gens impitoyables même pour le génie, constituait plutôt un bec d'aigle qu'un nez humain à l'héritier des illustres princes de la maison de Condé.

Ce regard pénétrant, cette expression impérieuse de toute la physionomie, troublaient ordinairement ceux à qui le prince adressait la parole plus que ne l'eût fait la majesté ou la beauté régulière du vainqueur de Rocroy. D'ailleurs, la flamme montait si vite à ces yeux saillants, que chez M. le prince toute animation ressemblait à de la colère. Or, à cause de sa qualité, tout le monde à la cour respectait M. le prince, et beaucoup même, ne voyant que l'homme, poussaient le respect jusqu'à la terreur.

Donc, Louis de Condé s'avança vers le comte de La Fère et Raoul avec l'intention marquée d'être salué par l'un et d'adresser la parole à l'autre.

Nul ne saluait avec plus de grâce réservée que le comte de La Fère. Il dédaignait de mettre dans une révérence toutes les nuances qu'un courtisan n'emprunte d'ordinaire qu'à la même couleur : le désir de plaire. Athos connaissait sa valeur personnelle et saluait un prince comme un homme, corrigeant par quelque chose de sympathique et d'indéfinissable ce que pouvait avoir de blessant pour l'orgueil du rang suprême l'inflexibilité de son attitude.

Le prince allait parler à Raoul. Athos le prévint.

– Si M. le vicomte de Bragelonne, dit-il, n'était pas un des très humbles serviteurs de Votre Altesse, je le prierais de prononcer mon nom devant vous... mon prince.

– J'ai l'honneur de parler à M. le comte de La Fère, dit aussitôt M. de Condé.

– Mon protecteur, ajouta Raoul en rougissant.

– L'un des plus honnêtes hommes du royaume, continua le prince ; l'un des premiers gentilshommes de France, et dont j'ai ouï dire tant de bien, que souvent je désirais de le compter au nombre de mes amis.

– Honneur dont je ne serais digne, monseigneur, répliqua Athos, que par mon respect et mon admiration pour Votre Altesse.

– M. de Bragelonne, dit le prince, est un bon officier qui, on le voit, a été à bonne école. Ah ! monsieur le comte, de votre temps, les généraux avaient des soldats...

– C'est vrai, monseigneur ; mais aujourd'hui, les soldats ont des généraux.

Ce compliment, qui sentait si peu son flatteur, fit tressaillir de joie un homme que toute l'Europe regardait comme un héros et qui pouvait être blasé sur la louange.

– Il est fâcheux pour moi, repartit le prince, que vous vous soyez retiré du service, monsieur le comte ; car, incessamment, il faudra que le roi s'occupe d'une guerre avec la Hollande ou d'une guerre avec l'Angleterre, et les occasions ne manqueront point pour un homme comme vous qui connaît la Grande-Bretagne comme la France.

– Je crois pouvoir vous dire, monseigneur, que j'ai sagement fait de me retirer du service, dit Athos en souriant. La France et la Grande-Bretagne vont désormais vivre comme deux sœurs, si j'en crois mes pressentiments.

– Vos pressentiments ?

– Tenez, monseigneur, écoutez ce qui se dit là-bas à la table de M. le cardinal.

– Au jeu ?

– Au jeu... Oui, monseigneur.

Le cardinal venait en effet de se soulever sur un coude et de faire un signe au jeune frère du roi, qui s'approcha de lui.

– Monseigneur, dit le cardinal, faites ramasser, je vous prie, tous ces écus d'or.

Et il désignait l'énorme amas de pièces fauves et brillantes que le comte de Guiche avait élevé peu à peu devant lui, grâce à une veine des plus heureuses.

– À moi ? s'écria le duc d'Anjou.

– Ces cinquante mille écus, oui, monseigneur ; ils sont à vous.

– Vous me les donnez ?

– J'ai joué à votre intention, monseigneur, répliqua le cardinal en s'affaiblissant peu à peu, comme si cet effort de donner de l'argent eût épuisé chez lui toutes les facultés physiques ou morales.

– Oh ! mon Dieu, murmura Philippe presque étourdi de joie, la belle journée !

Et lui-même, faisant le râteau avec ses doigts, attira une partie de la somme dans ses poches, qu'il remplit...

Cependant plus d'un tiers restait encore sur la table.

– Chevalier, dit Philippe à son favori le chevalier de Lorraine, viens.

Le favori accourut.

– Empoche le reste, dit le jeune prince.

Cette scène singulière ne fut prise par aucun des assistants que comme une touchante fête de famille. Le cardinal se donnait des airs de père avec les fils de France, et les deux jeunes princes avaient grandi sous son aile. Nul n'imputa donc à orgueil ou même à impertinence, comme on le ferait de nos jours, cette libéralité du Premier ministre.

Les courtisans se contentèrent d'envier... Le roi détourna la tête.

– Jamais je n'ai eu tant d'argent, dit joyeusement le jeune prince en traversant la chambre avec son favori pour aller gagner son carrosse. Non, jamais... Comme c'est lourd, cent cinquante mille livres !

– Mais pourquoi M. le cardinal donne-t-il tout cet argent d'un coup ? demanda tout bas M. le prince au comte de La Fère. Il est donc bien malade, ce cher cardinal ?

– Oui, monseigneur, bien malade sans doute ; il a d'ailleurs mauvaise mine, comme Votre Altesse peut le voir.

– Certes... Mais il en mourra !... Cent cinquante mille livres !... Oh ! c'est à ne pas croire. Voyons, comte, pourquoi ? Trouvez-nous une raison.

– Monseigneur, patientez, je vous prie ; voilà M. le duc d'Anjou qui vient de ce côté causant avec le chevalier de Lorraine ; je ne serais pas surpris qu'ils m'épargnassent la peine d'être indiscret. Écoutez-les.

En effet, le chevalier disait au prince à demi-voix :

– Monseigneur, ce n'est pas naturel que M. Mazarin vous donne tant d'argent... Prenez garde, vous allez laisser tomber des pièces, monseigneur... Que vous veut le cardinal pour être si généreux ?

– Quand je vous disais, murmura Athos à l'oreille de M. le prince ; voici peut-être la réponse à votre question.

– Dites donc, monseigneur ? réitéra impatiemment le chevalier, qui supputait, en pesant sa poche, la quotité de la somme qui lui était échue par ricochet.

– Mon cher chevalier, cadeau de noces.

– Comment, cadeau de noces !

– Eh ! oui, je me marie ! répliqua le duc d'Anjou, sans s'apercevoir qu'il passait à ce moment même devant M. le prince et devant Athos, qui tous deux le saluèrent profondément.

Le chevalier lança au jeune duc un regard si étrange, si haineux, que le comte de La Fère en tressaillit.

– Vous ! vous marier ! répéta-t-il. Oh ! c'est impossible. Vous feriez cette folie !

– Bah ! ce n'est pas moi qui la fais ; on me la fait faire, répliqua le duc d'Anjou. Mais viens vite ; allons dépenser notre argent.

Là-dessus, il disparut avec son compagnon riant et causant, tandis que les fronts se courbaient sur son passage.

Alors M. le prince dit tout bas à Athos :

– Voilà donc le secret ?

– Ce n'est pas moi qui vous l'ai dit, monseigneur.

– Il épouse la sœur de Charles II ?

– Je crois que oui.

Le prince réfléchit un moment et son œil lança un vif éclair.

– Allons, dit-il avec lenteur, comme s'il se parlait à lui-même, voilà encore une fois les épées au croc... pour longtemps !

Et il soupira.

Tout ce que renfermait ce soupir d'ambitions sourdement étouffées, d'illusions éteintes, d'espérances déçues, Athos seul le devina, car seul il avait entendu le soupir.

Aussitôt M. le prince prit congé, le roi partait.

Athos, avec un signe qu'il fit à Bragelonne, lui renouvela l'invitation faite au commencement de cette scène.

Peu à peu la chambre devint déserte, et Mazarin resta seul en proie à des souffrances qu'il ne songeait plus à dissimuler.

– Bernouin ! Bernouin ! cria-t-il d'une voix brisée.

– Que veut Monseigneur ?

– Guénaud... qu'on appelle Guénaud, dit l'Éminence ; il me semble que je vais mourir.

Bernouin, effaré, courut au cabinet donner un ordre, et le piqueur qui courut chercher le médecin croisa le carrosse du roi dans la rue Saint-Honoré.

XLIII

Guénaud

L'ordre du cardinal était pressant : Guénaud ne se fit pas attendre.

Il trouva son malade renversé sur le lit, les jambes enflées, livide, l'estomac comprimé. Mazarin venait de subir une rude attaque de goutte. Il souffrait cruellement et avec l'impatience d'un homme qui n'a pas l'habitude des résistances. À l'arrivée de Guénaud :

– Ah ! dit-il, me voilà sauvé !

Guénaud était un homme fort savant et fort circonspect, qui n'avait pas besoin des critiques de Boileau pour avoir de la réputation. Lorsqu'il était en face de la maladie, fût-elle personnifiée dans un roi, il traitait le malade de Turc à More. Il ne répliqua donc pas à Mazarin comme le ministre s'y attendait : « Voilà le médecin ; adieu la maladie ! » Tout au contraire, examinant le malade d'un air fort grave :

– Oh ! oh ! dit-il.

– Eh quoi ! Guénaud ?... Quel air vous avez !

– J'ai l'air qu'il faut pour voir votre mal, monseigneur, et un mal fort dangereux.

– La goutte... Oh ! oui, la goutte.

– Avec des complications, monseigneur.

Mazarin se souleva sur un coude, et interrogeant du regard, du geste :

– Que me dites-vous là ! Suis-je plus malade que je ne crois moi-même ?

– Monseigneur, dit Guénaud en s'asseyant près du lit, Votre Éminence a beaucoup travaillé dans sa vie, Votre Éminence a souffert beaucoup.

– Mais je ne suis pas si vieux, ce me semble... Feu M. de Richelieu n'avait que dix-sept mois de moins que moi lorsqu'il est mort, et mort de maladie mortelle. Je suis jeune, Guénaud, songez-y donc : j'ai cinquante-deux ans à peine.

– Oh ! monseigneur, vous avez bien plus que cela... Combien la Fronde a-t-elle duré ?

– À quel propos, Guénaud, me faites-vous cette question ?

– Pour un calcul médical, monseigneur.

– Mais quelque chose comme dix ans... forte ou faible.

– Très bien ; veuillez compter chaque année de Fronde pour trois ans... cela fait trente ; or, vingt et cinquante-deux font soixante-douze ans. Vous avez soixante-douze ans, monseigneur... et c'est un grand âge.

En disant cela, il tâtait le pouls du malade. Ce pouls était rempli de si fâcheux pronostics, que le médecin poursuivit aussitôt, malgré les interruptions du malade :

– Mettons les années de Fronde à quatre ans l'une, c'est quatre-vingt-deux ans que vous avez vécu.

Mazarin devint fort pâle, et d'une voix éteinte il dit :

– Vous parlez sérieusement, Guénaud ?

– Hélas ! oui, monseigneur.

– Vous prenez alors un détour pour m'annoncer que je suis bien malade ?

– Ma foi, oui, monseigneur, et avec un homme de l'esprit et du courage de Votre Éminence, on ne devrait pas prendre de détour.

Le cardinal respirait si difficilement, qu'il fit pitié même à l'impitoyable médecin.

– Il y a maladie et maladie, reprit Mazarin. De certaines on échappe.

– C'est vrai, monseigneur.

– N'est-ce pas ? s'écria Mazarin presque joyeux ; car enfin, à quoi serviraient la puissance, la force de volonté ? À quoi servirait le génie, votre génie à vous, Guénaud ? À quoi enfin servent la science et l'art, si le malade qui dispose de tout cela ne peut se sauver du péril ?

Guénaud allait ouvrir la bouche. Mazarin continua :

– Songez, dit-il, que je suis le plus confiant de vos clients, songez que je vous obéis en aveugle, et que par conséquent...

– Je sais tout cela, dit Guénaud.

– Je guérirai alors ?

– Monseigneur, il n'y a ni force de volonté, ni puissance, ni génie, ni science qui résistent au mal que Dieu envoie sans doute, ou qu'il jette sur la terre à la création, avec plein pouvoir de détruire et de tuer les hommes. Quand le mal est mortel, il tue, et rien n'y fait...

– Mon mal... est... mortel ? demanda Mazarin.

– Oui, monseigneur.

L'Éminence s'affaissa un moment, comme le malheureux qu'une chute de colonne vient d'écraser... Mais c'était une âme bien trempée ou plutôt un esprit bien solide, que l'esprit de M. de Mazarin.

– Guénaud, dit-il en se relevant, vous me permettrez bien d'en appeler de votre jugement. Je veux rassembler les plus savants hommes de l'Europe, je veux les consulter... je veux vivre enfin par la vertu de n'importe quel remède.

– Monseigneur ne suppose pas, dit Guénaud, que j'aie la prétention d'avoir prononcé tout seul sur une existence précieuse comme la sienne ; j'ai assemblé déjà tous les bons médecins et praticiens de France et d'Europe... ils étaient douze.

– Et ils ont dit... ?

– Ils ont dit que Votre Éminence était atteinte d'une maladie mortelle ; j'ai la consultation signée dans mon portefeuille. Si Votre Éminence veut en prendre connaissance, elle verra le nom de toutes les maladies incurables que nous avons découvertes. Il y a d'abord...

– Non ! non ! s'écria Mazarin en repoussant le papier. Non, Guénaud, je me rends, je me rends !

Et un profond silence, pendant lequel le cardinal reprenait ses esprits et réparait ses forces, succéda aux agitations de cette scène.

– Il y a autre chose, murmura Mazarin ; il y a les empiriques, les charlatans. Dans mon pays, ceux que les médecins abandonnent courent la chance d'un vendeur d'orviétan, qui dix fois les tue, mais qui cent fois les sauve.

– Depuis un mois, Votre Éminence ne s'aperçoit-elle pas que j'ai changé dix fois ses remèdes ?

– Oui... Eh bien ?

– Eh bien ! j'ai dépensé cinquante mille livres à acheter les secrets de tous ces drôles : la liste est épuisée ; ma bourse aussi. Vous n'êtes pas guéri, et sans mon art vous seriez mort.

– C'est fini, murmura le cardinal ; c'est fini.

Il jeta un regard sombre autour de lui sur ses richesses.

– Il faudra quitter tout cela ! soupira-t-il. Je suis mort, Guénaud ! je suis mort !

– Oh ! pas encore, monseigneur, dit le médecin.

Mazarin lui saisit la main.

– Dans combien de temps ? demanda-t-il en arrêtant deux grands yeux fixes sur le visage du médecin.

– Monseigneur, on ne dit jamais cela.

– Aux hommes ordinaires, soit ; mais à moi... à moi dont chaque minute vaut un trésor, dis-le-moi, Guénaud, dis-le-moi !

– Non, non, monseigneur.

– Je le veux, te dis-je. Oh ! donne-moi un mois, et pour chacun de ces trente jours, je te paierai cent mille livres.

– Monseigneur, répliqua Guénaud d'une voix ferme, c'est Dieu qui vous donne les jours de grâce et non pas moi. Dieu ne vous donne donc que quinze jours !

Le cardinal poussa un douloureux soupir et retomba sur son oreiller en murmurant :

– Merci, Guénaud, merci !

Le médecin allait s'éloigner ; le moribond se redressa :

– Silence, dit-il avec des yeux de flamme, silence !

– Monseigneur, il y a deux mois que je sais ce secret ; vous voyez que je l'ai bien gardé.

– Allez, Guénaud, j'aurai soin de votre fortune ; allez, et dites à Brienne de m'envoyer un commis ; qu'on appelle M. Colbert. Allez.

XLIV

Colbert

Colbert n'était pas loin.

Durant toute la soirée, il s'était tenu dans un corridor, causant avec Bernouin, avec Brienne, et commentant, avec l'habileté ordinaire des gens de cour, les nouvelles qui se dessinaient comme les bulles d'air sur l'eau à la surface de chaque événement. Il est temps, sans doute, de tracer, en quelques mots, un des portraits les plus intéressants de ce siècle, et de le tracer avec autant de vérité peut-être que les peintres contemporains l'ont pu faire. Colbert fut un homme sur lequel l'historien et le moraliste ont un droit égal.

Il avait treize ans de plus que Louis XIV, son maître futur.

D'une taille médiocre, plutôt maigre que gras, il avait l'œil enfoncé, la mine basse, les cheveux gros, noirs et rares, ce qui, disent les biographes de son temps, lui fit prendre de bonne heure la calotte. Un regard plein de sévérité, de dureté même ; une sorte de roideur qui, pour les inférieurs, était de la fierté, pour les supérieurs, une affectation de vertu digne ; la morgue sur toutes choses, même lorsqu'il était seul à se regarder dans une glace : voilà pour l'extérieur du personnage.

Au moral, on vantait la profondeur de son talent pour les comptes, son ingéniosité à faire produire la stérilité même.

Colbert avait imaginé de forcer les gouverneurs des places frontières à nourrir les garnisons sans solde de ce qu'ils tiraient des contributions. Une si précieuse qualité donna l'idée à M. le cardinal Mazarin de remplacer Joubert, son intendant qui venait de mourir, par M. Colbert, qui rognait si bien les portions.

Colbert peu à peu se lançait à la cour, malgré la médiocrité de sa naissance, car il était fils d'un homme qui vendait du vin comme son père, qui ensuite avait vendu du drap, puis des étoffes de soie.

Colbert, destiné d'abord au commerce, avait été commis chez un marchand de Lyon, qu'il avait quitté pour venir à Paris dans l'étude d'un procureur au Châtelet nommé Biterne. C'est ainsi qu'il avait appris l'art de dresser un compte et l'art plus précieux de l'embrouiller.

Cette roideur de Colbert lui avait fait le plus grand bien, tant il est vrai que la fortune, lorsqu'elle a un caprice, ressemble à ces femmes de l'Antiquité dont rien au physique et au moral des choses et des hommes ne rebute la fantaisie. Colbert, placé chez Michel Letellier, secrétaire d'État en

1648, par son cousin Colbert, seigneur de Saint-Pouange, qui le favorisait, reçut un jour du ministre une commission pour le cardinal Mazarin.

Son Éminence le cardinal jouissait alors d'une santé florissante, et les mauvaises années de la Fronde n'avaient pas encore compté triple et quadruple pour lui. Il était à Sedan, fort empêché d'une intrigue de cour dans laquelle Anne d'Autriche paraissait vouloir déserter sa cause.

Cette intrigue, Letellier en tenait les fils.

Il venait de recevoir une lettre d'Anne d'Autriche, lettre fort précieuse pour lui et fort compromettante pour Mazarin ; mais comme il jouait déjà le rôle double qui lui servit si bien, et qu'il ménageait toujours deux ennemis pour tirer parti de l'un et de l'autre, soit en les brouillant plus qu'ils ne l'étaient, soit en les réconciliant, Michel Letellier voulut envoyer à Mazarin la lettre d'Anne d'Autriche, afin qu'il en prît connaissance, et par conséquent afin qu'il sût gré d'un service aussi galamment rendu.

Envoyer la lettre, c'était facile ; la recouvrer après communication, c'était la difficulté.

Letellier jeta les yeux autour de lui, et voyant le commis noir et maigre qui griffonnait, le sourcil froncé, dans ses bureaux, il le préféra au meilleur gendarme pour l'exécution de ce dessein.

Colbert dut partir pour Sedan avec l'ordre de communiquer la lettre à Mazarin et de la rapporter à Letellier.

Il écouta sa consigne avec une attention scrupuleuse, s'en fit répéter la teneur deux fois, insista sur la question de savoir si rapporter était aussi nécessaire que communiquer, et Letellier lui dit :

– Plus nécessaire.

Alors il partit, voyagea comme un courrier sans souci de son corps, et remit à Mazarin, d'abord une lettre de Letellier qui annonçait au cardinal l'envoi de la lettre précieuse, puis cette lettre elle-même.

Mazarin rougit fort en voyant la lettre d'Anne d'Autriche, fit un gracieux sourire à Colbert et le congédia.

– À quand la réponse, monseigneur ? dit le courrier humblement.

– À demain.

– Demain matin ?

– Oui, monsieur.

Le commis tourna les talons et essaya sa plus noble révérence.

Le lendemain il était au poste dès sept heures. Mazarin le fit attendre jusqu'à dix. Colbert ne sourcilla point dans l'antichambre ; son tour venu, il entra.

Mazarin lui remit alors un paquet cacheté. Sur l'enveloppe de ce paquet étaient écrits ces mots : « À M. Michel Letellier, etc. »

Colbert regarda le paquet avec beaucoup d'attention ; le cardinal fit une charmante mine et le poussa vers la porte.

– Et la lettre de la reine mère, monseigneur ? demanda Colbert.

– Elle est avec le reste, dans le paquet, dit Mazarin.

– Ah ! fort bien, répliqua Colbert.

Et, plaçant son chapeau entre ses genoux, il se mit à décacheter le paquet.

Mazarin poussa un cri.

– Que faites-vous donc ! dit-il brutalement.

– Je décachette le paquet, monseigneur.

– Vous défiez-vous de moi, monsieur le cuistre ? A-t-on vu pareille impertinence !

– Oh ! monseigneur, ne vous fâchez pas contre moi ! Ce n'est certainement pas la parole de Votre Éminence que je mets en doute, à Dieu ne plaise.

– Quoi donc, alors ?

– C'est l'exactitude de votre chancellerie, monseigneur. Qu'est-ce qu'une lettre ? Un chiffon. Un chiffon ne peut-il être oublié ?... Et tenez, monseigneur, tenez, voyez si j'avais tort ! Vos commis ont oublié le chiffon : la lettre ne se trouve pas dans le paquet.

– Vous êtes un insolent et vous n'avez rien vu ! s'écria Mazarin irrité ; retirez-vous et attendez mon plaisir !

En disant ces mots, avec une subtilité tout italienne, il arracha le paquet des mains de Colbert et rentra dans ses appartements. Mais cette colère ne pouvait tant durer qu'elle ne fût remplacée un jour par le raisonnement.

Mazarin, chaque matin, en ouvrant la porte de son cabinet, trouvait la figure de Colbert en sentinelle derrière la banquette, et cette figure désagréable lui demandait humblement, mais avec ténacité, la lettre de la reine mère.

Mazarin n'y put tenir et dut la rendre. Il accompagna cette restitution d'une mercuriale des plus rudes, pendant laquelle Colbert se contenta d'examiner, de ressaisir, de flairer même le papier, les caractères et la signature, ni plus ni moins que s'il eût eu affaire au dernier faussaire du royaume. Mazarin le traita plus rudement encore, et Colbert, impassible, ayant acquis la certitude que la lettre était la vraie, partit comme s'il eût été sourd.

Cette conduite lui valut plus tard le poste de Joubert, car Mazarin, au lieu d'en garder rancune, l'admira et souhaita de s'attacher une pareille fidélité.

On voit par cette seule histoire ce qu'était l'esprit de Colbert. Les événements, se déroulant peu à peu, laisseront fonctionner librement tous les ressorts de cet esprit.

Colbert ne fut pas long à s'insinuer dans les bonnes grâces du cardinal : il lui devint même indispensable. Tous ses comptes, le commis les connaissait, sans que le cardinal lui en eût jamais parlé. Ce secret entre eux, à deux, était un lien puissant, et voilà pourquoi, près de paraître devant le maître d'un autre monde, Mazarin voulait prendre un parti et un bon conseil pour disposer du bien qu'il était forcé de laisser en ce monde-ci.

Après la visite de Guénaud, il appela donc Colbert, le fit asseoir et lui dit :

– Causons, monsieur Colbert, et sérieusement, car je suis malade et il se pourrait que je vinsse à mourir.

– L'homme est mortel, répliqua Colbert.

– Je m'en suis toujours souvenu, monsieur Colbert, et j'ai travaillé dans cette prévision... Vous savez que j'ai amassé un peu de bien...

– Je le sais, monseigneur.

– À combien estimez-vous à peu près ce bien, monsieur Colbert ?

– À quarante millions cinq cent soixante mille deux cents livres neuf sous et huit deniers, répondit Colbert.

Le cardinal poussa un gros soupir et regarda Colbert avec admiration ; mais il se permit un sourire.

– Argent connu, ajouta Colbert en réponse à ce sourire.

Le cardinal fit un soubresaut dans son lit.

– Qu'entendez-vous par là ? dit-il.

– J'entends, dit Colbert, qu'outre ces quarante millions cinq cent soixante mille deux cents livres neuf sous huit deniers il y a treize autres millions que l'on ne connaît pas.

– Ouf ! soupira Mazarin, quel homme !

À ce moment la tête de Bernouin apparut dans l'embrasure de la porte.

– Qu'y a-t-il, demanda Mazarin, et pourquoi me trouble-t-on ?

– Le père théatin, directeur de Son Éminence, avait été mandé pour ce soir ; il ne pourrait revenir qu'après-demain chez Monseigneur.

Mazarin regarda Colbert, qui aussitôt prit son chapeau en disant :

– Je reviendrai, monseigneur.

Mazarin hésita.

– Non, non, dit-il, j'ai autant affaire de vous que de lui. D'ailleurs, vous êtes mon autre confesseur, vous... et ce que je dis à l'un, l'autre peut l'entendre. Restez-là, Colbert.

– Mais, monseigneur, s'il n'y a pas secret de pénitence, le directeur consentira-t-il ?

– Ne vous inquiétez pas de cela, entrez dans la ruelle.

– Je puis attendre dehors, monseigneur.

– Non, non, mieux vaut que vous entendiez la confession d'un homme de bien.

Colbert s'inclina et passa dans la ruelle.

– Introduisez le père théatin, dit Mazarin en fermant les rideaux.

XLV

Confession d'un homme de bien

Le théatin entra délibérément, sans trop s'étonner du bruit et du mouvement que les inquiétudes sur la santé du cardinal avaient soulevés dans sa maison.

– Venez, mon révérend, dit Mazarin après un dernier regard à la ruelle ; venez et soulagez-moi.

– C'est mon devoir, monseigneur, répliqua le théatin.

– Commencez par vous asseoir commodément, car je vais débuter par une confession générale ; vous me donnerez tout de suite une bonne absolution, et je me croirai plus tranquille.

– Monseigneur, dit le révérend, vous n'êtes pas tellement malade qu'une confession générale soit urgente... Et ce sera bien fatigant, prenez garde !

– Vous supposez qu'il y en a long, mon révérend ?

– Comment croire qu'il en soit autrement, quand on a vécu aussi complètement que Votre Éminence ?

– Ah ! c'est vrai... Oui, le récit peut être long.

– La miséricorde de Dieu est grande, nasilla le théatin.

– Tenez, dit Mazarin, voilà que je commence à m'effrayer moi-même d'avoir tant laissé passer de choses que le Seigneur pouvait réprouver.

– N'est-ce pas ? dit naïvement le théatin en éloignant de la lampe sa figure fine et pointue comme celle d'une taupe. Les pécheurs sont comme cela : oublieux avant, puis scrupuleux quand il est trop tard.

– Les pécheurs ? répliqua Mazarin. Me dites-vous ce mot avec ironie et pour me reprocher toutes les généalogies que j'ai laissé faire sur mon compte... moi, fils de pêcheur, en effet ?

– Hum ! fit le théatin.

– C'est là un premier péché, mon révérend ; car enfin, j'ai souffert qu'on me fît descendre des vieux consuls de Rome, T. Geganius Macerinus Ier, Macerinus II et Proculus Macerinus III, dont parle la chronique de Haolander... De Macerinus à Mazarin, la proximité était tentante. Macerinus, diminutif, veut dire maigrelet. Oh ! mon révérend, Mazarini peut signifier aujourd'hui, à l'augmentatif, maigre comme un Lazare. Voyez !

Et il montra ses bras décharnés et ses jambes dévorées par la fièvre.

– Que vous soyez né d'une famille de pêcheurs, reprit le théatin, je n'y vois rien de fâcheux pour vous... car enfin, saint Pierre était un pêcheur, et si vous êtes prince de l'Église, monseigneur, il en a été le chef suprême. Passons, s'il vous plaît.

– D'autant plus que j'ai menacé de la Bastille un certain Bonnet, prêtre d'Avignon, qui voulait publier une généalogie de *Casa Mazarini* beaucoup trop merveilleuse.

– Pour être vraisemblable ? répliqua le théatin.

– Oh ! alors, si j'eusse agi dans cette idée, mon révérend, c'était vice d'orgueil... autre péché.

– C'était excès d'esprit, et jamais on ne peut reprocher à personne ces sortes d'abus. Passons, passons.

– J'en étais à l'orgueil... Voyez-vous, mon révérend, je vais tâcher de diviser cela par péchés capitaux.

– J'aime les divisions bien faites.

– J'en suis aise. Il faut que vous sachiez qu'en 1630... hélas ! voilà trente et un ans !

– Vous aviez vingt-neuf ans, monseigneur.

– Âge bouillant. Je tranchais du soldat en me jetant à Casal dans les arquebusades, pour montrer que je montais à cheval aussi bien qu'un officier. Il est vrai que j'apportai la paix aux Espagnols et aux Français. Cela rachète un peu mon péché.

– Je ne vois pas le moindre péché à montrer qu'on monte à cheval, dit le théatin, c'est du goût parfait, et cela honore notre robe. En ma qualité de chrétien, j'approuve que vous ayez empêché l'effusion du sang ; en ma qualité de religieux, je suis fier de la bravoure qu'un collègue a témoignée.

Mazarin fit un humble salut de la tête.

– Oui, dit-il, mais les suites !

– Quelles suites ?

– Eh ! ce damné péché d'orgueil a des racines sans fin... Depuis que je m'étais jeté comme cela entre deux armées, que j'avais flairé la poudre et parcouru des lignes de soldats, je regardais un peu en pitié les généraux.

– Ah !

– Voilà le mal... En sorte que je n'en ai plus trouvé un seul supportable depuis ce temps-là.

– Le fait est, dit le théatin, que les généraux que nous avons eus n'étaient pas forts.

– Oh ! s'écria Mazarin, il y avait M. le prince... je l'ai bien tourmenté, celui-là !

– Il n'est pas à plaindre, il a acquis assez de gloire et assez de bien.

– Soit pour M. le prince ; mais M. de Beaufort, par exemple... que j'ai tant fait souffrir au donjon de Vincennes ?

– Ah ! mais c'était un rebelle, et la sûreté de l'État exigeait que vous fissiez le sacrifice... Passons.

– Je crois que j'ai épuisé l'orgueil. Il y a un autre péché que j'ai peur de qualifier...

– Je le qualifierai, moi... Dites toujours.

– Un bien grand péché, mon révérend.

– Nous verrons, monseigneur.

– Vous ne pouvez manquer d'avoir ouï parler de certaines relations que j'aurais eues... avec Sa Majesté la reine mère... Les malveillants...

– Les malveillants, monseigneur, sont des sots... Ne fallait-il pas, pour le bien de l'État et pour l'intérêt du jeune roi, que vous vécussiez en bonne intelligence avec la reine ? Passons, passons.

– Je vous assure, dit Mazarin, que vous m'enlevez de la poitrine un terrible poids.

– Vétilles que tout cela !... Cherchez les choses sérieuses.

– Il y a bien de l'ambition, mon révérend...

– C'est la marche des grandes choses, monseigneur.

– Même cette velléité de la tiare ?...

– Être pape, c'est être le premier des chrétiens... Pourquoi ne l'eussiez-vous pas désiré ?

– On a imprimé que j'avais, pour arriver là, vendu Cambrai aux Espagnols.

– Vous avez fait peut-être vous-même des pamphlets sans trop persécuter les pamphlétaires ?

– Alors, mon révérend, j'ai vraiment le cœur bien net. Je ne sens plus que de légères peccadilles.

– Dites.

– Le jeu.

– C'est un peu mondain ; mais enfin, vous étiez obligé, par le devoir de la grandeur, à tenir maison.

– J'aimais à gagner...

– Il n'est pas de joueur qui joue pour perdre.

– Je trichais bien un peu...

– Vous preniez votre avantage. Passons.

– Eh bien ! mon révérend, je ne sens plus rien du tout sur ma conscience. Donnez-moi l'absolution, et mon âme pourra, lorsque Dieu l'appellera, monter sans obstacle jusqu'à son trône.

Le théatin ne remua ni les bras ni les lèvres.

– Qu'attendez-vous, mon révérend, dit Mazarin.

– J'attends la fin.

– La fin de quoi ?

– De la confession, monseigneur.

– Mais j'ai fini.

– Oh ! non ! Votre Éminence fait erreur.

– Pas que je sache.

– Cherchez bien.

– J'ai cherché aussi bien que possible.

– Alors je vais aider votre mémoire.

– Voyons.

Le théatin toussa plusieurs fois.

– Vous ne me parlez pas de l'avarice, autre péché capital, ni de ces millions, dit-il.

– Quels millions, mon révérend ?

– Mais ceux que vous possédez, monseigneur.

– Mon père, cet argent est à moi, pourquoi vous en parlerais-je ?

– C'est que, voyez-vous, nos deux opinions diffèrent. Vous dites que cet argent est à vous, et, moi, je crois qu'il est un peu à d'autres.

Mazarin porta une main froide à son front perlé de sueur.

– Comment cela ? balbutia-t-il.

– Voici. Votre Éminence a gagné beaucoup de biens au service du roi...

– Hum ! beaucoup... ce n'est pas trop.

– Quoi qu'il en soit, d'où venait ce bien ?

– De l'État.

– L'État, c'est le roi.

– Mais que concluez-vous, mon révérend ? dit Mazarin, qui commençait à trembler.

– Je ne puis conclure sans une liste des biens que vous avez. Comptons un peu, s'il vous plaît : vous avez l'évêché de Metz.

– Oui.

– Les abbayes de Saint-Clément, de Saint-Arnoud et de Saint-Vincent, toujours à Metz.

– Oui.

– Vous avez l'abbaye de Saint-Denis, en France, un beau bien.

– Oui, mon révérend.

– Vous avez l'abbaye de Cluny, qui est si riche.

– Je l'ai.

– Celle de Saint-Médard, à Soissons, cent mille livres de revenus.

– Je ne le nie pas.

– Celle de Saint-Victor, à Marseille, une des meilleures du Midi.

– Oui, mon père.

– Un bon million par an. Avec les émoluments du cardinalat et du ministère, c'est peut-être deux millions par an.

– Eh !

– Pendant dix ans, c'est vingt millions... et vingt millions placés à cinquante pour cent donnent, par progression, vingt autres millions en dix ans.

– Comme vous comptez, pour un théatin !

– Depuis que Votre Éminence a placé notre ordre dans le couvent que nous occupons près de Saint-Germain-des-Prés, en 1644, c'est moi qui fais les comptes de la société.

– Et les miens, à ce que je vois, mon révérend.

– Il faut savoir un peu de tout, monseigneur.

– Eh bien ! concluez à présent.

– Je conclus que le bagage est trop gros pour que vous passiez à la porte du paradis.

– Je serai damné ?

– Si vous ne restituez pas, oui.

Mazarin poussa un cri pitoyable.

– Restituer ! mais à qui, bon Dieu !

– Au maître de cet argent, au roi !

– Mais c'est le roi qui m'a tout donné !...

– Un moment ! le roi ne signe pas les ordonnances !

Mazarin passa des soupirs aux gémissements.

– L'absolution, dit-il.

– Impossible, monseigneur... Restituez, restituez, répliqua le théatin.

– Mais, enfin, vous m'absolvez de tous les péchés ; pourquoi pas de celui-là ?

– Parce que, répondit le révérend, vous absoudre pour ce motif est un péché dont le roi ne m'absoudrait jamais, monseigneur.

Là-dessus, le confesseur quitta son pénitent avec une mine pleine de componction, puis il sortit du même pas qu'il était entré.

– Holà ! mon Dieu, gémit le cardinal... Venez çà, Colbert ; je suis bien malade, mon ami !

XLVI

La donation

Colbert reparut sous les rideaux.

– Avez-vous entendu ? dit Mazarin.

– Hélas ! oui, monseigneur.

– Est-ce qu'il a raison ? Est-ce que tout cet argent est du bien mal acquis ?

– Un théatin, monseigneur, est un mauvais juge en matière de finances, répondit froidement Colbert. Cependant il se pourrait que, d'après ses idées théologiques, Votre Éminence eût de certains torts. On en a toujours eu... quand on meurt.

– On a d'abord celui de mourir, Colbert.

– C'est vrai, monseigneur. Envers qui cependant le théatin vous aurait-il trouvé des torts ? Envers le roi.

Mazarin haussa les épaules.

– Comme si je n'avais pas sauvé son État et ses finances !

– Cela ne souffre pas de controverse, monseigneur.

– N'est-ce pas ? Donc, j'aurais gagné très légitimement un salaire, malgré mon confesseur ?

– C'est hors de doute.

– Et je pourrais garder pour ma famille, si besogneuse, une bonne partie... le tout même de ce que j'ai gagné !

– Je n'y vois aucun empêchement, monseigneur.

– J'étais bien sûr, en vous consultant, Colbert, d'avoir un avis sage, répliqua Mazarin tout joyeux.

Colbert fit sa grimace de pédant.

– Monseigneur, interrompit-il, il faudrait bien voir cependant si ce qu'a dit le théatin n'est pas un piège.

– Non, un piège... pourquoi ? Le théatin est honnête homme.

– Il a cru Votre Éminence aux portes du tombeau, puisque Votre Éminence le consultait... Ne l'ai-je pas entendu vous dire : « Distinguez ce que le roi vous a donné de ce que vous vous êtes donné à vous-même... » Cherchez bien, monseigneur, s'il ne vous a pas un peu dit cela, c'est assez une parole de théatin.

– Il serait possible.

– Auquel cas, monseigneur, je vous regarderais comme mis en demeure par le religieux...

– De restituer ? s'écria Mazarin tout échauffé.

– Eh ! je ne dis pas non.

– De restituer tout ! Vous n'y songez pas... Vous dites comme le confesseur.

– Restituer une partie, c'est-à-dire faire la part de Sa Majesté, et cela, monseigneur, peut avoir des dangers. Votre Éminence est un politique trop habile pour ignorer qu'à cette heure le roi ne possède pas cent cinquante mille livres nettes dans ses coffres.

– Ce n'est pas mon affaire, dit Mazarin triomphant, c'est celle de M. le surintendant Fouquet, dont je vous ai donné, ces derniers mois, tous les comptes à vérifier.

Colbert pinça les lèvres à ce seul nom de Fouquet.

– Sa Majesté, dit-il entre ses dents, n'a d'argent que celui qu'amasse M. Fouquet ; votre argent à vous, monseigneur, lui sera une friande pâture.

– Enfin, je ne suis pas le surintendant des finances du roi, moi ; j'ai ma bourse... Certes, je ferais bien, pour le bonheur de Sa Majesté... quelques legs... mais je ne puis frustrer ma famille...

– Un legs partiel vous déshonore et offense le roi. Une partie léguée à Sa Majesté, c'est l'aveu que cette partie vous a inspiré des doutes comme n'étant pas acquise légitimement.

– Monsieur Colbert !...

– J'ai cru que Votre Éminence me faisait l'honneur de me demander un conseil.

– Oui, mais vous ignorez les principaux détails de la question.

– Je n'ignore rien, monseigneur ; voilà dix ans que je passe en revue toutes les colonnes de chiffres qui se font en France, et si je les ai péniblement clouées en ma tête, elles y sont si bien rivées à présent, que depuis l'office de M. Letellier, qui est sobre, jusqu'aux petites largesses secrètes de M. Fouquet, qui est prodigue, je réciterais, chiffre par chiffre, tout l'argent qui se dépense de Marseille à Cherbourg.

– Alors, vous voudriez que je jetasse tout mon argent dans les coffres du roi ! s'écria ironiquement Mazarin, à qui la goutte arrachait en même temps plusieurs soupirs douloureux. Certes, le roi ne me reprocherait rien, mais il se moquerait de moi en mangeant mes millions, et il aurait bien raison.

– Votre Éminence ne m'a pas compris. Je n'ai pas prétendu le moins du monde que le roi dût dépenser votre argent.

– Vous le dites clairement, ce me semble, en me conseillant de le lui donner.

– Ah ! répliqua Colbert, c'est que Votre Éminence, absorbée qu'elle est par son mal, perd de vue complètement le caractère de Sa Majesté Louis XIV.

– Comment cela ?...

– Ce caractère, je crois, si j'ose m'exprimer ainsi, ressemble à celui que Monseigneur confessait tout à l'heure au théatin.

– Osez ; c'est... ?

– C'est l'orgueil. Pardon, monseigneur ; la fierté, voulais-je dire. Les rois n'ont pas d'orgueil : c'est une passion humaine.

– L'orgueil, oui, vous avez raison. Après ?...

– Eh bien ! monseigneur, si j'ai rencontré juste, Votre Éminence n'a qu'à donner tout son argent au roi, et tout de suite.

– Mais pourquoi ? dit Mazarin fort intrigué.

– Parce que le roi n'acceptera pas le tout.

– Oh ! un jeune homme qui n'a pas d'argent et qui est rongé d'ambition.

– Soit.

– Un jeune homme qui désire ma mort.

– Monseigneur...

– Pour hériter, oui, Colbert ; oui, il désire ma mort pour hériter. Triple sot que je suis ! je le préviendrais !

– Précisément. Si la donation est faite dans une certaine forme, il refusera.

– Allons donc !

– C'est positif. Un jeune homme qui n'a rien fait, qui brûle de devenir illustre, qui brûle de régner seul, ne prendra rien de bâti ; il voudra construire lui-même. Ce prince-là, monseigneur, ne se contentera pas du Palais-Royal que M. de Richelieu lui a légué, ni du palais Mazarin que vous avez si superbement fait construire, ni du Louvre que ses ancêtres ont habité, ni de Saint-Germain où il est né. Tout ce qui ne procédera pas de lui, il le dédaignera, je le prédis.

– Et vous garantissez que si je donne mes quarante millions au roi...

– En lui disant de certaines choses, je garantis qu'il refusera.

– Ces choses... sont ?

– Je les écrirai, si Monseigneur veut me les dicter.

– Mais enfin, quel avantage pour moi ?

– Un énorme. Personne ne peut plus accuser Votre Éminence de cette injuste avarice que les pamphlétaires ont reprochée au plus brillant esprit de ce siècle.

– Tu as raison, Colbert, tu as raison ; va trouver le roi de ma part et porte-lui mon testament.

– Une donation, monseigneur.

– Mais s'il acceptait ! s'il allait accepter ?

– Alors, il resterait treize millions à votre famille, et c'est une jolie somme.

– Mais tu serais un traître ou un sot, alors.

– Et je ne suis ni l'un ni l'autre, monseigneur... Vous me paraissez craindre beaucoup que le roi n'accepte... Oh ! craignez plutôt qu'il n'accepte pas...

– S'il n'accepte pas, vois-tu, je lui veux garantir mes treize millions de réserve... Oui, je le ferai... Oui... Mais voici la douleur qui vient ; je vais tomber en faiblesse.... C'est que je suis malade, Colbert, que je suis près de ma fin.

Colbert tressaillit.

Le cardinal était bien mal en effet : il suait à grosses gouttes sur son lit de douleur, et cette pâleur effrayante d'un visage ruisselant d'eau était un spectacle que le plus endurci praticien n'eût pas supporté sans compassion. Colbert fut sans doute très ému, car il quitta la chambre en appelant Bernouin près du moribond et passa dans le corridor.

Là, se promenant de long en large avec une expression méditative qui donnait presque de la noblesse à sa tête vulgaire, les épaules arrondies, le cou tendu, les lèvres entrouvertes pour laisser échapper des lambeaux décousus de pensées incohérentes, il s'enhardit à la démarche qu'il voulait tenter, tandis qu'à dix pas de lui, séparé seulement par un mur, son maître étouffait dans des angoisses qui lui arrachaient des cris lamentables, ne pensant plus ni aux trésors de la terre ni aux joies du paradis, mais bien à toutes les horreurs de l'enfer.

Tandis que les serviettes brûlantes, les topiques, les révulsifs et Guénaud, rappelé près du cardinal, fonctionnaient avec une activité toujours croissante, Colbert, tenant à deux mains sa grosse tête, pour y comprimer la fièvre des projets enfantés par le cerveau, méditait la teneur de la donation qu'il allait faire écrire à Mazarin dès la première heure de répit que lui donnerait le mal. Il semblait que tous ces cris du cardinal et toutes ces entreprises de la mort sur ce représentant du passé fussent des stimulants pour le génie de ce penseur aux sourcils épais qui se tournait déjà vers le lever du nouveau soleil d'une société régénérée.

Colbert revint près de Mazarin lorsque la raison fut revenue au malade, et lui persuada de dicter une donation ainsi conçue :

« Près de paraître devant Dieu, maître des hommes, je prie le roi, qui fut mon maître sur la terre, de reprendre les biens que sa bonté m'avait donnés, et que ma famille sera heureuse de voir passer en de si illustres mains. Le détail de mes biens se trouvera, il est dressé, à la première réquisition de Sa Majesté, ou au dernier soupir de son plus dévoué serviteur.

Jules, cardinal de Mazarin. »

Le cardinal signa en soupirant ; Colbert cacheta le paquet et le porta immédiatement au Louvre, où le roi venait de rentrer. Puis il revint à son logis, se frottant les mains avec la confiance d'un ouvrier qui a bien employé sa journée.

XLVII

Comment Anne d'Autriche donna un
conseil à Louis XIV, et comment M.
Fouquet lui en donna un autre

La nouvelle de l'extrémité où se trouvait le cardinal s'était déjà répandue, et elle attirait au moins autant de gens au Louvre que la nouvelle du mariage de Monsieur, le frère du roi, laquelle avait déjà été annoncée à titre de fait officiel.

À peine Louis XIV rentrait-il chez lui, tout rêveur encore des choses qu'il avait vues ou entendu dire dans cette soirée, que l'huissier annonça que la même foule de courtisans qui, le matin, s'était empressée à son lever, se représentait de nouveau à son coucher, faveur insigne que depuis le règne du cardinal la cour, fort peu discrète dans ses préférences, avait accordée au ministre sans grand souci de déplaire au roi.

Mais le ministre avait eu, comme nous l'avons dit, une grave attaque de goutte, et la marée de la flatterie montait vers le trône.

Les courtisans ont ce merveilleux instinct de flairer d'avance tous les événements ; les courtisans ont la science suprême : ils sont diplomates pour éclairer les grands dénouements des circonstances difficiles, capitaines pour deviner l'issue des batailles, médecins pour guérir les maladies.

Louis XIV, à qui sa mère avait appris cet axiome, entre beaucoup d'autres, comprit que Son Éminence Monseigneur le cardinal Mazarin était bien malade.

À peine Anne d'Autriche eut-elle conduit la jeune reine dans ses appartements et soulagé son front du poids de la coiffure de cérémonie, qu'elle revint trouver son fils dans le cabinet où, seul, morne et le cœur ulcéré, il passait sur lui-même, comme pour exercer sa volonté, une de ces colères sourdes et terribles, colères de roi, qui font des événements quand elles éclatent, et qui, chez Louis XIV, grâce à sa puissance merveilleuse sur lui-même, devinrent des orages si bénins, que sa plus fougueuse, son unique colère, celle que signale Saint-Simon, tout en s'en étonnant, fut cette fameuse colère qui éclata cinquante ans plus tard à propos d'une cachette de M. le duc du Maine, et qui eut pour résultat une grêle de coups de canne donnés sur le dos d'un pauvre laquais qui avait volé un biscuit.

Le jeune roi était donc, comme nous l'avons vu, en proie à une douloureuse surexcitation, et il se disait en se regardant dans une glace :

– Ô roi !... roi de nom, et non de fait... fantôme, vain fantôme que tu es !... statue inerte qui n'as d'autre puissance que celle de provoquer un salut de la part des courtisans, quand pourras-tu donc lever ton bras de velours, serrer ta main de soie ? quand pourras-tu ouvrir pour autre chose que pour soupirer ou sourire tes lèvres condamnées à la stupide immobilité des marbres de ta galerie ?

Alors, passant la main sur son front et cherchant l'air, il s'approcha de la fenêtre et vit au bas quelques cavaliers qui causaient entre eux, quelques groupes timidement curieux. Ces cavaliers, c'était une fraction du guet ; ce groupe, c'étaient les empressés du peuple, ceux-là pour qui un roi est toujours une chose curieuse, comme un rhinocéros, un crocodile ou un serpent.

Il frappa son front du plat de sa main en s'écriant :

– Roi de France ! quel titre ! Peuple de France ! quelle masse de créatures ! Et voilà que je rentre dans mon Louvre ; mes chevaux, à peine dételés, fument encore, et j'ai tout juste soulevé assez d'intérêt pour que vingt personnes à peine me regardent passer... Vingt... que dis-je ! non, il n'y a pas même vingt curieux pour le roi de France, il n'y a pas même dix archers pour veiller sur ma maison : archers, peuple, gardes, tout est au Palais-Royal. Pourquoi mon Dieu ? Moi, le roi, n'ai-je pas le droit de vous demander cela ?

– Parce que, dit une voix répondant à la sienne et qui retentit de l'autre côté de la portière du cabinet, parce qu'au Palais-Royal il y a tout l'or, c'est-à-dire toute la puissance de celui qui veut régner.

Louis se retourna précipitamment. La voix qui venait de prononcer ces paroles était celle d'Anne d'Autriche. Le roi tressaillit, et s'avançant vers sa mère :

– J'espère, dit-il, que Votre Majesté n'a pas fait attention aux vaines déclamations dont la solitude et le dégoût familiers aux rois donnent l'idée aux plus heureux caractères ?

– Je n'ai fait attention qu'à une chose, mon fils : c'est que vous vous plaigniez.

– Moi ? pas du tout, dit Louis XIV ; non, en vérité ; vous vous trompez, madame.

– Que faisiez-vous donc, sire ?

– Il me semblait être sous la férule de mon professeur et développer un sujet d'amplification.

– Mon fils, reprit Anne d'Autriche en secouant la tête, vous avez tort de ne vous point fier à ma parole ; vous avez tort de ne me point accorder votre confiance. Un jour va venir, jour prochain peut-être, où vous aurez besoin de vous rappeler cet axiome : « L'or est la toute-puissance, et ceux-là seuls sont véritablement rois qui sont tout-puissants. »

– Votre intention, poursuivit le roi, n'était point cependant de jeter un blâme sur les riches de ce siècle ?

– Non, dit vivement Anne d'Autriche, non, sire ; ceux qui sont riches en ce siècle, sous votre règne, sont riches parce que vous l'avez bien voulu, et je n'ai contre eux ni rancune ni envie ; ils ont sans doute assez bien servi Votre Majesté pour que Votre Majesté leur ait permis de se récompenser eux-mêmes. Voilà ce que j'entends dire par la parole que vous semblez me reprocher.

– À Dieu ne plaise, madame, que je reproche jamais quelque chose à ma mère !

– D'ailleurs, continua Anne d'Autriche, le Seigneur ne donne jamais que pour un temps les biens de la terre ; le Seigneur, comme correctif aux honneurs et à la richesse, le Seigneur a mis la souffrance, la maladie, la mort, et nul, ajouta Anne d'Autriche avec un douloureux sourire qui prouvait qu'elle faisait à elle-même l'application du funèbre précepte, nul n'emporte son bien ou sa grandeur dans le tombeau. Il en résulte que les jeunes récoltent les fruits de la féconde moisson préparée par les vieux.

Louis écoutait avec une attention croissante ces paroles accentuées par Anne d'Autriche dans un but évidemment consolateur.

– Madame, dit Louis XIV regardant fixement sa mère, on dirait, en vérité, que vous avez quelque chose de plus à m'annoncer ?

– Je n'ai rien absolument, mon fils ; seulement, vous aurez remarqué ce soir que M. le cardinal est bien malade ?

Louis regarda sa mère, cherchant une émotion dans sa voix, une douleur dans sa physionomie. Le visage d'Anne d'Autriche semblait légèrement altéré ; mais cette souffrance avait un caractère tout personnel. Peut-être cette altération était-elle causée par le cancer qui commençait à la mordre au sein.

– Oui, madame, dit le roi, oui, M. de Mazarin est bien malade.

– Et ce serait une grande perte pour le royaume si Son Éminence venait à être appelée par Dieu. N'est-ce point votre avis comme le mien, mon fils ? demanda Anne d'Autriche.

– Oui, madame, oui certainement, ce serait une grande perte pour le royaume, dit Louis en rougissant ; mais le péril n'est pas si grand, ce me semble, et d'ailleurs M. le cardinal est jeune encore.

Le roi achevait à peine de parler, qu'un huissier souleva la tapisserie et se tint debout, un papier à la main, en attendant que le roi l'interrogeât.

– Qu'est-ce que cela ? demanda le roi.

– Un message de M. de Mazarin, répondit l'huissier.

– Donnez, dit le roi.

Et il prit le papier. Mais, au moment où il l'allait ouvrir, il se fit à la fois un grand bruit dans la galerie, dans les antichambres et dans la cour.

– Ah ! ah ! dit Louis XIV, qui sans doute reconnut ce triple bruit, que disais-je donc qu'il n'y avait qu'un roi en France ! je me trompais, il y en a deux.

En ce moment, la porte s'ouvrit, et le surintendant des finances Fouquet apparut à Louis XIV. C'était lui qui faisait ce bruit dans la galerie ; c'étaient ses laquais qui faisaient ce bruit dans les antichambres ; c'étaient ses chevaux qui faisaient ce bruit dans la cour. En outre, on entendait un long murmure sur son passage qui ne s'éteignait que longtemps après qu'il avait passé. C'était ce murmure que Louis XIV regrettait si fort de ne point entendre alors sous ses pas et mourir derrière lui.

– Celui-là n'est pas précisément un roi comme vous le croyez, dit Anne d'Autriche à son fils ; c'est un homme trop riche, voilà tout.

Et en disant ces mots, un sentiment amer donnait aux paroles de la reine leur expression la plus haineuse ; tandis que le front de Louis, au contraire, resté calme et maître de lui, était pur de la plus légère ride.

Il salua donc librement Fouquet de la tête, tandis qu'il continuait de déplier le rouleau que venait de lui remettre l'huissier. Fouquet vit ce mouvement, et, avec une politesse à la fois aisée et respectueuse, il s'approcha d'Anne d'Autriche pour laisser toute liberté au roi.

Louis avait ouvert le papier, et cependant il ne lisait pas.

Il écoutait Fouquet faire à sa mère des compliments adorablement tournés sur sa main et sur ses bras.

La figure d'Anne d'Autriche se dérida et passa presque au sourire.

Fouquet s'aperçut que le roi, au lieu de lire, le regardait et l'écoutait ; il fit un demi-tour, et, tout en continuant pour ainsi dire d'appartenir à Anne d'Autriche, il se retourna en face du roi.

– Vous savez, monsieur Fouquet, dit Louis XIV, que Son Éminence est fort mal ?

– Oui, sire, je sais cela, dit Fouquet ; et en effet elle est fort mal. J'étais à ma campagne de Vaux lorsque la nouvelle m'en est venue, si pressante que j'ai tout quitté.

– Vous avez quitté Vaux ce soir, monsieur ?

– Il y a une heure et demie, oui, Votre Majesté, dit Fouquet, consultant une montre toute garnie de diamants.

– Une heure et demie ! dit le roi, assez puissant pour maîtriser sa colère, mais non pour cacher son étonnement.

– Je comprends, sire, Votre Majesté doute de ma parole, et elle a raison ; mais, si je suis venu ainsi, c'est vraiment par merveille. On m'avait envoyé d'Angleterre trois couples de chevaux fort vifs, m'assurait-on ; ils étaient disposés de quatre lieues en quatre lieues, et je les ai essayés ce soir. Ils sont venus en effet de Vaux au Louvre en une heure et demie, et Votre Majesté voit qu'on ne m'avait pas trompé.

La reine mère sourit avec une secrète envie.

Fouquet alla au-devant de cette mauvaise pensée.

– Aussi, madame, se hâta-t-il d'ajouter, de pareils chevaux sont faits, non pour des sujets, mais pour des rois, car les rois ne doivent jamais le céder à qui que ce soit en quoi que ce soit.

Le roi leva la tête.

– Cependant, interrompit Anne d'Autriche, vous n'êtes point roi, que je sache, monsieur Fouquet ?

– Aussi, madame, les chevaux n'attendent-ils qu'un signe de Sa Majesté pour entrer dans les écuries du Louvre ; et si je me suis permis de les essayer, c'était dans la seule crainte d'offrir au roi quelque chose qui ne fût pas précisément une merveille.

Le roi était devenu fort rouge.

– Vous savez, monsieur Fouquet, dit la reine, que l'usage n'est point à la cour de France qu'un sujet offre quelque chose à son roi ?

Louis fit un mouvement.

– J'espérais, madame, dit Fouquet fort agité que mon amour pour Sa Majesté, mon désir incessant de lui plaire, serviraient de contrepoids à cette raison d'étiquette. Ce n'était point d'ailleurs un présent que je me permettais d'offrir, c'était un tribut que je payais.

– Merci, monsieur Fouquet, dit poliment le roi, et je vous sais gré de l'intention, car j'aime en effet les bons chevaux ; mais vous savez que je suis bien peu riche ; vous le savez mieux que personne, vous, mon surintendant des finances. Je ne puis donc, lors même que je le voudrais, acheter un attelage si cher.

Fouquet lança un regard plein de fierté à la reine mère qui semblait triompher de la fausse position du ministre, et répondit :

– Le luxe est la vertu des rois, sire ; c'est le luxe qui les fait ressembler à Dieu ; c'est par le luxe qu'ils sont plus que les autres hommes. Avec le luxe un roi nourrit ses sujets et les honore. Sous la douce chaleur de ce luxe des rois naît le luxe des particuliers, source de richesses pour le peuple. Sa

Majesté, en acceptant le don de six chevaux incomparables, eût piqué d'amour-propre les éleveurs de notre pays, du Limousin, du Perche, de la Normandie ; cette émulation eût été profitable à tous... Mais le roi se tait, et par conséquent je suis condamné.

Pendant ce temps, Louis XIV, par contenance, pliait et dépliait le papier de Mazarin, sur lequel il n'avait pas encore jeté les yeux. Sa vue s'y arrêta enfin, et il poussa un petit cri dès la première ligne.

– Qu'y a-t-il donc, mon fils ? demanda Anne d'Autriche en se rapprochant vivement du roi.

– De la part du cardinal ? reprit le roi en continuant sa lecture. Oui, oui, c'est bien de sa part.

– Est-il donc plus mal ?

– Lisez, acheva le roi en passant le parchemin à sa mère, comme s'il eût pensé qu'il ne fallait pas moins que la lecture pour convaincre Anne d'Autriche d'une chose aussi étonnante que celle qui était renfermée dans ce papier.

Anne d'Autriche lut à son tour. À mesure qu'elle lisait, ses yeux pétillaient d'une joie plus vive qu'elle essayait inutilement de dissimuler et qui attira les regards de Fouquet.

– Oh ! une donation en règle, dit-elle.

– Une donation ? répéta Fouquet.

– Oui, fit le roi répondant particulièrement au surintendant des finances ; oui, sur le point de mourir, M. le cardinal me fait une donation de tous ses biens.

– Quarante millions ! s'écria la reine. Ah ! mon fils, voilà un beau trait de la part de M. le cardinal, et qui va contredire bien des malveillantes rumeurs ; quarante millions amassés lentement et qui reviennent d'un seul coup en masse au trésor royal, c'est d'un sujet fidèle et d'un vrai chrétien.

Et ayant jeté une fois encore les yeux sur l'acte, elle le rendit à Louis XIV, que l'énoncé de cette somme faisait tout palpitant.

Fouquet avait fait quelques pas en arrière et se taisait.

Le roi le regarda et lui tendit le rouleau à son tour.

Le surintendant ne fit qu'y arrêter une seconde son regard hautain.

Puis, s'inclinant :

– Oui, sire, dit-il, une donation, je le vois.

– Il faut répondre, mon fils, s'écria Anne d'Autriche ; il faut répondre sur-le-champ.

– Et comment cela, madame ?

– Par une visite au cardinal.

– Mais il y a une heure à peine que je quitte Son Éminence, dit le roi.

– Écrivez alors, sire.

– Écrire ! fit le jeune roi avec répugnance.

– Enfin, reprit Anne d'Autriche, il me semble, mon fils, qu'un homme qui vient de faire un pareil présent est bien en droit d'attendre qu'on le remercie avec quelque hâte.

Puis, se retournant vers le surintendant :

– Est-ce que ce n'est point votre avis, monsieur Fouquet ?

– Le présent en vaut la peine, oui, madame, répliqua le surintendant avec une noblesse qui n'échappa point au roi.

– Acceptez donc et remerciez, insista Anne d'Autriche.

– Que dit M. Fouquet ? demanda Louis XIV.

– Sa Majesté veut savoir ma pensée ?

– Oui.

– Remerciez, sire...

– Ah ! fit Anne d'Autriche.

– Mais n'acceptez pas, continua Fouquet.

– Et pourquoi cela ? demanda Anne d'Autriche.

– Mais vous l'avez dit vous-mêmes, madame, répliqua Fouquet, parce que les rois ne doivent et ne peuvent recevoir de présents de leurs sujets.

Le roi demeurait muet entre ces deux opinions si opposées.

– Mais quarante millions ! dit Anne d'Autriche du même ton dont la pauvre Marie-Antoinette dit plus tard : « Vous m'en direz tant ! »

– Je le sais, dit Fouquet en riant, quarante millions font une belle somme, et une pareille somme pourrait tenter même une conscience royale.

– Mais, monsieur, dit Anne d'Autriche, au lieu de détourner le roi de recevoir ce présent, faites donc observer à Sa Majesté, vous dont c'est la charge, que ces quarante millions lui font une fortune.

– C'est précisément, madame, parce que ces quarante millions font une fortune que je dirai au roi : « Sire, s'il n'est point décent qu'un roi accepte d'un sujet six chevaux de vingt mille livres, il est déshonorant qu'il doive sa fortune à un autre sujet plus ou moins scrupuleux dans le choix des matériaux qui contribuaient à l'édification de cette fortune. »

– Il ne vous sied guère, monsieur, dit Anne d'Autriche, de faire une leçon au roi ; procurez-lui plutôt quarante millions pour remplacer ceux que vous lui faites perdre.

– Le roi les aura quand il voudra, dit en s'inclinant le surintendant des finances.

– Oui, en pressurant les peuples, fit Anne d'Autriche.

– Eh ! ne l'ont-ils pas été, madame, répondit Fouquet, quand on leur a fait suer les quarante millions donnés par cet acte ? Au surplus, Sa Majesté m'a demandé mon avis, le voilà ; que Sa Majesté me demande mon concours, il en sera de même.

– Allons, allons, acceptez, mon fils, dit Anne d'Autriche ; vous êtes au-dessus des bruits et des interprétations.

– Refusez, sire, dit Fouquet. Tant qu'un roi vit, il n'a d'autre niveau que sa conscience, d'autre juge que son désir ; mais, mort, il a la postérité qui applaudit ou qui accuse.

– Merci, ma mère, répliqua Louis en saluant respectueusement la reine. Merci, monsieur Fouquet, dit-il en congédiant civilement le surintendant.

– Acceptez-vous ? demanda encore Anne d'Autriche.

– Je réfléchirai, répliqua le roi en regardant Fouquet.

XLVIII

Agonie

Le jour même où la donation avait été envoyée au roi, le cardinal s'était fait transporter à Vincennes. Le roi et la cour l'y avaient suivi. Les dernières lueurs de ce flambeau jetaient encore assez d'éclat pour absorber, dans leur rayonnement, toutes les autres lumières. Au reste, comme on le voit, satellite fidèle de son ministre, le jeune Louis XIV marchait jusqu'au dernier moment dans le sens de sa gravitation. Le mal, selon les pronostics de Guénaud, avait empiré ; ce n'était plus une attaque de goutte, c'était une attaque de mort. Puis il y avait une chose qui faisait cet agonisant plus agonisant encore : c'était l'anxiété que jetait dans son esprit cette donation envoyée au roi, et qu'au dire de Colbert le roi devait renvoyer non acceptée au cardinal. Le cardinal avait grande foi, comme nous avons vu, dans les prédictions de son secrétaire ; mais la somme était forte, et quel que fût le génie de Colbert, de temps en temps le cardinal pensait, à part lui, que le théatin, lui aussi, avait bien pu se tromper, et qu'il y avait au moins autant de chances pour qu'il ne fût pas damné, qu'il y en avait pour que Louis XIV lui renvoyât ses millions.

D'ailleurs, plus la donation tardait à revenir, plus Mazarin trouvait que quarante millions valent bien la peine que l'on risque quelque chose et surtout une chose aussi hypothétique que l'âme.

Mazarin, en sa qualité de cardinal et de Premier ministre, était à peu près athée et tout à fait matérialiste.

À chaque fois que la porte s'ouvrait, il se retournait donc vivement vers la porte, croyant voir entrer par là sa malheureuse donation ; puis, trompé dans son espérance, il se recouchait avec un soupir et retrouvait sa douleur d'autant plus vive qu'un instant il l'avait oubliée.

Anne d'Autriche, elle aussi, avait suivi le cardinal ; son cœur, quoique l'âge l'eût faite égoïste, ne pouvait se refuser de témoigner à ce mourant une tristesse qu'elle lui devait en qualité de femme, disent les uns, en qualité de souveraine, disent les autres.

Elle avait, en quelque sorte, pris le deuil de la physionomie par avance, et toute la cour le portait comme elle.

Louis, pour ne pas montrer sur son visage ce qui se passait au fond de son âme, s'obstinait à rester confiné dans son appartement où sa nourrice toute seule lui faisait compagnie ; plus il croyait approcher du terme où toute contrainte cesserait pour lui, plus il se faisait humble et patient, se repliant sur lui-même comme tous les hommes forts qui ont quelque dessein, afin de se donner plus de ressort au moment décisif.

L'extrême-onction avait été secrètement administrée au cardinal, qui, fidèle à ses habitudes de dissimulation, luttait contre les apparences, et même contre la réalité, recevant dans son lit comme s'il n'eût été atteint que d'un mal passager.

Guénaud, de son côté, gardait le secret le plus absolu : interrogé, fatigué de poursuites et de questions, il ne répondait rien, sinon : « Son Éminence est encore pleine de jeunesse et de force ; mais Dieu veut ce qu'il veut, et quand il a décidé qu'il doit abattre l'homme, il faut que l'homme soit abattu. »

Ces paroles, qu'il semait avec une sorte de discrétion, de réserve et de préférence, deux personnes les commentaient avec grand intérêt : le roi et le cardinal.

Mazarin, malgré la prophétie de Guénaud, se leurrait toujours, ou, pour mieux dire, il jouait si bien son rôle, que les plus fins, en disant qu'il se leurrait, prouvaient qu'ils étaient des dupes.

Louis, éloigné du cardinal depuis deux jours ; Louis, l'œil fixé sur cette donation qui préoccupait si fort le cardinal ; Louis ne savait point au juste où en était Mazarin. Le fils de Louis XIII, suivant les traditions paternelles, avait été si peu roi jusque-là, que, tout en désirant ardemment la royauté, il la désirait avec cette terreur qui accompagne toujours l'inconnu. Aussi, ayant pris sa résolution, qu'il ne communiquait d'ailleurs à personne, se résolut-il à demander à Mazarin une entrevue. Ce fut Anne d'Autriche qui, toujours assidue près du cardinal, entendit la première cette proposition du roi et qui la transmit au mourant, qu'elle fit tressaillir.

Dans quel but Louis XIV lui demandait-il une entrevue ? Était-ce pour rendre, comme l'avait dit Colbert ? Était-ce pour garder après remerciement, comme le pensait Mazarin ? Néanmoins, comme le mourant sentait cette incertitude augmenter encore son mal, il n'hésita pas un instant.

– Sa Majesté sera la bienvenue, oui, la très bienvenue, s'écria-t-il en faisant à Colbert, qui était assis au pied du lit, un signe que celui-ci comprit parfaitement. Madame, continua Mazarin, Votre Majesté serait-elle assez bonne pour assurer elle-même le roi de la vérité de ce que je viens de dire ?

Anne d'Autriche se leva ; elle avait hâte, elle aussi, d'être fixée à l'endroit des quarante millions qui étaient la sourde pensée de tout le monde.

Anne d'Autriche sortie, Mazarin fit un grand effort, et se soulevant vers Colbert :

– Eh bien ! Colbert, dit-il, voilà deux jours malheureux ! voilà deux mortels jours, et, tu le vois, rien n'est revenu de là-bas.

– Patience, monseigneur, dit Colbert.

– Es-tu fou, malheureux ! tu me conseilles la patience ! Oh ! en vérité, Colbert, tu te moques de moi : je meurs, et tu me cries d'attendre !

– Monseigneur, dit Colbert avec son sang-froid habituel, il est impossible que les choses n'arrivent pas comme je l'ai dit. Sa Majesté vient vous voir, c'est qu'elle vous rapporte elle-même la donation.

– Tu crois, toi ? Eh bien ! moi, au contraire, je suis sûr que Sa Majesté vient pour me remercier.

Anne d'Autriche rentra en ce moment ; en se rendant près de son fils, elle avait rencontré dans les antichambres un nouvel empirique.

Il était question d'une poudre qui devait sauver le cardinal. Anne d'Autriche apportait un échantillon de cette poudre.

Mais ce n'était point cela que Mazarin attendait, aussi ne voulait-il pas même jeter les yeux dessus, assurant que la vie ne valait point toutes les peines qu'on prenait pour la conserver.

Mais, tout en proférant cet axiome philosophique, son secret, si longtemps contenu, lui échappa enfin.

– Là, madame, dit-il, là n'est point l'intéressant de la situation ; j'ai fait au roi, voici tantôt deux jours, une petite donation ; jusqu'ici, par délicatesse sans doute, Sa Majesté n'en a point voulu parler ; mais le moment arrive des explications et je supplie Votre Majesté de me dire si le roi a quelques idées sur cette matière.

Anne d'Autriche fit un mouvement pour répondre : Mazarin l'arrêta.

– La vérité, madame, dit-il ; au nom du ciel, la vérité ! Ne flattez pas un mourant d'un espoir qui serait vain.

Là, il s'arrêta, un regard de Colbert lui disait qu'il allait faire fausse route.

– Je sais, dit Anne d'Autriche, en prenant la main du cardinal ; je sais que vous avez fait généreusement, non pas une petite donation, comme vous dites avec tant de modestie, mais un don magnifique ; je sais combien il vous serait pénible que le roi...

Mazarin écoutait, tout mourant qu'il était, comme dix vivants n'eussent pu le faire.

– Que le roi ? reprit-il.

– Que le roi, continua Anne d'Autriche, n'acceptât point de bon cœur ce que vous offrez si noblement.

Mazarin se laissa retomber sur l'oreiller comme Pantalon, c'est-à-dire avec tout le désespoir de l'homme qui s'abandonne au naufrage, mais il conserva encore assez de force et de présence d'esprit pour jeter à Colbert un de ces regards qui valent bien dix sonnets, c'est-à-dire dix longs poèmes.

– N'est-ce pas, ajouta la reine, que vous eussiez considéré le refus du roi comme une sorte d'injure ?

Mazarin roula sa tête sur l'oreiller sans articuler une seule syllabe.

La reine se trompa, ou feignit de se tromper, à cette démonstration.

– Aussi, reprit-elle, je l'ai circonvenu par de bons conseils, et comme certains esprits, jaloux sans doute de la gloire que vous allez acquérir par cette générosité, s'efforçaient de prouver au roi qu'il devait refuser cette donation, j'ai lutté en votre faveur, et lutté si bien, que vous n'aurez pas, je l'espère, cette contrariété à subir.

– Oh ! murmura Mazarin avec des yeux languissants, ah ! que voilà un service que je n'oublierai pas une minute, pendant le peu d'heures qui me restent à vivre !

– Au reste, je dois le dire, continua Anne d'Autriche, ce n'est point sans peine que je l'ai rendu à Votre Éminence.

– Ah ! peste ! je le crois. *Ahimé !*

– Qu'avez-vous, mon Dieu ?

– Il y a que je brûle.

– Vous souffrez donc beaucoup ?

– Comme un damné !

Colbert eût voulu disparaître sous les parquets.

– En sorte, reprit Mazarin, que Votre Majesté pense que le roi...

Il s'arrêta.

– Que le roi, reprit-il après quelques secondes, vient ici pour me faire un petit bout de compliment ?

– Je le crois, dit la reine.

Mazarin foudroya Colbert de son dernier regard.

En ce moment, les huissiers annoncèrent le roi dans les antichambres pleines de monde. Cette annonce produisit un remue-ménage dont Colbert profita pour s'esquiver par la porte de la ruelle.

Anne d'Autriche se leva, et debout attendit son fils.

Louis XIV parut au seuil de la chambre, les yeux fixés sur le moribond, qui ne prenait plus même la peine de se remuer pour cette Majesté de laquelle il pensait n'avoir plus rien à attendre.

Un huissier roula un fauteuil près du lit.

Louis salua sa mère, puis le cardinal, et s'assit.

La reine s'assit à son tour.

Puis, comme le roi avait regardé derrière lui, l'huissier comprit ce regard, fit un signe et ce qui restait de courtisans sous les portières s'éloigna aussitôt.

Le silence retomba dans la chambre avec les rideaux de velours.

Le roi, encore très jeune et très timide devant celui qui avait été son maître depuis sa naissance, le respectait encore bien plus dans cette suprême majesté de la mort ; il n'osait donc entamer la conversation, sentant que chaque parole devait avoir une portée, non pas seulement sur les choses de ce monde, mais encore sur celles de l'autre.

Quant au cardinal, il n'avait qu'une pensée en ce moment : sa donation. Ce n'était point la douleur qui lui donnait cet air abattu et ce regard morne ; c'était l'attente devant de ce remerciement qui allait sortir de la bouche du roi, et couper court à toute espérance de restitution.

Ce fut Mazarin qui rompit le premier le silence.

– Votre Majesté, dit-il, est venue s'établir à Vincennes ?

Louis fit un signe de la tête.

– C'est une gracieuse faveur, continua Mazarin, qu'elle accorde à un mourant, et qui lui rendra la mort plus douce.

– J'espère, répondit le roi, que je viens visiter, non pas un mourant, mais un malade susceptible de guérison.

Mazarin fit un mouvement de tête qui signifiait : « Votre Majesté est bien bonne, mais j'en sais plus qu'elle là-dessus. »

– La dernière visite, dit-il, sire, la dernière.

– S'il en était ainsi, monsieur le cardinal, dit Louis XIV, je viendrais une dernière fois prendre les conseils d'un guide à qui je dois tout.

Anne d'Autriche était femme ; elle ne put retenir ses larmes. Louis se montra lui-même fort ému, et Mazarin plus encore que ses deux hôtes, mais pour d'autres motifs.

Ici le silence recommença ; la reine essuya ses joues et Louis reprit de la fermeté.

– Je disais, poursuivit le roi, que je devais beaucoup à Votre Éminence.

Les yeux du cardinal dévorèrent Louis XIV, car il sentait venir le moment suprême.

– Et, continua le roi, le principal objet de ma visite était un remerciement bien sincère pour le dernier témoignage d'amitié que vous avez bien voulu m'envoyer.

Les joues du cardinal se creusèrent, ses lèvres s'entrouvrirent et le plus lamentable soupir qu'il eût jamais poussé se prépara à sortir de sa poitrine.

– Sire, dit-il, j'aurai dépouillé ma pauvre famille ; j'aurai ruiné tous les miens, ce qui peut m'être imputé à mal ; mais au moins on ne dira pas que j'ai refusé de tout sacrifier à mon roi.

Anne d'Autriche recommença ses pleurs.

– Cher monsieur Mazarin, dit le roi d'un ton plus grave qu'on n'eût dû l'attendre de sa jeunesse, vous m'avez mal compris, à ce que je vois.

Mazarin se souleva sur son coude.

– Il ne s'agit point ici de ruiner votre chère famille, ni de dépouiller vos serviteurs ; oh ! non, cela ne sera point.

« Allons, il va me rendre quelque bribe, pensa Mazarin ; tirons donc le morceau le plus large possible. »

« Le roi va s'attendrir et faire le généreux, pensa la reine ; ne le laissons pas s'appauvrir, pareille occasion de fortune ne se représentera jamais. »

– Sire, dit tout haut le cardinal, ma famille est bien nombreuse et mes nièces vont être bien privées, moi n'y étant plus.

– Oh ! s'empressa d'interrompre la reine, n'ayez aucune inquiétude à l'endroit de votre famille, cher monsieur Mazarin ; nous n'aurons pas d'amis plus précieux que vos amis ; vos nièces seront mes enfants, les sœurs de Sa Majesté, et, s'il se distribue une faveur en France, ce sera pour ceux que vous aimez.

« Fumée ! » pensa Mazarin, qui connaissait mieux que personne le fond que l'on peut faire sur les promesses des rois.

Louis lut la pensée du moribond sur son visage.

– Rassurez-vous, cher monsieur de Mazarin, lui dit-il avec un demi-sourire triste sous son ironie, Mlles de Mazarin perdront en vous perdant leur bien le plus précieux ; mais elles n'en resteront pas moins les plus riches héritières de France, et puisque vous avez bien voulu me donner leur dot...

Le cardinal était haletant.

– Je la leur rends, continua Louis, en tirant de sa poitrine et en allongeant vers le lit du cardinal le parchemin qui contenait la donation qui, depuis deux jours, avait soulevé tant d'orages dans l'esprit de Mazarin.

– Que vous avais-je dit, monseigneur ? murmura dans la ruelle une voix qui passa comme un souffle.

– Votre Majesté me rend ma donation ! s'écria Mazarin si troublé par la joie qu'il oublia son rôle de bienfaiteur.

– Votre Majesté rend les quarante millions ! s'écria Anne d'Autriche, si stupéfaite qu'elle oublia son rôle d'affligée.

– Oui, monsieur le cardinal, oui, madame, répondit Louis XIV, en déchirant le parchemin que Mazarin n'avait pas encore osé reprendre ; oui, j'anéantis cet acte qui spoliait toute une famille ; le bien acquis par Son Éminence à mon service est son bien et non le mien.

– Mais, sire, s'écria Anne d'Autriche, Votre Majesté songe-t-elle qu'elle n'a pas dix mille écus dans ses coffres ?

– Madame, je viens de faire ma première action royale, et, je l'espère, elle inaugurera dignement mon règne.

– Ah ! sire, vous avez raison ! s'écria Mazarin ; c'est véritablement grand, c'est véritablement généreux, ce que vous venez de faire là !

Et il regardait, l'un après l'autre, les morceaux de l'acte épars sur son lit, pour se bien assurer qu'on avait déchiré la minute et non pas une copie.

Enfin, ses yeux rencontrèrent celui où se trouvait sa signature, et, la reconnaissant, il se renversa tout pâmé sur son chevet.

Anne d'Autriche, sans force pour cacher ses regrets, levait les mains et les yeux au ciel.

– Ah ! sire, s'écriait Mazarin, ah ! sire, serez-vous béni ! Mon Dieu ! serez-vous aimé par toute ma famille !... Per bacco ! si jamais un mécontentement vous venait de la part des miens, sire, froncez les sourcils et je sors de mon tombeau.

Cette pantalonnade ne produisit pas tout l'effet sur lequel avait compté Mazarin. Louis avait déjà passé à des considérations d'un ordre plus élevé ; et, quant à Anne d'Autriche, ne pouvant supporter, sans s'abandonner à la colère qu'elle sentait gronder en elle, et cette magnanimité de son fils et cette hypocrisie du cardinal, elle se leva et sortit de la chambre, peu soucieuse de trahir ainsi son dépit.

Mazarin devina tout, et, craignant que Louis XIV ne revînt sur sa première décision, il se mit, pour entraîner les esprits sur une autre voie, à crier comme plus tard devait le faire Scapin, dans cette sublime plaisanterie que le morose et grondeur Boileau osa reprocher à Molière avoir faite.

Cependant, peu à peu les cris se calmèrent, et quand Anne d'Autriche fut sortie de la chambre, ils s'éteignirent même tout à fait.

– Monsieur le cardinal, dit le roi, avez-vous maintenant quelque recommandation à me faire ?

– Sire, répondit Mazarin, vous êtes déjà la sagesse même, la prudence en personne ; quant à la générosité, je n'en parle pas : ce que vous venez de faire dépasse ce que les hommes les plus généreux de l'antiquité et des temps modernes ont jamais fait.

Le roi demeura froid à cet éloge.

– Ainsi, dit-il, vous vous bornez à un remerciement, monsieur, et votre expérience, bien plus connue encore que ma sagesse, que ma prudence et que ma générosité, ne vous fournit pas un avis amical qui me serve pour l'avenir ?

Mazarin réfléchit un moment.

– Vous venez, dit-il, de faire beaucoup pour moi, c'est-à-dire pour les miens, sire.

– Ne parlons plus de cela, dit le roi.

– Eh bien ! continua Mazarin, je veux vous rendre quelque chose en échange de ces quarante millions que vous abandonnez si royalement.

Louis XIV fit un mouvement qui indiquait que toutes ces flatteries le faisaient souffrir.

– Je veux, reprit Mazarin, vous donner un avis ; oui, un avis, et un avis plus précieux que ces quarante millions.

– Monsieur le cardinal ! interrompit Louis XIV.

– Sire, écoutez cet avis.

– J'écoute.

– Approchez-vous, sire, car je m'affaiblis... Plus près, sire, plus près.

Le roi se courba sur le lit du mourant.

– Sire, dit Mazarin, si bas que le souffle de sa parole arriva seul comme une recommandation du tombeau aux oreilles attentives du jeune roi... Sire, ne prenez jamais de Premier ministre.

Louis se redressa, étonné.

L'avis était une confession.

C'était un trésor, en effet, que cette confession sincère de Mazarin. Le legs du cardinal au jeune roi se composait de sept paroles seulement ; mais ces sept paroles, Mazarin l'avait dit, elles valaient quarante millions.

Louis en resta un instant étourdi.

Quant à Mazarin, il semblait avoir dit une chose toute naturelle.

– Maintenant, à part votre famille, demanda le jeune roi, avez-vous quelqu'un à me recommander, monsieur de Mazarin ?

Un petit grattement se fit entendre le long des rideaux de la ruelle.

Mazarin comprit.

– Oui ! oui ! s'écria-t-il vivement ; oui, sire ; je vous recommande un homme sage, un honnête homme, un habile homme.

– Dites son nom, monsieur le cardinal.

– Son nom vous est presque inconnu encore, sire : c'est celui de M. Colbert, mon intendant. Oh ! essayez de lui, ajouta Mazarin d'une voix accentuée ; tout ce qu'il m'a prédit est arrivé ; il a du coup d'œil, et ne s'est jamais trompé, ni sur les choses, ni sur les hommes, ce qui est bien plus surprenant encore. Sire, je vous dois beaucoup ; mais je crois m'acquitter envers vous, en vous donnant M. Colbert.

– Soit, dit faiblement Louis XIV ; car, ainsi que le disait Mazarin, ce nom de Colbert lui était bien inconnu, et il prenait cet enthousiasme du cardinal pour le délire d'un mourant.

Le cardinal était retombé sur son oreiller.

– Pour cette fois, adieu, sire... adieu, murmura Mazarin... je suis las et j'ai encore un rude chemin à faire avant de me présenter devant mon nouveau maître. Adieu, sire.

Le jeune roi sentit des larmes dans ses yeux ; il se pencha sur le mourant, déjà à moitié cadavre... puis il s'éloigna précipitamment.

FIN DU TOME PREMIER

Collection Alexandre Dumas :

1 - Récits fantastiques

2 - Contes à dire dans une diligence

3 - Histoire d'un casse-noisette et autres contes

4 - La bouillie de la comtesse Berthe et autres contes

5 - Les drames de la mer

6 - Aventures de Lyderic, Un coup de feu et autres nouvelles

7 - Blanche de Beaulieu et autres histoires

8 - Le château d'Eppstein

9 - Le Comte de Monte-Cristo - Tome I et II

10 - Le Comte de Monte-Cristo - Tome III et IV

11 - Le Comte de Monte-Cristo - Tome V et VI

12 - Le fils du forçat

13 - Le maître d'armes

14 - Le chevalier d'Harmental - Tome I et II

15 - Le meneur de loups

16 - Les mille et un fantômes

17 - La tulipe noire

18 - Acté

19 - Ammalat-beg

20 - Amaury

21 - Ascanio - Tome I et II

22 - Aventures de John Davys - Tome I et II

23 - Le bâtard de Mauléon - Tome I, II et III

24 - Black

25 - La boule de neige suivi de La colombe

26 - Le capitaine Paul

27 - Le capitaine Pamphile

28 - Le capitaine Richard

Printed in France by Amazon
Brétigny-sur-Orge, FR

16743536R00198